魅丽文化

情书千行

Qingshu
Qianhang

温昶 · 著

原名《眷》

百花洲文艺出版社
BAIHUAZHOU LITERATURE AND ART PRESS

图书在版编目（CIP）数据

情书千行 / 温昶著. — 南昌：百花洲文艺出版社，
2019.2

ISBN 978-7-5500-3188-3

Ⅰ.①情… Ⅱ.①温… Ⅲ.①长篇小说－中国－当代
Ⅳ.① I247.5

中国版本图书馆 CIP 数据核字（2019）第 022311 号

情书千行

温昶 著

出 版 人	姚雪雪
责任编辑	郝玮刚 蔡央扬
选题策划	喻 戎 黑豆豆
特约编辑	黑豆豆
封面设计	苏 荼
出版发行	百花洲文艺出版社
社 址	南昌市红谷滩新区世贸路 898 号博能中心 A 座 20 楼
邮 编	330038
经 销	全国新华书店
印 刷	湖南关山美印有限公司
开 本	880mm×1230mm 1/32 印张 10
版 次	2019 年 2 月第 1 版第 1 次印刷
字 数	278 千字
书 号	ISBN 978-7-5500-3188-3
定 价	38.00 元

赣版权登字 05-2019-25

网址 http://www.bhzwy.com
图书若有印装错误，影响阅读，可向承印厂联系调换。

CONTENTS
目录

CONTENTS
目录

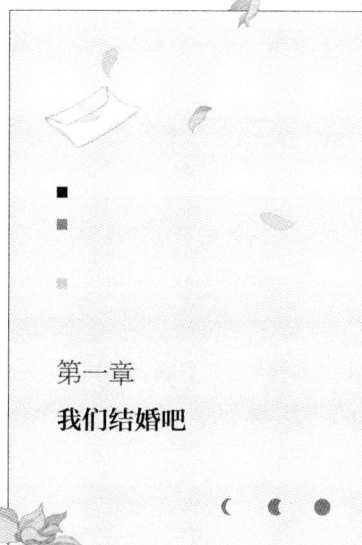

Chapter 1

第一章

我们结婚吧

周六下午五点半，宋一媛如约到达餐厅。她推开门，服务员像认识她一般迎上来，做了一个右引的姿势。右边靠落地窗的最里面，坐着一个男人。这几天见了太多穿黑色西装的，宋一媛已经审美麻木了。

走近了，陌生男人看见了她，宋一媛朝他微微一笑。男人比预想中迟了五秒才站起来，声音冷静而克制："您好。"他人一站起来就让宋一媛感到逼仄，连头顶的光都暗了几分。这人好高。

"您"？

宋一媛只好更加礼貌地回应："您好。"两个人像两国领导会晤似的，双双端庄入座。服务员递来菜单。嗯，价格略贵。

宋一媛点了一份蔬果小拼盘、一碗海鲜粥、一碟泰式沙拉。合上菜单，她微微向对方示意。对面的人好像有些心不在焉，跟着合上菜单，并不看她："一样，谢谢。"宋一媛挑眉。

服务员走后，气氛有些微尴尬。对面的人好像没有再开口的打算，宋一媛今天已经是第三场相亲，也实在没啥心情活跃气氛。

一时间万籁俱寂。

宋一媛坐着发呆。这是一家风格鲜明的泰国特色餐厅。暖黄的灯光，豆绿色绒面座椅，红木镂空雕窗上雕着大方简约的棕榈叶。正前方褐色墙上挂着一幅禅意莲花，墙前矮几上摆着熏香，有薄烟几许。

老实说，这是相亲三个月以来，条件最好的一个。不管是已知的经济条件，还是刚看见个人形象。但对方好像没看上她，没有哪个男人在面对有好感的相亲对象时会这样任由冷场。宋一媛猜，对方甚至说不定是受迫于家中长辈，无奈前来走个过场。

"我叫禹毅。"五分钟后，对面的人才再次开口，声音硬邦邦的，毫无温度。

"大禹治水的'禹'，毅力的'毅'。"

"哦。"宋一媛回之以礼貌的微笑，"宋一媛。"

话题戛然而止，气氛再次有微妙的尴尬。宋一媛盯着桌上的丝石竹继续发呆。男人似乎对这种尴尬的安静毫无所觉，一点儿也没开启话题的意思。宋一媛心里认命地叹了口气。他能忍，可她不能忍，怎样都得待到饭吃完了才能走。两个人这样无言对坐，感觉时间真是长得要命。

宋一媛把绷着的某种情绪散了，肩线也放松下来。她收回赏花的目光，眼神落到对面的男人身上，微笑着问道："禹先生是做什么的？"

"机械制造。"

"涉及高端机械科技吗？"

"嗯。"

"我之前认识一个朋友，他是做机器人研发的，和你们是不是有一些联系？"

"其中一部分是。"

"禹先生也管科研这一块吗？"

"会。"

"那平常应该很忙吧？"

男人这次却没有马上回答她，顿了两秒，才似有些僵硬地道："不忙。"宋一媛笑了笑。"多金"，高学历，形象良好，父母独住，有房、有车、有时间，真是可惜了。正当宋一媛绞尽脑汁想下一个话题时，对方竟主动开口，再次强调道："平时，很闲。"

宋一媛保持礼貌的微笑："嗯。"是想让她觉得自己没有事业心，平日里游手好闲吗？然后主动不再联系？宋一媛真想回他：禹先生，你不用这样，我都懂的。可她却什么也没说，只是微笑着开启下一个话题，"禹先生平时喜欢做什么？"

"健身、登山。"

很好，都是她最讨厌的。

"宋小姐呢？"

宋一媛受宠若惊，想不到会被反问，愣了两三秒后回答："刷剧、逛微博、看小说。"

对方愣了一下。宋一媛笑道："我是一个无聊的人。"男人沉默了，嘴角不自觉地拉直，微微动了动，似要说什么，最终却没开口。

两人又无聊地东拉西扯了一些话，宋一媛有些意兴阑珊。怎么会有这么惜字如金、沉默寡言的人？问一句答一句，再问一句再答一句，好累。

好在这个时候，服务员来上菜了。宋一媛心里松了口气，打算专心吃饭，吃完就走。菜被端上来，两小碗海鲜粥、巴掌大的两碟小菜、两份袖珍水果拼盘。这些菜摆在宋一媛面前倒没什么，但摆在一个身高一米九，体型健硕，面容刚毅的男人面前，就稍微显得有些滑稽。对面的人好像也没想到自己点了这些东西，微微一愣，下意识地朝宋一媛看过来。宋一媛无辜地笑笑。男人咳了咳，并不说话，神色镇定。

两人各自吃饭。

"宋小姐……"

"食不言，寝不语。"宋一媛微笑着打断他，"抱歉，我吃饭的时候没有说话的习惯。"

"嗯。"对方低下头，不再说话。

一顿饭是在沉默中吃完的。

饭后，禹毅亦步亦趋地跟着宋一媛走出餐厅。宋一媛原本以为出于礼貌对方也应该会说一句"送你回家"什么的，但直到两个人走出餐厅，在门口沉默了五秒，沉默是金的禹先生也没说出套路之内的话。这弄得宋一媛一时间都不知道该如何结束今天这场异常漫长的相亲了。

最终，宋一媛笑着对一晚上都僵硬莫名的禹毅道："今天的海鲜粥很不错，以后有机会再一起吃饭。"男人的呼吸重了一下，非常勉强地憋出一个字："好。"

看他如此勉强，宋一媛反而有种恶作剧得逞般的快感，嘴角的笑也调皮了几分，一时间也不忙着走了，而是看着他问道："禹先生觉得今天怎样？"禹毅浑身僵成石头，原本和宋一媛对视着的眼睛也瞬间瞥向别处，手在身后紧紧攥住。宋一媛的笑容淡了一点，歇了调戏的心思，"算了，再见。"她转身便打算走。

禹毅却突然长腿一跨，两步走到她的前面，也不看她，硬邦邦地道："很……很好。"

"嗯，谢谢，今天我也很高兴认识你。"她再次准备走。

"真的？"

"嗯。"

男人露出今天的第一个笑——别扭、僵硬，满脸通红。

"我送你。"禹毅好像才进入相亲男方的角色，笑过之后，面部表情自然了许多。但此时宋一媛已经不需要他按套路走了，自然马上拒绝：

"谢谢，不用了，这里打车很方便。"对方却执拗起来，嘴唇一抿，拉成一条看起来非常冷的直线："不安全。"

"谢谢担心，不过真的不用，我经常坐出租车，已经习惯了。"她手一抬，便招了路边的一辆空车。坐进车里后，她朝他挥挥手，"再见。"干净利落，扬长而去，没再瞟旁边一眼。

男人站在路边，看着黄色的出租车隐没入车流。

宋一媛回到家里，才刚把客厅的灯摁亮，宋妈妈的电话就紧随而来："今天怎么样？"

"没什么特别的。"

那边夫妻俩对视一眼，宋妈妈问："最后一个也不好？"

宋一媛低着头换鞋，面容疲惫，神色麻木："还好。"

"还好就继续处处吧，人家的条件可没话说。"

宋一媛不说话。

宋妈妈没听到回答，以为宋一媛在无声地抗拒，眉头皱起来道："相亲不都这样？哪有一看就看对眼的？人家有房、有车，长得也帅，自己开公司，性格踏实稳重……

"你要是想找个人稳稳当当过日子，这种男人最适合了。人家一毕业就创业，家境普通，没拿家里一分钱，稳扎稳打，吃得苦，博来一番事业。介绍人还说他的生活作风好，从来不在外头乱搞。就是吃了性格有点儿闷的亏，所以才到现在还没女朋友……

"不然你以为能轮到你？你不要这里不好、那里不好，东挑西挑，挑来挑去哪个都不好。你自己不出去多认识几个人，挨到现在就不要嫌我们要给你介绍对象。哪个女人能不结婚？你都二十八岁了，你看看你那些同学……"

宋一媛又把灯关上了，摸黑走到沙发处，拿着手机躺下来。宋妈妈还在喋喋不休地说着，微信传来一个提示声。宋一媛看了一眼，是有人加她——禹毅。

宋一媛打断她妈，哑着声音说："好了，我知道了。"

"你们今天见面加了联系方式没？平时你们俩都要上班,加个微信聊一聊。"

"嗯。"

"加没加？"

"加了。"

"哦哦，那好，那我就不给你再介绍了。这个你先处处，不行我们再看下一个。"

宋一媛挂了电话，躺着休息了一会儿，又拿上手机回卧室，先充电，然后翻出睡衣去洗澡，洗完澡吹干头发后钻进被窝里。她先刷了一会儿微博，又看了一会儿朋友圈，睡意来临，关机睡觉。

联系人上的小红标"（1）"，一直没消掉。

第二天早上九点，某公司会议室。十多号人正严肃正经地商讨某机械制造方案，一声突兀的微信提示音响起。

众人皆愣，目光不自觉地落向今天会议一开始就很不正常，把手机放到了桌面的禹总。位于会议桌首的禹毅，在众目睽睽之下点开了微信。

聊天框之首，是宋一媛——我通过了你的朋友验证请求，现在我们可以开始聊天了。他锁屏手机，终于把手机揣回兜里，面色如常："小甄记一下，罚款从我这个月的工资里扣。"

甄伟："哦。"

"继续。"

会议之后，因为一批精密机械的合同签署和制造问题，禹毅和他的核心团队没日没夜地转了半个月，事情才稍定。

离开公司，禹毅点开微信，输入"你今天有空吗"，然后发送——

对方开启了好友验证，你还不是他(她)好友。请先发送好友验证请求，对方验证通过后才能聊天。

周六下午五点半，宋一媛如约到达餐厅。她推开门，在服务员的指引下朝着某个男人走去。这一次不是在靠窗的卡座上，而是在接近收银台的大堂角落里。男人被盆栽挡住，只稍微看得见一个不甚真切的背影。等宋一媛绕过遮挡物走到座位前时，两个人四目相对。

是一个又高又瘦的男人，穿着寻常的休闲服，脸颊凹陷，颧骨突出，眼珠一转，略带下流地瞧着宋一媛。宋一媛脚步微顿。

男人放下二郎腿，站起来，很热情地给她拉椅子，笑出有点黄的牙齿：

"宋小姐好漂亮。"宋一媛没说话。

男人坐下，盯着她继续笑道："今天我妈本来把地方定在旁边的杨记餐馆的，说那里的酸菜鱼好吃。但我觉得相亲就得选个环境好的地方，谁相亲是为了吃饭啊。"说着还非常满意地看了看周围的装潢，眼睛重新落到宋一媛身上，又平静地说，"这家店也就将就。"

两个人互相拿了菜单准备点菜。没等宋一媛说话，男人就对服务员道："那就来一份这个两人套餐吧。"

"是二百八十八款还是四百八十八款？"

"两百多的吧，我今天吃了晚饭出来的，不怎么饿。"把菜单还给服务员后，他才对着宋一媛说，"我觉得这个二百八十八的很不错，四百多的那个没啥意思，就是多了一只虾。这里的虾我吃过，味道一般，下次带你去'红8号'吃虾，那里的虾才叫一绝。"

宋一媛笑笑，并不多说什么。

"哎，对了，我还没自我介绍呢。"对面的人又把二郎腿跷上，松垮垮地倚靠在沙发上，"我叫孙锐。"

"宋一媛。"

"哪个 yuán？"

"沈佺期的《寿阳王花烛》，'仙媛乘龙夕，天孙捧雁来'里的'媛'。"

"哦哦。"孙锐含糊了两下，笑笑，像是对宋一媛越看越满意，"张口就是诗句，你平常喜欢看书？"也不等她回答，他又道，"好巧，我也是。哎，你说我吧，家庭条件、个人形象、身高什么的都还行，上大学的时候也有女生表白什么的，但我总觉得差点儿意思。就是吧……我觉得谈恋爱得找个谈得来的。我觉得你就很好，性格文静，也不化妆。哎哟，有些女生哦……你还爱看书，看书好，我觉得女孩有点文化很重要，至少以后带孩子的时候，可以辅导一下孩子的作业……"

宋一媛喝了一口水，孙锐停下。宋一媛看他，对方用一种令女生感到不适的眼光回看过来。盯了她三四秒后，孙锐的目光又落到她刚喝过的水杯上："一位伟大的诗人说过，'水杯上女人的唇印，是男人的欲火。'"

宋一媛意兴阑珊："哦，是吗？"

"你不问是哪一位诗人说的吗？"男人的眉毛一挑。

"不是很感兴趣。"

"是我。"孙锐笑了，"现在想听了吗？"

宋一嫒不说话。

"我上大学的时候很喜欢写诗，全诗叫《女人》，还得过奖。"

"嗯。"宋一嫒回，"但我觉得这首诗不怎么适合在两个人第一次见面的时候读。"

"哎，没关系！"孙锐摆摆手，"我们俩本来就是男女关系，聊一聊这种话题很适合的。黛玉和宝玉不还在一起读《西厢记》嘛！"他又不等宋一嫒说话，压低声音，似笑非笑地看她，"你对现在的女生动不动就跟男生上床怎么看？"

宋一嫒顿了顿："我觉得这是女生的自由。"

对方像是被吓住，瞪着她，又皱着眉："这也扯自由？你们女生现在的自由还不够多吗？读书自由、恋爱自由、婚姻自由、工作自由、生不生孩子最近也变成你们的自由，现在胡乱上床也要变成自由，什么都是自由，简直是乱来！"

宋一嫒看着他："难道这些不该自由吗？"

对方并不回答，反而以一种审视的眼光将宋一嫒看来看去，问："你不会已经不是处女了吧？"他"啧"了一声，心中像是有了回答，"想不到你看着蛮清纯的……"

"孙先生，"宋一嫒打断他的话，"说话的时候还是注意一下尺度比较好。"

"呵！"孙锐猥琐地一笑，"做都做过了，还怕说？"

宋一嫒觉得自己的教养稍微好了那么一点——从最开始这个人冒犯她，她就不应该出于礼貌继续坐在这里："对不起，我觉得我们俩不是很合适。"

宋一嫒站起来，拎起包包："这顿饭就算了。"

孙锐拉住她，宋一嫒回头，挣不开，脸冷下来："孙先生自重。"她的手腕犹如被什么恶心黏腻的东西裹住，起了一身的鸡皮疙瘩。

孙锐并没放开她，反而抓得更紧："你别生气嘛！合不合适总要试过了才知道。"说着"嘿嘿"一笑，对着她挤眉弄眼道，"我那方面不错哟……"

宋一嫒一个包包砸过去，厉声道："放开！再不放开我报警了！"

话说这边禹毅得知自己被宋一媛拉黑后，冷着脸驱车到泰味打包晚饭："你好，两份海鲜粥打包带走，谢谢。"

"哼！你装什么纯！

"呸！报警？你报啊，老子就告你打人！"

大堂的动静实在太大，禹毅侧过身子一看，正好看见令人心脏一紧的一幕——一个男的死死地抓住宋一媛，作势要把她往旁边的墙上撞。

一股大力狠狠地摔她时，宋一媛用尽全身力气也没挣脱开，只感觉自己被重重地推出去——完了。宋一媛又气又怕，不死也残，不残也得进医院躺两天。

预想中的撞墙没有发生，宋一媛不知道被摔进了谁的怀里，撞得脑袋一疼。他的胸膛像墙一样硬，宋一媛感觉眼前黑了两下。男人被撞得往后倒退两三步，抱着她的手臂一紧，胸口也重重地起伏了两下。这力度，要是真撞墙上——禹毅的脸冷得像冰，抱着人不由分说对着孙锐就是一脚。

"啊——"

宋一媛被踢人的力度带着跟跄了两下。禹毅放开她，问："没事吧？"宋一媛看清来人，努力压下身体和心理的不适，强迫自己冷静下来，冷着脸摇摇头，气得浑身发抖。

禹毅将她推到一旁，接住站起来的孙锐打过来的一拳，用劲拧了拧，只听"咔嚓"一声，胳膊脱臼了！孙锐"哎哟"了一声，怒气冲冲："我要报警！老子舅舅是警察，你等着坐牢去吧你！"禹毅又是一脚，复又踩住人，令他不得动弹，冷声道："好，报警！"说着他就拿出手机，拨打了"110"。

警察很快过来，带头的警察进来看见禹毅时愣了一下，禹毅面无表情。大概二十六七岁的年轻警察皱着眉问："谁报的警？"

"你好，是我。"禹毅站出来。

年轻警察手一挥："都带走！别影响人家做生意！"

"警官！"孙锐疼得张牙舞爪，义愤填膺地凑到年轻人身边，"他……"

"别废话，到了警察局再说！"

一群人上了警车。

"说吧，是怎么回事？"年轻警察看了两个人一眼，手随意一指，"你先说。"

他指的正是禹毅。

"警官，我要先说！"

"说个屁！"年轻警官冷冷地瞪他，"谁报的警谁先说！"

"凭什么！"孙锐瞧他年轻，况且自家亲舅舅就在这边警察局当组长，所以并不把人放在眼里，"警官你哪个警察局的？你认不认识赵明健啊？我跟你说——赵明健是我舅舅。"

戴警帽的年轻男人冷哼一声："原来是赵明健……"孙锐看他像是认识的样子，心头一喜："对对对，赵明健警官是我舅舅，我们亲近得很！"他转过头来恶狠狠地瞪了禹毅一眼，粗声粗气道，"这个人，我和相亲对象不过发生了一点儿口角，他莫名其妙跑出来就踢我一脚，还把我的手给拧骨折了！哎哟——"

"他涉嫌故意杀人罪。"禹毅冷冷地开口。

"你说什么！"孙锐瞪大眼睛，"你乱说什么呢！"

"那家餐厅有监控，你们可以调取录像看。以他当时推人的力度、墙壁的硬度以及这位女士的承受力，如果不是我及时制止，这位女士撞上水泥墙，必死无疑。"

警官点点头，摸出一副手铐，以迅雷不及掩耳之势，"吧嗒"一声铐上，然后又摸出手机打电话："杜局长，这边有个故意杀人未遂的，我是送民事组还是刑事组？我知道按规矩该送刑事那边，但这个人说他是我们局赵明健的侄子——赵明健啊——就是那个养了两个'小三'，和王科长走得很近的那个民事组组长。"

"按规矩办吗？"年轻警官似乎有些为难，"我要是把赵明健的侄子弄进去了，赵明健会不会给我小鞋穿啊……"

电话那头的中年男人气沉丹田，狠狠地吼道："杜宇坤你有完没完！你老子正在开局长大会！屁大点儿事唠叨两分钟，你还没断奶啊！"说完电话就挂了。

故意挤在杜警官身边的孙锐听完电话，和年轻帅气的警察对视了一眼，杜宇坤摊手撇嘴："听见了吗？屁大点儿事瞎吵个啥，送刑事组。"

"我没打算杀人！"孙锐不可置信看着他，挣了挣手铐，"我要见我舅！"

"呵。"杜宇坤冷笑一声，"你脑子怕是灌了水吧。你一个故意杀人犯见民事组组长干吗？"

"我都说了我没杀人！"孙锐指着宋一媛道，"她好好坐在这里，老子杀谁了！"

"关老子屁事！"杜宇坤不耐烦地踢他一脚，"杀没杀人专案组会判断，老子只负责把你拉过去！"

孙锐像是才反应过来，不可置信地看了看杜宇坤，又看了看自始至终异常镇定的禹毅，大叫起来："你们是一伙的！"说着就扑过来要打杜宇坤，"你个狗日的！"

身后的两个警察眼明手快一人一脚，把人给踹趴下。杜宇坤冷冷地道："故意杀人未遂嫌疑犯情绪激动，被捕后不服管教，袭警一次。《中华人民共和国刑法》第二百七十七条第一款、第四款：以暴力、威胁方法阻碍国家机关工作人员依法执行职务的，处三年以下有期徒刑。"孙锐一愣。

杜宇坤盯着他，表情冷漠："你知道什么是故意杀人未遂吗？不管你杀没杀人，只要你的行为会致人于死地，就会按杀人罪处罚。"

"《刑法》第二百三十二条规定：故意杀人的，处死刑、无期徒刑或者十年以上有期徒刑；情节较轻的，处三年以上十年以下有期徒刑。也就是说——"杜宇坤轻描淡写道，"不管是袭警还是杀人未遂，你都得坐三年牢。"

孙锐慌了："你……你骗我！"

杜宇坤翻了一个大白眼："我吃撑了骗你！"

孙锐一下被吓蒙了，手不自觉地抖起来。

杜宇坤和身后两位同事对视一眼，半晌，身后一位警察长叹一口气，拍了拍孙锐的肩膀"你说你，明明可以在外调解的事情，非要闹到这种地步……"

"调解！调解！警官我要调解……"

两个人解决了事情出来，已经是晚上九点。宋一媛心中各种情绪翻腾，此刻终于平静下来。身边的人西装敞开，领带也不知什么时候被扯开了，衬着高大的身材，颇有些粗狂不羁的爷们儿味道。不过萍水相逢，对方帮她如此，看来是面冷心热。

"谢谢。"走到路边，宋一媛莞尔一笑，"这件事麻烦你了，以后有什么要帮忙的，请说。"

禹毅心有余悸，没怎么想便脱口而出："你以后不要单独出来见男人。今天这种场面，要避免再发生。"

宋一媛一愣。

"怎么着也要带个人，最好是男的。"

宋一媛不知该如何回答。

禹毅一下子反应过来——宋一媛是出来见相亲对象的，见男人还带男人，真是不像话。他又想起微信的事，嘴唇不自觉地抿成冷峻又不悦的弧度。他想开口，却又不知该怎么开口，只闷在一旁。两个人不过平静地相处了两分钟——从警局到路边，又陷入某种尴尬里。宋一媛对这直愣愣的冒犯话不知该说什么，大高个则沉浸在自己的世界里，一时间冷了场。

半晌，宋一媛先笑了笑："以后我会注意的。"

"嗯。"

"今天太麻烦你了，浪费了你许多时间。"宋一媛说，"改天我请你吃饭，可以吗？"她又怕他不是很想和不过是举手之劳帮的人有过多联系，忙补充道，"当然，时间由你定。你什么时候有空，我请你。"

"明天。"

"什么？"

禹毅一字一顿："明天吧。"他把眼睛瞥开，"只能明天。"感觉好像很勉强。

宋一媛点头："好的，那明天联系。"这样也好，人情欠越久越难还。她抬手招了一辆出租车，坐进车里，抬头跟他再见，"今天真的很谢谢你。"

禹毅到嘴边的话又咽了下去，干巴巴地道："再见。"

黄色的出租车很快消失在他的视线里。

禹毅转身往警局走，杜宇坤坐在大厅里玩手机。见他回来，打趣道："美人儿送走啦？"

禹毅皱眉："好好说话！"

"嫂子送走了？"

禹毅一顿，瞥他："乱说什么。"

杜宇坤"啧"了一声，锁了屏揣到兜里，过来揽住大高个的肩膀，吊儿郎当地睥着他："你瞒谁呢！大学四年，我们俩'抵足而眠'，爬同一截上床梯，你对人家有没有意思我会不知道？"

"我们没有抵足而眠过。"

"是不是吧，你就说？大老爷们儿爽利点儿，不就喜欢个人嘛，谁还会抢你的？！"

大高个沉默半晌："先别到处瞎说。"杜宇坤好笑地看他一眼，似乎在嘲笑他幼稚，拿出手机来解了锁，嘴上漫不经心地道："谁没事儿叨你的感情史啊。"微信点开，微信群"四杆枪"——

"我今天见到万年愣头青禹毅撩大美人儿了，禹毅还英雄救美了人家，刚把人送走，我们俩现在在警局呢，我赌一百块他们俩没完……""叮"的一声发送。

禹毅面无表情地看着他，杜宇坤耸耸肩："随时随地分享新鲜事儿。"禹毅不想理他，往外走。

"哎，刚刚那小子怎么处理啊？"

"教训教训得了，别搞大了事。"

"好嘞！"两个人并排走着，"撸个夜宵？"

"吃晚饭。"

"还没吃晚饭的？这都九点半了！"

禹毅一下子顿住，回过头来盯着他："宋一嫒也没吃。"

杜宇坤撇嘴："没吃就没吃呗。反正你刚送人家的时候没反应过来这时候也就不好叫了。即便是刚刚你反应过来了，也最好别叫。当美人儿还不是你的时候，就一定要牢守晚上相处的线，九点之前必须得送人回家。你这种闷闷的性格，不懂解释，又不爱说话，就别作死地越过这条线了，一不小心就得出局。"

"大直男"受益匪浅，心放下来稍许："请你吃饭。"

第二天中午时，禹妈妈打来电话："大毅，禹悦有个闺密，想买个家务机器人。禹悦说她哥就是卖这个的，把她介绍到你这边了，你给人家拿个折扣啊。"

"不用了。"禹毅一边看合同一边打电话，"地址给我，我叫销售部送一个过去。"

"人家都快到你公司那边了，送不送让人家自己选。你知道人家小姑娘喜欢啥样的？"她顿了顿，漫不经心地道，"好歹你也还是陪小姑娘吃个饭吧。她和禹悦关系好得很，你可得把人家当亲妹子看。"

禹毅一看时间已经是十二点过十分，宋一嫒还没联系他，大概就是要约晚饭了，随即应下："好，电话号码给我，我联系她。"

禹悦是禹毅小叔的女儿，比禹毅小两岁，大学刚毕业两年，用上大学时做主播赚的钱开了一家小美容院，算是个小富婆。

半个小时后，禹毅和禹悦的闺密见了面。禹悦能做美女主播，样子自然不差。而美女总是扎堆的，所以禹悦的闺密长得也很好。面容精致，化着淡妆，举止落落大方，说话温柔，小美女叫秋曦。

两个人见面，对方用手微微扇风，略带可爱地道："可热死我啦！"美女香汗薄薄的样子自然是迷人的，旁边路过的人少不得要多看几眼。

禹毅熟视无睹，面容不算冷淡，稍微有一点儿生人间的热切，说道："你可以不用过来的，我直接给你送过去。喜欢什么样子的，把图片发给我就行了。"

秋曦不接话，笑吟吟地说："今天太阳好，正好出来走走。"

禹毅惊讶："这么远，你走过来的？"

秋曦："……"

两个人上了车，禹毅问："想吃什么？"

"最近泰国菜挺火的，去吃泰国菜吧？"

"附近没有泰国菜。"

秋曦看他一眼，软着声音问："你很忙吗？"

"挺忙的。"禹毅一边打方向盘，一边正儿八经地回答，"下午还有两个会要开。两点开始，我们找个近点儿的地方吃吧。"

"好。"

两人就近找了一家饭店，挑了个位子坐下。

两人对坐，大眼瞪小眼。秋曦"扑哧"一笑："看来禹悦对你的评价挺准的。"

"嗯？"

"愣得像木头。"

禹毅有些不明所以。

秋曦眨了眨眼睛："你不会真觉得我只是来买机器人的吧？"

"还有其他事情？"

"相亲。"

"什么时候？"

"现在。"

禹毅不知该如何应对，愣了两秒："我已经有相亲对象了。"

"多项选择嘛！"秋曦不甚在意，"我觉得你挺老实的。"她笑眯眯地望着他，"有种异样的萌感。"

"抱歉。"禹毅耿直得很，"我没打算再相亲了。如果我妈一早告诉我，我是不会答应的。"

秋曦摊手："好吧，先把这顿饭吃完再说。"

禹毅有些犹豫。正在这个时候，他竟然看见宋一媛推门进来了。他和秋曦两个人的位子就在门口靠窗，所以宋一媛也很轻易就看见了他。禹毅忽地站起来，宋一媛朝他微微一笑，目光扫过秋曦，然后决定就不过去打招呼了。

秋曦自然也看到了宋一媛，问禹毅："你朋友？"宋一媛此刻已经往服务台走去，看样子是没打算过来了。禹毅没回答秋曦，面部肌肉绷得有些紧，眉头微蹙，眼睛盯着宋一媛。

宋一媛本来是过来确定晚饭的预约的，但看见禹毅在这里，知道他中午是在这里吃的，便改了主意。

"你好，我是过来取消预约的：宋一媛，A19座。谢谢，麻烦了。"

取消完毕，宋一媛就往门口走，发现禹毅还在看着她。她踌躇了一下，走过去打招呼："禹先生，中午好，又见面了。"秋曦发现，禹毅的肌肉以肉眼可见的速度紧绷，面容也变得异常冷峻，声音更是冷了几个度："你好。"活像对方欠他一家银行似的。

宋一媛自然也感觉到了对方的变化，有些怀疑自己是不是不该过来。禹毅说完"你好"后也没别的话，秋曦坐在一旁，也不见禹毅礼貌性地介绍一下。宋一媛想，今天晚上还要吃饭吗？如果对方昨晚只是迫于不好拒绝无奈地答应了一顿饭，她觉得表示感谢的方式不止一种。

从认识他到现在，宋一媛自认没做过什么让人反感的事，也没有唐突他，可这个人怎么每次见面总是一副很讨厌她的样子？他说话也是直得令人尴尬。

"那就不打扰你们了。"宋一媛朝秋曦点点头，转身欲走。

"这就是我的相亲对象。"禹毅突然开口，向秋曦介绍宋一媛。

宋一媛的脚步不尴不尬地停在半空中，又假装自然地放下，微微一笑，她明白了。

"这是秋曦，来买机器人的。"

宋一媛微微点头："你好，秋曦小姐。我叫宋一媛。"

"宋大美人儿好。"秋曦"嘻嘻"笑。

"哪里，你比我漂亮多了。"

"漂亮和美是两个概念。"秋曦很坦然，"大多数女孩都可以称为漂亮，美却是得有神韵的。"

宋一媛笑笑，不置可否，偏头朝向禹毅："今天晚上想去哪儿吃？"

禹毅不说话，只是盯着她。

"一直看我干吗？"宋一媛微微抿唇，温婉下有些淘气，眼波流转，柔柔地看着他，"昨天不是才见过？"

禹毅的心重重地一跳，手不自觉地握紧。宋一媛眨眨眼："泰味斜对面新开了一家粤菜馆，我没试过，今晚尝尝？"

禹毅木着脸，冷声道："听你的。"

宋一媛点点头，再次向着秋曦笑道："那你们继续聊，我先去订位了。"

"不了。"秋曦看得明白，"谁愿意和这个木头吃饭啊。"

既然名草有主，再争只会"吃相"难看，仙女不爱做这种事情。

"既然禹总下午还有会，我也就不多打扰啦。"秋曦挥挥手，"我约人去逛街，机器人到时候看好了就劳烦禹总送来了。"

小美女走得干净利索，剩下两个人尴尬相对。宋一媛竟觉得自己有些习惯了这种沉默相对的场面，放松下来，问："新的相亲对象？"

禹毅沉默半响："不是，老太太没告诉我。"

"嗯。"宋一媛不甚在意，"他们也是为了你好。"

服务员第二次过来递菜单，轻声问："先生，现在需要点菜吗？"

"不了。"禹毅站起来,"我们不吃了。谢谢。"

服务员愣了一下,随即点头,保持微笑:"好的。谢谢光临,欢迎下次再来。"

宋一媛跟着大高个走出酒店的时候脸有些烧。她先是去取消预约,然后又占着位子说了好久的话,最后却什么也没吃就出来了。她有种虽然没"白嫖"但总归是调戏了人家酒店的感觉,禹毅倒是坦然得很。

两个人站在酒店外,宋一媛已经不期待这个人能先打破沉默了,主动说道:"那晚上见。"

禹毅却道:"你吃午饭了吗?"

"没吃。"

"去吃午饭吧。"

"你下午不是还有会吗?"

禹毅顿了顿,直直地道:"那也要吃饭。"

宋一媛看了看时间:"已经一点多了,就随便吃点吧?"

两个人最后去了一家小饭馆吃快餐,两荤三素一汤。

宋一媛喝了半碗汤,吃了几口菜,对面的人已经"呼哧呼哧"两三下把饭吃完,再把碗一搁,坐得直直地看着她。

宋一媛:"……"

男人像是反应过来,有些局促:"赶时间。"

宋一媛微笑道:"那你先去忙吧。"

禹毅一下子站起来,挡了一半的天光,粗声粗气:"那你慢慢吃,我先走了。"大高个两三步一跨就看不到人影了。宋一媛有些呆,是他建议吃午饭的吧?

时间一晃就到了晚上,中午才见过面的人又坐在了一起。点菜的时候,宋一媛问:"现在不忙了吧?"禹毅摇头。宋一媛点了皮蛋酸姜、五柳伊势蛋、冬瓜薏米煲鸭和一份佛跳墙。

点完菜,两个人无言对坐。

宋一媛哑然失笑,问:"禹先生对谁都是这种不说话的样子吗?"

"不是。"

宋一媛一噎，看着他，等着他解释，可等了半分钟——他没解释。

宋一媛有些不敢置信："只对我？"

"不是。"禹毅眉头皱起来，冷声道，"别说这个。"

宋一媛有些难堪："抱歉，唐突了。"她认命了，可能是和这种个性的人相处不来。

两个人都沉默。宋一媛微微偏头盯着外面的夜景看，也不知道到底沉默了多久，对面的人终于开口："宋小姐还在相亲吗？"

"嗯。"

"有合适的吗？"

宋一媛对这个话题很反感，语气恹恹的："没有。"

对面的人再次沉默，许久后——

"那我们继续相处，可以吗？"

宋一媛有些惊讶地回过头，禹毅还是那张冷到令人发怵的脸。是自己幻听了？

"你刚刚说什么？"

"我们不是相亲对象吗？"禹毅盯着她，"可以继续相处吗？"

"你知道相亲对象继续相处下去是什么意思吗？"

"嗯。"

"以结婚为目的相处？"宋一媛有些摸不准。

对方又沉默了，然后重重地道："嗯。"

宋一媛不是很懂。这个人第一次见面时对她没兴趣，加了微信半个月不说话更是态度鲜明，每次见面都一副冷表情，说话也硌硬人。现在他却说要继续相处？

宋一媛看着他，对面的人还是那样的表情。两个人对望一阵，宋一媛发现禹毅的耳朵红了，目光也挪开了，嘴唇无法控制地抿了一下，还咽了一口口水。他在紧张，还在害羞。

宋一媛有些不确定地想：或许这个人真的是面冷心热？有表情管控障碍？又想到自己这无聊乏味又烦闷不堪的日子，如果能有个稳定的相亲对象，生活应该会安宁许多。

禹毅见她久久不答，略显局促地道："只是处处，不一定结婚。我不会再相亲了。"

宋一媛于是更明白，大概他也是想求个安宁。于是她的心放松下来："正好，我也不想相亲了。"又笑了笑，"可以。"

"嗯。"话题终止。

宋一媛叹了一口气，以后就这样相处吗？

"禹先生能不能告诉我，为什么面对我时话就这么少？"宋一媛决定把这个话题捡起来，这是非解决不可的问题。

禹毅皱了皱眉："没什么好说的。"这会心一击，可真够直接的。

"是吗？"宋一媛保持微笑，"那么禹先生又是为什么想和我相处呢？"

对方没回答。

是了，他是不想相亲。算了。

两个人吃完饭出来，禹毅说："我送你。"

"好。"她的回答干脆又果断，让男人一愣。宋一媛微微偏头，"嗯？"

大高个大踏步去取车。

一辆普通的棕色大众越野车停在宋一媛跟前，宋一媛拉开副驾驶座的车门坐进去。街上灯火辉煌，车水马龙。饭店里是热闹的相聚，饭店门口是亲热的分别，霓虹灯姹紫嫣红，闪闪烁烁地照着每一张情绪高昂的脸。西装革履，红唇高跟，每个人嘴里都挂着一个"×总"；每个人的开场白都有"说句心里话"；每个人的结尾都是"真的、真的，感谢、感谢"……风吹过来，冷风里带着各种食物香甜的气味，下晚自习的小姑娘解开校服，酷酷地对电话那头的人说："真的，她好作……"霓虹灯同样照在她的脸上，嫩嫩的脸蛋上有着粉粉的绒毛。

这是这座城市晚上九点的光景。每个人都从这样的场景里穿过，从一个身份到另一个身份，从年轻到不年轻。

宋一媛额头抵在车窗上，表情不自觉地有些落寞。商业街上到处都是行人，车子走得缓慢，有一群十七八岁的小姑娘和小男生咋咋呼呼地从他们车前横过去，其中一个姑娘笑声朗朗，眼角眉梢都是朝气。

两个人都注意到了。

"你觉得她好看吗？"宋一媛突然问。

"好看。"大高个实话实说，"很年轻。"

"你们是不是都喜欢年轻的姑娘？"

"我不喜欢。"

宋一媛随口问："难道你喜欢老的？"

禹毅顿了顿："和年龄无关。"

宋一媛叹了口气，看来这大高个心里说不定还有一个"白月光"。不过这也是很正常的事情，一个男人，到了二十七八岁的年纪，如果前小半辈子没有喜欢过某个姑娘，生理或心理上或多或少会有问题。

"每个人都会老的。"禹毅像是感知到了宋一媛的情绪低落，"她有一天也会像你一样。"宋一媛一噎，什么叫"像你一样"？她很老吗？托禹毅的福，宋一媛难得伤春悲秋的情绪没有了，只剩下一口气堵在胸口，上不去又下不来，只能背对着他翻一个白眼。

半晌。

宋一媛扭过头来，恶狠狠地说："以后不许说我老！"

大高个莫名其妙，又冷又愣："我没说你老。"

宋一媛不想和他争辩，这几天憋的气都趁着这下吐了出来："反正不许说我老！也别拿我和其他小姑娘去比较！我年轻得很！"

禹毅愣得脸上的冷意都消散了几分，看起来有些傻："哦，知道了。"

宋一媛轻哼一声，只觉得身心舒畅。她又偷偷瞧了开车的人一眼，还是那个样子，好像也没什么不悦。

哦，原来他只是看起来脾气不太好。

把人送到公寓楼下，禹毅从置物架里掏出一个礼品袋，抿了抿唇："送你。"礼品盒和礼品袋都是耀眼的大红色，中间都有三个烫金大字——老凤祥。宋一媛的表情一言难尽，情绪更是复杂。

"谢谢。"宋一媛并没有接过来，"礼物很贵重，心领了。"

禹毅没想到会被拒绝，愣在那里，场面有些尴尬。宋一媛见他脸色不好，解释道："真的太贵重了，我收不了。我们这才见第四面，你没必要送我这么贵重的礼物。"

"不贵。"禹毅皱着眉头，"就是因为不贵才送你的。"

宋一媛："……"

这样还是不处了吧?

"不贵我也不收。"宋一媛微笑,"今天谢谢你送我回来,再电话联系。"

"你是不喜欢吗?"直男禹毅人生中第一次送女生礼物,却被惨拒。男人深吸两口气,"你喜欢什么,下次我再买。"

宋一媛耐着性子道:"禹先生,这不是喜不喜欢的问题,而是或许这份礼物对你来说不算什么,但对于我来说有些贵重了,我不能平白接受这样贵重的礼物。"

"是吗?"禹毅一本正经地看着她,"我就是觉得要送你,所以它很轻。"

宋一媛一愣。对方抿抿唇,大手捏着纸袋,长手长脚地窝在驾驶座上,"我朋友叫我见面送礼物,不需要太贵重……"

宋一媛心思巧,一下子就明白了。大概就是有人告诉他见女生最好送一点小礼物,这个人就去商场挑了,挑来挑去都嫌礼物不够好。而买的这个,将将够得上他意识里"送宋一媛一份小礼物"的"小",所以他就买了。

换句话说——宋一媛很贵重。

宋一媛没想到这个人是这样认为的。不会说话的人突然说一句漂亮话,竟让宋一媛感动得想落泪。

"谢谢。"宋一媛最后还是没有接过来,"我今天已经得到你的礼物了。"

"什么?"

宋一媛并不解释:"时间很晚了,我就先上去了,晚安。"她的语气轻柔如风。

禹毅回到家,洗完澡出来,微信传来提示音。他点开看——宋一媛请求加你为好友。礼物被拒绝的郁闷一扫而光,男人点了"同意",开心地工作到深夜。

时间飞快地翻过十一月。十二月,对大多数公司而言,都是忙得脚不沾地的一个月。无数的年终报表、无数的年终总结,还有无数的来年计划。宋一媛作为一个文编,感觉生无可恋。

等她加班回到家,接到了宋妈妈打来的日常电话:"最近忙吧?"

"嗯。"宋一媛接了水,插上电,又拿出花茶罐,挑了几朵干玫瑰花,倚在料理台边,累得重重地吐了一口气,"年终报告多。"

"注意身体哦。"那边传来"抗日神剧"的电视声，想来电话开的是扩音，让老两口都可以听到她讲话，"记得吃早饭，晚上或多或少要吃一点，别为了减肥把身体拖垮了。"

"嗯嗯。"都是些老生常谈的话，宋一媛全部应下，"我早上有吃面包……"

"不要只吃面包。"宋妈妈的眉头皱起来，"喝点牛奶，吃个鸡蛋。"

"妈，我哪吃得了那么多。"

"那哪儿行！"于是那边又开始念叨早上喝牛奶、吃鸡蛋的好处，宋一媛心不在焉地听着，打开冰箱洗了一根胡萝卜吃。

"哎，对了，你上次不是说你和禹毅打算继续相处吗？"宋妈妈的话题转得猝不及防，宋一媛"嘎嘣"咬了一口胡萝卜，含糊地应着："嗯。"

"处得怎么样？"

宋一媛眉头皱起来："妈，你不要天天问，我们处得好不好我自己知道，不想说。"

"你和我说说怎么了？"宋妈妈嘟囔，"我还不是想知道你们俩能不能成。"

"成不成就是一个结果，您别在处的过程中问啊。"宋一媛烦得很，"前天问，昨天问，今天问，你女儿就这么嫁不出去？有结果了，无论是好是坏我都会跟你们说的。"她顿了顿，"好了好了，我洗澡去了。"说完就挂了电话。

她晚上失眠了，闭着眼睛，眼皮一直在抖，于是只好睁开。窗外只有一点路灯的光，房间里的物件模模糊糊有个轮廓，大体是黑的、看不清的。四周很静。

就这样睁着眼不知到几点，放在床头的手机突然响了一声，是微信。她拿起来，一摁亮手机屏幕，就是禹毅的微信显示——

禹毅：我们结婚吧。

就在宋一媛看到这句话的下一秒，屏幕上又出现新的消息——

禹毅：我爱你，我们结婚吧。

宋一媛眉头微皱。

禹毅：我们结婚吧，我会对你好的。

禹毅：我会好好赚钱，给你更好的生活。

…………

凌晨三点，微信一直在响，全是禹毅发的。

宋一嫒打开聊天框，问：喝醉了吗？

这是他们第二次加微信后第一次聊天，时隔上次见面也是半个月，其间毫无联系。

禹毅：没有。

禹毅：就想和你结婚。

禹毅：想得不行。

宋一嫒哑然失笑——还说没醉。

宋一嫒：知道我是谁吗？

禹毅：知道，我媳妇。

宋一嫒柳眉轻挑：呵，喝醉了嘴皮子倒挺溜。

宋一嫒：我是宋一嫒。

禹毅：宋一嫒，我媳妇。

禹毅：想结婚。

禹毅：想牵手。

宋一嫒：你到家了吗？

禹毅：没有，我在公司里。

禹毅：家里又没有宋一嫒。

宋一嫒的心重重一跳。

宋一嫒：你在公司睡觉？

禹毅：嗯。天天都在公司睡觉，忙死了。

宋一嫒：时间不早了，快休息吧。

禹毅：那我们结婚吗？

宋一嫒一顿。

禹毅：我们结婚好不好？

禹毅：我会对你好的。

禹毅：真的。全世界就对你一个人好。

禹毅：宋一嫒，我们结婚吧。

宋一媛：等你酒醒了再说。

禹毅：我没醉啊。

禹毅：我清醒着呢。

禹毅：我知道你是宋一媛。

禹毅：我想和宋一媛结婚。

禹毅：还要怎么清醒？

不知道为什么，宋一媛失眠了这么久，原本以为会要睁眼到天亮。可是才和禹毅说了几句话，就舒服得有了睡意，想马上裹紧被子，暖暖地睡到天亮。

宋一媛：好了，我要睡觉了。明天聊。

禹毅：明天就答应我吗？

宋一媛笑——没想到喝醉酒的男人会这么可爱。

她把手机放回床头，闭上眼继续睡觉。

禹毅：好吧，你先睡觉吧。

禹毅：明天我再问一次。

禹毅：现在已经是明天了。

禹毅：我们结婚吧？

微信响了几声便不再响，宋一媛很快沉入梦乡。

第二天一早，办公室沙发上的男人头痛欲裂地醒来。办公室外面横七竖八躺了一群人。

前前后后忙了三个月，终于搞定了一张大单子。一群人把仓库的酒搬来喝了个精光，没一个不醉的。禹毅揉揉太阳穴，脑袋很疼，嗓子也干得发紧，摇晃着起来接了水，喝了一杯。他走出办公室，踢了踢门口的助理甄伟，对方软趴趴地翻了个身，脸朝地，不动了。禹毅又踢了踢他，甄伟眉头紧皱，哑声道："干吗？"

"回去睡。"

"几点了？"

禹毅瞥了一眼电子钟："九点。"

甄伟揉揉脸，起来了。两个人东踢踢、西踢踢，又去隔壁办公室的小隔间把团队里的女生给叫醒。

一时间，办公室里哈欠连天。

"放假两天，都回去睡觉吧。"他顿了顿又道，"打车回去，这两天所有的车费都报销。"

等所有人都走后，禹毅回到办公室，拿上外套和手机准备回家。

休息半天，下午再问宋一媛有没有时间。这是禹毅打算好的。他习惯性打开手机，点开微信——瞳孔骤然放大。

他什么时候和宋一媛聊天了？聊天框首页显示的消息更是惊悚——我、们、结、婚、吧？

禹毅点开，手指僵硬地往上滑了滑，心脏骤停——这都是些什么！

"不可能。"男人把手机放回桌面上，表情麻木，"不可能！"

就在这个时候，传来"叮"的一声微信消息提示音。大高个扔掉手机夺门而出——不要看！

绕着公司转了两圈后，禹毅回来，在甄伟的桌上找到公司公用的商务手机，拨打电话——

"付总你好，最近我们这边新研发了一款产品……可以，几点？好的，我等一下就过去……不用客气，毕竟我们是长期合作伙伴。"

晚上，等一群人醉醺醺地从会所出来，付总扶着禹毅："禹总，您回哪儿？"

"公司。"

"哟，都这样了还工作呢？"

"不是。"禹毅醉得不算厉害，只是反应有些迟钝，笑了笑，"我东西落在公司了。"付总见他对话完全没问题，也就放心地将人送上出租车，并挥手道："禹总慢走啊。"

等禹毅回到公司，酒醒了一些。他远远地看见办公桌上的手机，心里很平静——去面对、去解决，没什么大不了的。于是他摁亮手机——

宋一媛：好。

四周噼里啪啦一阵乱响。

"我……"地上的人蜷曲着揉了揉膝盖，撇开身上的资料，脑袋有点儿晕。他重新站起来，再次摁亮手机——

宋一媛：好。

男人嘴唇紧抿，胸口重重地起伏，拿上手机，大踏步离开。

宋一媛也不懂自己看到昨晚的消息，又思考了一个小时后，为什么会鬼使神差地发送了一个"好"字。

一天没回复，也不知道他酒醒了没有。人家乱七八糟发了一堆话，尚可以用醉酒解释过去。可她在清醒得不得了的上午九点发一个"好"字，又该怎么解释？

晚上十一点，宋一媛洗完澡出来，坐在床边吹头发。背后的手机无声地亮起来，上面显示"禹毅"两个字。亮了近一分钟，来电显示停止。屏幕并没有黑下去，"禹毅"两个字再次出现——

宋一媛毫无察觉，等她吹完头发，换上毛茸茸的白兔睡衣，打算刷微博的时候，看到手机上已经有八个"禹毅"的未接来电。她心里"咯噔"了一下。就在这时，电话再次响起，还是禹毅——

"喂？"

"我在上次送你回家的地方。"那边语气平静且冷凝，"我不知道你具体住在哪里，你可以过来一下吗？"

宋一媛有些呆，这搞得像偶像剧似的……

她的心不由自主地跳快："嗯，好。"说完她的脸就有点烧。

宋一媛拿着手机下去，绕过两条小路，看见禹毅靠在路灯旁，正对着她的方向。

等她走近，禹毅先开口："是真的吗？"

宋一媛有些尴尬，又有些忐忑，还有一点说不清道不明的悸动。

她强自镇定："嗯？"闻到一股酒味，又问，"又喝酒了吗？"

"没醉。"

宋一媛笑了："你昨晚也说没醉。"

禹毅深吸一口气："我现在是真的没醉。"

"那昨晚应该是醉了吧？"醉了说的胡话可不能当真。

这一点禹毅无法回答。

宋一媛看着他问："我可以做全职太太吗？"

禹毅愣了一下，马上答："可以。"他的心快要蹦出胸腔。

"不做家务，心情好了才做饭，每天窝在家里刷微博、逛淘宝、看小说……"

"可以。"对方眼睛黑得发亮，嘴唇很薄，脸上的肌肉绷得很紧，"都可以。"

宋一媛还打算说什么，对方又再次说道："你想做什么都可以，你什么都不做也可以。"

"那我们结婚你能得到什么呢？"

对方没说话。

宋一媛叹了口气，禹毅的身子一僵。不结了吗？

然后他感觉两条软软的手臂缠上他的腰，有温热的、带着奇异香味的身体贴过来，声音如梦似幻："结吧。"

禹毅顿时成了一块化石。

半晌。

宋一媛尴尬地把手收回来，两个人沉默相对。

宋一媛被他木讷的反应搞得极不自在，也变得缩手缩脚的，讪讪地道："如果没什么事，我就先上去了？"

禹毅点点头："好。"

宋一媛一路都在懊恼——怎么就抱上去了呢？人家还没反应，这让她多尴尬啊。意思意思回抱一下都不会吗？好烦。

走完一条小路，前方突然蹿出一个人来，吓了她一大跳——

"是要结婚吧？"男人呼吸粗重，直直地盯着她。

宋一媛也气鼓鼓的："你认真的？"

"嗯。"

"结啊！"宋一媛更气——都说要结婚了抱一下会死啊？我又没占你便宜！

禹毅不懂她为什么突然生气，有些不安，顿了顿又问："那你是认真的吗？"

宋一媛平静下来，想了半天，说："我想找个顺眼的人搭伙过日子。"不需要轰轰烈烈，不需要浪漫惊喜，平淡一点，日常一些。不会说话没关系，没有爱情也没关系，只要有个人陪着就可以。

禹毅听懂了，哑着声音说："好。"他下一句又问，"那什么时候离婚？"

宋一媛："啊？"

你在说什么？

"如果……你遇到……"

"你出轨的时候。"宋一媛认真地看着他，"如果你出轨，我们就离婚。"

禹毅的呼吸又重起来："除此之外呢？"

"没有。"

那就是永远不会离婚了。禹毅的头有点晕，不知道是吹了风酒气上头还是别的什么原因，他有点喘不上气，一种从来没有过的感觉涌上心头。他怀疑自己正在做梦，被什么东西勒住了脖子。

又是半晌静默。

宋一媛有些冷，这才发现自己只穿着睡衣就下来了。她把睡衣帽子戴上，再裹紧，仰着头说："我走了。"

禹毅的手动了动，最终什么都没做，忍着心里的酥麻感，冷声回答："好。"

宋一媛这晚睡前难得没有逛微博，从书架上随便抽了一本书看——

梦里一片黑暗，感觉身后有人勒住了她的脖子。

"你猜我是谁？"

"是死亡。"

"不，是爱。"

Chapter 2

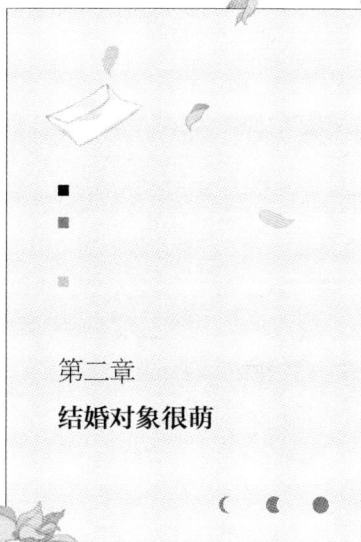

第二章

结婚对象很萌

宋一媛第二天中午就收到禹毅的微信，禹毅：我母亲想和你吃顿饭。

宋一媛晚上和宋妈妈说了，宋妈妈又惊又喜又疑："前两天问你还不耐烦呢，现在就要见家长了？"

"确定关系，吃个饭，很正常。"

双方家长见面。

两位爸爸都不是话多的人，禹毅更是话少，宋一媛也不怎么说话。全程都是宋妈妈和禹毅的母亲在津津有味地聊天。

她们聊到了结婚。

禹妈妈："婚房早就备好了。"

禹妈妈："我不和他们住。两代人住在一起，再怎么好也会有冲突。我们现在住在老社区，左邻右舍都认识，没结个伴报个旅行团，好玩着呢！"

禹妈妈："什么时候生孩子看他们自己，这是他们夫妻俩的事情。"

禹妈妈："要怎么结婚也看他们自己，我们都尊重。"

禹妈妈："我们也别说'娶'和'嫁'了，'娶'就是过来，'嫁'就是过去，好像姑娘是东西似的，拿过来和原来的父母没啥关系了。说'结婚'就很好，'结'是两条绳子拴在一起，既不是过来，也不是过去，是新的'结'，新结后面跟着两个结，三家人连在一起，最好。亲家母，你说是不是？"

宋妈妈被禹妈妈感动了，双眼有些红，连声说"是"。宋一媛看了看身旁石头一样坚硬沉默的人，心想：啧，一点儿也没遗传到。

于是两人的婚事就这么敲定了。

转眼到了过年，两家人互相拜年，宋一媛跟着禹毅回了老家，收了许多分量不轻的红包。宋一媛原本想给小孩压岁钱的，被禹毅拦住："我已经给了。"禹妈妈也说："一家人哪有给两个红包的道理？"她便只好作罢。

到了晚上，两个人在房间里大眼瞪小眼，只有一张床。

这原本是宋一媛已经料到并且在心里默认了的事，但看到禹毅像个木桩似的杵在一旁毫无动作时，她也别扭了起来。两个人在老人家的房子里肯定不会做什么，就只是睡一张床而已。

睡上去就行了，宋一媛想。要不你先睡，要不我先睡，后一个人只要跟着上去就是了。杵在床边干吗？守岁吗？转念又一想——这种事情女生要是没有动作，男生先主动就显得有点急色，还是自己先来好了。于是她淡定地走过去，掀开被子钻进去，只露出一双眼睛，静静地看着床尾站得笔直硬挺的男人。两个人目光相接。

半晌，禹毅终于有动作了——他走到床头。宋一媛闭上眼，脸有些烧，心跳有些快。原来也没想象中那么镇定啊。

"吧嗒"一声轻响，房间里暗了下来，宋一媛咬了咬唇。一阵轻微的脚步声，接着是一声更轻微的关门声。房间里一时间静悄悄的。

宋一媛睁开眼，房间里只剩下她一个人。楼下传来隐隐约约的电视声和说话声——

"你怎么下来啦！"

"陪你们打牌。"

"哟哟哟——"

宋一媛心情复杂。

牌局早上六点才散，众人各自回房。禹妈妈起来上厕所，和禹毅在二楼的走廊遇上，看见他不像睡了觉的样子，眉头微皱："通宵打牌？"禹毅点了点头。

禹妈妈有些不高兴："人家媛媛第一次来老家，你就丢下她玩通宵，怎么回事儿啊你？"话一说完，她更觉得是这个道理，就更不高兴了，"牌有什么好打的？能比抱着香香软软的老婆睡觉舒服？你可长点儿心吧！"说完瞪了自家儿子一眼，手一推，"进去！快进去！"

门打开，禹妈妈压低声音教训道："你再这样随便把媛媛一个人丢那儿，看我不收拾你！"大高个一声不吭。

禹妈妈斥道："你给我听到没！"

宋一媛被吵醒了，迷迷糊糊哼唧了两声。禹妈妈立即噤声，用手拍了拍禹毅，悄悄出去了。

禹毅走到床边，宋一媛眯眼，声音里带着浓浓的睡意："几点了？"

"六点。"

宋一媛模糊地"哦"了一声，被子一裹，滚到一旁，给人留出一半床来，昏昏欲睡。

大高个站在床边不动。五分钟后，宋一媛皱眉——困得不行，但总觉得床边有个逼人的暗影是怎么回事？她半睁眼，看清黑影后，没好气地道："站着做什么，要上来就快上来。"

禹毅于是掀开被子，躺了进去。床瞬间变得好小、好挤，连翻个身都觉得困难。宋一媛更觉得被一股陌生的、令人心慌的气味包围了，有点喘不过气。男人的心跳沉稳有力，一下一下，震得她头晕。宋一媛心烦意乱，手隔着被子气鼓鼓地摁在禹毅的胸上："不许跳！"

禹毅不说话，只是缓缓吸了两口气，又缓缓吐出，心跳声才稍微平稳了一点。宋一媛裹紧被子，翻过身，很快又睡了过去。

等宋一媛睡着后，身后的人才僵着身体，把还没来得及放平的腿缓缓放好，伸进被窝里。突然，宋一媛转过身——两个人脸颊相对，不过咫尺。

禹毅绷着脸，喉结无法控制地上下起伏了一下。正在这个时候，宋一媛的脚碰到了禹毅的脚。男人浑身燃烧起来，一股热气直冲天灵盖，直往"不可描述之处"。要命。

宋一媛窝在暖暖的被窝里，睡得无知无觉。禹毅不知僵了多久，当天微微亮时，他伸出汗湿的大手，轻轻地抚摸了一下宋一媛的脸，很滑，很嫩，很美妙。

他落荒而逃。

宋一媛觉得今天的禹毅有些怪。原本随着过年这几天频繁的相处，两个人的交流已经自然了许多。但今天一起来，两个人在饭桌上一对视，一夜又回到解放前。宋一媛感觉莫名其妙。

回城的路上，禹妈妈发觉了两个人之间不正常的沉默，和禹爸爸对视一眼，笑道："媛媛，你们的婚房前两天已经打扫整理好了，今天回去了要不要看看？"宋一媛点点头。

车子正准备往新家的方向转，禹妈妈又赶紧叫道："哎哎哎——你先送我和你爸回我们家，你和媛媛两个人去看。"于是禹毅先送了禹爸爸禹妈妈回去。

之后车子里只剩下禹毅和宋一媛，两个人一路沉默不语。当车子驶入地下停车场，禹毅停好车后，宋一媛皱眉问："你怎么了？"禹毅并不看她："没什么。"手心里却是汗涔涔的，好像还黏着某种滑腻细嫩的触感。

宋一媛盯着他，面无表情。禹毅看了她两眼，又赶紧移开，哑着声音道："我……今天……"宋一媛开门下车，冷淡地抛下一句："不说算了。"禹毅赶紧追上去。

宋一媛气鼓鼓走得飞快——闷死你算了！禹毅就跟在她身后，既不拉她，也不出声，只是闷头跟着。

宋一媛停下，男人也赶紧停下，还后退几步，保持距离。宋一媛一扭头就看到他疾步退开的样子，更生气了，气冲冲地问："我是有毒吗？碰一下就会死？"

"没有。"

"那你躲什么躲！"

禹毅不说话。宋一媛看他又不说话，火气"噌噌"地往上涨——还结个屁的婚啊！她张口欲言，却被一股大力往前猛地一拉，撞进某人硬邦邦的怀里。她的头被摁住，双手和身体一起被两条手臂箍住："对不起，我今天偷摸了你。"禹毅嘴唇紧抿，"你别生气，也别说气话。"

宋一媛问："你摸哪儿了？"

"脸。"

"什么时候？"

"睡觉的时候。"

"只摸了脸？"

"嗯。"

宋一媛翻了个大白眼："为什么要摸我的脸？"

"……"

宋一媛微微挣开，看着他问："想亲吗？"男人直直地盯着她，她再问，"你知道我们再过一个星期就要领结婚证了吗？"男人直直地盯着她。

宋一媛眉头一皱，下一秒，一个温热的吻落在她的额间。嘴唇停在额间许久，宋一媛不耐烦地动了动，头再仰起一点，往上一凑，四片嘴唇相触。宋一媛没好气地想：哼，连接吻也要我主动。

也就是在这一瞬间，禹毅抱紧了她，在宋一媛动作之前，唇瓣摩擦，嘴唇微张，轻轻咬住她的，反复舔舐，又吮了一下，舌头抵开牙关，伸了进去。两条软软滑滑的舌头交织在一起，两个人仿佛触电般地抖了一下。宋一媛闭着眼睛，两腮绯红，迷迷糊糊想：就只会这种事情主动？

等两个人接完一个湿漉漉的吻，都气喘吁吁的，各自的嘴唇也都红润湿亮。宋一媛的嘴角还闪着银丝，禹毅盯着那暧昧的水渍，动作比想法快，凑过去拿舌头舔了舔，又重重地吸了一下。宋一媛睫毛一颤，小脸通红。

四目相对，两个人再次吻到一起。男人的力度比刚才重了很多，一手掌着她的脑袋，一手环着她的腰，带着人紧紧往胸口摁。他的牙齿叼着软软的嘴唇，仿佛要把它嚼碎了吞进肚里去。唇舌翻搅，酥麻窒息……宋一媛觉得自己可能会死。

宋一媛没有死，因为禹毅及时放开了她，由深吻改成了依依不舍的啄吻。宋一媛趴在他胸口，死里逃生般地喘着气。等两个人都平复下来，宋一媛假装平静地道："走吧。"禹毅深深地看她一眼："嗯。"

第二天，禹妈妈打来电话："媛媛啊，我们刚刚看日子，发现明天比一个星期后的那天还要好！"宋妈妈也打来电话，说："是要好一些，要不你们明天去领证吧？"

隔天，两个人便去民政局登了记。

婚礼定在三个月后。

宋一媛开年便递了辞呈，"吭哧吭哧"地改造起婚房来。禹毅问她："真的要当全职太太吗？"宋一媛挑眉："你后悔了？"禹毅脸上没什么表情："没有，只要你不后悔就行了。"

三个月，两个人总共见了四次面。

第一次，买戒指和试礼服。

宋一媛看上一件后背全裸的婚纱，前面也面料稀少，还是深 V。禹毅面色冷凝，眉头紧皱。宋一媛熟视无睹："就它了。"男人的礼服很快换好，妆面也收拾妥当，坐在帷幕前的沙发上等了半个小时。

米白色帷幕缓缓拉开——

男人看了宋一媛一眼，松了一口气。还好，也不是那么不能接受。

宋一媛转过身，禹毅感觉心跳都要停止。宋一媛对着镜子，半侧着身，身后的风光极有韵味。旁边的女店员惊叹："哇，好好看。"宋一媛的美背比婚纱还白，曲线玲珑，甚是勾人。她扭过头问："怎么样？"

禹毅说不出话，只感觉鼻子热热的。

第二次，婚房改造完毕，两个人去验收。

宋一嫒问："这样可以吗？"禹毅点头。

宋一嫒问："这里我放了这个，可以吗？"禹毅点头。

宋一嫒问："你觉得这个怎么样？"禹毅："很好。"

宋一嫒问："提些建议吧？"禹毅："你喜欢就可以。"

宋一嫒把人带到卧室，说："我喜欢单人床，你呢？"

"……"

"那就改成单人床吧？"

"……"

宋一嫒打电话："你好，我们这边有……"

禹毅："这样很好。"宋一嫒微微一笑。

第三次，拍婚纱照。

摄影师说——

"新郎笑一笑。"

"新郎笑一笑，笑开心一点。"

"新郎你是不会笑吗？我要是娶这么大一个美女，早就笑傻了好吗？"

宋一嫒感觉到背后那双僵硬、汗湿且不敢放到她裸背上的手，对着摄影师笑了笑："大哥你就这样拍吧，他不爱笑。"

然后——

"靠近一点，新郎你的手要搂着新娘的腰。"

"别这样僵硬，自然一点。"

"哎，新郎，你到底搂没搂过自己老婆啊？"

宋一嫒"扑哧"一笑，摄影师对着宋一嫒一仰头，不羁地笑道："是吧？这大个子怕是没搂过你吧？"宋一嫒笑着点点头。

禹毅的脸黑了，一把搂过宋一嫒，十分不高兴地看着摄影师。摄影师赶紧"咔嚓咔嚓"——

"哎，就是这样嘛！"

第四次，就是婚礼的前一天晚上。

宋一媛开放朋友圈，放了两个人的合照，配文：嫁人。

几乎瞬间，评论和点赞上百。

"酱油"一号：哇，学姐好美！

"酱油"二号：女神新婚快乐！

"酱油"三号：新婚快乐，老师为你高兴。

曹珍珠：新婚快乐。

杜重：嫁人了，好，也是一种不错的生活，新婚快乐。

"酱油"N号：哇，新郎好帅。

"酱油"N+1号：一对璧人，百年好合！

"酱油"N+2号：禹总？

⋯⋯⋯⋯

"酱油"N+2号给禹毅发微信。"酱油"N+2号：（图片）要结婚了？

禹毅看着那张照片，默了半晌，对身边的宋一媛说："好像露了一点。"

"嗯？"

禹毅再想了想，直接说道："你太瘦了，这件婚纱撑不起来。"

宋一媛："⋯⋯"

宋一媛抱出婚纱，问："哪里撑不起来？"禹毅把后背接近屁股的地方叠了叠，说："这里。"宋一媛明白了，把婚纱放回去，冷淡地"哦"了一声。

第二天，禹毅接人，发现宋一媛把他之前叠的地方给缝上了。新娘的裸背依旧美得令人心室，禹毅捂着胸口忍，还好。

宋妈妈问宋一媛："珍珠今天来吗？"

宋一媛顿了顿："不知道。"

"那⋯⋯"

"他们有时间的话会来的。"宋一媛打断宋妈妈的问话，"您快去大厅接人吧。"

婚礼热热闹闹地过去，谢绝一干酒疯子闹洞房的好意，房子里只剩下禹毅和宋一媛两人。接下来会发生什么，两个人心照不宣。

时间已经是晚上十点，宋一媛率先去洗澡。浴室里有两套红色丝绸睡衣，一套女士的，一套男士的。宋一媛快速地洗了澡，抹了常用的润肤乳，穿上红色睡衣出来，却发现禹毅不在卧室里，她的脚步一顿。

正在这个时候，门开了，禹毅站在门外。宋一媛看着他——还有他手上的某盒子，男人僵在那里。宋一媛假装没看到，坐去床边吹头发。大高个有些狼狈地逃进浴室里，宋一媛不自觉地勾起嘴角。

两个人很快躺进被窝里，窗帘拉上，灯也关了。黑夜里，只听得见两个人一前一后的呼吸。

宋一媛想：你如果这种事情都要我主动，那明天就离婚。

躺了半天，身旁某人的呼吸越来越重，但一点儿行动也没有。宋一媛想：得，离婚。

"你……"男人的声音哑得不成样子，宋一媛跟着不受控制地吞了一口口水，然后假装平静地哼出一个鼻音："嗯？"

"可不可以？"话一说完，他的呼吸更重了。

宋一媛闭上眼，声音颤抖："嗯。"男人心跳如雷，震得人耳朵痛。下一瞬间，禹毅就转身，覆在宋一媛身上，撑着手臂目光灼灼地看着她。那么黑的房间，宋一媛居然恍惚看见禹毅的眼睛在发光。

宋一媛抻了抻脖子，动了动和他挨在一起的腿，不自觉地闭紧双腿，又深呼吸一口气，抱住了他。大高个心跳声加快，肌肤炽热滚烫，宋一媛缩了缩。突然，她只觉天旋地转——禹毅搂着她的腰，把她放了自己身上。"我重，"他这次倒是解释得很及时，"我怕压着你。"

宋一媛："……"第一次就乘骑，你想痛死我？

"不行。"感觉到腰上的大手，宋一媛错觉要被烫化了，不自在地扭了扭，"我要在下面。"禹毅闷哼一声，额上的青筋迭起，嘴唇紧抿："好。"他抱着人一下子坐起来，就着这个姿势，咬住宋一媛的嘴唇，宋一媛乖乖张开嘴，两条小舌搅在一起。

禹毅的大手隔着睡衣，从腰往上，一寸寸抚过她的背。这是一双触感陌生的大掌，带着浓浓的攻击性，一寸一寸侵占领地，令人有种隐秘的、羞耻的快感。但鼻息间又萦绕着熟悉的气味，耳旁是某人每次一接吻就必然重起来的呼吸声和心跳声，又让人有种安心的、无法拒绝的缠绵感。落在脸上的吻细碎轻柔，带着一股深重的温柔，好像他很爱她一样。

禹毅的呼吸声很重，一路连啃带咬，恨不得把宋一媛嚼碎了吞进肚里去。面对软软的、白白的、乖乖的宋一媛，像玫瑰花一样馥郁芳香、鲜嫩多汁的宋一媛，禹毅眼冒凶光，狠狠地吮了一口。

"啊！"

下一瞬间，男人硬邦邦的大腿被软软地踢了一脚。宋一媛面色潮红，眼含春水，又气又羞："好疼。"男人俯下头去，在刚刚重重吮吸的地方舔了舔，又吻了吻。宋一媛身子一颤，然后湿漉漉的吻就蔓延开来，遍布全身。禹毅不放过她身上的每一处地方，握着手都能吻来吻去吻个十几遍，连头发丝也要吻。从头到尾，从前到后，从外……到里。

宋一媛大汗淋漓，整个人像从水里捞出来一样，身上的人乐此不疲地亲吻抚摸，吻完一遍，复又含住她的唇，吮吸啃咬，唇舌舔舐。宋一媛恍惚觉得自己是一道对方极其喜爱的甜点，非得这样反复舔来舔去才能品尝到神仙美味。但是……

宋一媛脱力地、浑浑噩噩地想：已经半个小时了……两个人身上都黏湿润滑，不知道的人还以为战况有多激烈呢！但只有宋一媛知道——这还没进入正题呢！她只是被人亲成了这个样子……

又过了五分钟，宋一媛忍无可忍，喘着气："亲……亲够了没有？"禹毅握着她的手，吸住两根手指，咬一咬，舔一舔，粗声回答："没有。"宋一媛颤抖着手指捏住了他作乱的大舌头："不许亲了。"

"嗯。"

宋一媛的腿被抬起来，两人双手十指紧扣，男人进入了她……

完事后，两个人叠在一起，禹毅像条大狗一样，又开始一寸一寸地亲吻她。宋一媛受不了地捂住他的嘴："脏。"然后手掌心就被舔了。她有气无力地瞪他一眼，波光潋滟，满目含春。于是两人又来了一次。

第二天天光大亮，窗外阳光盛放。宋一媛一睁眼，看到的是男人光裸、强健、肌肉坚硬的胸膛，心跳强而有力，带动着肌肤微微震动，一股逼人的男人气息。宋一媛心一惊，往后仰，禹毅那张大气刚毅、稍显冷凝的脸就撞入眼帘。

被子下男人的大腿紧紧地夹着她，她的头也窝在禹毅的手臂里，两个人严丝合缝地缠在一起。宋一媛甚至感受到对方胯下那沉沉的一坨贴着自己的小腹。

新婚第一夜醒来，宋一媛瞬间只有一种感觉——尴尬。昨晚在黑沉沉的夜里，没有灯，一切朦朦胧胧，只有触感，没有视觉，她觉得还自在。可现在，一切毫发毕现，宋一媛觉得别扭极了，有一种说不出来的感觉令她心慌。

就在这个时候，禹毅毫无征兆地睁开了眼睛。四目相对，一双眼睛目光沉沉，黑得深邃，情绪莫辨；一双眼睛温软清亮，目光动人，带着愣怔。

半晌。

宋一媛："早。"

"早。"

宋一媛眨眨眼："要起吗？"

"好。"

于是宋一媛假装镇定地翻了一个身，当着禹毅的面从被窝里赤条条地钻出来，黑发覆背，肩头圆润，曲线玲珑。她站了起来，瓷白粉嫩的脚踩上羊绒地毯，回过头来问："要睡衣吗？"禹毅垂下眼睑，哑声道："嗯。"

宋一媛洗澡的时候，身后的门开了。大高个并未有所动作，只是看着她。水汽朦胧里，宋一媛贴上他，手挂在禹毅的脖子上，小声问："要一起洗？"男人的大掌贴着她的背来回抚摸，并不说话。

"一起洗澡，不做。"宋一媛哼唧一声，"有点儿疼。"禹毅吻了吻她："好。"女人的话和男人的话一样信不得，最后两个人连水也没擦，透迤着一地水汽吻到床上去，又漫长地"羞羞"了一次。

宋一媛再次醒来就到了吃晚饭的时间，身旁已经没了人。宋一媛打理好自己，瞧见外面天阴沉沉的，像要下雨，就去花厅搬前不久种下的多肉和兰花。姬秋丽的长势很好，粉白碧润，胖嘟嘟的，一朵一朵凑在一起，花小瓣肥，瞧上去极好看。宋一媛看着花长得那么好，很有成就感，便在花房陪着花草多待了一会儿。

禹毅从书房出来，从二楼走廊往外看就是花厅。他一开始并没有注意到人在那里。是下了楼，饭菜已经上桌，桌边却没有人时，他一打量，才在绿荫笼罩的花厅看到宋一媛坐在鹅卵石地上，正神情专注地给蓝石莲分株。

等他走近了，发现她还在对着这些多肉念诗："有一个长头发的青年，他要离开草原。他觉得草原太单调，他越走越远，他远走越远，穿一件白色的衬衫……"然后又自言自语，"其实汪曾祺的这首诗写得一点儿都不好，还不如他在墙上看到的人家小孩写的，'记得旧时好，跟随爹爹去吃茶。门前磨螺壳，巷口弄泥沙……'"

"稚气好玩，又有小小的忧愁，像你们一样可爱……"一抬眼，就看到禹毅站在花厅门口，面色冷然。宋一媛像是被人撞破什么秘密似的，有点恼有点羞还有点别扭，下意识就低下头去，像没看见他似的，继续捣鼓蓝石莲。这么大一个人，走路都没声音？好烦。

"吃饭了。"

"我减肥呢。"

半晌，宋一媛抬起头来："我没有吃晚饭的习惯。"

"吃一点。"

"做的什么？"

"土豆焖饭、素炒豆角、红醋萝卜、番茄豆芽汤。"

"只喝汤？"宋一媛瞧他。

"嗯。"先过去了再说。

结果宋一媛真的只喝了汤，连一片番茄和一根豆芽都没吃。等她上楼后，赵姨叹了口气："难怪胃不好。"

两个人待在一起没什么好说的，分别进了各自的书房。十点的时候宋一媛来了睡意，打算回卧室睡觉。她拉开门，看见旁边的门还关着，赶紧钻回卧室。等她洗完澡出来，禹毅也在卧室里了。她坐去床边吹头发，禹毅则去洗澡。

今晚应该不做吧？宋一媛有些不确定地想，确实还有些疼，而且太频繁了对身体没好处。但如果等一会儿他要呢？该怎么拒绝？刚结婚就拒绝这种事，好像不是很好……但如果一开始就不拒绝，往后就更不好拒绝了吧？宋一媛吹着头发想东想西，没注意到当事人已经洗完澡出来，一言不发上了床躺下了。

吹风机声戛然而止。禹毅说："晚安。"

"晚安。"

熄了灯，两个人都躺在床上，旁边的呼吸声、心跳声趋向平稳。宋一媛这才确定，刚刚是自己想多了。过了一会儿，睡意袭来，她歪歪头，陷入沉睡。

第二天，宋一媛醒来后，禹毅已经去公司了，晚上吃饭的时候人还没回来。

宋一媛给他打电话，响了许久都没人接听。宋一媛象征性地去餐厅吃了两口水果沙拉，吃完去花厅转了转，回来后就躺在沙发上玩手机——刷刷微博，看看朋友圈，再追一下喜欢的连载小说，恍惚想到明天大概也会是这样的生活：睡觉睡到自然醒，吃穿不愁，日子闲且没目的，就忍不住蹭了蹭毛茸茸的抱枕——当废人的感觉真好，无所事事的感觉真好。

刚好这个时候看到一篇推荐韩剧的微博，无事一身轻的宋一媛眯着眼点进去，看了觉得不错，收藏了，又随便找了其中一部看起来，一看就入了迷。

禹毅的电话在三个小时后打过来，宋一媛眼睛盯着电视，顺手按下接听键："喂？"语气还带着对韩剧男主角的花痴。

禹毅顿了顿："刚刚在开会。"宋一媛暂停了电视，点点头："嗯，没关系。"

"要加班，可能会很晚。"

"嗯。"宋一媛问，"要我等你吗？"

"不用。你先睡。"

"好的。"

"……"

"……"

"那我挂电话了？"

"你在干什么？"几乎异口同声。

"我在看电视。"

"看的什么？"

"《来自星星的你》。"

"哦。"宋一媛猜他应该不知道这是什么。但要给一个男人解释一部韩剧，又感觉怪怪的。

"那你看吧。"禹毅说，"我挂了。"

"嗯。"等了三四秒，对方才挂断电话。

宋一媛白天睡得多，精神不错，加上电视剧好看，一看就看到凌晨三点。瞌睡来临时，剧情正好播到好看的地方，她挣扎着往下看，也不知道是什么时候睡着的。

等她一觉醒来，已经临近中午，厨房里飘出浓郁的饭菜的香气。正在这个时候，大门处似有声响，她朝那边看去，是禹毅回来了。她裹着厚厚的羊绒被，头发乱糟糟的，只露出一张脸。禹毅一身黑西装，长手长脚，人高马大，立在门口。两个人都有些猝不及防，互相看着。

宋一媛刚睡醒，声音还有点儿软："回来了？"

"嗯。"禹毅熬了一个通宵，声音也有些不正常的嘶哑，"昨晚在沙发上睡的？"

"看着看着电视就睡着了。"宋一媛起来，捋了捋头发，还有些困倦，抱着羊绒被说，"好像可以吃饭了。"

禹毅便朝她这边走过来，其间还捡起地毯上不知什么时候掉下来的抱枕，放在一旁。

禹毅走到宋一媛身边，什么也不做，就站着望着她。宋一媛眨眨眼，不是很明白他的举动，问："吃饭吗？"

"嗯。"

两个人便去吃饭。

吃完饭两个人都上床补觉，窗帘拉起来，房间里昏暗下来。宋一媛因为睡了一上午，并没有马上睡着，窝在被窝里看手机。禹毅想说这样对眼睛不好，可想了想又没说，就由着她去了。他原本是极累的，回到家后疲惫感蓦地少了许多。等这会儿和宋一媛一起躺在床上，好像就已经睡够了，只剩下心痒难耐，忍不住想亲亲她、摸摸她，再不济，抱抱也好。

但他不敢，只是盯着宋一媛的后脑勺，好圆，想摸。

也不知道过了多久，宋一媛睡熟了，手机掉到地毯上，又无知觉地翻身，窝进旁边人的怀里。禹毅心满意足地把人团了团，扒拉得更紧，很快也睡了过去。

两点，禹毅醒过来，宋一媛安安静静待在他怀里睡得正熟。大高个轻轻地吻了她一下，目不转睛地盯着人看。这是一张好看的脸，禹毅找不出词语来形容，大概就是眉毛好看，眼睛好看，鼻子好看，嘴巴好看，脸蛋好看……皮肤细嫩光滑，还很白，像十八岁的少女。

还……甜甜的。

男人不自觉地吞了一口口水。宋一媛的皮肤是甜的，又甜又滑又嫩，像在吃布丁，无比美妙，再多的形容词也形容不来。

只此一份。

这时，宋一媛的眉头皱了皱。禹毅一眨不眨地看着她。

宋一媛或许是在睡梦中就感觉到有人在看她，当她有些不安地醒来，发现看她的人是禹毅，反而有种安心的感觉。她尚未完全清醒，习惯性地哼了两声，又习惯性地蹭了蹭被子，还蹬了两下腿，满足地笑——好暖，好舒服。

男人面无表情，心里却早已百爪挠心——真的好想亲。

宋一媛像是会读心术似的，几乎就在禹毅快要忍不住的上一秒，微微仰头软软地亲了他一下，问："几点了？"禹毅神色如常："两点半。"

宋一媛坐起来："我去看电视了，你再睡一会儿吧。"禹毅跟着起来了。

宋一媛："嗯？"

禹毅："我睡够了。"

宋一媛有些不确定，问："一起吗？"

"嗯。"

宋一媛原本以为第一次和男性一起看韩剧气氛会很尴尬，甚至会因为顾及旁边的存在根本看不下去——但是由于禹毅坐在沙发上，又什么话都不说，她趴在地毯上，完全看不到人，也就只别扭了开头的一阵子，随后也就忘了禹毅的存在，满心满眼沉浸在剧情中。

她趴累了就坐起来，拿个抱枕，靠一靠沙发，美滋滋的。剧情开始紧张时，她躲在抱枕后面要看不看，像是要随时躲避可怕的画面，然后——

慢慢地、慢慢地，一歪一歪地靠在禹毅身上。她先是靠在肩头，抓着抱枕紧张兮兮的，然后就不知怎么的，滑下去，枕着男人的大腿，躺在沙发上了。

禹毅什么都没说，甚至在宋一媛靠过来的时候身体僵硬似木头，整个人坐得笔直。

宋一媛在某个剧情拖沓的无聊空隙，终于意识到自己枕着什么。但她并没有起来，而是转了转脑袋，看看禹毅。禹毅几乎在她看过来的同时，也微微低头看她。两个人对视一眼，什么话也没说。宋一媛转过头去，按了两下快进，继续美滋滋地看电视剧。

也不知道是不是意识到枕着的是某人的大腿，宋一媛总若有似无地觉得硬邦邦的，于是总忍不住换姿势。枕前面一点，枕后面一点，嗯，还是后面软一点。挪啊挪、蹭啊蹭，后脑勺靠到禹毅的腹部，一只大手掌住她的脑袋，把她的脑袋托起来，禹毅的呼吸有些重。

宋一媛从剧情里回过神来，脸红了红，并不看禹毅。而是自己坐起来，抱着抱枕假装镇定地继续看电视。禹毅还是什么都没说，只是侧了侧腿，继续充当沙发摆件。

当宋一媛第二次靠过来，又第二次慢慢滑下去时，男人下意识地把手掌垫在下面，以便宋一媛枕得更舒服。肌肤与肌肤相触，禹毅忍不住小幅度地摸了摸——小心翼翼，温柔缱绻。

宋一媛愣了一下，随即偷笑，在干燥暖和的手掌里蹭了蹭。大高个僵在那里，嘴唇一抿，瞬间变得规矩，心跳声却无法隐藏地大了起来。宋一媛想：莫名觉得结婚对象很萌是怎么回事？

两个人就这样无所事事地看了一下午电视。快到吃晚饭的时候，宋一媛平躺在他的腿上，看着大高个说："我想做韩式炸鸡。"说完眨眨眼，"你要吃吗？"

"嗯。"

"那我去做。"宋一媛坐起来，兴致颇高。

炸鸡做好，禹毅二话不说全部吃完。

宋一媛问："好吃吗？"禹毅点头。宋一媛给他盛了一碗粥解腻，禹毅说："你也喝一点。"宋一媛想了想，舀了一勺，小半碗，还不够禹毅一口的量。禹毅见了，并不多说什么。

晚上宋一媛继续看韩剧，禹毅则去书房处理邮件。

十点，宋一媛打算回卧室睡觉，发现书房的灯亮着，看了看，洗了澡出来，就去敲书房的门。

禹毅看向她："你先睡。"

"要喝点什么吗？"

"咖啡。"

宋一媛顿了顿："要熬夜？"

"嗯。"

于是宋一媛给他磨了一杯咖啡。

钻回被窝，宋一媛把被子裹紧，滚了两圈，开始美滋滋地刷微博。这一刷就刷到深夜两点，卧室门打开，宋一媛看过去，是禹毅。

床头开着柔和温暖的小夜灯，宋一媛躺在被窝里，明显还没睡。禹毅心情复杂地走过来，盯着她。宋一媛被看得心里打鼓，怎么了吗？

禹毅先是站在床边看她，看着看着，像是忍不住似的，坐下来，紧紧地盯着宋一媛。宋一媛眨眨眼，心里有些怕，不明所以地小声道："嗯？"禹毅抿抿唇，最终什么都没说，站起来洗澡去了。宋一媛一脸蒙。

等禹毅洗完澡出来，宋一媛看了一眼男人的腹肌，悄悄吞了一口口水，想摸。禹毅躺进被窝里，两个人各睡一边，中间的距离能再睡一个人。明明两个人已经离得够远，被窝也早就暖和了，但当禹毅躺进来以后，宋一媛还是感觉到一股逼人的热气。

等关了灯，卧室里只剩下两个人的呼吸声。宋一媛刚刚明明已经有了些睡意，现在闭上眼只感觉眼皮直跳，有点热。

过了一会儿，宋一媛悄悄把一条腿露出来。禹毅突然凑近了——宋一媛感觉自己的心跳近乎停了。男人靠过来，掀了掀她这边的被子，把她才刚露出来的腿盖上。明明可以就势睡近一些，甚至是两个人偎依在一块，但大高个却老老实实睡了回去，两个人中间的距离又可以躺下一个人。

宋一媛想了想两个人几次"羞羞"的过程，没啥不好的啊？很合拍？但禹毅的这种表现？

宋一媛假装不经意地翻身，面朝禹毅。男人躺得很平，似乎睡着了。

宋一媛悄悄瞧了两眼，一点一点地往中间靠了一些。男人似乎真的睡着了，于是她又靠近了一点。

"你睡了吗？"

男人的眼皮一抖，宋一嫒把手搭在他身上。禹毅睁开眼，神色冷淡极了："怎么了？"宋一嫒把手伸进去，明目张胆地放在他的肚子上，镇定得很："手冷。"她感觉手下的腹肌一下子就绷紧了。

宋一嫒随意摸了摸，也就六块吧，还行。禹毅额上青筋直跳，忍了忍，又软又暖的手得寸进尺地又摸了摸。他深吸一口气，大手握住她的，叠在一起放在腹部，哑声道："睡吧。"

宋一嫒："……"

十分钟后，宋一嫒睁开眼看心跳剧烈，一点儿也不像话说得那样平静的人，有点搞不懂。他明明就有感觉，她也暗示得非常明显，可结果呢？

"做不做？"宋一嫒直接问。

禹毅吞了一下口水，哑声道："睡吧。"

宋一嫒没听清，问："做？"

禹毅吐出一口热气，一把将人捞进怀里，两条腿缠住她："不做。快睡。"

宋一嫒："……"

两个人就这样抱着，不知道过了多久，才迷迷糊糊睡去。

第二天早上，宋一嫒睡到自然醒，禹毅已经去公司了。她种种花，看看电视，刷刷微博，过了和前一天差不多的一天。晚上六点，禹毅回来了。

禹毅这段时间应该很忙，昼夜颠倒，宋一嫒没想到他会在这个点回来。赵姨正在厨房准备晚饭，宋一嫒窝在沙发上看韩剧，见他走来，问："工作做完了吗？"

禹毅顿了一下："嗯。"

宋一嫒极其自然地给了他一个拥抱，软声道："辛苦了。"禹毅顺势抱了抱她。两个人抱了两秒钟，宋一嫒又非常自然地松开，眼睛望向电视屏幕。却不想突然感觉天旋地转，禹毅猛地把她横抱了起来！宋一嫒赶紧钩住男人的脖子，像受到惊吓一般道："怎么了？"禹毅并不说话，只是抿了抿嘴唇，直勾勾地盯着她，目光火热。

宋一嫒秒懂，却又觉得猝不及防，不自觉地低头看了看自己的穿着——有令人兽性大发的点吗？规规矩矩的长衣长裤棉质家居服，非常普通的棉麻拖鞋——但禹毅没给她想通的时间，抱着人就往楼上走，一边走一边问："今天可以吗？"

宋一媛愣愣的，莫名觉得大高个有些霸气，心痒痒的："可以。"

禹毅上楼，一步三级阶梯，宋一媛觉得自己仿佛在飞。

卧室门关上，禹毅将人抵在门上，抱着就亲。宋一媛气喘吁吁，在男人啃脖子的时候，喘着粗气问："怎么了？"禹毅不说话，一路舔上来含住宋一媛的嘴唇，吻了一阵，像还不够似的，大掌托住她的脑袋，更热烈地吻起来。

宋一媛死里逃生，手钩着他的脖子，额头相抵，再次问："到底怎么了？"禹毅还是不说话，目光热烈，抿唇看着她红润微肿、水光潋滟的嘴唇，气喘如牛。宋一媛定定地看着他，目光极勾人。男人的嘴唇抿成一条线，眼神像是要吃人，呼吸声越发粗重。

宋一媛亲了亲他，咬着他的耳垂轻声说："去床上。"

又一次天旋地转，禹毅把她抱过去。人还没挨到床，大高个的吻就紧随而来。他一边亲一边脱衣服，每个动作都透露出男人的急切和渴望。

宋一媛被吻得毫无招架之力，却也在某个空隙迷迷糊糊想：昨天死活不做，今天怎么这么热情？两个人极其激烈地来了两轮，宋一媛爽得手抖，却也有点儿后怕——要是爽死了怎么办？

禹毅抱着她，轻轻抚摸她的后背。宋一媛窝进男人怀里，舒服得半阖双眼。禹毅摸着摸着就忍不住亲，亲着亲着就忍不住舔，舔着舔着就忍不住吮吸……从肩窝到腰窝，从大腿到小腿，宋一媛又被某人来来回回亲了个遍，两个人无法控制地又来了一次。

温存了半个多小时，时间将近十一点，宋一媛有些困，没一会儿就睡着了。

当时间接近十二点，禹毅的电话响了。甄伟在那头无奈地说："禹总，登机牌已经换好了，你人呢？"禹毅从被窝里出来，小心翼翼地亲了亲宋一媛的脸颊，低声道："马上来。"

不知道几点，宋一媛磨磨蹭蹭起来，外面已经天光大亮。赵姨准备了清淡的早饭，看她下来，说："昨天夜里小毅突然出差了，看你睡得熟，就没叫你。"

宋一媛点点头，漫不经心地问："去多久？"

"半个多月吧。"赵姨瞄了瞧宋一媛的脸色，又说，"去了德国。"

宋一媛坐下来喝粥，闻言并未多说什么。

"生意上的事情，没办法。"赵姨叹了口气，"害得你们连蜜月也没时间。"

宋一媛笑道："我现在能无所事事地待在家里，有好吃的、好穿的，不就是靠他'忙'来的吗？一边要过得好，一边又要他天天陪，哪有这样的好事？"见赵姨还是有些忧虑，她又道，"我不爱出门，还是待在家里最舒服。这样反而很好。"赵姨便不再说什么了。

第二天，禹毅打来电话，宋一媛正窝在沙发上看韩剧。

"想要什么？"

"嗯？"宋一媛看电视太入迷，没听清，"什么？"

"这边有许多你们女生喜欢的东西。"

宋一媛明白过来，不过兴趣不怎么浓："你看着买吧。随便什么都可以。"

"嗯。"然后禹毅就挂了电话。

一个星期后，赵姨收到了许多包裹。宋一媛从楼上下来时吓了一跳，赵姨也是心有余悸，一看寄件人，清一色的"禹毅"，再一看收件人，无一例外是"宋一媛"。赵姨嗔道："结了婚怎么就大手大脚起来了？买礼物也要适度呀！"

宋一媛打开其中一个盒子，是纪梵希今年的口红限定款，共十二支。每一支都精致得很，国内全部断货。她又打开一个盒子，是一身裙子，真丝碎钻，烟雾蓝色，美得令人窒息。她不认识盒子上的 logo（标志），只知道同样的盒子有三四个，打开发现里面无一例外是裙子，看风格好像是一个系列的。

除此之外，其他杂七杂八什么都有，从穿着打扮到家居装饰，禹毅可能是想到什么就买了什么。宋一媛在心里模模糊糊算了一笔账，忍不住打电话过去问："花了多少钱？"

禹毅诚实得很，说了一个数字。宋一媛无奈极了："我叫你随便买一些，可没叫你什么都买。"

禹毅说："我不知道你喜欢什么，就只能这样买了。"宋一媛同时听到那边好像有服务员在说话，像是在确认物品什么的，不禁问道："你现在在干什么？"

禹毅："逛商场。"

宋一媛哭笑不得："又买了什么？"

"首饰。"

"打住。"宋一媛赶紧阻止，"别给我买，我不需要。"

"不是买给你的。"

尴尬了五秒钟后，宋一媛微笑道："哦。"

那边好像结完账了，禹毅问："你想要吗？"

"不想要。"

"你还有什么想要的吗？"

"没什么想要的。"

"嗯。"

宋一媛微笑着挂了电话。

等禹毅半个月后回来，花厅里的花都开了。宋一媛已经看够了韩剧，这天晚上正好在看一部日剧。禹毅回来的时候，正好是男女主人公在浴室里接吻。电视里的两个人看起来光溜溜的，唇舌交缠，活色生香。宋一媛看得如痴如醉，根本没注意到玄关处的禹毅。男女主角越来越"嗨（情绪高昂）"，"嗨"得宋一媛脸红心跳，恍惚觉得自己在看小黄片，不自觉地用手托住脸，表情迷幻。

哎哟，好着耻！嗯，再吻多一点！

等大高个走到身边，宋一媛才收住嘴角，惊讶地道："你回来了呀！"紧跟着就是一声骚气的"嗯"，然后再是男主角控制不住的喘息声。夜里十二点，两个人一站一坐，两米相对，电视里播放着激烈的吻戏。

宋一媛镇定得很："吃饭了吗？"

禹毅过了好一会儿才哑着声音说："没有。"

宋一媛裹着毛茸茸的毯子起来："我去给你弄一点。想吃什么？"

"都可以。"

宋一媛正要解开毯子，电视里开始播非常重要的剧情。宋一媛拉住禹毅的手，两个人挨在一起坐下："先把这里看完好不好？"禹毅默认了，于是宋一媛快速沉浸进剧情里。

过了十分钟，重要剧情过去，宋一媛心满意足地站起来："我去做点吃的，你先看，等会儿告诉我剧情。"

宋一媛快速做了一碗面，碗底铺着小青菜，面上放着中午吃剩下的红烧牛肉。想到禹毅的饭量，她又煎了两个荷包蛋，撒上香菜、葱花后，端过来，急急地问："刚刚演了什么？"禹毅没有说话。

宋一媛把面给他拌好，趴在茶几上，再次问："演了什么？快说，快说！"

禹毅腮帮子动了动，终于吐出两个字："做爱。"

宋一媛没听清："啊？什么？做了什么？"禹毅看着她亮晶晶的眼睛，再看着她光滑白嫩的脸，眼睛瞥向桌上的："男主角和女主角得知消息后非常高兴，两个人先看着对方笑，然后就对视着接吻，做了一晚上的爱，一共做了五次。"

宋一媛："……"

禹毅开始吃面，宋一媛在一旁脸发烧。平时没见你这么会说呀，好烦。

"二十分钟时间不该只有这么一个情节吧？"宋一媛看着剧情和禹毅说的完全没关系，男女主角去医院干吗？

禹毅抿了抿唇，一脸冷峻："得知结果开心了五分钟，接吻接了五分钟，十分钟做爱，平均每次两分钟。最后一次，因为姿势问题，男主角海绵体受损，他们现在要去医院治疗。"

宋一媛："不爱说话的毛病改好了？"

禹毅："……"

宋一媛看着他："还有呢？第一次是什么姿势？第二次是什么姿势？要不要再详细一点儿？"

禹毅："……"

大高个有些手足无措，眼睛看了宋一媛一下，又瞥向面，吃了一口。

宋一媛好像有些懂了，故意木着脸："你想干吗呀？"禹毅不说话，宋一媛冷哼了一声，"我睡觉去了，碗自己洗啊。"

宋一媛前脚进了卧室，禹毅后脚就跟着进来了。宋一媛瞥他："碗洗了？"禹毅不吭声。

"洗碗去。"

大高个去洗碗，宋一媛躺进被窝里，不自觉地偷笑，再次觉得结婚对象很萌。

五分钟后，禹毅回来了，一言不发就打算钻被窝里。宋一媛冷声道："洗澡了吗？"于是禹毅去洗澡。

又五分钟后，禹毅穿着睡衣出来，宋一媛不知什么时候坐了起来，靠着床头在玩手机。见他出来，她把吹风机插上，道："吹头发。"又把手拍了拍旁边。禹毅坐过去，但他太高了，坐在宋一媛旁边像一堵墙似的，宋一媛只得抬起手给他吹。没等宋一媛说话，禹毅自动坐到地上去，头刚好到宋一媛的胸口。吹风机"嗡嗡"作响，两个人都不说话。宋一媛的手指纤细柔软，从他的发间穿过，爽得人头皮发麻，更使人皮肤战栗。

禹毅的嘴唇抿起来，目光幽深。突然，一个软软的吻落在他的耳朵上。禹毅身子一僵，吻得太轻，令人不确定。又一个吻落下来，一条调皮的小鱼儿滑溜溜地从他耳后滑过，留下湿漉漉的痕迹，凉凉的，让人心里发热。禹毅确定了——是宋一媛在吻他。

吹风机的声音停了，宋一媛贴着他的耳朵说："睡觉了。"禹毅的胸腔重重地起伏了一下。这还怎么睡？

宋一媛倒是镇定得很，说完就裹着被子躺下了。禹毅一言不发地上床。

过了半晌。

"真睡了？"宋一媛不可置信地转过身来。两个人都毫无睡意，睁着大大的眼睛看着对方。宋一媛踢了踢他，脚被握住了。房间里静悄悄的。

不知道是谁主动的，两个人激烈地接起吻来。两床被子都被扔到地上，床上只剩下两个吻得难舍难分的人，唇舌交缠，肢体胶着，像连体婴似的，分开一下下好像都很困难。这一晚，两个人羞着了三次。天亮的时候，两个人才沉沉地睡去。宋一媛窝在禹毅怀里，像是他的孩子。

宋一媛醒来的时候是中午一点，旁边已经没人了。卧室对面就是书房，书房门开着，禹毅却不在里面。她下楼去，赵姨主动说起禹毅的行踪："上班去了。"

宋一媛顿了顿，问："几点去的？"

"八点左右。"一算时间，他才睡了两个小时。

所以他是专门赶回来那啥的？又想到他走之前差不多的情况，宋一媛心情微妙。禹毅在这方面的表现，就像一个不爱说话的小孩得到一件心爱的玩具，平时没时间玩，一玩起来就不管不顾了。

天气渐渐热起来，衣服越穿越薄，宋一媛看着自己手臂上和肚子上软乎乎的肉，又凑近了看到自己额上刚冒出来的两颗痘痘，有些痛心疾首。

晚上禹毅回来，一开门，发现电视机关着，沙发上没有宋一媛。他经过花厅，人也不在那里。脚步一顿，他上到二楼，打开卧室门，也没见到人。他一言不发去了书房。

晚饭时间，赵姨上来叫他吃饭，他说："放着吧，我等工作完了再吃。"赵姨知道他一工作起来就没胃口，也不强迫，只是说："想吃的时候放微波炉里热一下。"

赵姨下去后没过多久，楼下传来模模糊糊的说话声："吃吗？"

"吃一点点。"

"喝银耳汤。"

书房的人忽地站起来，两三步就往楼下走。

赵姨和宋一媛站在客厅里，有些惊讶地看着脚步夸张的禹毅。禹毅拉开餐桌椅子，目不斜视："吃饭吧。"

赵姨："啊？"

宋一媛全身汗涔涔，锁骨发亮。她擦了擦额头上的汗，对着他笑笑："你先吃，我去冲个澡。"宋一媛在健身室待了一下午。

宋一媛走后，禹毅也不吃饭，就坐在饭桌旁一脸严肃地盯着菜。

赵姨觉得好笑，说："吃饭呀。"禹毅没吭声。

等宋一媛下楼，桌上已经摆好了一碗放凉了一些的银耳汤，宋一媛喝了一口，滑润细腻，很好喝。禹毅正在吃饭，宋一媛给他盛了一碗放在一旁，说："好喝，你也喝。"禹毅端起来一饮而尽。

宋一媛看着他："今天也有很多工作吗？早点休息好不好？"禹毅

没回答。

"大半个月昼夜颠倒，唉，都长痘痘了。"她秀气的眉头皱起来，"我今天十点就要睡觉，你进来的时候不许吵我。"禹毅这才"嗯"了一声。

十点钟，两个人都躺在了床上。宋一媛翻来覆去睡不着，睁眼半个小时，无奈放弃，摸出手机刷微博。她刷了一会儿，十一点了，不困。她再刷一会儿，十二点半了，试着睡，不行。她刷呀刷，凌晨四点，睡意来临，她用最后的一点清醒设了一个七点的闹钟，然后头一歪，睡着了。

早就应该睡着的人慢慢睁开眼，在小夜灯的灯光照耀下看了她好一阵，接着轻轻吻了她一下，又把枕边的手机放远，再把她的手放好，虚虚地搂着她，终于睡着了。

第二天闹钟响起的时候，宋一媛恍惚觉得自己才闭上眼一会儿。她摁了闹钟，睡。五分钟后，闹钟再次响起。她摁了，再睡。迷糊间听见浴室里有响声，又听见有人开门出来。不一会儿，人走到她跟前，俯下身极轻地落下一吻，清清凉凉，一触即分，恍若幻觉。

等卧室里没有了声响，宋一媛有些惊讶地睁开眼睛，不确定地眨了眨。这是？

她和禹毅从来没在早上一起醒过，每次宋一媛醒来的时候，禹毅都已经去了公司。他们之间除了特殊的时候很少亲吻，而且大多数肢体接触都是宋一媛主动的。每天她还没醒来的时候，禹毅都会给她早安吻吗？还是只是今天恰好？

闹钟再次响起，宋一媛摁掉，起床。她收拾好下楼，刚好遇到禹毅吃完早饭要走，她说："等一下。"

禹毅就站定了，在玄关处等着她。宋一媛上下瞧了瞧他，问："这件西服穿了几天了？"

"今天刚换的。"

宋一媛不信："你明明穿了一个多月了。"

禹毅："……"

赵姨刚好听到小两口的话，笑着对宋一媛道："小毅觉得西服都一个样子，没啥好看不好看的，穿了一件觉得合身，就直接买了四五套换洗着穿。"

宋一媛："哦。"她再次打量了禹毅一阵，问，"几点上班？"

"八点半。"

宋一媛看了一下时间，嗯，还来得及。她拉着禹毅上楼，说："把衣服脱掉。"

禹毅向来冷峻的脸一瞬间有点绷不住。宋一媛没管他，转身在床头抽屉里找东西。禹毅只愣了一下，就听话地把衣服给脱了，长手长脚光溜溜地站在宋一媛身后，腹肌动了两下。

等宋一媛找到东西回过头来，看着大高个木讷的样子，又看着他健硕的身材，忍不住笑着吹了一声口哨："好帅。"禹毅不自在地抿了抿唇。宋一媛更流氓地拿手轻拍了一下某人翘起来的家伙，一本正经地说，"干吗呢，你想哪儿去？"她拿出皮尺，故意先量腰围，又故意把某个东西给圈进去，"啧"了一声："乱跑。"禹毅额上的青筋突起，鼻息重了几分。

详尽地把所有数据记录好，宋一媛作死地揉了一把还在向她"起立敬礼"的大家伙，说："不经撩。"一抬头，她发现禹毅死死地盯着自己。她有些心虚，"我给你去买几套西服吧？"禹毅的呼吸重了一下，宋一媛握住他的手，眼睛看向墙上的钟："十分钟？"

禹毅于是抱住她，她脸红了，一只大手钻进她的睡衣里。

这一天，向来推崇公平、公正、公开的禹总又被扣了工资。临出门前，大高个得到宋一媛的一个出门吻："好好工作。"

时隔一个多月，宋一媛第一次出门，赵姨像叮嘱小孩一样叮嘱她："注意安全啊。一定一定要看红绿灯，别玩手机，有什么事给我们打电话。"

宋一媛原本想自己开车的，被赵姨极力阻止："哎，不行不行，小毅给你配了司机。"一出门，她发现不仅仅配了司机，连车也换了。禹毅开的是一辆普通的大众越野，给宋一媛配的——是宝马。

一上车，司机就跟她寒暄："禹总这车买了几个月啦，一开始我还以为他终于要换车了呢，结果没想到买是买，却不见他开。一问，哟，原来是给老婆买的。"他对着宋一媛笑笑，"禹总这个人啊，钱赚得不少，可就是不会花。你看看和他打交道的那些老总，哪个不是收拾得人模狗样的。附庸风雅的赚钱买画，喜欢烟酒的国外买酒庄，爱好美女的开酒吧，日子都过得滋滋润润的。就禹总一个人，一辆大众开了五六年，一身西装从年头穿到年尾，乱来的聚会从来不去，也不抽烟，除了工作就是工作，也不知道他赚这么多钱干吗。关键是他赚了也不花，之前我们还开他玩笑说'好啦好啦，禹总的老婆本够啦'……"宋一媛闻言一笑。

司机接着说："嘿，你绝对猜不到禹总回了句什么。"

宋一媛配合道："什么？"

司机笑道："他说啊——'不够'。我们原本都只是开玩笑这样说，没想到禹总竟然真的是这样想，那个时候禹总已经很有钱了，当时小甄就问他'那多少才够？'禹总说'多少都不够，要一直赚钱。'啧，借口，我们都说赚钱是禹总的爱好。"

司机是个健谈的人，一路上说了好多禹毅的事。宋一媛打发时间听一听，也不觉得无聊。

到了商场，司机找了一个地方休息，宋一媛一个人去逛商场。把禹毅的身材数据交给专业的设计师后，宋一媛定了四套急取的当季西装，又预定了四套下季的西装。付了款出来，她又给他买了两身休闲服和两身家居服。在经过某家高定衬衣店的时候，她还选了两件衬衣。下了楼，看到品牌鞋店，她想到禹毅中规中矩的皮鞋，又进去挑鞋。

禹毅开会完毕，接到宋一媛的电话："你穿多大的鞋子？"

"45。"

宋一媛"嗯"了一声，就干脆利落地挂了电话。

这一天，禹毅的手机收到无数条消费短信。甄伟的办公室就在禹毅门口，听了一下午禹毅的短信声。禹毅除了刚开始的时候还瞧两眼，之后便心无旁骛，工作极认真。甄伟的定力没那么强，被一声声的短信声扰得烦不胜烦，工作效率低了许多。最后他忍无可忍，在下班的时候说："禹总，有事情我们还是要去解决，逃避是没有用的。"

禹毅瞧他一眼："什么？"

甄伟："你手机响了一下午你没听到？"

"听到了。"从面部微表情和声音来说，他好像还有点高兴的样子。

甄伟："人家给你发了这么多消息，好歹也回一下嘛。"

禹毅再次看他一眼："银行的消息，我回什么？"

甄伟："啊？"

禹毅："是我媳妇在买东西呢。"

甄伟："……"

我也是有女朋友的人，真的。

这时，宋一媛打来电话，问："下班了吗？"

"嗯。"

"我们今天在外面吃饭好不好？"

"好啊。"

"我在××商场，过来了再打电话。"

商场离公司不算远，半个小时后两个人就碰了面。宋一媛直截了当说："我想换车。"

禹毅："哪一款？"宋一媛说出来，价格在二十万左右。

禹毅摇头："不行。"

"为什么？"

"安全性能低。"

宋一媛又说了一款，五十万左右，禹毅摇头："还是差了一点。"五十万的车，安全性能低个屁啊。宋一媛便开玩笑似的说了一款一百多万的，她曾经常常和曹珍珠开玩笑说："以后傍个大款，一定要买这辆车。"

禹毅点头："好。"

宋一媛见他一副傻不愣登的样子，高兴不起来："不要了。"禹毅看着她，她气鼓鼓地说："我不喜欢坐宝马，也不想出门。"

禹毅不懂她为什么生气，只是道："那就换车吧，总要出门的。"

宋一媛："我打车。"

两个人沉默了半晌。

宋一媛觉得自己有些无理取闹了，又重新道："那就换一辆，要红色的。"

禹毅松了一口气："嗯。"

宋一媛："宝马给你开，把大众卖掉。"开了那么多年车，自己怎么就不知道换一换？

禹毅："好。"

宋一媛叹了一口气："对自己好一点。"

"嗯？"禹毅没听清。

"对我好一点。"

禹毅深深地看着她："嗯。"

吃完饭要回家的时候，宋一媛路过一家内衣店，想到最近内衣都有点紧了，便叫禹毅停车："去看看。"

大高个头一次脸通红，说："我在车里等你。"

宋一媛觉得很稀奇，又觉得男人这样很可爱，解开安全带却并没下车，问："没有陪女生去过吗？"禹毅摇头。她又说，"给自己买内裤的时候总进去过吧？"禹毅没说话。

"原本内衣都挺合身的，最近却好像小了，你知道是为什么吗？"禹毅的脸好像更红了。宋一媛才不管他呢，说，"你去停车，我先去看看。"

等宋一媛挑好款式，禹毅目不斜视地进来，宋一媛大大方方地将几件 Bra（胸罩）放到他面前，问："哪件好看？"

"都可以。"禹毅强自镇定。

"那我穿哪件好看？"

禹毅顿了顿："都买吧。"

"不行，只能选两件。"宋一媛看着他，"万一又不合身了呢？"

旁边的服务员微笑着解释道："小姐你放心，我们这里的内衣质量都很好。只要选对款式，正确穿戴，绝对是合身的。"

宋一媛意味深长地说："合不合身不是我控制得了的。"

最后她还是全买下了。

两个人回到家，禹毅把放在后备厢的衣服搬出来。宋一媛摩拳擦掌挑了一身衣服，对禹毅道："去试。"然后她又把衣帽间里禹毅之前的衣服一堆一堆抱出来，挑挑拣拣许久，心里忍不住感叹：西装原来是禹毅最好看的衣服。这都是些什么？唐老鸭白 T、纯白工衫、纯黑工衫、花裤衩？全都扔掉。

正当宋一媛为结婚对象的审美忧心忡忡的时候，换好衣服的禹毅出来了。宋一媛愣了一下，哇，好帅，好有型，好暖，好性感。宋一媛满意极了，一边点头一边找了另一套："试这身。"禹毅二话不说就去换。

等他把所有衣服试完，宋一媛简直满意到顶峰——一边满意自己的审美，一边满意禹毅的身材。哇，他真的很帅，时尚大酷男，冷漠霸道总裁，换身衣服就像换了个人一样。她把所有衣服一套一套放好，再找来纸笔，在每套衣服上备注了适合的场合，又拿了其中一套放在最外面，说："明天穿这个。"禹毅全程毫无异议。

　　时间将近十点，宋一媛昨晚睡得晚，今天又故意奔波劳累了一天，睡意很快便来临了。她飞快地上床："晚安。"然后几乎是秒睡。禹毅摸摸她的脸，知道她今天累极了，悄无声息地亲了亲她，脚步放缓，轻轻地离开卧室。

　　第二天，宋一媛靠闹钟在正常时间里醒来，看到禹毅正在洗漱。她心一动，并没有马上起来，也不睁眼，好像睡得很熟似的。过了一会儿，禹毅出来了，如宋一媛所想，男人脚步极轻地走到她身边，俯身轻轻落下一吻，又脚步极轻地去了衣帽间。

　　宋一媛心里某个地方小小地动了一下，他也不是很闷呀。闹钟再次响起，宋一媛才假装被吵醒的样子哼哼了两声，蹬蹬腿，伸伸懒腰，抱着被子滚了滚，侧身面对从衣帽间出来的禹毅——男人有点帅。

　　两个人莫名地大眼看小眼一阵，宋一媛对着禹毅眨了眨眼，禹毅面色冷淡，一言不发地出去了。宋一媛叹了口气：这日子还怎么过啊。

　　禹毅到了公司。

　　前台小姐说话有些磕巴："禹……禹总？"

　　"嗯？"

　　另一个凑过来打趣："好帅啊！"

　　禹毅笑："我媳妇买的。"他心情好得不得了。

　　甄伟正好从上面下来，对着一群叽叽喳喳的小姑娘喝道："干吗呢，干吗呢——谁啊，这么帅！"再一看，他叫出声来，"哇！"绕着禹毅转了两圈，他"啧啧"几声："终于舍得请造型师了？"

　　禹毅笑道："我媳妇买的。"他就像一个扬扬得意的孩子。

　　甄伟："……"

　　上了楼，一向没大没小的团队人员一个个吹起口哨，声音此起彼伏。禹毅挥挥手，不堪其扰，不耐烦地道："叫什么叫，结婚去。"引来一片起哄声。

第二天是某个大型商业聚会，这种聚会一般是要带女伴的。甄伟问："现在有老板娘了，不用抓阄了吧？"

禹毅顿了顿，说："还是抓吧。"

"啊？"

"她不去。"

甄伟便拿着骰子出去了："来吧姑娘们，接客了！"

"等一等。"老板又反悔了，"先等一下。"禹毅关上门给宋一媛打电话。

"有个商业聚会……"禹毅顿了顿，"要去吃饭吗？"

宋一媛："不去。"

禹毅："好。"挂了电话，他对甄伟说："抽吧。"

抽中的人是市场部大佬杨胜男，已婚。下午经过禹毅办公室的时候，她探进头来，爽声道："有媳妇了干吗还抓阄？我们这些已婚妇女周末很想休息的！"

禹毅："这次聚会里有DK的老总。"DK的单子刚好是由杨胜男负责，拿下来了可以提成一百多万。杨胜男比了一个"OK"的手势："贫穷使我低下了高贵的头颅。"走之前她又说，"作为一个女人，友情提示一下你们这些臭男人，有妇之夫如果要和其他女人去参加某种正式宴会，最好先和家里人说一声。"

禹毅："我说了。"

杨胜男挑眉，耸肩："那就好。"

第二天，穿得分外职业帅气、一身中性打扮的杨胜男和禹毅到了聚会地点。两个人进了会场，杨胜男说："老板，你该吃吃、该喝喝，小的给你赚钱去了。"说完就不见人影。再一定睛，发现她已经去DK老总那边了，笑得矜持又干练。

禹毅感觉有人在看自己，侧过头去，一个男人在五米处喝红酒，见禹毅看来，冲他一笑，举了举杯。禹毅抿了抿唇，眉头皱起，冷着脸走开了。

过了一阵，两个人在二楼走廊上遇到。禹毅像没看到他一样，目不斜视地走过去。对方轻笑道："禹总，不至于吧？"禹毅脚步没停，两步就下了楼。

正当禹毅和 DK 的老总谈事时，阴魂不散的人又来了，极其自然地插入两个人的谈话中。

DK 老总笑道："沈公子怎么也对机器感兴趣了？"

"想了解一下。"然后他就朝禹毅伸出手去，"你好，禹总，我是沈风柏。"

"禹毅。"

两个人握手，都用力捏了对方一把。

杨胜男这个时候回来了，虚虚地挽住禹毅的胳膊，笑着对 DK 老总说道："希望合作愉快。"沈风柏看向杨胜男，似笑非笑："禹夫人？"

"不敢当，不敢当。"杨胜男赶紧否认，"我们老板娘今天身体不舒服，实在来不了，就只能遗憾地拜托我来了。"

"吓我一跳。"沈风柏半开玩笑半认真地说，"我还以为禹总娶了两位夫人呢。"

女人的直觉告诉杨胜男——来者不善。她偷偷瞟了一眼老板的表情——哇，面无表情，和平常一样，看不出来。

"哈哈哈——哈哈哈——"DK 老总笑道，"沈公子你自己风流，就不要打趣我们禹总了嘛！禹毅这人啊，老实得很！"

沈风柏看了禹毅一眼："那可说不定。扮猪吃老虎，动作快得很。"禹毅并不接他的话。

三个人聊了许久，DK 老总被其他人叫走后，禹毅也直接走人了。

路上，强烈的好奇心折磨着杨胜男，最后，她终于忍无可忍地问："老板，那人是谁啊？"

"xx 文化的创始人。"

"哇，牛。"杨胜男感叹，"没想到这么年轻。"

禹毅严肃着一张脸："我也很年轻，我比他还小两岁。"

"嗯嗯，公司规模也小两圈。"

禹毅彻底黑了脸。

杨胜男"嘿嘿"笑，谄媚道："我们公司虽然小，但赚的钱多啊。

别看他们这么大，比不过我们的。"顿了顿，她看看禹毅的脸色，终于问出核心问题，"老板，你和他有仇？"

"没有。"

"他和你有仇？"

"不知道。"

杨胜男感觉烦躁："哎，老板，你这样一点儿也不"直"了！"

禹毅："你这样也一点儿不'胜男'。"

杨胜男摊手："OK."

把杨胜男送回去后，禹毅一个人驱车回家。车子驶入地下车库，熄了火，男人靠在座椅上发呆。该来的，始终要来。

不知道过了多久，有人敲车门。是宋一媛，她眼神清亮，有些担心地问："喝酒了吗？"

赵姨从监控里看到禹毅的车早就回来了，但迟迟不见禹毅上来，就跟宋一媛说了，宋一媛于是过来看看是怎么一回事。

禹毅摇摇头："没事。"

宋一媛看着禹毅，感觉他今天有些不一样。但她什么也没问，只是说："那回去吧。"

一晚上禹毅都没怎么说话。睡觉的时候，宋一媛主动窝进禹毅怀里，抱住他，问："今天我能这样睡吗？"

禹毅虚虚地环住她："嗯。"

时间一分一秒过去，两个人维持着这个姿势不知道多久，宋一媛渐渐睡去。禹毅等她睡熟后，才收紧手臂，将宋一媛的脑袋按向自己胸口，长手长脚缠着她，像小孩子抱着唯一的玩具。

是他的。

是他的。

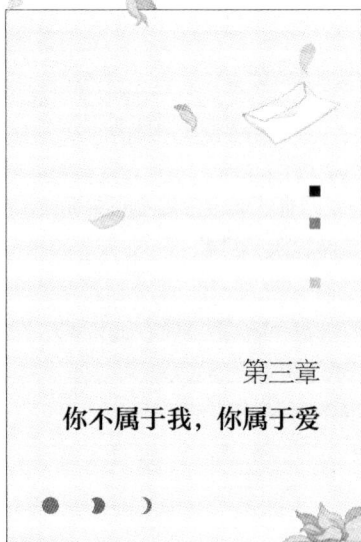

Chapter 3

第三章

你不属于我，你属于爱

孟妮打电话来的时候，宋一媛正在练瑜伽。电话才一接通对面就尖叫道："我考上了！"

宋一媛跳起来："真的？！"

"嗯嗯。"对面的人兴奋难耐，"我要回中国了！"

宋一媛发自真心地笑道："欢迎回来。"

"宋，你对中文系比较熟悉，能推荐两个博导吗？"

"如果让我推荐的话，我肯定只会推荐一位老师。"

"是杜博士吗？"

"嗯。"

"我怕他看不上我。"

"你很优秀。"宋一媛笑道，"即便到时候你和老师没有师生情分，按老师的性格，也会给你找一个适合的导师的。"

孟妮很高兴："感谢！"

"你好棒，孟妮。"宋一媛轻声道。

"你也是。"孟妮声音也轻了起来。

宋一媛心中一酸，闭了闭眼，无声地笑了笑。

和孟妮通完电话后，宋一媛过了一个多小时才给曹珍珠发微信：孟妮考上Y大古代文学博士了，下个月来中国。

曹珍珠晚上才回她：恭喜。多余的话没有。

时间像是一支带刺的箭，"噗噗噗"地往前走，当有人想停下来往回走的时候，血肉翻转，寸步难行。没有人想往回走，宋一媛也不能。

禹毅没过多久就回来了，宋一媛在花厅剪花，禹毅经过的时候，两个人四目相对。宋一媛笑容寡淡："回来了？"

禹毅看着她，心里"咯噔"一下，"嗯"了一声。她知道了。

四周一片沉默。宋一媛剪花，禹毅看她。过了一会儿，禹毅转身离开。

吃饭的时候，两个人也沉默不语。宋一媛照例只喝了一碗汤，喝完就说："我先上去休息了。"等禹毅也回到卧室后，她说，"我可能要去Y市几天。"

禹毅深深地看着她——别走。宋一媛心里想着事情，没看他，也没觉得有什么不对，又说："去见一位老师。"

禹毅沉默很久，声音低沉地说："好。"

宋一媛有些心不在焉："那你休息吧，我去书房准备一下资料。"

"嗯。"禹毅等到天快亮，宋一媛才重新回到卧室来。

宋一媛钻进被窝里，禹毅感觉到她在看自己，眼皮无法控制地动了动。过了一会儿，只听她轻轻叹息一声，钻进他怀里："快醒，快醒，快醒……"

禹毅就醒了，假装被吵醒的样子看着她。宋一媛心里好笑又有点感动，极力憋住了说："我心情不是很好。"禹毅不说话，只是看着她。是因为他回来了吗？

"你说点好听的话哄哄我。"

禹毅冥思苦想半天，说："随便你花？"

宋一媛："……"

禹毅已经会看宋一媛的表情了，看她这样子明显是不满意，又想了想："睡一觉就好了？"

宋一媛气得拿脚踹他。

四条腿缠在一起，禹毅无师自通地拍拍宋一媛的背，像哄闹脾气的小孩一样。宋一媛奇迹般地就被安抚了，哼唧了两声，乖乖窝在大高个的怀里。一时间两个人都没说话，禹毅拍啊拍，宋一媛轻轻的呼吸就喷洒在他的脖颈边。

"为什么心情不好？"

宋一媛舒服极了，感觉妥帖、温暖、安全，不自觉地往禹毅那边靠了靠，轻声说："因为想到过去的事。"

禹毅肌肉一紧，声音也跟着紧张起来："嗯。"然后就不说话了。

宋一媛嘟囔了些什么，说话含混不清。禹毅还没听明白，宋一媛就已经睡着了。

第二天下午四点多，宋一媛正打算出门赶飞机，禹毅回来了。

宋一媛说："你不用特地回来送我的，有司机。"

"不是。"禹毅一本正经，"我回来拿出差的资料。"

"出差？"

"嗯，去 Y 市。"

宋一媛定定地看着他。

"六月毕业季，公司要校招一批科研人员，我过去把关。"

宋一媛心里清楚得很——六月是毕业季不假，但校园招聘最好的时间是下半年九月底到十一月中旬，俗称秋招。再不济也该是来年三四月，也就是春招。六月，大多数学生的工作都已经尘埃落定，现在去是打算专门捡漏吗？他还亲自去？宋一媛像看傻子一样看着他。

禹毅抿抿唇："好的苗子是需要挖的。"

宋一媛摊手："反正你是老板。"人傻钱多。然后她猛地朝着禹毅扑过去，开心地道，"所以我们是一起去 Y 市吗？"

禹毅声音冷淡："嗯。"

总觉得结婚对象很爱我，怎么办！

坦白说，宋一媛是不想一个人去 Y 市的。但她也没想过要禹毅放下工作陪她去，至于其他人，自她辞掉工作以后，交际圈就彻底瘫痪了，她的生活里日常出现的人只有禹毅和赵姨。现在好了，禹毅也要去 Y 市出差，让宋一媛安心不少。

下了飞机，两个人正往机场出口走，突然有一个人往这边冲过来，还大叫道："宋一媛！"之后便飞奔过来抱她。宋一媛只看到一道黑影，然后身边的人猛力将她拽过来，挡住了来人的拥抱。

"好久不见，媛媛。"被拽到另一边的宋一媛的身后不知什么时候站了另一个人，和她离得极近。两个人四目相对，他笑了笑，伸手刮了一下宋一媛的鼻子。宋一媛大惊。

禹毅的动作也快，就在他刮宋一媛鼻子的瞬间，把宋一媛圈进怀里，眉头紧皱，冷冰冰地盯着来人，干脆利落就是一脚。

对方干脆利落地躲开，禹毅抱着人上去又是一脚。

过手四五招，宋一媛心乱如麻，赶紧抱住他："别打架。"

禹毅稍稍停下来看她，唇一抿："我不。"他冲过去又是两三招。他绝对练过，但对方好像也练过。禹毅抱着宋一媛死活不撒手，又非要打他，自然占不了上风。

宋一媛无奈，只好说："那你放开我。"

禹毅更是斩钉截铁："我不。"

宋一媛在这样的情况下居然想笑，看到远处有保安过来，不想把事情闹大，只好说："你这样勒得我腰疼。"禹毅就把她放下了。

放下的瞬间，禹毅就像变了个人似的，一招一式狠绝果断，像要把人打死。宋一媛看得胆战心惊，她从来没见过禹毅这样。好在对方身手也不错，只是稍稍挂了彩。

两方停下来，沈风柏的眼睛紧紧盯在宋一媛身上："听说你今天来 Y 市，实在等不及了。"他擦掉嘴角的血，放肆一笑，"爱你。"那样子就像吸血鬼。然后也不等宋一媛和禹毅是什么反应，带着人头也不回地走了。

宋一媛表情木然地顿了一阵后说："走吧。"

路上，宋一媛发现禹毅不开心，也很快知道了是为什么。她知道此刻的自己应该说些什么，但想了想自己和沈风柏的事，又不知该如何开口。

两个人沉默地入住酒店。晚上，宋一媛翻来覆去睡不着。比她更睡不着的是禹毅，他在为她的辗转反侧而辗转反侧。

第二天，宋一媛去拜访杜重。老人年过七十，精神很好，神色平和，嘴角自带三分笑。师母说："自从知道你要来，他从昨天就开始念，叫我备好鞋子，要带你去你们之前常常喝茶的茶馆。"

宋一媛笑道："那么远，老师您还能走吗？"

杜重笑嘻嘻的，是真的很开心，脸上是宋一媛最最熟悉的又洒脱又固执的神情："还是能走一走的。"出门才两步，他就单刀直入地问，"最近看了什么书？"

宋一媛说："又读了一遍汪曾祺，看了几本毛姆。"

杜重笑笑，看破也说破："还是要多读书。"

宋一媛笑："汪曾祺和毛姆不可以读吗？"

"可以读，但你不该只读大众喜欢的。如果人的审美只剩下流行的东西，你这个人就空了。"

"生活本来就是空的。"

杜重闻言，慈祥地看看她，朗声大笑："看来是被生活折腾了。"

"有个老人，七十岁了也不能退休，不也是被生活折腾吗？"

"我是眷念学校。"杜重笑着，"有你们这些学生时不时过来敲打我一下，感觉生活有意思得很。"

"那我再给您介绍一个？生活保证更有意思。"

"孟妮？"

宋一媛笑道："看来您知道。"

杜重非常矜持地得意了一下："我还是很关注我们学校的新生的。"

"那您觉得怎样？"

"一个外国人，对中国文化痴迷，很有意思。"

这便是答应了。宋一媛知道，这个老人不怕学生不好教，不怕学生逃课，也不怕学生成绩不好，就怕他的学生毫无特性。

两个人在茶馆坐下，点了滇红。杜重笑眯眯："说说吧，生活怎么样？"

"我结婚了。"宋一媛顿了顿，"好像没那么糟。"

"在做什么呢？"

"什么也没做。看看电视、上上网，偶尔运动一下，再逛逛街。"

"贵妇生活，看样子嫁得不错。"

宋一媛笑。

"这就对了嘛。"杜重看着她，"生活不至于像少女言情一样充满希望，却也不像那些作家写的那样绝望。它是在中间的。"

宋一媛点头："我知道。"

"既然你知道——"杜重露出老小孩调皮的神色，"那要不要重新回到学校来，完成一下未完成的事情？"

宋一媛顿住。

"我也真的是老了，带完这一届就不带了。你要是能回来，现在是最好的。"见宋一媛不说话，想到发生过的事情，他也只能叹口气说，"往前走。"

宋一媛沉默不语。

两个人聊完天出来，门口倚着一个人。宋一媛恍惚觉得时间从未往前走过。

她二十岁，和平易近人的导师每个星期出来喝一次茶。沈风柏每次来接她，两个人便手挽手走出这条街，去旁边的小巷子吃麻辣烫。

沈风柏看过来，冲她一笑："我就知道你在这里。"他又看着杜重：

"杜老师。"杜重笑着叹了口气,深深地看着宋一媛:"感情的事情我老头子就不多讲啦。"然后拍拍她,"你师姐等会儿要过来,我就在这里喝茶等她。"沈风柏于是拉着她就走。

宋一媛挣扎着甩开他的手,面色冷淡。沈风柏靠近她,看着她,眼睛眨了眨:"我会亲你的,媛媛。"

宋一媛皱眉退开几步:"有事说事。"

"请你吃饭。"

"不了。"

"连朋友也没得做?"

宋一媛真想掐死他:"你先反省一下你的出场方式。"

沈风柏摊摊手:"我在一个商业聚会上看到禹毅,他带着一个姑娘,那个姑娘不是你。"

"我的事要你管?"

"我属狗的,行吗?"宋一媛顿住。

"汪——"沈风柏淡定从容得很,"汪汪——"

"什么时候?"

"四天前。"

宋一媛看不出来有什么,挥挥手:"好了,我知道了。"说完就要走。

"喂,吃饭。"沈风柏在身后叫她。

宋一媛皱眉:"都说了不吃了。"

沈风柏委屈巴巴地跟在她身后:"我等了你一个半小时。"

"我没叫你等。"

"我知道,我自愿的。"沈风柏说,"所以去吃饭吗?聊聊天,叙叙旧,我们已经很久很久没见了。"

宋一媛心烦意乱,心里一直想着禹毅带姑娘出去吃饭的事情,有些生气:"不吃不吃不吃,沈风柏你哪儿凉快哪儿待着去。"身后就没声了。

宋一媛回过头去,发现沈风柏亦步亦趋地跟着自己:"你干吗?"

"跟着你啊。"

"跟着我干吗?"

"凉快啊。"宋一媛一噎。

她长久和禹大个待在一起，习惯了说话笨拙的男人，突然被沈风柏一套，一下子没反应过来。

沈风柏走到她身边，拉了她一下："往里走，外面车多。"

宋一媛默默地往前走。

"你和他待在一起不无聊吗？"

宋一媛不回答。

"一开始我以为你们俩是各玩各的。"沈风柏不以为忤，"但看他在机场的反应又不像……而且他好像认识我。你跟他说过？"

沈风柏说了一路，跟着宋一媛到达打车的地方。

宋一媛没有回答他任何问题，但沈风柏却像是知道一切答案一样。他把她送上车，看着她："For you, a thousand times over.（为你，千千万万次。）"

宋一媛垂下眼睑，心里兵荒马乱。

宋一媛回到酒店，禹毅还没回来。感觉身体疲惫极了，她放了水泡澡，脑子放空想自己和禹毅的事情。

诚然，禹毅大概是有些喜欢她的。他话虽然不多，也不爱说，但宋一媛能感觉到。一个男人看喜欢的女人的表情，宋一媛见过太多，这一点肯定不会错。但大概也就到喜欢为止了，她感受不到一丁点他对自己过去的探究欲，他也从来不问自己"为什么"，自己的一切，他毫无波澜地全盘接受。但凡他有一点儿想了解的欲望，他的表现都不该如此寻常镇定。他喜欢她，但并不打算了解她。

其实这样就很好了。宋一媛想，这一点喜欢刚好够做爱的时候能接吻，日常相处的时候能靠在一起，兴之所至，还可以出去吃顿饭、看场电影。一起生活，彼此独立。

正在这个时候，禹毅回来了。

但是——带其他姑娘出席商会，有些独立得过了头。男人是不是天生就缺少"衡量和女生相处时的度"的那把尺子？宋一媛换好衣服出去，禹毅正在换家居服。他胳膊上的肌肉匀称好看，腹肌不知什么时候变成了八块，性感得要死。宋一媛面无表情从他身边经过，撇撇嘴。哼，敢和其他女人一起出去玩！

宋一嫒在床边坐下，有点生气："给我吹头发！"禹毅走过来，宋一嫒把脑袋靠在他的腹肌上，不动了。宋一嫒的头发长而顺，柔软有光泽，泛着水汽，有一股清新的洗发水的味道。禹毅动作很轻，显得笨拙，吹风机摇晃的频率磕磕巴巴的，听得宋一嫒很难受。

男人的大手小心翼翼地穿过头发，像捧着什么易碎的宝贝一样捧着几缕发丝，吹风机"嗡嗡"响。宋一嫒使劲儿嗅了嗅禹毅身上的味道，没什么特别的味道，甚至根本没什么味道。但她不知什么时候养成了这个习惯，和禹毅待在一起的时候，会下意识地吸气，好像能闻到禹毅皮肤上独特的气味一样。这种气味她形容不出来，但她知道有，她每次和禹毅待在一起就能感觉到。

额头抵疼了，禹毅又刚好把一边的头发吹干，宋一嫒动了动脑袋，侧脸贴着他。禹毅看着她的头顶，知道她又在撒娇了。大高个抿抿唇，内心酥酥麻麻。她为什么这么可爱？

等禹毅吹完，吹风机的声音一停，宋一嫒开口问："你带别的女人出去应酬了？"

禹毅："啊？"

"就是前几天，什么什么聚会。"

禹毅想起来，非常坦白："我问你去不去，你说你不去的。"

"什么时候？"

"当天中午。"

宋一嫒想了想，想起来了，怒道："你说得不清不楚的，又没强调必须带女伴，我以为只是可有可无的饭局。"

禹毅无法反驳。

宋一嫒哼了一声："你知不知道你是有老婆的人？"

禹毅耷拉着脑袋不说话。

宋一嫒怒气冲冲："你为什么不好好跟我说？我又不是不会去。"

"下次不会了。"

宋一嫒重重地哼了一声："睡了！"她一转头，看到窗外天还亮着。顿了顿，爬上床，窝进被子里。禹毅看着鼓成一团的被子，心情隐秘地愉悦起来——她这是在吃醋吗？那现在怎么办？

傻大个站了半晌。宋一媛的手机响起来，是个陌生号码。

"喂？"

"我的新手机号，存一下。"

"不存。"

别说男人没有第六感，他们的第七感可比女人的直觉强多了——禹毅几乎瞬间就知道这个电话是沈风柏打来的。

宋一媛坐起来，很无奈："我要睡觉。"一抬眼，她看到禹毅正面无表情地盯着自己。

宋一媛心下一转："嗯嗯……好的……"

沈风柏在电话那头丈二和尚摸不着头脑："你在说什么？"

"现在？"宋一媛挑眉，作势要下床。

就在她经过禹毅身边的瞬间，男人一只手抱住她，一只手挂断电话，脸色冷得像冰："不许去！"

"就许你和女人出去玩，不许我去？"

"我没有。"

两个人大眼瞪小眼。

禹毅在宋一媛的眼皮子底下把那个陌生号码给拉黑，再把手机放到一旁，紧紧地抱住她："不许见他。"

宋一媛："哦。"心里开出花来。

"不许见他，不许见他。"他又强调了两遍。

宋一媛想到沈风柏的话，说："你好像一点儿也不觉得奇怪？"

"什么？"

"沈风柏。"

"不想知道。"是了。

宋一媛笑了笑："那算了。"

两个人静静地抱了一会儿，天渐渐暗下来。Y市的夜景很漂亮，宋一媛问："要出去走走吗？"

禹毅看了看宋一媛的神色，知道她想出去："好。"

两个人一前一后走在江边，晚风轻拂，行人熙攘，江上灯船闪耀，光影斑驳，夜空深蓝似海。不知不觉，人生就走成了这个样子。

曾经在某个下午，老师、珍珠、杨歆、诸葛和她照例在茶馆喝茶。讲到女生爱美，杜老头子笑眯眯地说了一句让宋一媛记到现在的话："如果巴黎罗马毁掉了，你们这些小姑娘的美就要少一层。"大学毕业的时候，她给杜老头子发短信：巴黎罗马永存。未来光明，明晃晃的，耀眼。转眼现在，巴黎罗马不复存在。美还有，只是不再那么高。

禹毅跟在她身后，不知她在想什么，小姑娘的脸上有一种落寞的宁静。他见过许多次她这样的表情，这是她最美的时刻。好像这个世界和她息息相关，又好像这个世界和她格格不入。她内心有一方天地，独一无二，这么多年都没有变过。但他好像是第一次感觉到，这样的她很美，但令他感到心疼。

宋一媛回过头来："前面是 Y 大，要进去走走吗？"

两个人进了校园，依旧一前一后走着。校园很静，灯光幽暗，树影重重，有昆虫的叫声。一草一木，全是回忆；一房一屋，皆有别情。宋一媛深吸一口气，感觉血液加速流动。禹毅静静地跟在她身后。

两个人不知不觉走到图书馆，宋一媛仰头看，目光缠绻。往事一幕幕重现，痛到她心脏发麻。宋一媛大概觉得自己能面对了，所以选择来一次 Y 市。可站在这里的这一刻，又深深地感觉到不能。她不能。

当她泪眼婆娑不经意地往旁边看，看到禹毅站在那里时，一时间愣住了。禹毅几乎在她看过来的瞬间变了表情，声音冷静："怎么了？"宋一媛愣愣的，知道他现在这副样子是假的，他刚刚不是这样的。他刚刚注视她的样子，好像愿意为了她的一颗眼泪而献出生命。

两个人对看。

宋一媛问："我哭起来丑吗？"

"不丑。"

"我们试着了解一下对方，好吗？"

禹毅顿住，心"扑通扑通"跳起来。

"好不好？"

"好。"

第二天，宋一媛、禹毅、沈风柏三个人一起吃饭。

禹毅和沈风柏没有握手，也没有寒暄，各自坐一边。禹毅冷着脸的样子还是挺吓人的，面容刚毅霸气，目光凌厉，有一股上位者的气势。沈风柏翩翩公子，嘴角自带三分笑，天生多情桃花眼，一看就觉得是风流鬼。

宋一媛一位女士坐在两个人中间，两边的两位男士之间有暗潮涌动，进来上菜的人忍不住好奇多看两眼。宋一媛镇定自若地向两边的人重新介绍。

"这是我的大学好友，沈风柏。这是我的老公，禹毅。"老公。禹毅的心重重地跳了一下。

沈风柏撇撇嘴："眼光不咋样。"

宋一媛看着他。

沈风柏举手投降。

一顿饭吃得安静。吃完饭，宋一媛去补妆，包间里只剩下两个男人。

沈风柏盯着他，先开口："宋一媛是随便嫁，你是随便娶吗？"

禹毅并不回答他。

"我不管你是因为什么原因娶了她——可以离吗？"

禹毅沉沉地道："不可能。"

"她不是金丝雀。"沈风柏很平静，"你打造的金笼子会毁了她的。"

"我没有给她打造金笼子。"禹毅目光深沉，"我会给她所有的笼子。她想做金丝雀的时候，就给她金笼子；她想做鹰的时候，就给她悬崖窝。天空永远是她的，家我给她造。"

沈风柏久久不说话。

禹毅看着他："我知道你觉得我配不上她，你比我懂她。但大概就只是懂了，你不和她在一起，表面上是不愿意困住她，实际上是你没那么大勇气和一个心中有大山大海的女人结合在一起。男人都希望女人小鸟依人，自己是伟大的。现在的宋一媛变了，安于现状，囿于琐碎生活，你就觉得你能做她的救世主？你救了她的现在，可以后？当她又是那个神采飞扬、骄傲恣意的宋一媛了，你还会继续和她在一起吗？你不是想救她，你只是想当一个英雄，她不过是一种成就罢了。"

沈风柏的脸色变了。

"我说话直，你别介意。"禹毅说，"男人了解男人。"

"那你呢？"沈风柏从来没想过这或许真的是自己内心的想法，被人点出来，一时难堪，"你乘人之危，连英雄也不是。"

"我不做她的英雄。"禹毅道，"我就站在她身后，不离开，不放手。"顿了顿，他又说，"你们都觉得宋一媛应该怎样怎样，不怎样就对不起她的一身才气。我觉得她怎样都好，只要她内心富足，健康快乐。"

包间里陷入沉默。最后，沈风柏耸耸肩："你赢了。"

宋一媛不知道干什么去了，还没回来。两个男人无言相对了一阵子，沈风柏说："你也不是很闷嘛！"

禹毅看他一眼，不说话。

"刚刚说得一套一套的，比宋一媛的口才还好。"

禹毅还是不说话。

沈风柏好笑："你是'精分'吗？"

禹毅皱眉："无聊。"

沈风柏想了想："那我们说一说媛媛吧。"

禹毅看着他："不要叫她'媛媛'。"

沈风柏笑："我和她关系好，叫'媛媛'有什么不可以的？你要是也想叫就叫，管别人叫不叫？"

禹毅吃瘪。

沈风柏看他的样子，好像懂了什么，大笑："你怼我倒说得头头是道，情深似海，但宋一媛不知道有什么用？连个称呼都不敢叫，还说要给她家呢！"

禹毅冷着脸。

这时，禹毅的电话响了。屏幕显示是宋一媛——

"怎么了？"

对方不说话。

"你在哪儿？"禹毅的背一下子绷直了。

"卫生间。"宋一媛好像有点难为情，"你帮我买样东西。"

挂了电话，禹毅的耳朵有些红："散了。"他说着就大踏步往外走："埋单。"

沈风柏蒙了，你们夫妻俩什么操作？

禹毅出去找了个超市，按宋一媛说的走到货架前。240mm？××牌？

××牌是找到了，可240mm怎么看？看起来都差不多？一米九的大高个站在花花绿绿的货架前，一时间进退两难。导购员站在不远处瞧他，不敢贸然上前。禹毅把头转过去，目光定定地看着导购员。

"先……先生，是要选购卫生巾吗？"导购员有点儿怕。

禹毅木着脸："嗯。"

"有偏好的牌子吗？"

"这个。"禹毅指了指。

"要日用还是夜用？"

"我媳妇用。"

导购："啊？"不然呢？你又不能用。

"我要240mm的。"

导购微笑着从货架上取了一包："这是240mm的。"

禹毅接过："谢谢。"

"不谢。"

禹毅转身离开。

宋一媛从卫生间出来，禹毅看起来挺镇定的。宋一媛有些尴尬："今天出门换了包，忘了带。"主要是月事提前了两天。

"嗯。"

"沈风柏走了吗？"

"嗯。"

"你们说了些什么？"

"没说什么。"

"沈风柏说了什么？"

"没什么。"

宋一媛有些气："说好的了解一下对方呢？你就是这样聊天的？"

禹毅有些不知所措。

宋一媛看着他："不会说话？"

禹毅不回答。

宋一媛气极："你多和我说话。"

"说什么？"

"什么都可以。"

禹毅想了半天："没什么好说的。"

宋一媛气绝。

上了车，宋一媛冷静了一下，发现两个人真的没什么好说的。她对禹毅一无所知，禹毅对她毫不了解。每个人的三观、举措、语言和神情都建立在过去之上。当骤然相遇，只能聊聊此刻存的"月亮好圆""天气很好""味道不错"。成年人，已经过了炫耀或者坦诚的年纪，不会轻易张口提过去。这不是说他对面前的人有所防备，而是他自己本身就对过去说不清楚。所有想要让爱的人了解的地方都是微妙的，禹毅没有这种口才。

宋一媛说："我们给彼此写信吧，一个星期交换一次。"

禹毅从不拒绝宋一媛："好。"

回到酒店，宋一媛因为中午喝了冰镇果汁肚子疼，躺在床上又烦又无力。禹毅在隔壁房间工作，有轻微的打字声。

没过多久，宋一媛起身去找他。禹毅正好要开视频会议，见宋一媛靠在门上，有气无力，面色疲倦，眉头皱起来："怎么了？"

各个主管已经分别打开摄像头，一打开就是禹毅的侧脸，轮廓深邃，线条冷硬，不知道在和谁说话。所有人安静如鸡。

宋一媛有些委屈："肚子疼。"禹毅知道为什么，但对这方面的了解只有一点点。好像没什么解决办法？

"多喝热水。"

宋一媛："……"

"我去给你倒。"

各个窗口的人就看着禹毅站起来，离开了电脑前。宋一媛知道他此刻在工作，不应该缠着他。但生理期的女性确实要情绪化得多——宋一媛此刻就想有个人能陪着自己。

禹毅给她接了水，宋一媛接过来，瞅着他："你在干吗？"

"视频会议。"

"肚子疼。"

禹毅没办法回答。

"你陪我。"

禹毅面无表情。宋一嫒一点也不怕，好像已经看惯了。

"肚子疼。"宋一嫒靠在他身上，"要揉。"

禹毅拿她没办法。

各主管等了半天，只等来一只手把电脑合上，偏偏视频没有关掉，那边窸窸窣窣有声响。禹毅把电脑搬到茶几上，自己坐在地毯上，在腿上放了一个柔软的枕头。宋一嫒躺下，禹毅就给她揉肚子。

电脑又被打开，禹毅的脸出现在屏幕上，声音冷淡："开始吧。"

各主管开始汇报工作。

宋一嫒发现，工作时的禹毅好帅。话虽然不多，但句句干净利落，直指要点。虽然是公司的最高决策人，但他绝对不盛气凌人。他尊重各种想法，坦诚各种利害，给予最大化信任，不藏私，胸怀宽广，眼光独特，见解全面……各个主管在面对他的时候，尊重而不谄媚，信服而不盲从，并且非常肯干，充满工作激情。

宋一嫒突然产生一种崇拜的情绪。特别是在这样的情况下，这个大男人还轻轻揉着她的肚子。铁骨柔情，没有哪个女人抗拒得了。

禹毅正在说话，不经意间和宋一嫒的目光对上。

说话声戛然而止，他狼狈地移开目光，一下子就忘了刚才在说什么，磕巴了两句，问："刚刚讲到哪儿了？"

各主管："啊？"

"刚刚是谁汇报的？"

市场部大佬杨胜男无语："是我，老板。"

"再说一遍。"

"说什么？"

"汇报工作，我忘了。"

杨胜男："……"

宋一嫒看着他故作镇定的样子，嘴角轻扬，哇，还好可爱。这么想她也就这么说了。禹毅看她一眼，目光游移："你说什么？"

"我说你可爱。"

禹毅抿抿唇，接不住。

宋一媛觉得肚子不疼了，精神也好了，心里软软的，轻声道："你工作的样子好帅啊。"

禹毅喉结一动，这句也接不住。憋了半天，只憋出一句："别说话，在开会。"

杨胜男："什么？"不是你叫我重新汇报的吗？开会不就是说话吗？老板，你脑子怎么了？

宋一媛蹭蹭他："继续揉。"

禹毅的目光重回屏幕："继续。"

杨胜男："哦。"

两个人在 Y 市待了三四天，走之前宋一媛再次拜访了杜重。

这一次禹毅是和宋一媛一起去的。宋一媛和杜重在一旁讲话，禹毅全程都很安静。等宋一媛去和师母聊天的时候，两个人才说了些话。

杜重说："不错嘛，大学旁听我这么多堂课，原来是为了追美人啊。"

禹毅笑："没有追，只是看。"

"看着看着就变夫妻了？"杜重笑，"有意思。"然后他说，"年轻人，看好你。"

"谢谢。"

一出门，沈风柏正等在外面。

"F 记的点心、金香路的火腿、春风楼的酒酿——我知道你没时间去，就给你买了，带走。"

宋一媛看着他，沈风柏看着禹毅："记住了？"

他回过头来："你可以有老公，但并不妨碍我对你好。有本事，你让他做得更好。"

宋一媛皱眉，禹毅接过东西："谢了。"

宋一媛挑眉："他说得对。"

你不属于我，你属于爱。

Chapter4

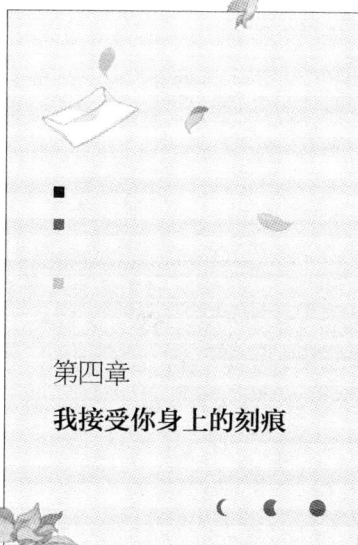

第四章
我接受你身上的刻痕

宋一媛的第一封信

禹毅：

颂安。

长大后再写信，会觉得羞耻。但想到我们之间，又觉得非如此不可。我是写惯东西的人，克服一下就好。

首先要说的，是沈风柏。我们没在一起过，也没有发生亲吻及以上的行为。我们爱过，还爱了很长时间。为什么没在一起我不知道，可能那时的我们都很骄傲？因为没有在一起，爱过去以后，现在好像还能做朋友。当然，如果你介意，我们以后可以不联系。

我想，你如果真的会在意，那在意的也不会是现在，而是之前。

我之所以会成为此刻的我，在感情部分，是他雕琢了我。我们都不得不承认这个事实。

如果我们真的要做坦诚而互相了解的夫妻。那么我希望，我们之间可以坦诚到这种地步——接受彼此身上其他人的刻痕。

会很难，我知道，特别是当这种刻痕体现在某件具体的事情上时。但这好像又是没有办法的事，我们都二十七八岁了，人格的轮廓基本已经形成。我们相遇时，就已经是这个样子。

我不知道你看的时候是怎样，我写得挺艰难的。明明是在认识你之前就有的感情，但坦诚给结婚对象看的时候，还是有一种无法言喻的出轨感？我现在大概能理解为什么"前任"在一段现存的关系中是敏感词了。

但既然了解已经开始，那我们能不能先做朋友？先做朋友，相互包容；再做爱人，相互占有。你觉得呢？

禹毅的第一封信

Y：

你做饭的时候很好看，手很白，手指很细，想做你手里的番茄，被你可爱地偷偷吃掉。

禹毅的第一封信

Y：

今天的饭很好吃，感谢有你。

禹毅的第一封信
Y：
为什么喜欢看韩剧？

禹毅的第一封信
媛媛：
没想过我们会变成夫妻。
我爱你。

距离两个人约定互换信件还有两天，禹毅始终没写好。宋一媛盘腿坐在地毯上，身后是禹毅。

"要写什么？"

"你想对我说的话，你想让我知道但平常又说不出来的事，或者坦诚你自己。"禹毅就上去写了。

过了两个小时他下来，宋一媛问："写好了吗？"

禹毅点头。

两天后，两个人互相交换。

禹毅的第一封信
Y：

我叫禹毅，二十八年前十一月十三日出生在C市仁爱医院，出生的时候八斤八两重，最开始发的音是"yiyi"，所以小名叫"yiyi"，因为这个，取名"禹毅"。

小学就读于C市X区实验小学，当了六年班长，热爱班集体，关心同学，热情好动。

初中直升X区实验中学，不知什么原因，或许是由于身体发育，初二时体重达到顶峰值——206斤，变成一个大胖子。

高中在C市十九中就读，寄宿，高考698分，成功报考N大经济学系。

在 N 大学习期间，我利用课余时间创办了 N 大第一个"机器人爱好者联盟"社团，并且联合其他社团，建立了社团内部资源共享网，实现了 N 大资源利用最大化和商业化。大二那年，我因此赚到人生的第一桶金。大三时和导师一起联名注册机器人研发公司，并顺利结识一群志同道合的人，组成核心团队，一起打拼到现在。大四时公司第一次融资成功，规模扩大两倍，收益翻番。

公司现已上市，我担任此公司最高决策人和最大股份持有者。

我于 2017 年 5 月 2 日结婚，新娘是你。

我的特长是赚钱，我的爱好是赚钱、登山、健身、机器人。

我对我的自我评价是：有责任心，敢于担当，抗压能力强，勤劳肯干。

介绍完毕，请指示。

宋一媛目瞪口呆，我是叫你写信，不是叫你写应聘介绍！宋一媛呆了半晌，重新又看了一遍。嗯……倒也不是不可以，这里面的信息量还挺多的。重新找信息的时候，宋一媛又看了一遍——嗯，有许多地方可以再说说的。

两个人分别从书房出来，在走廊遇上，一时间有点儿别扭。

宋一媛干巴巴地问："你看完了吗？"

禹毅干巴巴地回："嗯。"

四周安静了一会儿。

"这样的方式你觉得可以吗？"

"可以。"

"我能提一个建议吗？"

"嗯？"

"语言平易近人一点儿？"

禹毅："……"

"报告完毕什么的……"宋一媛忍俊不禁，"我会觉得我是在听入职介绍。"

禹毅的耳朵红了红："好。"

两个人并排下楼，宋一媛想到禹毅写的东西，好奇地问道："初中的时候真的那么胖？"

禹毅顿了顿，看着宋一媛："我有那时候的照片，你要看吗？"

"看啊，看啊！"

于是，才下楼的两个人又上去，进了禹毅的书房，禹毅抽出一本相册："这是初中的。"

宋一媛看着书架上还有几本相册，问："这些是你从小到大的照片吗？"

"嗯。"

"我能都看吗？"

禹毅点头。

宋一媛还是最好奇 206 斤的禹毅，于是先打开了初中的相册——

"那时候你就那么高了！"

"一米八五左右。"

"看起来还行，没我想的那么胖。"宋一媛笑道，"很可爱。"

禹毅抿抿唇，不接话。

宋一媛翻到他婴幼儿时期的照片。禹毅穿着开裆裤，大方地敞着"鸟儿"，眼睛瞪得溜圆，眉头微皱，小嘴微抿，从小就是一副很冷的样子。宋一媛被萌得不行，拿手机拍了一张："做你的来电显示。"禹毅并不阻止她，目光落在她身上。宋一媛嘴角轻勾，侧脸好看。

初中过后的禹毅脸庞越长越开，五官也越来越深邃大气，长到大学，俨然是非常帅的了。但他不会打扮，穿着非常随意，没啥衣品，扑面而来一股'直男'气息，拍照出来就很一般。

看到 N 大熟悉的校门，宋一媛惊讶地说："原来你就在隔壁读书啊！"她又问他，"去过 Y 大吗？"

"去过。"

"我也去过 N 大，还常去。"宋一媛说，"去打辩论赛。"

禹毅当然知道，她最精彩的一场辩论，是《后悔药该不该吃》。

两个人窝在书房看了许久的老照片，一直看到赵姨上来叫他们吃晚饭。

禹毅道："下去吧。"

"嗯，你先下去。"宋一媛说，"我把这些相册放回去。"

禹毅就跟着赵姨下去了。宋一媛把相册放回原位，要走的时候，看到垃圾桶旁边扔出几张纸，她没多想，过去捡起来打算扔到垃圾桶里。

白纸翻过来，上面有字——

禹毅的第一封信

Y：

你做饭的时候很好看，手很白，手指很细，想做你手里的番茄，被你可爱地偷偷吃掉。

宋一媛的心"砰"地一跳。这是禹毅写的？

捡起另外几张，内容不尽相同。宋一媛大开眼界——谁说他不会说话的？这不是写得很好吗？她又想到他写了这么多，却一张也不让自己看见。若非机缘巧合，恐怕不知道什么时候才能看到他如此坦诚可爱的一面。宋一媛将所有的草稿捡起来，又看到一张——

禹毅的第一封信

Y：

信该怎么写？

提笔就想写情书。

宋一媛"啧"了一下，红着脸轻声细语道："原来说情话的技能都点到笔上了。"本来所有的纸都捡起来了，宋一媛像想到什么，又像原来那样乱撒了，咳了咳，假装淡定地下楼去了。

晚上，两个人躺在床上。禹毅在工作，宋一媛在刷微博。

过了一会儿。"你要吃西红柿吗？"宋一媛突然说，"我给你洗。"两个人四目相对。禹毅不懂她为什么会突然想吃西红柿，顺着她道："嗯。"宋一媛最后拿来了圣女果。

宋一媛说："家里的西红柿没了，只剩下这个了。"

禹毅吃了两个。

宋一媛问："好吃吗？"

"就西红柿的味道。"

"是吗？"宋一媛看着他，"我尝尝。"说完却没动作。

禹毅自然地喂她。

宋一媛含住他的手指，轻轻一咬，汁水迸溅。禹毅看过去，宋一媛垂眼在舔他手上的圣女果汁，他的喉结动了动。

宋一媛抬眼看他，嘴里还含着他的手指。禹毅目光炯炯，眸色深沉。

宋一媛吐出他的手指，一下子跨坐在禹毅身上，亲亲他的嘴唇，小声道："圣女果成精啦。"四片嘴唇黏在一起，妖精打架，又是一个激烈的夜晚。

宋一媛做了一个梦，梦里她正在打辩论赛。

一辩曹珍珠，二辩杨歆，三辩宋一媛。曹珍珠插科打诨，金句频出，下面笑倒一片；杨歆义正词严，大开大合，咄咄逼人；宋一媛角度刁钻，深入浅出，纵横捭阖，让人哑口无言。

孟妮坐在下面第三排，不知道从哪儿买来一个鼓掌神器，嘴里还含着口哨——鼓掌、吹哨、尖叫，整个礼堂闹成一片。沈风柏在人家 N 大的礼堂里挂了四条巨大垂幅——

"Y 大辩论队加油！"

"宋一媛最美！"

"小仙女们加油！"

"宋一媛最帅！"

他也拿着鼓掌神器，嘴里含着口哨。

辩论的是什么恍恍惚惚，只记得最后赢了。结束时，N 大辩论队队长兼主持人说："这场友谊赛圆满结束，下面进入 N 大和 Y 大辩论队联谊时间。"下面尖叫声一片。

Y 大队长沈风柏爬上讲台："滚你的，我们的小仙女不能下嫁凡人。"三个小仙女扬着脆生生的脖子，提裙致谢。

下了台，沈风柏说："走，去吃饭！"

N 大辩论队队长陶知行过来："小仙女们要不要一起吃饭？"

沈风柏看着他："别动歪心思哦，这些小仙女都名花有主了。"

"谁？"

身后一群男生齐道："Y 大辩论队！"

陶知行笑："团魂？"

沈风柏骄傲地点头："每年社团招新，她们往那儿一站，整个 Y 大的男生就都过来了，完全不用担心辩论队未来的发展。"

"那明年招新能不能把她们借给我？"

"国宝不外借。"

晚上，一群人吃饭，曹珍珠问："一嫒，你毕业论文准备得怎么样了？"

"一稿已经发给老师了，在等回复。"

"杨歆呢？"

"写了一半，今晚回去再憋一阵。"

曹珍珠仰天长啸："纵我不往，子宁不来？"她焦躁得直跺脚，"怎么办，怎么办？周五又要见杜大大，我大纲还没写。"

宋一嫒笑："得了吧你。"

"知道网上怎么说你这种三好学生吗？"杨歆毫不客气，"嘤嘤嘤——怎么办，人家也没复习啦。一上考场，连书下面的注释都写得出来。"

宋一嫒哈哈大笑。

曹珍珠哼了一声："讨厌啦！"

"怎么啦！"

"不要这样子哦！"

"人家怎样啦！"

"哼，人家才不理你呢！"

"不理就不理，人家也不想理你呢！"

"哈哈哈——哈哈哈——哈哈哈！"

三个女生笑成一团。

"我赌明天的早饭钱，珍珠这个星期四就会把初稿发给老师。"宋一嫒说。

"我赌两天的早饭钱。"曹珍珠做了一个夸张的收钱的动作，仿佛桌上全是银子，"买定离手，买定离手！"

画面一晃，阳光像银子一样耀眼，宋一嫒面色惨白地盯着杨歆："你改什么了？"

杨歆的笑容僵住："怎么了？"

曹珍珠看过去。

"我问你改什么了！"

"就改了你错的啊。"

宋一媛一下子醒过来,恐惧占有了她。她用力闭眼——不要说,不要说,不要说,宋一媛你闭嘴!

禹毅在宋一媛一下子惊醒的时候也醒了过来,他紧紧地抱住她,面色冷淡:"怎么了?"

宋一媛的心跳得极快,牙齿也紧咬着。她听见了禹毅的话,却不回答,整个人紧紧蜷在一起。不要说!宋一媛!

禹毅有些心慌,一下一下抚摸着宋一媛的脊背,温热的吻落在她的头顶:"做噩梦了吗?"宋一媛紧紧抱住禹毅,像螃蟹夹住救命的手指,用力得禹毅都觉得疼。

禹毅不停地抚摸她,不停地亲吻她。不知道过了多久——身旁的人才渐渐放松下来,禹毅没说话,依旧一下一下抚摸着她。

宋一媛认命般地吐出一口气,将所有噩梦里流出来的血一勺一勺舀回去,用罐子装好,再盖上盖。她又往禹毅怀里钻了钻,两个人赤身裸体缠在一起,宋一媛好像嵌进禹毅怀里了。

禹毅的皮肤一定有某种特别的东西,宋一媛深吸好几口气,觉得十分安心。禹毅的大手摸得她好舒服。又安静了一会儿,宋一媛才彻底平复下来。她就近吻了吻禹毅的肩,又不知出于什么心理咬了一下,留下一小排嫩嫩的牙印。

"起床?"

此刻已经过了禹毅平常的洗漱时间,安抚宋一媛大概花了一个小时。禹毅没什么心思上班,但宋一媛故作平静的样子说明她不想说什么,禹毅也就不提。

男人西装笔挺,人高马大,正对着镜子打领带。宋一媛窝在被窝里,侧身看着他说:"过来。"禹毅便过去。宋一媛伸出手,拉着领带将人往下拽,等禹毅离她二十厘米近的距离时,"好了,别动,我给你打领带。"

一个躺着,一个别扭地弯着腰,两个人都不觉得有多奇怪。打完领带,宋一媛嘟着嘴亲亲他:"加油养我。"禹毅目光幽深,只是看着她,并不回答。

宋一媛再亲亲他:"说话呀。"

禹毅冷淡地"嗯"了一声。

禹毅走后没多久，宋一媛就收到沈风柏发的微信：孟妮大后天提前回来，通知了一些人聚一次。你那天有没有空？

这边消息才看完，孟妮的窗口就跳出来——

孟妮：宋，我打算提前回来，就这周四。我们周四一起吃饭吧！

孟妮：周五约珍珠一起逛街！好久没见你们了，好想你们！沈说晚上一起唱歌，我答应了。

孟妮：我跟珍珠说了，珍珠还没回我。

宋一媛点开曹珍珠的微信，愣了半天不知道该怎么说。孟妮既然通知到了，她也就不用再说一次了吧？也不知道孟妮说清楚没有，沈风柏应该……算了。通知到没通知到，人要是想来，总会来的。宋一媛给孟妮回了消息，表示收到。

转眼到了聚会当天，孟妮比她自己想象的要忙，白天的逛街活动取消，只能约晚上一起唱歌。宋一媛跟禹毅打了招呼，晚了一阵到达 KTV 门口。到了门口，宋一媛也并不进去，站在门口的树下不知道在干什么。

很大概率珍珠是不会来的。可如果来了呢？宋一媛想：怎么打招呼？没必要打招呼，互相笑笑就行了。但她大概不会来，如果孟妮表达清楚了的话。知道自己会来，珍珠来的概率就会小到小数点后面。

身后一双手围住她的肩膀，气息陌生又熟悉。挺拔的少年沉稳了许多。不由分说地带着她往里走："在外面想再多都没有用，来了就来了，笑一笑；没来就算了，和孟妮合唱一首歌，就当她来过，OK？"

宋一媛不说话。

沈风柏看看她，像她肚子里的蛔虫似的："别怕，有我在。"

两个人推门进去，陶知行、诸葛豪、曹珍珠、孟妮都在。诸葛豪正在唱《贵妃醉酒》，门一开，四双眼睛望过来。

陶知行朝两个人努嘴："瓜田李下。"

沈风柏踢他："莫造口业。"

诸葛豪："爱恨就在一瞬间！"

宋一媛的目光一进来就放在曹珍珠身上，两个人互相看了两秒，曹珍珠笑："心宽体胖。"

宋一媛笑："坐吃等死。"

孟妮笑："想你们。"

三个人抱在一起："想你们。"三个人分开，孟妮坐中间，宋一媛和曹珍珠分坐两边。沈风柏挨着宋一媛坐，陶知行则坐在点歌机旁点歌。

孟妮讲了许多分开后的事，宋一媛听得很认真。她几次和曹珍珠对上目光，两个人相视而笑。

孟妮留学回国，做了半年销售工作，思前想后，辞了工作，考了研究生。因为汉语还没有达到专业水平，没法报考中国的大学，硕士就在美国读了。之后她一边读书一边更努力地学习中文，最后终于考到 Y 大来，研究中国古代魏晋南北朝文学。

陶知行现在在一所著名的律师事务所当王牌律师，日子过得不错。

诸葛豪，公务员一枚，生活轻松，闲暇时写写诗发表一下，好像还小有名气。

沈风柏和曹珍珠自不必说。沈风柏创办 xx 文化，身家上亿；曹珍珠是著名的金牌编剧，每年懒懒散散一个本子，生活过得悠闲富裕。

"麦霸"诸葛豪终于被人从台上拽下来，孟妮过去唱《理想三旬》。宋一媛和曹珍珠坐在各自的位子上，静静地听孟妮唱歌。

"你过得好吗？"宋一媛问。

"挺好的。"曹珍珠笑，"就是之前我想过的生活。"

宋一媛点点头。

"你呢？"

"嗯。"宋一媛说，"不是我之前想象的生活，但过起来也不错。"

"那也很好。"

…………

时光匆匆独白

将颠沛磨成卡带

已枯卷的情怀

踏碎成年代

…………

而风声吹到这

已不需要释怀
就老去吧
孤独别醒来
梦倒塌的地方
今已爬满青苔
…………

　　散场回家，禹毅来接她，宋一嫒靠着车窗沉默。大概这就是相忘于江湖以后最好的见面方式，彼此都很好，不在意曾经的爱，不在意曾经的怨，承认我们好过，但止步于此。把过去和现在割裂开，客气，熟稔，真心祝福你好。这已是最好的，至少不会多一个人在KTV外面为见面设想许多种重新开始的方式。

　　回到家，宋一嫒爬上床，默默无语。禹毅躺在她旁边说："今晚我能抱着你睡吗？"

　　宋一嫒滚进他怀里，闭上眼。为什么你这么温柔？

　　梦里。

　　"答辩开始。"

　　"各位老师好，我是2008级汉语言文学专业的学生宋一嫒，我今天答辩的题目是……"

　　"宋一嫒？"

　　"是。"

　　"一辩为什么没有来？"

　　"当时杜重老师有一个研究课题，是关于阮籍的，河南开封新出土了一批文稿，有一些和阮籍有关系，我就留下来和老师一起获取资料了。"

　　"杜老师也建议你这样做吗？"

　　"杜老师建议我回来先参加一辩，参加完后再过去。"宋一嫒顿了顿，"但当时杜老师身体不好，无法高负荷工作，我就申请直接二辩了。"

　　"你在论文里反复提及的《知宗手稿》就是此次出土的新文稿吗？"

　　"是的。杜重老师在这次原始稿中发现著名的阮籍研究专家钱知宗有一个胞弟，两兄弟都对阮籍颇有研究。其弟钱之宗写的《之宗手稿》，大部分都是对阮籍的研讨，其中有些观点……"

"等一下。"

宋一媛停下来。

答辩组长汪博儒看着她："你说钱知宗有一个胞弟叫'钱之宗'？哪个'zhi'？"

"之乎者也的'之'。钱父平生最喜孔老夫子的'知之为知之'，将其立为治学座右铭，生二子后，长子取名'知宗'，次子取名'之宗'，同音不同字。"

"所以《之宗手稿》是次子写的，而不是我们耳熟能详的钱老的手稿？"

"是的。"

汪组长的眉头皱起来，问："你确定？"

宋一媛点点头："我确定。"

旁边的曾老师严肃地看着她："可是同学，你在你的论文里写的是《知宗手稿》，我们还以为你得到了新的史料。"

"不可能。"宋一媛翻开自己的稿子——是钱之宗啊！

"你不要用你的稿子来看。"曾老师把她手上的论文指给她看，"我刚刚和其他三位老师手里的比对了一下，我们四个人的是一样的。全文十多处提及钱之宗，你写的都是钱知宗。

"这已经不是基本的错别字问题，两个人名，表示两个不同的观点和意义，你的论文基于这个人进行论述，结果你却把这个人的名字给写错了，你发论文给我们的时候都不检查的吗？"

"不是，学校通知投递论文的时候我还在外地……"

"我们不听这个，我们只看呈现在我们面前的结果。这篇论文你投到我们手上，就表示这就是你最终的成稿。

"一辩不来参加，二辩就递过来这样一篇连最重的人物名称和著作名称都写错了的论文，同学，你在忙什么？还是你觉得答辩就是一个毕业前走的过场，随便弄弄就可以糊弄过去？"

"我没有。"

"还有你写的论文。那么多学者都没有证实钱之宗的存在，你一个本科生，凭什么把这些东西当成史实进行论证？"

"论文后面附有原稿扫描版，各大学者也现场确认了其真实性……"

"这些东西在盖棺定论之前，在变成公众可查的信息之前，你一个本科生，没有这样的能力写这种东西。"

"年轻人，做学问要谦虚一点、踏实一点，不要这么骄傲。"

"态度认真一点、端正一点，你交这样一篇论文上来，让我们说什么？"

"我……"

"自己下去改一改，三辩的时候来。"

"老师！"

宋一媛是被禹毅摇醒的。两个人目光相触，宋一媛有些愣怔。

禹毅并不说话，只是看着她。

宋一媛无法面对任何眼神，把头埋进被子里："我还要睡觉。"被子下，她的睫毛抖得厉害。她不该去Y市，不该做这些梦。人要往前走，总抓着过去有什么用，时间从来不会为任何一个人扭曲或停止。

宋一媛在健身室待了一上午，挥汗如雨，浑身舒畅许多。

中午赵姨做了番茄炖牛腩，宋一媛见了，说："禹毅爱吃这个。"她看了看时间，拿来保温盒，"时间还早，我给他带过去吧。"

"你先吃呀，吃了再给他带去。"

"我去找他一起吃。"

赵姨笑："你们这些年轻人啊，才分开一上午就想成这样。"

宋一媛哭笑不得："我没想他。"

赵姨笑笑不说话。不想他还去找他干吗？

路上。

宋一媛越想越不对，我干吗要给他带午饭，外面又不是不能吃？赵姨做了番茄牛腩，他晚上回来也可以吃啊，又不急于这一时半会儿。没通知就跑去公司是不是不好？除了婚礼那天，她好像再没见过禹毅公司的人，现在突然提着午饭过去，也不知道前台认不认识？她突然又想到，自己好像一次也没去过禹毅的公司？禹毅的办公室在几层？有直达电梯吗？现在是不是该给他打个电话？

宋一嫒莫名有些心烦，干吗要心血来潮送饭啊？还是回去好了。于是她转头对司机说："王叔，回去吧。"

　　"不是要去禹总的公司吗？还有一会儿就到了。"

　　"不去了，我觉得这个好像也不是很好吃。"

　　"但我已经给禹总打了电话了，他在等咱们呢！"

　　宋一嫒："……"

　　迫于"无奈"，宋一嫒到达公司楼下。一进旋转门，就看到禹毅正站在大厅最空旷显眼处，和某个保安在说话。

　　宋一嫒松了一口气，还好，不用去前台问禹毅在哪层了。

　　禹毅几乎瞬间就看到她来了，对身边的人说："你的建议我都收到了，下次行政部门开会，我会把这些建议告诉行政部部长。"

　　保安欣慰无比——哇，我们老板真的很亲民呢！

　　禹毅走到宋一嫒身边："你吃了吗？"

　　宋一嫒压着心跳："没有。"

　　禹毅看着她："那一起吃。"

　　宋一嫒"嗯"了一声。

　　两个人往电梯间走，宋一嫒瞧了瞧禹毅的公司，开玩笑道："我是不是可以不用给你省钱？"

　　禹毅看她："不用省，想怎么花就怎么花。"

　　"'除了这个、这个、这个，其他全包起来'的那种？"

　　"可以。"

　　宋一嫒瞧他一副财大气粗的样子，不由得好笑："那我买几天公司会破产？"

　　"我会赚的。"宋一嫒心下一软。她究竟找了怎样一个结婚对象？怎么能傻成这样？

　　两个人去禹毅的办公室，经过办公大厅的时候，收到所有人的注目礼。宋一嫒落落大方地一笑，走到办公室门口，对众人说："我们家禹毅平常一定很不会说话，有什么难听的大家听听也就过去了，别放在心上。这个公司是大家共同努力的结果，我很感谢你们陪着他一起打拼。今天是我第一次来公司，也没什么好带的，稍微表示一下，中午给你们订了珍味楼的外卖……"

"哇哦！！"办公室瞬间热闹起来。

宋一媛笑："中午好好吃饭，好好休息，辛苦了！"

"老板娘酷！"

然后她就进了办公室。

"先斩后奏啦！"宋一媛把保温盒拿出来，"刚好映衬你刚刚说的'随便花'？"她眨眼看禹毅，发现男人也在盯着她看。

宋一媛凑过去亲了他一下："吃饭。"

禹毅抿抿唇。

"西红柿是赵姨今天新摘的，熟透了，好吃得不得了。

"牛腩也炖得特别入味，我出门前尝了两块，好吃得不得了。

"今年新上市的甜玉米，很嫩，好吃得不得了。

"木耳叶煮汤最好吃，配上滑肉，好吃得不得了。"她把饭碗放到禹毅手里，"快吃，快吃！"

禹毅心中爱意翻腾，涨得满满的，眼睛一眨不眨地看着宋一媛。

宋一媛瞧他："傻了？"想到自己刚刚那番无聊又无趣的话，强自镇定，"快吃，我还没吃饭呢。"刚刚说的都是些什么呀，真丢脸。

禹毅给她夹了一块牛肉："吃。"

宋一媛给他夹了一筷子番茄："番茄比牛肉好吃。"

两个人埋头吃饭。宋一媛的头发披散着，耳后的头发不知不觉松散下来，总是妨碍她吃饭。宋一媛随意别了别，不一会儿，头发又再次散落下来。

没等宋一媛动作，就有一只大手伸过来，小心而笨拙地拈住头发丝，往她的耳朵上别了别。他别得不好，手刚一放下头发就再次散落下来，禹毅再次拈住。

宋一媛看他，禹毅的眉头不自觉地微蹙，一本正经，严肃得很。他的表情好像是把这缕头发丝当成了自己淘气的孩子，作为父母，一点儿也不想伤害他们，但他们又是那么不听话，不得不教训一下。

宋一媛的心又是一跳，有点慌，又甜丝丝的。但禹毅的表情确实好笑，她不自觉地笑着问他："干吗呀？"禹毅给她把头发别上去，不说话。

宋一媛把手上的扎绳褪下来："你给我扎上。"

禹毅就放下碗筷，移到宋一媛的身后去，更加笨重而小心翼翼地拢她的头发。

男人的手碰到她的耳朵和脖子，是热的。他专心致志的样子就像是在进行一项伟大的工程。宋一媛从反光的镜面看到这些，一开始觉得好笑，渐渐就只觉得心里胀胀的。禹毅还是那样沉默寡言，不会说话，脸色也常常冷淡到不行，好像很不高兴。可宋一媛却觉得安全、踏实。

禹毅僵硬着给她扎好了头发，宋一媛看了看，一把扯掉了。

禹毅一愣。

宋一媛扭过头去面对他，眼睛亮晶晶的，又好像有点儿别的什么："办公室的隔音好吗？"

禹毅："啊？"

"中午休息的时间会不会有人来？"

禹毅抿唇，他好像懂了。

宋一媛缓缓搂住他的脖子："办公室 play（游戏），玩不玩？"

两人四目相对。

这个时候，电动百叶窗突然启动了。宋一媛看了看——背后，禹毅正拿着遥控器。

四面百叶窗缓缓下降，办公室越来越暗。

"你拉过百叶窗吗？"

"没有。"

"第一次拉？"

"嗯。"

"那……"

男人吻住了她。

两个人贴在一起，禹毅的大掌抚摸着她的背，她的手指插进他的头发里，唇舌交缠，啧啧有声。好急色，啧，男人。

禹毅一把抱起她，她顺势夹住他的腰。

宋一媛被放到办公桌上，她穿的是裙子，白花花的大腿瞬间露出来。

禹毅的目光里燃着火，像是能把人烫伤。宋一媛撇开目光，软声道："先说明哦，我今天不是故意穿裙子的。我昨天也穿的裙子，我前天也穿的裙子，我……"

禹毅再次堵住了她的嘴。

天雷勾地火，啧，激烈。

宋一媛的第二封信

禹毅：

很多时候，许多事发生了才能发生某一件事。某一件事的发生，看起来如此不可理喻，除开那一丁点的巧合，起因、经过、结果都是必然的。我这几天老做噩梦，害你睡得不好，对不起。

这几天常常会想起大学时代。我上大学的时候有三个好朋友——杨歆、曹珍珠、孟妮；有一位对我整个人生都颇有影响的老师——杜老头子；有一个非常热爱的社团——Y大辩论队。我的整个大学生活都是围绕着他们展开。

这次我想说说珍珠。珍珠是珍珠，如珍珠一样丰润光泽，圆溜溜，秀气，低调，稀贵。她从小优秀，一路拿着"三好学生"的奖状长大，很乖，很骄傲，脾气很好，但也有点儿优等生的小毛病。不过没什么大不了的，这使她更加可爱。

我们是最早认识的，在宿舍第一次见面。

她说："你好，我叫曹珍珠，是曹家的珍珠。"

我说："好巧，我叫宋一媛，是宋家的小仙女。"

她说："哇，我们的名字好配。"

两个人好像比好名字更配。

她特别好玩。杨歆有个坏习惯，出门前总要反反复复摔门、锁门、拉门，总是怀疑门没锁好，锁好门后又要"砰砰砰"使劲儿拍打，以确认门是好的。

一来二去，珍珠落下一个心理阴影，某一天起床，黑着眼眶说："我昨天做梦梦到杨歆锁门，'砰砰砰'拍了十几下，我安安心心睡觉，结果门被杨歆拍坏了，有个大变态就缓缓推开了门……"

从此，锁门这件事就变成珍珠的事情——关门、锁门、拉门，轻轻拍一拍，反复看门框，来回三次。杨歆不放心，跑过去再"砰砰"地捶两下。我简直要疯了。

我们一起吃饭、一起睡觉、一起逛街、一起泡图书馆，什么都聊得来。

她是一个看起来很乖很柔的女生，内里却是坚韧的，细水绵长，涓流向海。

有这样一个朋友其实是很舒服的事情。她恰到好处地懂你，恰到好处地陪伴，仿佛就是为了当你的好朋友而存在。但她又有自己的光芒，有自己独立的人生规划和思考，她很清楚自己要什么。

我大概是不知道自己要什么的，所以我们分别走到了今天这个样子。

我想她。

梦里。

"你乱改什么？！你改之前不知道给我打个电话吗？"宋一媛的脑子里混乱极了，玻璃光反射刺眼，所有的人声都隐去，她不知道自己是什么表情，"这是毕业论文，不是课堂作业！

"你什么时候秀你的文学功底不行，非要在别人的论文里找存在感？这是我的论文，不是你的！

"你改完之后也不跟我说，是想让我答辩完之后感谢你吗？感谢你让我二辩没过，毕不了业，保不了研？

"杨歃，你怎么这么恶心？"

杨歃面色惨白："不……是……研究阮籍的那个著名学者是叫……"

"不是！不是！不是！"宋一媛尖叫起来，"我写的不是他！！你什么都不知道就随便改，你脑子是不是有病！"杨歃不知所措地后退一步。

曹珍珠抱住宋一媛："一媛，你冷静一下。"

宋一媛眼眶通红，心里空空一片，颤抖着声音说："我毕不了业了……"

曹珍珠身子一抖。

"怎么会！"

"就是毕不了业，二辩没过，三辩在十一月份……"宋一媛看着曹珍珠，"研究生新生报名是九月份。我没有毕业证，还怎么报名？"

杨歃面无血色，嘴唇动了动，不知道该说什么。怎么就成这样了？

"要不要给老师打个电话？"曹珍珠声音干涩，也是一片茫然，不知该如何。

宋一媛看着手机，顿了半天才打开屏幕，一滴眼泪落在屏幕上。曹珍珠看见了，放开她，眼泪一下子涌出来。她死死地咬住嘴唇，不敢发出声来。怎么办？怎么会这样？她朝杨歆看过去，杨歆杵在那里，垂着眼，嘴唇紧抿。

"喂，老师，就是毕业论……"宋一媛"哇"的一声哭出来。

曹珍珠闭眼，再次死死地抱住她，哽咽着声音："你……你别哭……我们先解决事情……"

在电话里，杜重问了她几个问题，宋一媛哭着回答了。

"我先打电话问问，你别急。你给父母打个电话，回宿舍吧，看看论文有什么问题。"

"好。"

宋一媛没看杨歆一眼，低着头从她身边走过。

"宋一媛！你是怎么读书的？！这么重要的东西怎么能让别人给你交？！你是断手断脚了吗？毕业重要还是破研究重要？自己的事情不做好，天天跟着一个破老师东跑西跑的，他能替你毕业吗！现在出了事他能帮你把事情弄好吗！

"你这么大个人了能不能懂点事！做事情能不能稳重一点？！过好自己的人生不要操心别人！

"你现在怎么办？！毕不了业，保不了研，除了读书你还会做什么！滚回来卖菜吗！"

"妈……"

"去叫答辩老师'妈'！我养不起你这么费心的人！"

宋一媛哭着醒来，禹毅抱着她。眼泪流到禹毅的胸口，像硫酸，让他牙齿紧咬。

"你……别哭。"禹毅的声音涩到失声。

宋一媛搂着他的脖子，眼睛紧闭。太痛了，好痛，又好恨。

禹毅温柔的吻落在她的发顶，一个比一个长久，抱住她的手臂十分有力量，将她牢牢锁在怀里。

一只蚌被人活生生掰开了硬壳，外面该是更痛的，却不料这只蚌被某个庞然大物圈养起来，四周都是软软的墙，光线温柔，听不到一点儿外面的声音。静，且安心。

禹毅的第二封信

Y：

不想想起来的东西就不想，不想面对的人就不面对。这里做得不好，没关系；那里不好，也没关系。

一事无成没关系，一无所获没关系，南柯一梦没关系……所有的一切都没关系。你做宋一媛就好，做一个宋一媛就很好。你不必是别人的妻子，不必是别人的员工，不必是别人的朋友，不必是别人的念念不忘。看看书，喝喝茶，懒洋洋，宅一方天地，一辈子不出门……都可以。

你想做什么都可以，你什么都不做也可以。

我接受你身上的刻痕，不单单是沈风柏。

你说要坦诚，那就坦诚。我接受所有的你。

不要怕。

不用勇敢。

不要做噩梦。

Chapter 5

第五章

我不想和你过日子了

宋一媛是躺在禹毅怀里看完第二封信的。禹毅的耳朵很红，电视里放着少女心炸裂的韩剧，男主角又酷又暖，女主角可爱无比。

宋一媛却嫌弃地说："啧，假死了，假死了！"

禹毅不说话。

宋一媛心想：还不如我们家的傻大个。

她把信收起来，禹毅的眼神飘了一下。宋一媛见了，心里说不出来是什么感受，只是很想黏他。她从客厅黏他到书房，说的都是些无聊的话——

"这个沙发套是不是可以换了？换成豆绿色会不会更好看？

"指甲长了，我帮你剪掉。

"你手好大。

"这个楼梯应该换个高一点的扶手，每次下来我都好怕栽下去。

"这本书讲什么？

"你还看法律的书吗？

"我给你榨果汁？猕猴桃？百香果？西瓜？

"亲我一下。"

禹毅亲了她，宋一媛美滋滋地跑下楼去："赵姨，榨汁机放哪儿了？"

财务报表翻开半个小时，连一道题目都没记住。禹毅只好拿出手机，给每个工作群发红包——

"辛苦了，加油干。"

独乐乐不如众乐乐，有快乐大家一起分享。

宋一媛在厨房里切西瓜，赵姨笑眯眯地进来给她打下手。西瓜切成小块放到榨汁机里，赵姨说："加两勺糖吧，更甜一些。"

宋一媛点点头，又想到什么，说："放蜂蜜吧，热量没那么高。"

"好。"赵姨笑眯眯的，"禹总看起来好像对身材不在意，实际上在意得很呢！"

宋一媛笑："毕竟曾经是个大胖子。"

"可不是。"赵姨说，"初中的时候胖成那个样子，禹太太每次来都要念叨，还每次都把照片给我看，又跟我说，千万别给他吃太好，胖回去就没老婆了。"赵姨凑过来，一脸八卦地小声道，"听禹太太讲，禹总那时候喜欢一个女孩呢，为了那个女孩，天天跑步、做俯卧撑，硬是从两百多斤减到了一百六，身高也从一米七几蹿到了一米八。禹太太天天给他熬骨头汤，就怕他抽条太快，营养跟不上。"

宋一媛笑："是吗？"

赵姨笑："谁年轻的时候还没点儿情愫呢！禹总就是这样的人，心眼实、肯干，嫁给他是好福气！"

宋一媛把西瓜汁装好："我先上去了，赵姨。"

宋一媛上楼的时候，脸上的笑容渐渐没了。她木着脸，很不高兴。不仅仅是不高兴，还有一种酸酸的感觉，形容不出来，感觉浑身都别扭，想起他就生气。又好像不仅仅是生气，还带有一点儿委屈？

进了书房，宋一媛在禹毅的对面坐下。两杯西瓜汁，宋一媛左边喝一口，右边喝一口，看着他。

禹毅："嗯？"

宋一媛也看着他，她心里不开心，脸色却很平静。

禹毅看了她一会儿，觉得没什么问题，也不觉得宋一媛喝两杯西瓜汁有什么问题。宋一媛安安静静地喝西瓜汁，他刚好可以把财务报表看了。

一时间书房里只剩下宋一媛喝西瓜汁的声音。两个人的西瓜汁，一个人喝肯定是喝不完的。宋一媛直喝到打嗝，两边都还剩下三分之一。

二十七八岁，有个学生时代的白月光其实很正常。每个人都是因为有了喜欢的人，有了改变的力量，才会越变越好。她之所以能享受到今天的禹毅，是因为他过去经历了一些才变成这样的人，才能接受彼此身上其他人的刻痕。

宋一媛看着他，男人长手长脚，肌肉饱满，胸膛挺阔，很帅，也很man。

曾经的他是一个两百斤的胖子，为了一个女生变成这样，说不定还为了那个女生努力学习，到处打听和她有关的事，一次又一次制造偶遇，学着写情书。他那么闷，肯定不怎么和她说话。不说话，但默默爱着她，宋一媛心里一酸。

"砰！"

禹毅顺着声音看过去，宋一媛气鼓鼓地把杯子重重地放进收纳盘："走了。"

禹毅感觉茫然。只听下楼的脚步声一声比一声重，宋一媛跑去花厅给花草浇水了。

她怎么生气了？禹毅想了想，有些不确定——因为我在看财务报表？

没过一会儿，禹毅下楼来，扫视了客厅一圈，没见到人，就问赵姨："太太呢？"

"花厅呢。"

禹毅转了个弯去花厅。

宋一媛背对着他正在捣鼓什么。等他走近了，才发现宋一媛正在用小金钱树的叶子折帽子，一个一个的，全都戴在宝石花的肉瓣上。

禹毅："……"

宋一媛感觉到有人靠近，回过头去看了看。看到来人是禹毅，她眼神凉凉的，抿唇，不想理人，又折了一个帽子，扣在宝石花上。

作为一个男人，禹毅不是很喜欢这个帽子，但他又不是很确定宋一媛在干什么。

半响。

"我还想看看你的相册。"没头没尾的，她突然就说了这话，禹毅就陪她上去看照片。

前面都还好，等翻到初中的相册时，宋一媛把每一张照片都瞧得仔细极了，恨不得拿个放大镜把校门口花台上的蜗牛也看清楚。禹毅有些不明所以。

看到禹毅和男生的合照，她问："这是谁？"

禹毅看了一眼，有点儿帅，不回答。

宋一媛又看他一眼。

禹毅闷声道："彭勇。"

"现在还联系吗？"

"不联系。"

"哦。"

宋一媛看下一张，假装漫不经心地问："为什么突然就从两百多斤抽条了呢？"

禹毅闷声不吭。

"我们聊聊天嘛。"宋一媛撒娇，"多说说过去的有趣的事。"

禹毅："没什么好说的。"

"那是你不知道怎么说吧。"宋一媛循循善诱，"你不知道怎么说，那我问好了。我问一个你答一个，好不好？"她眨眨眼睛，非常温柔，非常无害。

禹毅心下一软："好。"

"你中学时最好的朋友是谁？"

"陈正豪。"

"你们一般玩什么呢？"

"踢球。"

"足球吗？"

"嗯。"

"你很喜欢足球？"

"还好。"

"他呢？"

"很喜欢。"

"哦。"宋一媛笑眯眯的，"你们喜欢哪个球队？"

"AC米兰。"

宋一媛到此就不问了，换了个话题："你小学当了六年班长，为什么上初中就不当了呢？"

"要学习。"

"书呆子。"宋一媛说，"班长是能干、学习成绩又好的人啊。"

禹毅顿了顿，不接话。

宋一媛看着他问："是不是忙着减肥去了？"不等禹毅回答，她就嘟嘴斜眼看他，"赵姨可是和我说了你当时在疯狂减肥的，不许否认。"

"我是减肥了。"

"怎么减肥的？"

"跑步、做俯卧撑。"

宋一媛捏捏他胳膊上的肌肉，心里酸酸的："初中要上晚自习吧？上完晚自习再去跑步？回到寝室还要做俯卧撑？"

"嗯。"

宋一媛看着他照片上的样子，气鼓鼓地说："胖嘟嘟的也很可爱啊，为什么要减肥呢？"

禹毅知道今天是逃不过了，不明白媳妇为什么突然就很想知道他减肥的原因，只好冷着脸说道："影响健康。"

宋一媛感觉憋屈。藏什么呢藏，不就一个初中小女生嘛，这都多少年了，还没放下？我又不能把她怎样，哼！心里气得要死，她脸上却没有表现出来，反而笑了笑，一副八卦的样子凑近了问："别骗我了，是不是喜欢某个姑娘？"她丝毫不给他否认的机会，又接着说，"这很正常呀，十三四岁情窦初开。"

"哎哎哎，你有她的照片吗？"宋一媛一点儿也不吃醋，笑嘻嘻的，"给我看看呗。"

禹毅不说话。

"给我看看嘛。"宋一媛眨眨眼，"我看看你曾经喜欢的人长什么样子。"

"曾经"两个咬得好重。

禹毅："没有。"

"啊，为什么？"他承认了！他承认他初中的时候喜欢过一个女生了！生气。

"就没有。"禹毅的心"怦怦"跳快，不敢看宋一媛。

宋一媛盯了他半响，两个人的眼神交汇了两次，禹毅都心虚地移开了。宋一媛装不下去了，心里的小人早就气成了河豚，她木着脸："她很漂亮？"

"嗯。"

"你在我面前夸别的女生漂亮？！"

禹毅脸红了红："你也很漂亮。"

"谁要和她比了！"宋一媛忍不住拔高音量，"我本来就很漂亮！从小美到大！"

"嗯。"

敷衍！胸口痛。宋一媛"啪啪啪"打了他几下，瞪大眼睛看着他。禹毅不明所以。

"气死我了！"

禹毅有点儿呆："怎么了？"

"你还问'怎、么、了'？"宋一媛的声音更响亮，"说！我漂亮还是她漂亮？"

"啊？"

"那个女生！"

禹毅抿抿唇，一副冷淡的样子："不能比较。"

宋一媛眼前一黑，气到哭。我……我——是猪！她"啪"地把相册合上："哦！"然后就下楼去了。

是哦，你的"白月光"美翻啦，我惹不起，惹不起。

到了吃晚饭的时间。

"不吃！"

"怎么不吃啦？"赵姨上来看她。

"减肥。"宋一媛窝在被子里，委屈极了，"不吃了。"

宋一媛一直没有吃晚饭的习惯，偶尔心情好了才会喝小半碗粥或是喝一点汤。赵姨也就没多想，嘱咐道："饿了就喝点汤，厨房里炖了鸡汤，一直在煨着，什么时候想吃都可以。"

"嗯，知道了，谢谢赵姨。"

宋一媛拿出手机，点进微博，先关注了一大堆足球"大V"，然后又关注了一大堆和AC米兰相关的账号。她翻到禹毅的微博，点进关注人列表，一个一个点开，又一个一个退出来。没过多久，她就找到一个人的主页，显示对方和宋一媛同时关注了足球实事、AC米兰等四个相同的博主。宋一媛看了看，老实人禹毅的朋友也是老实人，主页信息写的是和禹毅同一所中学，是陈正豪没错了。

禹毅是一个不爱说话的人，网络上也不爱说，而这个陈正豪却是一个什么都喜欢分享到网上的人。宋一媛看了一下他的微博——五千四百零六条。哇，真会说。宋一媛在搜索框里输入"禹 女生"，竟然真的让她找到了两条。

一条：我是来不起了，有喜欢女生的人和没有喜欢女生的人就是不一样，你们看看大禹——配了一张图，是禹毅在黑黢黢的操场跑步的背影。

更早一条：我今天撞到某人洗内裤。喷，年轻的大禹，我猜他心里有喜欢的女生了。

宋一媛心里更酸了。我是吃饱了撑的做这些？他爱喜欢不喜欢。又想到刚才禹毅好像还很在意的样子，心里就不仅仅是酸了，有点疼，一点点，像针扎，东扎一下，西扎一下，惹得人心烦意乱。

床头是禹毅写的信，宋一媛情不自禁地又拿过来看。

"你想做什么都可以，你什么都不做也可以。"是很甜。但为什么呢？哪有人一开始就这么坦坦荡荡地接受另一个人的全部呢？你看，我就只是知道你曾经喜欢过一个女生，就如鲠在喉浑身不自在；我就只有那么一点点在意，也很不开心。你怎么就愿意一下子就接受我，丝毫不费力气？

她想了许多理由，想来想去，大概就是，没那么喜欢，没那么在意，所以才"你是怎样的人，我都无所谓"？她忍不住眼眶一红，又酸又难堪，又怒又难过。

门开了，宋一媛裹了裹被子，头埋得深深的。禹毅上了床，她往旁边滚了滚。禹毅一顿。

灯关了，宋一媛摁亮手机刷微博。热门都好无聊，她有些意兴阑珊。热门第十八，话题是"不喜欢你的表现"。

一个说："不主动。"

一个说："和你聊天总是'嗯''哦'，没啥表情，也不主动接话题，仿佛在和机器聊天。"

一个说："如果你反反复复确定一个男生喜不喜欢你，那他就是不喜欢你。"

…………

是他没错了。你看，上床都这么久了，既没有抱她的意思，也没有说"晚安"。每次要那啥的时候，都是她主动，他不主动、不拒绝、不负责、不承诺。宋一媛感觉更难过了，大概，只是恰好？或许，他也没她想的那样喜欢她？

宋一媛想着想着，心里憋得慌。一个人憋着憋着，也不知道几点才睡着。禹毅看着她熟睡的脸，不知道在想什么。这眼睛、鼻子、嘴唇、脸蛋，好像连额头都是特别的，现在是他的。

"如获至宝"是怎样一种体验？没法说。

《说文解字》释义"至"：鸟飞从高下至地也。从一，一犹地也。象形。不，上去；而至，下来也。如获至宝，对于他来说，就是突然得到一个从天上掉下来的宝贝，宝贝砸进他怀里。

天上的仙女飞啊飞，飞得傻不愣登，直愣愣地往下撞，"扑通"一声撞在他手上。小仙女望望他、蹭蹭他、啄啄他，好像不会伤害她，好了，就做窝了。

他得到她，不敢给别人看，不敢给别人说，不敢伤害她一点点，也不敢她再美丽一点点。她始终要飞的，所以也不敢说一点点爱慕。他怕她走的时候会伤心。

如获至宝，无法比拟的兴奋、快乐、满足、骄傲，也是无法表现的惶恐、不安、怯懦。

他很早之前就知道天上有一个小仙女了，他很早之前就守在下面了。他看着小仙女往下掉的时候就开始捧手了。

这些，小仙女不用知道。禹毅轻轻地吻她，香喷喷的她。

晚安。

宋一媛第二天起来，一言不发，两个人坐在一张餐桌旁，互不理睬。

宋一媛吃完饭，换了一身衣服。白色的裙子，柔软的长发，瓷白的皮肤，嫩嫩的，好像十八岁的小姑娘。她挎上小包，一脸冷淡地说："我约了沈风柏在花间小铺喝茶，中午回来。"她瞅着禹毅，确定他听到了，也不奢望他回答，开门就走了。

沈风柏看见宋一媛走过来，走路的姿势像一只炸毛的小鸟，虎虎生风，雄赳赳气昂昂的。沈风柏不自觉地笑起来——这多像大学时候的宋一媛啊，他一惹她生气她就是这样。

"怎么了？"

宋一媛坐下，有点热。她喝了一口冰镇凉茶，沉默了一阵，闷声说："禹毅初中的时候喜欢一个女生。"

"很正常。"

"他好像还是比较在意。"

"你想多了。"

宋一媛："没有。"她有点儿烦地说，"我就随便问了问，他什么都不肯说，一提到和那个女生有关的事，他就非常沉默，还不敢看我。"

宋一媛气鼓鼓地喝了一大口茶又道："这不是心虚是什么？"

"不能吧？"沈风柏觉得好笑，"算算这都是十几年前的事了。"

"就是啊，十几年前要是只是简单地喜欢一个女生，两三年也就过去了。现在都这么久了，问他什么都不说，不是还没放下又是什么？"

"我站在一个男人的角度回答你。"沈风柏十分坦然，"我们其实并不是很喜欢你们女人问前任，特别是越年少时的感情。"

"为什么？"

"侵犯领地。"沈风柏说，"我们也喜欢怀念，毕竟曾经喜欢过。"

宋一媛冷笑："怀念什么？难道我们有什么值得回忆吗？"

沈风柏哈哈大笑："难道没有吗？"

"不然呢？怀念那个时候如何如何青涩地心动，如何如何害羞又紧张？"宋一媛毫不留情，"这怀念一遍和重新恋爱一遍有什么区别？"

沈风柏看着她："喂，这是人之常情。人都喜欢回忆美好的东西，也会在相关联的事物上不自觉地回忆。"

"哦。"

沈风柏有点好笑："我说，你不是最推崇那一套尊重、独立、理解、自由的理论吗？你要尊重他有过去啊。"

"我尊重啊。"宋一媛睁眼说瞎话，"他有过去就有过去，最好还谈过两三次恋爱。这些不都是重点，重点是他还对她念、念、不、忘。"

"他可能只是不想你问罢了。"

"他心里没鬼为什么不想我问？"

"问了又答，你们女人就会揪着不放。"

"我不会啊，坦然就好了。"

"嗯，他告诉你他第一次给一个女生写情书，他的初吻给了谁，他的初夜给了谁，他们每天放学一起走，偷偷牵手……"

"够了。"宋一媛的脸黑得像炭。

沈风柏摊手："女人。"

"好烦啊！"宋一媛心烦意乱，"他不需要跟我说他回忆里有多少美好，只简单地聊两句就可以了，表明他放下了不行吗？"

"比如说？"

"她叫什么名字啊，现在在干什么啊，结没结婚啊什么的。"

沈风柏笑："OK，我们来设想一下，假如禹毅真的回答了，告诉你那个女生叫什么、现在怎么样、结婚了没有,你知道你的反应会是什么吗？"

"还能是什么？"宋一媛瞥他一眼，很镇定，"这个话题就过去了呗。"

沈风柏摇头："你会酸溜溜地说'哟，对人家的现状了解得挺清楚嘛，这么多年了还有联系？还在关注她？'"

宋一媛再次喝了一口茶，平静地问："难道不是？"

沈风柏哑然失笑，做出一个"你赢了"的姿势："所以我们不说是错，说了也是错。男人好难做啊。"

宋一媛眉头微皱，不说话了。

过了一阵，沈风柏看着宋一媛若有所思。

宋一媛掀了掀眼皮："干吗？"

"我问你……"

宋一媛看着他。

"你嫁给禹毅，是怎样的感情？"沈风柏盯着她，"老实说。"

"就是年纪到了，找个老实人搭伙过日子。"

"禹毅哪里老实了？"沈风柏像看智障一样看着她，"哪有老实人才见了相亲对象两三面就决定结婚的？"

"你是在说他的坏话吗？"

"我是实话实说。"

两个人四目相对。

沈风柏说："好，我们不讨论这个了，说回你吧。既然你只是找一个人搭伙过日子，人家心里有没有'白月光'又关你什么事呢？"他摊摊手，"就是因为没法和'白月光'在一起，所以他才也找个人搭伙过日子啊。"

"不是。"宋一媛闷声道，"他不是因为这个。"

"哦，那是因为什么？"

宋一媛顿了顿，没说。

沈风柏也不问，只是问了另一个更犀利的问题："你是喜欢上他了所以吃醋，还是占有欲使你无法接受他把你放在和某个女生一样的位置甚至可能还要低一些？"他太了解宋一媛了，了解她异于常人的骄傲和占有。不管是什么感情，她都一定要是特别的，不能相同，不能可有可无。她给你同样的独特性，你不能还她一个普通朋友。如果你心里已经没有独特的位置，那她宁可不要。她平生最讨厌模仿相似，也最讨厌替代，骄傲得近乎狂妄，霸道得蛮不讲理。

宋一媛不回他，垂下眼去，不知在想什么。

又过了一阵，沈风柏长长地叹了一口气。

"嗯？"

"我居然在这里给你进行情感答疑。"

"朋友之间不就该说这个吗？"

"我们是朋友？"

宋一媛心里"咯噔"一下，看他："不然呢？"

"我不想。"

两个人互看了半晌。宋一媛一本正经说："过去的事就是过去的事，人只要往前走，就会有新的生活。我们之间，我现在就只有一种老友的情谊。如果你有其他想法，那我们以后就保持距离。我已经结婚了，也没打算离婚。"

"我们的事你会跟禹毅说吗？"

"已经说了。"

"他什么反应？"

宋一媛不回答。

"我再说最后一句。"沈风柏说，"宋一媛，你真的能和这么闷的人过一辈子吗？"

宋一媛也不回答。

"我就是对你还有想法。"沈风柏说，"我许多次说要放弃，结果都失败了。我和每个女人相处，都忍不住将她和你比较，于是所有的女人都显得无聊又无趣，我再也找不到一个人能那么深入灵魂地聊天。她们不懂我，我也不懂她们；她们不想懂我，我也不想懂她们。再没有一个宋一媛陪我在天台上坐一晚上把每个星球都讲一遍，也再没有一个沈风柏愿意陪某个姑娘骑行三天两夜只为看一个海边的日出。这些东西都深深地刻在我生命的轨迹里，形成了我对爱情所有的想象和认知。其他人试图覆盖的时候，我会很生气。我就只想爱情是你，我对爱情的所有憧憬也只有你。"

宋一嫒想不到沈风柏会突然说这个。

"我真的试图放弃过，可实在不行。"沈风柏说，"特别是看到你和别人在一起的时候。"

宋一嫒的眉头皱起来。

"我也不想当你的老友，听你讲你和另一个人爱情中的烦恼。"沈风柏苦笑，"这种感觉，非亲历不能感受。没那么痛，但很苦。"

两人相对无言。

半晌。

"对不起。"

"不是你的错。"

"你应该知道我无法回应你更多的感情了。"宋一嫒顿了顿，"以后也尽量少见面吧。"她想了许久，又说，"如果是在六七年前，我会很高兴。"她看着他，"但是现在，我只觉得很遗憾。"

沈风柏笑笑。

宋一嫒走的时候，沈风柏在心里叹了一口气，说："你是最懂语言的人，所以好好运用语言吧。"

宋一嫒从花间小铺出来，这里离家很近，走回去也可以，她也就不打算给王叔打电话了。但出去一看，车已经停在外面了。她走近一看，来的是禹毅。她在心里轻哼一声。

她坐进车里去："今天不上班吗？"

"要出差。"

"去哪儿？"

"德国。"

"去多久？"

"半个月。"

"哦。"

两个人沉默着回家。

宋一媛心里有点慌，却也说不清是为什么。她不自觉地跟着他，禹毅去书房收拾文件电脑，宋一媛就站在门口看；禹毅回卧室拿护照跟钱包，宋一媛就坐在床边看。等禹毅真要走的时候，宋一媛脚步一顿，反而停住了。

禹毅在楼下和赵姨说了几句话。

赵姨问："媛媛呢？"

禹毅说："她累了，睡了。"

门开了，又关上了。宋一媛眼睛一酸，想哭，眼泪"吧嗒吧嗒"掉在枕头上。她一边哭一边无声地骂自己：不争气！哭什么哭！有什么好哭的！浑蛋！臭男人！她越骂越想哭，最后窝在被窝里越哭越凶。

赵姨原本是上来叫宋一媛下去吃饭的，结果刚走到门口就听到里面传来"呜呜"的哭声，脚步顿住，悄悄听了一会儿，然后叹了口气，又轻轻下楼去给禹毅打电话。

电话才一打通她就嗔怪他："媛媛哪儿是在睡觉啊，分明是舍不得你，躲在被窝里哭呢！"

禹毅心一紧："哭？"

"是啊，也不知道哭了多久了，哭得很伤心。"

禹毅沉默了。

"唉，小姑娘舍不得你，又不想耽误你工作，悄悄躲起来哭，也真是让人心疼。"

半个小时后，宋一媛哭够了，渐渐止住了泪水，擦擦眼泪，心情舒畅很多。她把打湿了的枕头扔到禹毅平时睡的那边，又把禹毅的枕头拿过来，瓮声瓮气地自言自语："让你睡湿枕头！"她枕在禹毅的枕头上，枕头上是禹毅的气息，就仿佛两个人脑袋挨着脑袋一样。

宋一媛蹭了蹭，感觉心情好像又好了一点点。

这个时候，楼下突然传来声响，好像是谁回来了。

只听赵姨惊讶地道："怎么回来了？"

"飞机延时了。"甄伟跟在他后面，也是颇无奈地解释，"机场人员说至少得晚上了，时间那么长，索性就先回来，晚上再过去。"

"误事吗？"

甄伟笑："不误事。"不误事个头啊！昏君！

禹毅此时已经走到楼梯口，对甄伟说："去书房等我，我回卧室换身衣服。"

甄伟笑："好的，您慢慢换。"

耳朵里好像才听到楼下有响动，这边卧室的门就被打开了。

宋一媛不知怎的，一下子就把头缩进被窝里，呼吸放缓，好像睡熟了。

男人进来时静悄悄的，很快就走到床边。宋一媛的睫毛抖了一下，又赶紧镇定下来，心想：他平时都不掀被子的，今天应该也不会吧？

然而今天的禹毅好像不同，他看了她一会儿，觉得她好像睡熟了。是哭累了？怀着复杂难言的心情，男人轻轻把她的脑袋剥出来，赫然看到她哭得通红的眼睛。他一瞥眼，又看到旁边湿漉漉的全是泪水的枕头，心像是被人用力捏了一下。

禹毅还发现宋一媛枕的是他的枕头，就更加确定了宋一媛是在装睡。这个骄傲的小仙女，怎么能让别人知道她在偷偷哭呢？禹毅捧着她的脸，拇指温柔又缱绻地摩挲着，她连鼻子都哭红了。

宋一媛觉得再这样下去她就装不了睡了，他干吗突然回来？干吗一直摸她的脸？干吗一直盯着她？干吗……

两片软软的唇落在她的唇上，舔一舔，咬一咬，吮一吮。

宋一媛睫毛一颤，舌尖抵进来了，含住她的上嘴唇，舌头扫过她的牙齿，又扫过上颚。

宋一媛身子一抖，犯规。她睁开眼，禹毅正咬着她的嘴唇看着她。两个人鼻子挨鼻子，呼吸缠绕。她的眼睛红红的，睫毛还湿湿的，眼神清亮。

"吵醒你了。"

宋一媛闭上眼："嗯。"声音瓮瓮的。

禹毅放开她的嘴唇，大手捧着她的脑袋，脸依旧凑得很近，轮廓分明，眼神幽深。

"飞机晚点，要晚上才能走。"

"哦。"

"我想吻你。"他一点儿也不提她哭的事。

宋一媛把脑袋撇到一旁："不要。"

禹毅摩挲着她的脸，并不强迫她："我想睡午觉。"

宋一媛不说话。

于是禹毅上了床，从宋一媛这边躺进去，把宋一媛搂进怀里。

宋一媛靠着他的胸膛，听着他强有力的心跳声。禹毅则搂着她，轻轻地拍着。

宋一媛脸一红，怎么像家长哄闹脾气大哭的小孩儿似的。她抓住他的手臂："不许拍。"

"嗯。"然后他把她紧紧搂在怀里，严丝合缝，像她小时候抱娃娃。

宋一媛于是知道他知道自己是哭后装睡的，感觉害羞又难堪，动了动，从他怀里挣出来，滚到一旁："热。"

禹毅把她拉过来，一只手把她抱住，另一只手摸到空调遥控器："开空调。"

宋一媛瞅他："非要抱着我睡？"

"嗯。"宋一媛就不动弹了。她心里其实还是很想问有关那个女生的事，却又不想破坏此刻的氛围，想了想，最终没问。

这个怀抱是她的。宋一媛深吸一口气，反正是她的，里外都是她的。她摸了摸他的腹肌——腹肌也是她的。她手一动，往下伸去，揉了揉禹毅的某处——也是她的。

禹毅感受着她作乱的手，心里直叹气——媳妇真的好大胆，又大胆又撩，直接得可爱。

宋一媛没揉两下"大兄弟"就热情洋溢地起立敬礼，宋一媛表示很满意，说："我睡不着，先玩。"

禹毅一下子翻身覆在她身上，看着她："现在可以亲了吗？"

"不。"宋一媛一只手在下面作乱，一只手捂住他的嘴，"只能我亲你。"

禹毅目光深沉，喉结滚动："那你什么时候亲我？"

宋一媛仰头，身子抻起来一点，亲亲他的鼻子。

禹毅哑声："只亲一下吗？"

宋一媛又亲了亲他的眼睛，咬了咬他的耳朵。可是这样太累了，她倒回枕头上。

禹毅主动把头凑过去，宋一媛就近吮了吮他的耳垂。男人粗重的呼吸喷洒在耳边，闷哼声性感得要死。宋一媛听得手软脚软，说："剩下的就你来吧。"说完嘴唇就被咬住，反复啃咬舔舐，呼吸炽热，禹毅的手也是轻车熟路地揉上熟悉的地方，两个人缠在一起。

他的媳妇为什么这么软，这么香？真想一口一口吃掉。宋一媛目光潋滟，春波荡漾，满面潮生，抱着男人坚实的脊背，受不了地"嗯啊"——在做爱的时候，宋一媛会恍惚觉得，禹毅不是喜欢她，而是爱她。爱到骨子里，受不了一丁点分别，所以肌肤总是贴得很紧，进得很深。

是错觉吧？

欢爱后，宋一媛窝在禹毅怀里睡去。禹毅看一看，亲一亲，特别怜惜她红红的眼睛。

梦里。

宋一媛被关在一个笼子里，四周黑黑的，看不见人。但好像所有人都看得见她。

"保不了研就算了，Y大的毕业生还是很好找工作的。"

"找一份稳当点的工作，养活自己，认识几个人，合适的就把握住。女人这辈子不都是这样过来的吗？"

"你别跟我说文学文学！我不懂！读书不是为了让你读疯的，是为了找份好工作！我和你爸都五十了，你还想让我们操心到什么时候！"

"你也想想我们，养一个女儿，正事不做，天天待在家里，年纪越来越大，还不找对象，外面的人会怎么说？"

"你想找个什么样的男人？啊？白马王子吗！天天有人给你端茶送水、伺候你一日三餐的那种？你是断手断脚了吗？哪儿有那么好的事情！过日子不就是找个差不多的，生病了有个送你去医院的人吗？你还想怎样？"

"一媛，我知道这件事不怪你，但我也没办法面对你。人都懦弱，我不能当这件事没发生，让我喘口气，我不想再想了。"

"你们这些小姑娘！真是！真是！真是丢了我们文人的脸！恬不知耻！亏你们做得出来！"

"不可能！没有商量的余地！这种事情，有一就有二，要是不严惩，你让明年答辩的人怎么想？！"

"这种事情也算到她头上？不公平啊！"

"你回去吧，杜老兄，这件事我也帮不了你。"

"我们离婚。"

"我试过和一个不爱的人生活，这样的日子不好过。我忘不了她。"

"对不起，宋一媛，我还爱她。"

…………

到了该走的时间，禹毅打算轻轻放开她。宋一媛在睡梦里眉头紧皱，抓着他不肯放手。禹毅亲了亲她，手放开，起身——宋一媛一下子贴过来，紧紧地搂着他。禹毅没有办法，在她耳边轻声道："我要走了。"宋一媛不知道醒没醒，带着哭腔"嗯"了一声。

禹毅又亲了亲她，带着无限温柔与眷恋："乖，我要赶飞机。"宋一媛还是扒着他不放，紧紧缩在他怀里。禹毅瞧着她，很无奈，目光简直能腻死一个人——媳妇太会撒娇了怎么办？明明狠心地扯一扯就能解决的事，偏偏某人下不去手。

甄伟的短信来了一条又一条，禹毅没办法，只好再次轻声在宋一媛耳边说："乖，我真的要走了。"宋一媛像是听到了，把他抓得更紧，禹毅甚至有些怀疑她已经醒了，可看了看她的眼睛，却是闭着的。于是他只好狠心掰她的手，宋一媛不干了，手不许掰，腿也缠了上来。

这个时候，宋一媛已经有要醒的迹象了，眉头紧皱在一起。禹毅看着她，心重重地跳了跳，怀着一种隐秘的心情轻声道："媛媛？"宋一媛蹭了蹭他。禹毅吻吻她的脸蛋，"媛媛乖，我要赶不上飞机了。"宋一媛听不到，闭着眼睛却突然流下眼泪。禹毅的心如针扎一般疼，吻去她的眼泪，声音温柔得不能再温柔："媛媛。"

宋一媛突然睁开了眼睛。

"乖，我要走了。"

"不许走。"她声音里带着哭腔，缠着他。禹毅一顿。

"不许走。"她的眼泪一下子就流了出来，抱着他，手抓得紧紧的。在梦里，他和她离婚了。

禹毅一直是以一个别扭的姿势斜跪在床边的，宋一媛一醒来就二话不说紧紧贴着他，腿也缠上他的腰，像树袋熊一样。禹毅把她抱起来，亲了亲她："不要哭。"

看着宋一媛抽噎，禹毅心疼极了，脑子一热，说："一起去？"

预想中的拒绝没有到来，宋一媛更紧地贴着他，头贴着他的脖子，不说话，算是默认了。

正当甄伟等得火急火燎，差点儿上来拍门的时候，门开了，禹毅抱着人出来，一脸冷淡地说："走吧。"

甄伟："啊？"

这什么操作？老板，航空公司可是不允许托运活人的。

待宋一媛清醒过来后，人已经在飞机上了。她不知道禹毅是怎样办到的，她更不想去回忆自己是怎样缠着禹毅一路把她抱到飞机上的。真是见了鬼了！宋一媛你是喝了假酒吗！禹毅也是！宋一媛哀怨地看着他——我喝了假酒难道你也喝了吗？

天哪！宋一媛懊恼地拿毯子把自己捂住——以后她还怎么面对甄伟？

禹毅倒是镇定得很，心情甚至是罕见地不错。宋一媛没想到自己头脑一热居然跟着禹毅出差了，这走向不对啊，她还在生气呢，怎么会跟着这个臭男人去德国！梦里他还说要离婚！宋一媛烦得要死，一边烦禹毅心里有个"白月光"，一边烦自己猪一样的表现。她想要发作，现在却连看禹毅一眼的勇气都没有。

宋一媛闷在毛毯里，心情郁闷，输了，输了，场子找不回来了。下午才睡了一觉，现在睡不着，她感觉有点透不过气，只好又把毛毯掀开。

禹毅看过来，她就把目光撇开，假装镇定地看着窗外，耳朵尖是红的。禹毅咳了咳，不再看她，而是拿了报纸看。耳朵尖也红了？甄伟内心极其麻木：唐明皇、杨贵妃，我们公司要完啊。

宋一媛过了大概两个小时才理人，问禹毅："我就只拿了身份证、签证和护照，衣服一件也没有，怎么办？"

"去买。"

"护肤品没带。"

"去买。"

"手机也落在家里了。"

"去买。"

宋一媛戳戳他，心里有种隐秘的快感："能不能不要一副土豪的口气？"

禹毅不懂："来不及带就只能买了，还有其他的解决办法吗？"

"我可以不跟着啊。"

禹毅看着她："是你自己要跟着的。"

宋一媛气成河豚，瞪他："看来你很不情愿啊？"

"没有。"

宋一媛："那你刚才是什么意思？"

"什么意思都没有。"

"你这句话又是什么意思？"

禹毅："什么？"

看着宋一媛越来越黑的脸，禹毅有些疑惑——刚才还好好的，她为什么又生气了？

宋一媛哼了一声，怕自己往后的路更加难走，只好说："语言是一门艺术，不同的字句有不同的表达效果。你不能乱用语句，有些话看起来只差了两三个字，意思好像也相同，但在有心人的耳朵里，微妙的意思会有千差万别。"

"那是那个人小心眼。"

"……"

禹毅见她不说话，直接道："人要大气一点，我觉得。"

宋一媛气笑了，笑眯眯地点头："嗯，大气大气，谁有你大气啊。"

禹毅的耳朵红了，故作镇定地道："也还好。"

宋一媛憋屈得胸口疼。

甄伟在旁边憋笑得不行，简直憋到内伤，最后实在憋不住，赶紧装上厕所的样子跑了。那狼狈样让禹毅差点怀疑他是不是吃坏了肚子。宋一媛更气了，抓着他的手臂狠狠地咬了一口。禹毅的肌肉不自觉地鼓了鼓，硌得她牙疼。宋一媛咬他，禹毅一点儿惊讶的表情都没有，疑问也没有，好像宋一媛随时随地都可以咬他似的。宋一媛泄愤般地又咬了一口，边咬边瞪他，大高个好像心里还美滋滋的？

宋一媛叹了一口气，真是又心软又心烦。

到达柏林的时候是晚上十点，下了雨，温度也降了下来。宋一媛穿着极短的短裤和吊带小衬衣，一下飞机就冷得直哆嗦。禹毅把西装脱下来给她披上，三个人一起去酒店。

晚上，宋一媛又做噩梦了。

梦里禹毅还很青涩，脸上带着少年的阴郁和稚气，很胖。他总是偷偷跟在某个小姑娘后面，那个小姑娘笑的时候，他就直愣愣地盯着她看。那个小姑娘从来都没发现他。

宋一媛作为一个旁观者，心里闷得慌。你傻啊！喜欢一个人不说，她怎么会知道，天天偷看她有个屁用！

但少年禹毅就有那么傻，一直偷看了人家两年。在这两年里，禹毅一下晚自习就去操场上跑步，一圈、两圈、三圈……每天二十圈，风雨无阻。下雨的时候跑步，又冷又湿，浑身是水，可禹毅从来没断过一天。跑完步回到寝室，他还要做一百个俯卧撑。最开始整个寝室的人都跟着他一起做，都说要练出一身肌肉出去"钓"妹子。后来少了一个，又少了一个，再少了一个，就只剩禹毅一个人了。寝室的人问他是不是有喜欢的女生了，从小沉默寡言的禹毅不回答也不否认，只是一天一天跟着那个女生回家，又一天一天跑步、做俯卧撑。他的身高一天天长，身材一天天变苗条。

宋一媛看着禹毅变得越来越帅，梦里的小姑娘也看着禹毅越变越帅。开始有小姑娘凑在禹毅身边叽叽喳喳，也开始有小姑娘给他发作业本时会脸红。禹毅就像没看到似的，冷着一张稚气未脱又初现男人轮廓的脸，天天偷看他的小仙女。还是有大胆的姑娘会给他递情书，宋一媛很生气——递什么递，他都有喜欢的人了！都喜欢两年了！她又想到自己的角色，更感觉憋屈。

禹毅什么情书都不收，甚至连个眼神都没有。他越是这样，叛逆期的小姑娘就越是喜欢他。可他仍无动于衷。这让宋一媛又心酸又欣慰——呀，还挺专一的嘛！她再次想到自己的身份，再次憋屈。

一晃眼他就毕业了，直到毕业他都没让那个姑娘知道他的心意。宋一媛又看到他百般辗转打听到那个女生要读的高中，然后义无反顾地报了同一所高中。宋一媛想：上了高中总会表白了吧？长高了，长帅了，年纪也差不多了——

哪曾想，高中三年，禹毅不仅没表白，还再也没跟着她。那个女生就好像从禹毅的生活中消失了一样，禹毅好像不喜欢她了，整天两耳不闻窗外事，一心只读圣贤书。宋一媛模模糊糊能感觉到什么，禹毅比她想象的还要坚毅和深情。她欣慰不起来，也无法心酸，只剩下一种茫然的惶恐——禹毅这么执着的人，为什么会和她结婚？那个女生呢？

高中三年一晃而过，禹毅一进大学就开始构建自己的事业，白天学习，晚上做事，周六、周日出去交际。大部分人的大学时光是懒散自在的，可禹毅的大学却忙忙碌碌，没有一点儿休息时间。宋一媛越往后看越惶恐——这似乎是另一个禹毅——不会有她的禹毅。

画面猛地一转。

突然，禹毅就和一个女人走在一起了。禹毅说："我身高一米九一，体重一百六，身体健康，家族没有遗传病史。买了房子，买了车子，开了公司，这里是我的几张卡，所有的投资收益都在里面，密码是你的生日。你可以和我结婚吗？"

那个女人的脸模模糊糊的，只是一个轮廓。她说："我结过婚。"

禹毅说："没关系，我也结过婚。"

于是那个女人接受了他。

她要什么禹毅都给她买，晚上从来都在八点之前回家。她生病了他没日没夜地照顾她，她撒娇他就温柔地笑，她生气他就手足无措可怜兮兮地说"对不起"。他记得有关她的所有节日、纪念日、特别的日子，她生理期的时候他会在网上查"怎样缓解生理期疼痛"……他一点儿也不冷，话也比和其他人说得要多，眼睛从来没有离开过她……

宋一媛闷得喘不过气来，受不了地大叫："禹毅！禹毅！我在哪里！"没有她，没有她，没有她……

如果你不喜欢我，就对我冷淡一点；如果你心里有一颗"朱砂痣"，就对我冷淡一点；如果你真的专一又深情，就对我冷淡一点……

"禹毅！！"

宋一媛挣扎着醒过来，禹毅不在旁边。她愣愣的，一家陌生的酒店，一张陌生的床，身边没有人，连月亮都是陌生的。她颤抖着声音轻声唤：

"禹毅？"却没有人回答她。

宋一嫒穿上鞋子，走出卧室。男人背对着她，凌晨两三点，不知在和谁通电话。

"嗯，好的……我知道。"

他的声音十分温柔。宋一嫒站在门边，仿佛觉得梦里的事情变成了现实。她有点儿发抖。

禹毅若有所察地回过头来，宋一嫒可怜兮兮地站在门边，眼睛睁得大却无神，看起来无助极了。他心一紧，对着电话那头说："不说了。"

挂断电话，他两大步走到她身边，把她抱起来问："又做噩梦了吗？"

宋一嫒不说话。

两个人躺到床上，禹毅轻轻吻她："没事了。"宋一嫒闭上眼，轻车熟路地找着熟悉又舒服的位置，深吸一口气。禹毅拍了拍她。

怎么办，我现在不想和你搭伙过日子了。

Chapter 6

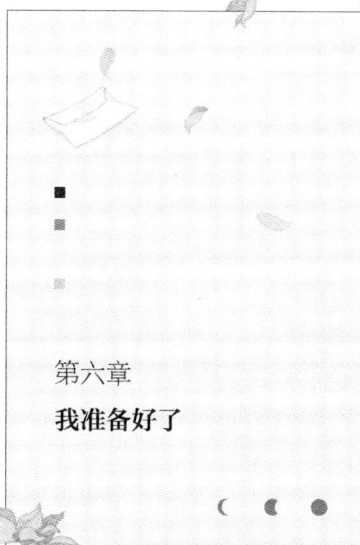

第六章

我准备好了

第二天，禹毅醒来的时候其实宋一媛也醒了。禹毅洗漱完毕出来，看宋一媛还在睡，俯下身亲亲她——亲额头，亲脸蛋，亲鼻子，亲嘴唇，然后悄悄离开。

过了一会儿，宋一媛睁开眼，蹭了蹭被子，笑眯眯的。和欲无关的吻，最是动人。

出国对宋一媛来说，不过是换个地方赖床而已。赖到中午，禹毅回来，两个人叫了客房服务，简单地吃了一点。下午禹毅没有工作，就陪宋一媛出去逛街。

宋一媛挽着他说："让你感受一下女人的购物欲。"

结果，宋一媛没有机会表现出女人的购物欲，就被禹毅的购物欲给打败了。

买衣服——

宋一媛："这件怎么样？"

"好看。"

"这件呢？"

"好看。"

宋一媛试了衣服，出来。

禹毅："好看。"

宋一媛不想试了："也不知道上身好不好看。"

禹毅："好看。"

宋一媛："这个挺适合妈妈们穿的。"

禹毅："你穿好看。"

逛了一圈，宋一媛说："我要这两件。"

禹毅："刚刚的都很好看。"

"这两件最好看。"

"嗯。"

"走吧。"

每个售货员手上都提了四五个袋子，要给宋一媛送到车上去。宋一媛拦住他们："我只要了两件。"

禹毅："我买了。"

去看鞋子，宋一媛心有余悸："鞋子要配衣服，不能乱买，知道吗？"

"嗯。"

禹毅："这双鞋子可以配刚刚那条红色裙子。

"这双鞋子可以配刚刚那件风衣。

"这双鞋子可以配刚刚那条长裙。"

宋一媛："……"

我们先不说鞋子合不合脚、好不好看，"直男"眼里有搭配吗？红配绿，黄配紫，流苏坠毛球，蝴蝶结贴亮钻……微笑，当然是原谅他啊。

宋一媛看着他："你真的觉得这双豆绿色的豆豆鞋可以配那条酒红色小香风吊带裙？"

禹毅颇认真地看了看，点头："你穿起来好看。"

宋一媛："人的美丽是有限度的，在这个限度里乱穿是风格，超出限度可就是疯子。"

难为禹毅居然听懂了，说："这是你的风格吗？"

"不，这是疯子。"宋一媛很直接。

"哦。"

宋一媛脱下鞋子。

禹毅说："可还是很好看。"

弯着腰的宋一媛不自觉地勾唇，又赶紧止住，很严肃地戳戳他："你的'滤镜'太重了。"

"'滤镜'是什么？"

"爱屋及乌。"

"嗯，所以全买吗？"

"不要。"

"都很好看。"

宋一媛看着他："这整家店的鞋子都很好看，都要买吗？"

"你喜欢吗？"

宋一媛拉着他走："得了，给其他人留条活路吧。"

两个人要去当地一个非常有特色的小店吃饭，宋一媛看了地图半天，指了指："走这边。"

禹毅瞥了一眼地图，抿着唇想说话，却又没说。

宋一媛有些不确定地问他："是这边吧？"

禹毅点头："嗯，都可以过去。"

宋一媛："哪边近一点？"禹毅指了指另外一条路，于是宋一媛就走了禹毅指的那条路。

走到半路，宋一媛想到要去逛某个手工店的，叹气道："忘了去××了。"

禹毅说："从这条路往右转，穿过两条小巷子，可以去。"

"嗯……要多久？"

"十五分钟左右。"

宋一媛看着他："能找得到吗？"

禹毅点点头。

去手工店的路上，宋一媛一边走路一边看地图，终于看懂了自己所在的地方，开心地道："你说得没错。"

禹毅已经凭借身高优势看到远处的门店了。

"你经常来这边吗？"

"不是。"

"那你是怎么知道位置的？"

"看地图啊。"

"可地图是我在看啊。"

"我也看了。"

宋一媛想了想，有点不确定地问："就刚刚那一会儿？"

"嗯。"

"你就记住这张地图了？"

"大概。"

"所以我可以不用看地图了吗？"

"可以。"

宋一媛有些不可置信："你的记忆力这么好？"

"图纸看惯了，所以这方面记得快一点。"

宋一嫒"哇"了一声："好酷。"

禹毅的耳朵红了。这本是很平常的一件事，只是他受不了宋一嫒的眼神。

宋一嫒现在怎么看禹毅都是帅的，凑到他面前，说话坦坦荡荡："要亲。"她的眼睛亮亮的。

禹毅看了看周围，眼神闪了闪，快速地亲了她一下。

宋一嫒抿唇，笑嘻嘻："我是一个方向感不好的人，以后你可要好好牵着我，别把我给弄丢了。"宋一嫒说这话其实很有深意，禹毅没听出来，只是点头："嗯。"

等饭菜的时候，宋一嫒这一天说了太多话，又逛了太多地方，有点累，就趴在桌上发呆。禹毅就看着她。

宋一嫒不知是什么时候习惯禹毅的目光的，也不知是什么时候习惯他话少的，更不知是什么时候习惯两个人就这样无话可说却又没有什么不自在的。她好像不必去猜禹毅在想什么，也不必去猜禹毅的话是什么意思。他很简单，也很直接，即便偶尔"曲折"一下，宋一嫒也能马上从他的眼睛里看懂他的真实想法——通常只有在他害羞的时候才会"曲折"，这使他更加可爱。

宋一嫒很肯定禹毅是喜欢她的，但这种喜欢到了哪一步，她不确定。往深了想，太深，她不信；往浅了说，太浅，和禹毅平常的表现不符，她也不信。大概是喜欢向爱过渡，所以总是一会儿浓烈，一会儿冷淡？

宋一嫒扭过头来看他，两个人的目光对上。宋一嫒眨眨眼，禹毅垂下眼去。宋一嫒笑，这时候就是很爱她了。

你曾经执着地爱过一个女生没关系，现在还有点念念不忘也没关系，我宋一嫒是谁啊？我要你心里再也放不下其他任何一个女生，没有"白月光"，也没有"朱砂痣"。你不需要动，这是我要努力的事。

禹毅一直被宋一嫒盯着，盯的时间比以往任何一次都长。禹毅如坐针毡，只好佯装镇定地看她："怎么了？"

宋一嫒双手撑着头，眼里、嘴上全是笑意，还有一点点爱慕："看我老公啊。"禹毅的心一窒，差点儿喘不过气来。

宋一嫒还是笑眯眯地看着他，目光柔柔的、亮亮的，又美又可爱。禹毅受不住，心"怦怦"跳快，连手都不知道该怎么摆，脸色也越来越冷，嘴唇抿成一条直线。

"又帅又可爱。"宋一媛探过身子，隔着一张桌子，亲了他一下。

禹毅耳朵通红，看了看周围，严肃得很："不要闹。"

"日常表达爱意。"宋一媛摊手。禹毅没法接，他甚至不知道这顿饭是怎么结束的。他只知道有些东西好像不一样了，今天媳妇好闹，他有些受不住。就是那种觉得不能来了，再来心脏就要炸了，结果下一次来的时候，又甘之如饴地去接受，飘飘然不知今夕是何夕。

两个人甜滋滋地回酒店，看了看时间，到了写第三封信的时间了。于是一个人坐一张桌子，在同一个房间里写信。

宋一媛的第三封信

禹毅：

我一直觉得人的生命所得是有定数的，吃的饭、睡的觉，获得的快乐，感受的痛苦，爱人的力气，被爱的浓度，统统都有一个数字规定，用完了就没有了，所有的用完了人就该死了。因个人选择将其消耗的对象、数量和用量大小不同，形成了种种不同的人。

我就成了这种人。

我原本以为我爱沈风柏已经花光了这辈子爱人的所有力气，余生再也消耗不起。却不知道原来老天给了比我的想象要多许多的爱，好像还能再爱一个人。

我在某个地方看到：懂一个人是真的要花五百顿饭、五百瓶酒、五百个日夜去一点一点接近的，因此可以说懂一个人是要付出"生命"的。

我要花我的生命去懂某个人、爱某个人了，那他做好准备了吗？

宋一媛写得很快，写完最后一句话后抬头看禹毅。

禹毅眉头微蹙，一脸郑重的表情，下笔缓慢。她看着他在心里又问了一遍：做好准备了吗？

禹毅若有所思地抬起头来，不期然看到宋一媛非常认真的眼睛，埋下头去，又写了一句话。宋一媛就趴在桌上看他写信。

房间里静悄悄的，人是静的，心也是静的。墙上钟的走动声，一秒一秒，像是安稳镇定地划过心上。每走一下，都让她感觉到多一分安宁。

禹毅的第三封信

Y：

这个星期你好像经常生气。我想问，却又怕问。那能写吗？你为什么生气？我不愿惹你生气，也不愿惹你哭泣。

曹珍珠是那个著名编剧曹珍珠吗？想她就告诉她。我要到了她的几种联系方式，在家里书房的蓝色文件袋里，回国以后你可以联系她。

我现在有一件事要说，在你一直看着我写信的这个时刻。不要看我了，我快写不下去了。

你不要盯着我看，没什么好看的；你不要盯着我看，我会忍不住也盯着你看。

你也不要再撩我了，你已经够可爱了。

禹毅突然放下笔，宋一媛看着他："写完了吗？"

禹毅摇头。

"那你慢慢写。"

禹毅看着宋一媛，询问般地眨了眨眼："如果写的东西不是很恰当怎么办？"

"比如？"禹毅不说话。

宋一媛想到禹毅曾经的废稿，笑着伸出手去："女生就爱看情书。"

宋一媛看着禹毅的信，忍不住笑出声来——为什么？为什么？为什么一个一米九的大汉可以这么可爱？宋一媛两下子就把信看完了，禹毅却还在看。想到自己写的东西，宋一媛难得有些忐忑。她用余光看他，禹毅在看到某处时身体一下子绷紧了。宋一媛知道他看到哪儿了，心跳也忍不住快起来——这无异于当面表白了。

这封信其实不长，禹毅却看了好久。宋一媛从心脏"怦怦"跳，等到情绪逐渐平静，开始有些尴尬难熬——在想什么呢？你的小可爱还在等着你吻她呢。

最后宋一媛实在等不下去了，装出落落大方的样子，看着他问："看完了吗？看完了睡……"两个人之间不过隔着一张桌子的距离，禹毅一下子吻过来的时候，宋一媛一口气憋在胸腔里，脸涨得通红。

禹毅从来没这么大力地拉过她，像拎小鸡仔似的，两下就把她提到身边，抵在书柜上，用力地啃咬。他的两只手也像是控制不住力道似的，像是能把人揉碎了。宋一媛被箍在他怀里，感觉自己肺里的氧气越来越少，整个人像被勒得变了形似的嵌在某个人的胸膛里，让她想回手抱住也不行。她的嘴唇又痛又麻，被反复舔舐吮吸，舌头也被吮住，片刻不放开。宋一媛仰头想呼吸，只是被更用力地按向他。粗重的鼻息交缠，热烈而窒息，宋一媛眼睛都红了。

会死的吧？宋一媛委屈地想，我真的喘不过气来了。禹毅的激动超出她的想象，宋一媛"嗯嗯"地挣扎，男人的心跳"怦怦怦"，强而有力，震得人头晕，炽热的呼吸扫在脸上，像是能使人融化。

宋一媛不知道他是什么时候停下来的，等她从室息般的亲吻中有意识了，感觉自己好像经历了死亡，喘一口气得匀半天，嘴唇带血，眼眶通红，鼻子和脸上全是牙印。禹毅紧紧地盯着她，嘴角晶亮，目光如狼似虎。

宋一媛还在喘，一边喘一边怒道："你……你是狗吗？"他胸口重重地起伏，又是一顿吻。从额头到下巴，从脖子到锁骨，全是他重重的吻。

宋一媛受不了地推他："不许留吻痕。"夏天穿高领衬衣会热死人的。然后就感觉他的吻轻了，轻是轻了，但一个接一个的，让宋一媛别扭又害羞。你当是在亲小孩啊，还带出声的？

宋一媛的手终于能动了，她捂住禹毅的嘴，眼含春水，面色潮红，盯着他说："好了，好了，这么激动干吗？"禹毅只是看着她，不说话。

男人鼻梁高挺，眉骨坚硬，眼神幽深而冷冽。宋一媛与他对视两秒就败下阵来，哇，现在看他，心跳怎么能这么快？

禹毅把她的手拉下来，鼻子抵鼻子，哑声道："我准备好了。"

宋一媛不看他，眼睛盯着桌子："哦。"

禹毅却把脸又凑下来一点，捧住她的脑袋，定定地看着她："我准备好了。"

宋一媛的目光闪了一下，轻声道："嗯。"

禹毅把两个人的脸零距离地挤在一起，宋一媛的脸被挤成一团，嘴唇贴着嘴唇："我准备好了。"宋一媛翻了个白眼，知道了，知道了，要回应几遍啊？

滑腻的大舌头钻进她的口腔，扫过她敏感的上颚，缠住她的舌头，搅在一起。宋一媛靠在他怀里，全身心地依靠。两个人不一会儿就吻得难舍难分，男人搂着她的腰往上提的时候，宋一媛几乎瞬间就张开腿顺势盘住他。

于是宋一媛挂在禹毅身上，被抱着回了卧室。今天的禹毅格外兴奋，宋一媛有点儿害怕，但她越害怕就越是仰着脖子和他缠在一起。脖颈脆弱，血液汩汩流动，禹毅咬着她喉咙舔舐的时候，宋一媛感到一种濒死的快感："嗯……啊——"

禹毅放下她——宋一媛弓着背，手更紧地搂住他，腿也缠得更紧了。

"不要。"

两个人的目光黏在一起，禹毅抿了一下唇，宋一媛目光潋滟地看着他。

下一秒，两个人更加疯狂地接吻，宋一媛的小吊带被毫不留情地扯掉……

四轮酣战，宋一媛瘫在床上，累得全身颤抖。禹毅还神采奕奕的，小口小口地吻她——啊，年轻人。

好不容易缓过神来，宋一媛滚进禹毅怀里，戳戳他汗湿滑腻的胸膛："小伙子，干得可好？"

禹毅的嘴角勾了勾。

宋一媛呆住。

禹毅亲亲她的额头——媳妇好可爱。

宋一媛把他的脸扒拉过来，瞅啊瞅。

"怎么了？"

"你刚刚笑了。"

"很正常？"

"你从来没在我的面前笑过。"

"没注意。"

宋一媛摸着他的嘴唇："那为什么不在我面前笑？"

"不知道。"

宋一媛突然笑了。

"笑什么？"

"我刚刚在想：幸好他说的是'不知道'，而不是'看到你，笑不出来'，被自己下意识的反应给逗笑了。"

"这两句是一个意思。"

宋一媛："……"

现在氛围很好的，你不要破坏，谢谢。

"我就当没听到。"宋一媛安慰自己。

"没听到吗？"耿直的男人又重新说了一遍，"看到你，笑不出来。"

宋一媛："……"

委屈，为什么韩剧、日剧、偶像剧、任何剧里男女主角爱爱之后都非常温馨甜蜜，男主角的嘴像抹了蜜一样说好听的话，可到她这里就变成了这种？

宋一媛踢他："这日子没法过了。"

禹毅看着她："为什么？"

宋一媛："哪儿有丈夫看到自己太太笑不出来的？你是喜欢我吗？"

话一出口，两个人都愣住了。宋一媛反应过来，傻大个好像从来没这么说过？

禹毅则是对宋一媛看出了他的喜欢感到惊讶。

"哎，我问你啊，"宋一媛玩着他的手，"喜不喜欢我？"

禹毅不说话。

宋一媛看着他："有些话是一定要说的，不能光是做。做是喜欢的一部分，说也是。语言有仪式感，仪式感赋予人们遵从的信念，这是语言的魅力。你觉得呢？"

"嗯。"

"比如，结婚时，在西方的婚礼上新人会宣誓，'贫穷富贵你愿意吗'那种，这是西方婚礼最重要的一个仪式环节，它通过语言来完成。说了'我愿意'，好像婚姻就尘埃落定，伴侣也尘埃落定，神收到了他们的指示，钦点他们为夫妻。是不是这样？"

"嗯。"

"又比如，中国古代稍有文化的人家，孩子都有两个称谓，一个姓名，一个表字。陌生的、不熟的、客气尊重的，都叫彼此的名字；私下往来甚好的，夫妻、兄弟姐妹就叫对方表字，通过叫唤的称谓不同，来显示彼此的亲疏远近，这也是通过语言来完成的。你知道吧？"

禹毅点头。

"所以——"宋一媛再次问，"你喜欢我吗？"

禹毅抿抿唇。

"喜不喜欢这件事，别人知不知道没关系，双方当事人一定要互相表白。"宋一媛坦荡得很，"我喜欢你，你喜欢我吗？"

禹毅把她抱在怀里，耳朵通红："嗯。"媳妇太能说了，他说不过她。

宋一媛蹭蹭他，不自觉地笑："'嗯'是什么鬼？让你说一句'喜欢我'有那么难吗？"

禹毅不说话。

宋一媛被他抱着，看不到他的表情："如果我非要你说怎么办？"

禹沉毅默半晌："明天。"

"好。"

宋一媛第二天等了一个白天，禹毅却毫无动作。晚上禹毅工作完接她出去吃晚饭，宋一媛蹦到他面前，眼睛亮晶晶地看着他。禹毅把眼睛瞥向别处："出去吃饭。"吃饭的时候说也可以。宋一媛点点头，非常乖巧："好。"

禹毅领着她去了一家环境非常好的餐厅，欧洲贵族经典装潢，宋一媛一进去——嗯，适合表白。

禹毅有点紧张地问她："吃什么？"

宋一媛有些好笑："看菜单啊。"

"你点。"

宋一媛快速点完菜，服务员走后，两个人便大眼瞪小眼。宋一媛全身心都期待着男人的表白，禹毅却不敢看她，眼神总忍不住移开。宋一媛不自觉地笑——算了算了，不能给他太大的压力，不看他了。

两个人等菜，吃饭，又听了一首钢琴曲。晚餐进入尾声，禹毅还是没开口。宋一媛看了看环境，又感受了一下这家餐厅浪漫的氛围——不应该啊，难道只是为了吃饭？

"去看电影吗？"禹毅紧张地说。

"嗯？"

禹毅握了握手，把刀叉放下："时间还早，有一场电影……"

"好啊。"不得了不得了，傻大个这是在安排约会吗？一看时间，嗯，都十点了，哪儿早了？

两个人心照不宣地去电影院。

拿到电影票，啧，情侣厅。宋一嫒心里甜滋滋，脸上却越来越冷——有些人哦，你不逼他，还指不定挨到什么时候呢！禹毅看到宋一嫒越来越失望冷淡的脸，更紧张无措了。

两个人进了影厅，坐在情侣座上。某个人刚刚进来的时候同手同脚，现在坐在一旁，全身紧绷，汗如雨下，仿佛一碰就要爆炸。

电影开始半个小时，身边的火球越蹭越近。宋一嫒偏过头，两个人都面无表情。一个是僵硬，一个是故意。宋一嫒假装很不开心的样子："你离我好近。"然后又毫不客气地戳穿他，"你的心跳得好快。"

男人直直地盯着她，好像下一瞬间就要扑过来咬她。

宋一嫒轻哼："想说什么？"

禹毅抿唇。

"说不说？"

禹毅不说话。

宋一嫒站起来："我走了。"一只汗涔涔的大手拉住她，男人的嘴唇抿成一条线，太阳穴上青筋迭起，肌肉紧绷："别走。"

"那你说不说？"

四目相对，男人的嘴唇动了动，还是说不出来。他眼珠黑而亮，发出熠熠的光，像一条忠心又可怜的大狗。

宋一嫒的心一抖，凑过去亲了一下。下一瞬间，她便被两条长臂紧紧箍住，按得死紧。男人的心跳声好夸张。

宋一嫒放弃了，算了算了，你可爱，你想怎样都可以。

两个人看完电影后出来，街上人烟寥寥。刚下过一场小雨，路面湿润，空气清新。步行街两旁，欧式建筑大气优雅。异国他乡，风景很美，身边还陪着一个让人安心的人。

两个人手挽手走回酒店，进了酒店大堂，前台小姐站起来笑着对宋一媛说："宋小姐，这里有您的一份寄存礼物。"前台小姐拿出一束红色玫瑰，颜色极其浓郁热烈，每一朵都硕大饱满，包装精致淡雅，很是好看。

哇哦。宋一媛接过："谢谢。"然后她就找赠送人的卡片，却没找到。禹毅就在她身后，她不作他想，嗅了嗅，转头笑道："谢谢。"

吃烛光晚餐、看电影、送玫瑰花——真是俗得不得了的约会，却是"直男"的操作。宋一媛很开心。

宋一媛抱着花，头一次有了想纪念一下的想法——这可是第一次约会呢。她把手机递给禹毅，又把花捧到面前："给我照一张。"她又像想到什么，不放心地调整好角度、距离、模式，再手把手拉着禹毅说，"不要动，就这样拍，OK？"

禹毅点头。

宋一媛摆好姿势，微笑："好了。"

禹毅噼里啪啦一阵狂按。

宋一媛的目光中溢出老母亲般的忧愁，下一瞬间又慈爱地看着他。算了算了，命里有时终须有，命里无时莫强求。禹毅把手机还给她，她单手抱花接过来。她看着手机里的十几张照片赞叹不已，因为没有期待反而有惊喜。

"照得好美！学过摄影吗？"

"没有。"

"平时喜欢拍照？"

"不喜欢。"

宋一媛笑嘻嘻："那你一定有天赋。"又来了。

禹毅撇开眼："没有。是你好看。"

再好看的人，经过镜头的照射，总会有这里或是那里不好看的时候。

宋一媛清楚得很："不管，你就是有天赋。"然后她又特别笃定地让禹毅拍了一些其他的照片。

嗯，总之一言难尽。

宋一媛将脸凑到禹毅的手机上，眨眼看他："拍我。"

禹毅往后退了一点点，"咔嚓"一张，非常快速且漫不经心："拍好了。"

她把脸凑得那么近，一定好看不到哪儿去。刚刚应该是个美丽的意外？她接过来一看——嗯，背景虚化，仰拍，聚焦她的鼻根，睫毛根根分明，眉头清楚，眉尾虚化，眼睛里波光潋滟。

是美的，甚至比刚刚那几张还要好看。他把她的眼睛拍得很有神，楚楚动人，十分可爱。

宋一媛懂了，强忍着心里的悸动，觑他："为什么拍我就这么好看？"

禹毅傻不愣登："你本来就好看。"

在我眼里，你本来就是好看的，拍照不过是把我眼里的你拍出来，每一幅、每一帧随时随地都是好看的。禹毅不会说情话，宋一媛在心里给他补全了。爱，是万能的滤镜。

谁说表白就非得是"我喜欢你"呢？禹毅的"你本来就好看"不也是最赤诚的表白吗？宋一媛心满意足地把手机放到包里，双手捧花："走吧。"

大堂的灯突然暗了下来，厚重的窗帘也不知什么时候拉上了，空旷的大厅里一下子伸手不见五指。

四周一片哗然。

宋一媛下意识地转过身，喊道："禹毅？"禹毅拉住她的手，两步走到她身边。

宋一媛问："怎么回事？"禹毅抱住她。宋一媛微愣，男人的嘴唇贴着她的耳朵，一阵阵激烈的心跳声传来。他很紧张。

"喜欢你……我喜欢你，宋一媛。"他的声音干涩而颤抖。一阵无声的气流划过，像是又说了什么，禹毅轻轻吻了她的耳朵。

大厅的灯蓦地又亮了，让宋一媛猝不及防。

禹毅拉着她，不看她："走吧。"

宋一媛很淡定："哦。"

两个人一路无话。回到房间，宋一媛问："今天吃什么？"

"什么？"

"晚饭吃什么？"

"我都可以，你想吃什么就吃什么。"

"我想想……"

半晌。

宋一媛想起现在已是凌晨，他们三个小时前才吃了烛光晚餐。两个人对视一眼，宋一媛"扑哧"一笑："你是不是傻。"

禹毅走过来，轻轻吻住她。

两情相悦是世上最美妙的事——止不住的傻气、眷念、靠近，无法控制的在意、捻酸、生气，无时无刻不沉浸在某种说不清道不明的悸动里。一句简单的"月亮很美"也是因为和他待在一起，从他口中说出来，让整个夜晚变得富有诗情画意。

日子很轻，很快，如枕云端。

如果所有的时间都是和禹毅待在一起就好了；如果从一开始就和他在一起就好了。越过所有噩梦，就这样轻轻松松、平平淡淡地过下去……

然而不是。

梦里。

宋一媛歇斯底里："杨歆！！杨歆！！"

曹珍珠流着泪抱住她："一媛、一媛，你别这样，她也是好心……"

宋一媛好恨："好心？！"她两眼通红，"好心到改别人的论文？！好心到一个一个去和答辩组的老师争吵？！好心到去爬汪博儒的床？"

宋一媛像一头失控的野兽，盯着曹珍珠："事情全都是她干的，结果却全都由我来承担！我不是让她别再管这件事了吗？！"她蓦地回头盯着杨歆，"你做事情之前和其他人商量一下行不行？！先想一下会有什么后果行不行？！你怎么能蠢成这样？"

宋一媛又急又痛又恨："杨歆，你骄傲，你有自尊心，你很有担当！但这件事你承担不来，你能不能就不要再愚蠢地、幼稚地去解决事情？！你解决不了任何一件事！你只会把所有的事情变得更加麻烦！"

宋一媛泪流满面："你想把我逼到什么地步？你是觉得我现在还不够惨吗？！我求求你，算我求求你，你不要再管这件事了好不好？"

杨歆紧咬牙齿，一言不发。

"即便最后我毕不了业，保研失败，记过处分，全校通告批评……这些你都当不知道可不可以！我求求你别再参与我的任何一件事，就当我已经死了，好不好！"

宋一媛心里空荡荡一片，声音颤抖："杜老师说他一辈子没什么大追求，就想清清静静做点学术研究。所以院里的教授名额他不抢，交际会议他不去，两袖清风，一身傲骨。结果……"

"为了两个不省心的学生，他去守院长，见答辩老师，低声下气，唯唯诺诺……"宋一媛说不下去了，极力控制自己的哭腔，"我们就是这样回报他的吗！"杨歆的眼泪流下来。

宋一媛的心好痛，更不明白为什么会变成现在这个样子。每个人都想她好，可结果却是一步一步把她推到死胡同里，她连该去怪谁都不知道。

曹珍珠让她好好和杨歆说，可是她要怎么好好说呢？她无法心平气和地说一个字，不怪她，不能怪她，好心办坏事，她已经把她能做的和不能做的事情通通做了一遍，她想要承担一切后果。但是她不需要承担，只能由宋一媛承担，其他人根本没资格承担。

可宋一媛又做错了什么呢？她错了一切。她不该不参加一辩；她不该把这么重要的论文交给杨歆去打印并投递；她不该生气和杨歆一句话也不说以至于让杨歆突然跑去找答辩老师争论说些大不敬的话；她也不该不注意到杨歆的情绪让她恶向胆边生去爬汪博儒的床再威胁汪博儒……

这些全是她的错。她蠢，她天真，她活该，她很累，她真的很累了。

她不再是那个狂妄地说要做"21世纪最伟大的文学家"的小姑娘；不再是那个在文学创作课堂上说"中国当代文坛一片死气沉沉，没意思透了"的学生；更不再是那个以"为中华之崛起而读书"为座右铭的热血青年。她一下子卸去所有的光芒，成为一个茫然无助的社会关系和社会规则下的结点，为现实委屈愤怒，却无能为力。

她所有的优秀突然变得一无是处。

曹珍珠打电话过来的时候，宋一媛正躲在某个地方流眼泪。

她关了电话，把头埋到双膝之间——我再哭一会儿，把所有委屈、不甘心和愤怒流尽，就去找院长，从头到尾好好谈一下这件事。我可以不读研，即使延迟毕业也没关系，只要最后能拿毕业证就行。她要找杨歆去和汪博儒好好道个歉，这种事情既然发生了学院肯定不想闹大。杜老师还是得出面，这件事没他不行。但她一定要和老师先说清楚，把所有的底线说清楚，把最低的诉求说清楚，不想要多的了，也不想再为多的东西去耗费时间和精力。杜老师已经为自己做了太多太多……

"宋一媛！！"

宋一媛抬起头来。曹珍珠满身狼狈，眼里充满血丝，一种宋一媛从来没见过的表情出现在她的脸上。她喘着粗气，大叫："宋一媛！"声音里带着哭腔，恨意的哭腔，绝望的哭腔。

宋一媛茫然而恐惧："怎么了？"

"我打你电话为什么不接！你为什么要关手机！为什么！！"

宋一媛有些慌张地开机："怎么了？"

曹珍珠大哭："杨歆死了！"

像一下子被什么东西卡住了脖子，宋一媛觉得自己很镇定，脑子里和心里却是白茫茫一片。她的嘴唇动了动，却说不出话来，只是盯着满目惊惧的曹珍珠，看见她的嘴唇在颤抖。

曹珍珠崩溃得大叫："你快跟我来！"

宋一媛不记得自己是怎么过去的，只记得一转眼，两个人就到了学校办公大楼的下面。那儿有许多人、一地血、救护车，还有许多文学院的老师……

"死人了，死人了，有人从文学院办公大楼跳下来了！"

"啊，真的假的！"

"真的！真的！我的同学在图书馆看书，一抬头居然直接看到了！"

"他会要被吓死吧？！"

"为什么跳楼呢？发生什么事了！"

"听说是中文系的毕业生，因为毕业的事情。"

"怎么了，怎么了？"

"好像是这个女生答辩没过，毕不了业，受不了就跳楼了！"

"不是，不是，我听我中文系的朋友说，是这个女生去爬答辩组组长的床，威胁人家必须让她过。可老师坚决不同意，院长也很生气，要在全校通报批评她，所以她才……"

"什么！还有这种事情？什么时候发生的，我怎么一点儿也不知道？"

"这种事情肯定越少人知道越好啊……"

"哇，你看到地上的血没有，好吓人。"

"从这么高跳下来，肯定很多血了。"

"如果是我，要死的话肯定选择吃安眠药，摔死好疼啊……"

"中文系死人了！"

"不要去看，我怕。"

"天哪天哪，我刚刚好像看到地上的血了……"

"这个女生也是'奇葩'，自己答辩过不了就想些下三烂的办法，人家老师也是运气不好……"

"对啊，对啊，现在还跳楼，自己死了不说，还给文学院带来这么多的麻烦，承受能力也太差了吧？"

"你们确定是这个女生主动去爬汪博儒的床吗？我怎么觉得她像是受到了什么暗示啊？一个女生，怎么会无缘无故想到用这种解决办法？"

"我也觉得！说不定是有些老师自己人渣……"

"唉，眼看就要毕业了，有什么事不能忍一忍？她妈养她这么多年，好不容易等到大学毕业，结果……"

无关的人说些无关的话，可是对有关的人来说是什么？是刮骨钢刀，是耳中血，是胸口毒针。

曹珍珠哭得不能自已，两个人跑到救护车边上。杨歆身上盖着白布，就躺在宋一媛面前。

"当场死亡，没得救了。你们谁通知一下她的家人？"

中文系主任董朝乾也在车上，叹了口气说："学校这边会通知的。"他又对曹珍珠和宋一媛说，"给你们辅导员打电话，叫她过来。"

电话是宋一媛打的，宋一媛的声音冷淡而克制，仿佛是在通知某个学生去参加考试。董朝乾是认识她们俩的，他教大二的专业选修课——《世界文明史》，三个人都选了他的课，宋一媛是班上唯一一个考九十分的人。

他叹了口气："宋一媛啊。"

宋一媛瞬间涕泗横流。

禹毅叫了噩梦中的宋一媛许多声，她陷在梦魇里牙齿紧咬，眉头紧锁，眼泪止不住地往下流："杨歆、杨歆、杨歆……"

禹毅抱住她，抓住她胡乱挥舞的手，又摁住她动个不停的脑袋，心里痛得很："好了，好了，没事了，都过去了……"

宋一嫒渐渐被安抚下来。因为泪水，她的头发黏在脸上，整个人看上去狼狈极了。宋一嫒没有醒来，只是像潜意识里知道这个怀抱安全一样，往里面缩了缩，抽噎了一下。温热的吻落在她潮湿的眼睛上，禹毅抿了一下嘴唇——宋一嫒的眼泪是苦的。

过了没多久，宋一嫒平静地醒来。她醒来的时候还很恍惚，分不清梦境与现实。一下子给她以温度的，是猝不及防、频率稳定的亲吻，落在她的额头上，落在她的眉间，落在她的眼窝里，每一下都很温柔实在，不厌其烦。

更伴有禹毅的轻哄："好了，好了，没事了……嫒嫒乖。"

宋一嫒眼睛一热，又是一串眼泪。禹毅并不知道她醒了，感受到胸口的热意，声音嘶哑："你别哭了，我胸口疼。"宋一嫒环抱住他的腰，眼泪却怎么也止不住。

禹毅亲亲她的发顶："醒了？"

"嗯。"

"还能睡吗？"

宋一嫒摇头。

静静地抱了一会儿后，宋一嫒开口："我有一个好朋友，叫杨歆……"所有的往事都很难启口，但总有一个人，你愿意讲给他听。你讲得好不好，有没有顺序，说没说明白，都不重要，重要的是你终于有了一个可以诉说的人。

她永远放不下过去，但她可以把她的放不下给别人看。

宋一嫒有时候想很久才讲一两句，有时候又连着讲两三件事都不停顿，禹毅很安静，一直抱着她。他的一只手放在她的背上，不拍打，却令她感受到力量。他适时地给予回应，只有一句句"嗯"让她知道他在听。她不需要评价，她已经被评价得太多了。

宋一嫒断断续续讲到天亮，然后对禹毅说："睡一会儿吧，你等一下还要工作。"

禹毅摇头："我今天没工作。"

宋一嫒知道那是不可能的，也不拆穿他，只是说："我也很累了，我们睡一会儿吧。"

"好。"

宋一嫒闭了一会儿眼，又突然说："以后我们分房间睡吧。"

禹毅收紧手："不要。"

宋一嫒拍拍他："我没有别的意思。这次出国一定很忙，你肯定有许多事要做。白天忙工作，晚上又睡不好，那怎么可以？我们分开睡，你就能睡个好觉。"

禹毅捏捏她的后脖颈，低下头去看着她："分开睡，我睡不了好觉。"

两个人互相看了一会儿，宋一嫒亲了他一下，把他抱得更紧了。

"今天多少号？"

"六月七号。"

"我十二号要回国。"

"我陪你。"

宋一嫒摇摇头："你还有工作。"

禹毅不说话。

"我十二号回去就不过来了，你在这边专心工作，我在家里等你。"

"我陪你。"

"不用。"宋一嫒蹭蹭他，"我已经习惯了。"

禹毅坚持："我陪你回去，这边我会安排好的。"

宋一嫒说："我只是去送一束花。"

"嗯，你要习惯。"

宋一嫒以为他是在说要习惯杨歆的离开，轻声道："我已经习惯了。"

"习惯我陪你。"

宋一嫒沉默半晌："我已经习惯了。"

第七章

爱你的墓碑

六月十二号。昨夜下了雨，墓园里湿漉漉的。

宋一嫒很早就到了。她放下菊花，看着墓碑上杨歆年轻的脸，不禁想起上大二时的情景。

两个人在辩论队活动室训练临场反应能力和默契。刚开始所有人都在正儿八经地训练，没过多久，杨歆突然对另一组的宋一嫒叫道："我爱你！"

宋一嫒回过头去："爱我什么？"

"脑子！"

"如果我脑子坏了呢？"

"爱你的身体！"

"如果我身体坏了呢？"

"爱你的灵魂！"

"如果我的灵魂没有了呢？"

"爱你的墓碑。"

"哇哦！"全场掌声雷动。

宋一嫒笑着比心，给她一个飞吻："我也是。"

这段临时的、两个女生瞎撩的话后来被辩论队负责写稿子的学姐记下来，变成一首小情诗，成为辩论队所有"直男"表白的必吟诗篇。

爱你的墓碑。谁会知道，一语成谶。

远远的，有人上来了。宋一嫒看了一眼，对杨歆道："珍珠来了。"她又说，"她今天穿了一条灰色的长裙子，很好看。"她还说，"珍珠给你带了白色的百合花，应该很香。"

曹珍珠在山下看到了宋一嫒，上来后，客气而熟稔："你又比我早。"

"还好。"两个人沉默了半晌。

曹珍珠看了看一旁的禹毅："你先生？"

宋一嫒便介绍道："嗯，他叫禹毅。"她又对禹毅道，"这是曹珍珠，我的大学同学。"

两个人互相点头示意。

曹珍珠放下百合，看了杨歆一会儿。宋一嫒准备走，曹珍珠开口道："等一会儿走吧，今天老师也要来看看。"两个人便站在墓碑旁边，禹毅自觉地站到不远处。

"老师为什么突然想来看看？"

"他的身体越来越不好了，说想趁着还能动，过来看看杨歆。"

"他怎么了？"

"其实也没什么。"曹珍珠很无奈，"只是人老了。"

宋一媛的心揪了起来。

两个人没等多久，就有车停到山下。杜重从车上下来，抱着白色菊花，拄着拐棍颤巍巍地上来，师母搀扶着他。宋一媛赶紧跑下去扶他，杜重不要她扶，脸上满是慈祥和怜爱："我老是老了，可还能走一些路。"宋一媛只好帮忙抱着菊花。

老人一步一步走上去，快到的时候，宋一媛不经意间看到他眼角深深的皱纹里有一点点湿润。老人笑习惯了，不笑的时候也给人一种含笑的感觉。正是这笑意中不可控制的泪，让宋一媛心酸得喘不过气来。

她把花给杜重，杜重蹲下去，坐在杨歆的墓碑旁边。小小一个老头儿，像一团干草一样靠在沉默坚硬的石碑旁。他看了看杨歆的照片，叹道："都过去啦……傻孩子。"也不知道是在说杨歆，还是在说宋一媛，或者是曹珍珠。宋一媛心里刺痛，眼睛红红的，眼泪在眼眶里打转。曹珍珠低下头去，抹了一把眼泪。

老头儿站起来，当没看到两个小姑娘情绪低落似的，笑眯眯地说："我们师生四个，可算是聚齐了。"宋一媛红着眼睛笑。

曹珍珠也笑笑，接话道："不会又要飞花令吧？"

师母说："哪儿能呀，他现在已经喝不得酒了。"

杜重挥挥手："我喝不得，她们也没那个功底再跟我飞花啦。"

曹珍珠道："那可不见得。"

宋一媛说："我的功底可是还在的。"

杜重被两个小姑娘一鼓动，瞅着老伴道："廉颇老矣，尚能饭否？"

师母无奈地看着他们道："喝酒是肯定不行了，你们喝苦瓜汁吧。"

"好。"

悲伤是留给自己的，缅怀也是一个人独处时的事，每个人都默契地、尽力地表现好，每个人都想快快过去。

一行人找了一家茶楼喝茶，师母去准备苦瓜汁。

杜老头儿这天兴致不错，笑眯眯地看着宋一媛和曹珍珠。这么多年了，宋一媛看到他这样的眼神，还是忍不住在心里打鼓。曹珍珠也是，叹了口气说："学生不再是学生，你老师还是你老师。"

杜重笑："玩玩嘛。"

宋一媛在心里吐槽：嘴上说着玩，其实认真得很，等会儿还指不定变成什么样呢！禹毅坐在宋一媛旁边，像是察觉到她有些紧张，握了握她的手。

宋一媛扭过头来朝他吐了吐舌头："我等一下要是接不上，你可不许笑我。"

"嗯。"

飞花令，原是古人行酒令的一种文字游戏，名字出自唐代诗人韩翃的诗作《寒食》，"春城无处不飞花"。飞花令可以有不同的游戏规则，常见的一种是限定一个字，如"春"，每个人说一句含"春"字的诗词曲。又通常以七字为限，行酒令的人按顺序说出不同"春"字顺序的诗词曲，即第一个人说的诗句，"春"字要在句首，第二个人说的诗句，"春"字要在第二字。以此类推，七字轮回，谁说不上来，谁就喝酒。

师母买来一大袋苦瓜，宋一媛看着就觉得苦——她荒废读书多年，一下子叫她行飞花令，明摆着是来清热降火的。禹毅悄悄在她耳边说："不怕，等一下我帮你喝。"

话被旁边的杜重听到，杜重笑眯眯地道："替也可以。你替宋一媛，因为宋一媛是你太太。那是不是也要替一下我？我可算是你的半个老师啊。"

"怎么谁都是您学生啊？"宋一媛笑，"禹毅是 N 大的，怎么扯也不可能扯成您的学生吧。"

杜重但笑不语，禹毅突然紧张起来。

好在这个时候师母已经叫人榨好了苦瓜汁，两大扎放在桌上，打断了后面的话。杜老头儿兴致勃勃："热个身，常规来一个'花'字吧。"

宋一媛向曹珍珠点了点头。

"杜甫《登楼》——花近高楼伤客心，万方多难此登临。"杜重笑眯眯，"先说些简单的。"真是越老越爱嘚瑟。

轮到宋一媛："李白《赠汪伦》——桃花潭水深千尺，不及汪伦送我情。"她坦坦荡荡地看着杜重："这才是简单的。"

杜重笑："难为你还记得。"

宋一媛也笑："应试教育还是有些好处的。"

有了宋一媛这样的开头，曹珍珠也无所畏惧了，面不改色地接上一句："曲径通幽处，禅房花木深。"宋一媛偷笑。

玩了两轮，宋一媛说了"黄四娘家花满蹊""花自飘零水自流""人比黄花瘦"，杜重不干了，吹胡子瞪眼："就只记得考过的了？"

宋一媛摊手："可不是。"

"不行，不行，来几个我没听过的。"

"您是要我现造吗？"

杜重眯眼："现造的要是平仄合理，句意相通，也不是不可以。"于是重新来过。杜重又加了一个更难的规定，每个作者只能说一句。肉眼可见玩不过两轮。

杜重开局："冯延巳《鹊踏枝》——花外寒鸡天欲曙，香印成灰，起坐浑无绪。"

宋一媛："李煜《浣溪沙》——待月池台空逝水，荫花楼阁漫斜晖，登临不惜更沾衣。"

曹珍珠："温庭筠《菩萨蛮》——心事竟谁知，月明花满枝？"

"白发悲花落，青云羡鸟飞。"

"木末芙蓉花，山中发红萼。涧户寂无人，纷纷开且落。"

"路旁忽见如花人，独向绿杨阴下歇。"

杜重满意了，笑着说："我说词，你们对词；我说诗，你们对诗。你们这些小姑娘，口上说没读书、没读书，看来都没少读书啊。"

几个人又说了几轮，"花"字轮到第四序，唐宋著名诗人、词人差不多都被说光了。宋一媛想了一会儿，举手投降："我喝。"

禹毅要帮她喝，宋一媛拿过来："不行，不行，你现在帮我喝了，以后还不知道要被这个老顽童打趣多少次。"更有甚者，说不定会成为杜老头子善意的笑谈，说给一届一届的学生听。

三个人兴致勃勃地玩了一上午，杜重的身体支撑不住，临近中午就散了。散的时候，桌上的两扎苦瓜汁见了底，宋一媛感觉呼吸里都是苦瓜的味道。曹珍珠面如菜色，也是苦不堪言。杜重喝了两杯，还好，刚好祛暑了。

禹毅出去接电话。杜重拍拍宋一媛的肩膀，想起之前被打断的话："禹毅怎么不是我的学生了？"杜老头子得意扬扬，"他可是来听过我三门课的。"

宋一媛不信："您怎么记得？"

杜重笑："怎么不记得？一个陌生的学生，每学期都跑来听我的课，印象能不深吗？"

宋一媛是从大一上杜重的第一门专选课《<诗经>选读》就喜欢上这个老师的，所以杜重在大学时开设的另外两门课《中国古代文学》和《楚辞鉴赏》她都选了，甚至还选了两门杜重开的校选修课。可以说，杜重的课，宋一媛全上了。不仅全上，按宋一媛大学时的性子，每堂课她都上得风风火火，没有一个同学不认识她。

宋一媛脑子里一时间蹿过许多想法，面上却是镇定平常。她知道了杜重说这话的意思，问："那我怎么不知道？"

杜重瞅她："你每堂课都坐第一排，能注意到坐最后一排最边边上的人？"

宋一媛不确定："再怎么不注意，也应该会有一点印象吧？"

杜重说："他和学生时代还是有些区别的。"说完他又看着宋一媛，"缘分这种东西，说不清的。有些人一辈子相遇无数次，人生却丝毫没有交集。有些人一对上眼，就会纠缠一辈子。"

"您是不是想多了？"宋一媛一边不信，一边又信了，"来上您的课的人那么多，怎么就确定他是对我有意思？"

"少年的眼睛最好猜了。"杜重笑眯眯，"更何况他觊觎的可是我的学生。只是我没想到，现在你们……哈哈，不说了。"

禹毅回来了。

送走杜重，两个人走路去取车。宋一媛对刚才的话只字不提。禹毅问她："你上大学的时候就是这样过的吗？"

宋一媛说："飞花令肯定不能常常来，因为没有那么多墨水。大概一学期会有一次，通常都是在老师家楼下的茶馆里，喝二锅头，哈哈。"她又说，"每个星期五要陪老头儿喝茶，讲讲最近读了什么书，有些什么感受。每个学期开始，他都会给我们一串长长的书单，通常是看不完的，他也不要求我们全看完，他更喜欢我们自己去找书看，找自己感兴趣的，从读一本变成读好几本，小进大出，互相关联。"想到今天的飞花令，她语带怀念，"飞花令很有意思，每玩一次，都要重新把唐诗、宋词、元曲再看一遍。"

禹毅无动于衷。

宋一媛想要他产生共鸣，问："你今天觉得怎么样？"

禹毅实话实说："很无聊。"

"嗯？"

"感觉像一群小学生在比赛背课文。"

"……"

"除了最开始你们说了两句学生时代背过的诗听懂了以外，后面就没什么印象了。"

宋一媛极力表达自己的感受："很有意思啊，他说一句，你会在脑海里补充作者、诗名、创作背景、相关典故，蕴含感情，就好像和某个人打了一下招呼，你对作者的感受就会在那一瞬间涌上来，会有一种满足感。"

禹毅再次实话实说："这是你们读书人的爱好，我感受不来。"

宋一媛"扑哧"一笑，戳戳他："那你还乖乖待在旁边？你无聊可以出去走走呀，我又不用你陪。"

禹毅看她一下，目光有些委屈。宋一媛心一软，柔声道："好啦好啦，谢谢你。"

这是她过去的生活，过得文雅天真，像理想国度。所以她整个人也是天真的，所以她看起来就是和别人不同。

两个人不可避免地再次经过墓园，宋一媛远远看到杨歆的墓，说："我想再上去看看。"禹毅陪她上去，看到墓前又多了几束花，还有一碟点心。

沈风柏来过，杨歆妈妈来过，每个人都记得你，每个人都不提你。

宋一媛心中了然：我每每想起，都忍不住假如。假如我们都忍一忍；假如我们都更会表达；假如你不要那么骄傲，我不要那么脆弱会不会……会不会稍微有一点儿不同？即便最后我们会吵架，也会互相伤害，感情崩塌，但至少你还活着。就至少，你还活着。

像现在我和珍珠，都知道彼此心中还有怨，还有结，也能一年见一次，也能问一句，感受一下对方的温度和活气，心下稍安。

可这些都是假如，假如得越多，就越没有假如。

"明年再来看你。"宋一媛轻声说。

两个人情绪低落地回到家，赵姨做了饭，宋一媛没胃口，只喝了一点绿豆汤，然后问禹毅："是苦的吗？"

禹毅一口喝下一碗，没尝出来。

宋一媛皱着眉头："完了完了，一肚子苦瓜汁，连舌头都是苦的。"她把碗里剩下的绿豆汤全喝完了，还是觉得嘴里是苦的。

宋一媛先上楼刷牙，等禹毅也上楼来，就见她伸出舌头朝镜子里看。宋一媛开玩笑说："我觉得我的舌头是绿的。"

"我看看。"宋一媛吐舌头给他看。

禹毅问："很苦吗？"宋一媛点头。

禹毅凑过去问她："我刚刚喝了蜂蜜，你要不要尝一尝？"宋一媛眉头微挑，不得了，不得了，这是在哪个小妖精那儿学的招数？

两人四目相对，宋一媛说："好啊。"

禹毅正准备吻她，宋一媛侧头看他的手，平静地问："蜂蜜水呢？"

禹毅抿抿唇："我去给你拿。"宋一媛把眼睛眯起来。

禹毅拿来蜂蜜水，宋一媛喝了两口，说："挺甜的。"大高个站在旁边，耷拉着头，宋一媛仿佛看到一条大狗趴在地上，耷拉着耳朵，目光忧愁又无辜。

宋一媛一点儿也不心软，像什么都没发生似的问他："你什么时候走？"

禹毅说："不走了。德国那边我已经派了新的人过去，后续事情交给别人处理就可以了。"

"嗯。"宋一媛把水杯放下，"今天去公司吗？"

禹毅点头。

宋一媛微笑："那你去忙吧。"

等禹毅去公司后，宋一媛扒拉出禹毅上大学后的照片，仔细回想了一下——确定自己真的从来没注意过这个人。虽然衣品不敢恭维，但五官还是帅的，即便她没注意到，难道就连曹珍珠也没注意到吗？

如果禹毅在大学时就暗恋她，那就不存在"白月光"了吧？可禹毅上次三缄其口的样子，又明明是很在意的。

宋一媛心里突然有了一个可怕的想法。

她高中也是在十九中读的，只是她们那一届很悲催，刚上高二，学校新校区建好，初中部及下一届高一学生去往新校区，老校区扩招了许多高三生，高二、高三学生留守老校区。这也是宋一媛知道禹毅和她念同一所高中学校却一点儿也没想歪的原因。禹毅比她小一届，高中三年都待在新校区，而她在老校区读书，从来没去过新校区。并且宋一媛一开始知道他心里有个"白月光"后，就自动默认了那个女生是禹毅同一年级的女生，或者比他小几级。

怎么可能呢？她什么时候和禹毅碰见过？以至于在那个的时候就让这个男人情根深种？而且，他从来没说过。宋一媛隐隐约约感觉到，之前许多她不信的深情，可能真的是深情。禹毅写的情话，不仅仅是情话。禹毅心中的那个人，百分之八十就是她了。

这么闷，这么稳，又这么木讷爱害羞的人，怎么可能一下子和一个才见过五次面的人结婚呢？对她没有要求，婚礼不隆重但绝对有诚意，所有的身家都放在宋一媛知道的地方，尊重她的每一个决定和想法，从不拒绝她，每天早上默默无闻悄悄给早安吻，每天晚上一定要抱着睡觉……太多太多的爱，宋一媛之前竟把傻大个的这些行为理解为责任。可哪儿来这么多费心费力的责任？

宋一媛又想到两个人相亲的时候——大概这个男人用尽了全身力气才将将能表现出那个样子？宋一媛的心情复杂难言。他如果爱她，就一定感觉得到，一开始她对他并没有多少感觉，她甚至把和禹毅结婚当成彻底向生活认输的开始。她随便找了一个窝，只因为这个窝温暖结实、食物充足。可对于这个窝的建造者，她言辞平淡地表示感谢，心里却丝毫没有涟漪。

她一开始表现出来的喜欢，是一个二十八岁成熟女性对性感肉体的觊觎，连带着爱屋及乌，日常瞎撩禹毅这个人。也不知道那个时候，禹毅是一种什么样的心情？

他能感受得到她的漫不经心吗？又或者那些瞎撩、瞎关心的话他明知真心薄薄却也忍不住眷念？还是他这个人又傻又愣，完全感觉不出来，把她的一时兴起都理解成了喜欢？

宋一媛越想越心酸，脑海里脑补了好多有关禹毅可怜兮兮的小剧场。最后她叹息一声，午觉也不睡了，从床上爬起来，打包了一份绿豆汤，去公司慰问小可怜禹毅。

宋一媛到公司的时候，禹毅正在开会，甄伟也在里面。另一个助理秘书是个女生，看到她来，就准备去通知禹毅。宋一媛阻止了她："我没什么事，只是过来看看。"女助理便坐下了。

宋一媛笑着说："我在来的路上给你们点了果粒茶，等一会儿麻烦你分一下。天热，喝点儿冰镇的凉快凉快。"

女助理笑着点头："谢谢老板娘。"

"不用谢，只是一点小心意。"东西真的很小，但给与不给却是两回事。一个不经常来，但每次来都记得给员工发福利的老板娘，和一个经常来，虽然令员工熟悉但没有任何表示的老板娘，会给人两种完全不同的印象。

宋一媛去禹毅的办公室等他。"直男"的办公室没什么好看的，她上次过来就已经看得差不多了。这个办公室唯一有旖旎故事的，就是宋一媛上次坐过的桌子。不过现在它也没什么好看的，光洁如新，敦实厚重，仿佛什么也没发生过。

禹毅的办公室宋一媛不敢乱翻，电脑也不敢乱动，看了一眼他的书柜，全是专业书。她兴致缺缺，只好拿出平板来看小说。禹毅的这个会直接开到下班，她便窝在沙发上看了一下午的小说。

女助理见他出来，对他说："禹总，老板娘来了。"

禹毅一顿："什么时候来的？"

"大概三点。"

禹毅看着她："怎么不来通知我？"

女助理心里有些打鼓，小声说："老板娘叫我不要打扰你开会，她说她过来也没什么事……"声音越来越小。

禹毅抿着唇，目露寒光："下不为例。"

禹毅推门进去，宋一媛看小说正看得津津有味。见他进来，随口说："你开了好久的会。"

"对不起，不知道你来了。"

宋一媛摇摇头："没什么呀。"说完起身去给他拿冰箱里放的绿豆汤，"喝吗？"

"嗯。"

宋一媛看着他喝绿豆汤，禹毅用眼神示意她怎么了。宋一媛原本是过来做贴心小妻子的，但看着他喝绿豆汤，想起之前蜂蜜水的事，眼睛一眯，心情就变了。

宋一媛笑眯眯地问："甜吗？"

禹毅点头。

宋一媛看着他："我尝尝。"眼神直勾勾地盯着他。

禹毅垂下眼，把绿豆汤递给她，又给她取出勺子，说："你先喝，喝不完我再喝。"

哟，不按套路走啦？宋一媛就着禹毅的手喝了一口，咂吧了一下嘴，眉头微皱："为什么我尝不出甜味？"

禹毅老实地又喝了一口，耿直道："是甜的。"

"是吗？"宋一媛边说边凑近他，嘴唇都快挨到他的嘴唇了，眼睛一直看着他的眼睛，亮亮的，"那我尝尝你的？"她把舌尖伸出来，极妩媚地轻轻一舔。禹毅一动不动，喉结翻滚了一下。

宋一媛若无其事地咂吧嘴，嘴唇若有似无地擦过禹毅的嘴唇，一本正经地说："你嘴唇上的是要甜很多呢。"

她的目光里全是某种动人心魄的光："为什么你的就那么甜？"

禹毅抿了抿嘴唇，碰到宋一媛的嘴唇。

宋一媛看着他："好甜。"

禹毅被撩得毫无招架之力，只能直勾勾地盯着她。宋一媛大胆而无畏，眼睛一眨不眨地直视他："你整个人都好甜，所以绿豆汤沾了你就甜了。"

禹毅被撩得受不了，捧住她的脑袋就要吻她。

宋一媛伸手捂嘴，不让他亲，看着他问："是不是想这样撩我？"

禹毅沉默了半晌："没有……没有你厉害。"

宋一媛单刀直入："谁教的？"

禹毅一声不吭。

"女生？"禹毅摇头。

"男性朋友？"

"不是。"

"上网看的？"

"不是。"

"那是怎么知道的？"宋一媛斜眼看他，"从前你可不会这个。"

禹毅瞅她一眼，有些无奈，有些委屈，还有些溺宠，憋了半天才说："你说你喜欢这样。"

"啊？"宋一媛疑惑不解，"我什么时候说过？"

"你前几天转了一条微博，说'喜欢第七个'。"

宋一媛就想了起来。她是在逛微博上看到的，主题是——"有一个很会撩的男朋友或老公是怎样的体验？"第七个说的就是这种情况。

宋一媛哭笑不得："你是不是傻啊？我就随便转转。"

禹毅"哦"了一声。

宋一媛总算搞清楚了，可看他有一点受挫的样子，便软声道："虽然是随便转的，但如果这个撩人的老公是你，我就很喜欢。"

禹毅瞅她："你没有喜欢。"

宋一媛摸摸鼻尖说："你再来一次试试？"

禹毅看着她："怎么开始？"

"从你说喝了蜂蜜水开始。"

"我喝了蜂蜜水，很甜。你要不要尝一尝？"男人听话极了。

"不用了。"宋一媛说，"不可能比我老公还甜。"

"那要尝尝你的老公吗？"宋一媛眯眼看他——不错，孺子可教也。

自然，两个人又在办公室里胡来了一次。宋一媛上车时腿都是软的，直怪他："你别瞎撩我，我是一个没有毅力的人。"她又说，"我每次来都会拉百叶窗，这也太明显了，以后还怎么面对公司的人啊。"说完戳戳他硬邦邦的胸肌，"你倒是拉着我一点儿啊，两个人都胡来，这日子还怎么过？"

禹毅全都受了——媳妇恼羞成怒，是他的锅。自此，原本还有"做个贴心细心小妻子"想法的宋一媛彻底打消了给禹毅送午饭的念头，再也不去公司了。

过了几天，宋一媛从孟妮那里得到消息，杜重的身体越来越不好，可能没办法再带学生，便把孟妮介绍给了另一位博导。宋一媛给师母打电话，得知杜重昨天已经住院去了。

"怎么了？"

"人老了，这里不好，那里也不好。年轻时候落下一身病，现在撑不住了。他的腿关节磨损得厉害，连走路都疼，只能让他躺着。"宋一媛说不出话来，心揪得紧紧的。

师母反倒过来安慰她："老头子乐观得很，精神还算不错，昨天还在跟我说你们读书时的笑话，还看了小半本董桥的书。"

宋一媛说："我明天过去看他。"说完她又给曹珍珠发信息，曹珍珠也说去看看。

杜重的年龄只有七十，看起来却苍老得像八十岁的老头儿，现在生了病，就更显虚弱瘦小了。但他的眼睛还清明，仿佛对这个世界还抱有好奇心。宋一媛和曹珍珠来看他，他不讲有关身体的任何事，宋一媛问他，也只得到一句："肉体嘛，用久了总会坏的。你们别担心。"然后他又拖着两人讲了一些最近的读书心得。

中午宋一媛和曹珍珠一起出去吃饭，两个人异常沉默，心里都知道这一天必来不可，却又都觉得这一天不应该来得这么早。她们心里有着同样的担忧和隐痛，也都知道对方是什么样的感受，却说不出任何一句稍微亲近一点的话来。但在有关杜重的事上，又只有彼此能懂对方，别人既无法诉说，大概也无法理解。两个人陷入一种诡谲的沉默之中，连日常寒暄也说不出口。

吃完饭，两个人又去病房陪杜重，老人吃了午饭后便昏昏欲睡。等他睡着后，病房里只剩下宋一媛和曹珍珠。杜重睡着后的样子看起来更虚弱，仿佛油尽灯枯。

一颗硕大的眼泪滴在宋一媛旁边的被子上，宋一媛一愣。接下来是两滴、三滴……曹珍珠转身出门去了。宋一媛停顿了两秒，跟着跑了出去。

曹珍珠坐在病房门口的椅子上捂着脸哭。宋一媛走过去，站在珍珠旁边，离得很近，却没碰她。曹珍珠抽噎着，手一动，碰到了宋一媛的手肘，顿了一下。宋一媛没有任何动作。

过了一会儿，曹珍珠的脑袋靠过来，靠着宋一媛的肚子。宋一媛抬起手，缓缓地拍了拍。曹珍珠的眼泪默默地流下来。半晌，她感觉到头顶有一点湿润，可她没有抬头。湿润感越来越强，曹珍珠心中剧痛，酸涩难耐。那是宋一媛的眼泪。

她心里有太多的话，积攒了六年，一时间全跑到了嗓子眼，想要全部讲出来，张口却只有似小孩"呜呜呜"的哭声。她猛地站起来，抱住宋一媛。

"一媛。"

宋一媛闭上眼睛，眼泪流下来，也紧紧地抱住曹珍珠。

"对不起。"曹珍珠说。

宋一媛摇了摇头。

曹珍珠却不管："对不起，一媛。"这种情绪太复杂了，她直到此刻也没有理清楚。怨吗？是怨的。怨谁？谁都怨。怨宋一媛，怨杨歆，怨自己，也怨当初相关的人。爱吗？爱。爱宋一媛，爱杨歆，也爱自己。心疼吗？心疼。心疼当时的她们，心疼六年来的宋一媛，也心疼总是放不下的自己。

还有呢？也累，无力、无奈，故作淡然，告诉自己一切都会过去，告诉自己试着去接受。更多的是对自己的厌弃，厌弃一开始便放弃宋一媛，龟缩逃避时还要往她心上扎刀子的自己；厌弃这么多年来明明没有放下却装着放下，因为自尊心也不联系的自己；厌弃即便很客观地知道这件事怪不了宋一媛，却这么多年都无法真正做到毫无怨怼的自己。

又怨又牵挂，却也知道回不到过去。这是一局死棋。

可是在说出"对不起"的此刻，她却有一种发泄出来的轻松感——宋一媛不欠她的，宋一媛从来都不欠她的。宋一媛不仅没欠，还把她的怨恨全部收下，把所有的罪都背上，却从不与人言。

六年前的宋一媛骄傲、霸道，做事风风火火，给别人的爱都是热的，甚至可能有些烫手。曹珍珠以为她不会懂得睁一只眼闭一只眼，不会懂给人性留一点点空间。可结果她都懂，懂了也不表现，只是默默承受。宋一媛留了空间，也留了时间，放她出去透气，然后一个人慢慢受煎熬。

杨歆死了，她走了，宋一媛身边还剩下谁？曹珍珠啊曹珍珠，你懦弱啊……

两个二十多岁的人，就像两个孩子，抱着对方号啕大哭，一个嘴里说着"对不起"，另一个说着"我好想你"。护士小姐姐经过的时候，都忍不住多看两眼。

不是突然就看开了，而是两个人真的需要一个契机来打破这粉饰太平的局面，让彼此重新看到对方衣服下溃烂的伤口，谁也不嘲笑谁，谁也不说谁好，只坦诚给对方看——我不好，我还在意，我从来就没过去。而这个契机是多么不好找。两个人都变得这么会演戏，两个人都穿上了铠甲，两个人都默认了某些东西。寻常的事情，又怎么撬得开彼此长进肉里去的面具呢？

现在，这个契机来了。来势汹汹，猝不及防，让人溃不成军。她们同时感到恐惧——熟悉的死亡气息再次来临，又将带走一个她们深爱的人。

两个人抱着哭了许久，一直哭到两个人同时打嗝。分开后，互相看着对方肿胀起来的眼睛，面上虽狼狈，心里却清亮一片。

宋一媛说："你的睫毛掉了。"

曹珍珠说："你脸上有鼻涕。"

一个给对方粘假睫毛，一个给对方擦鼻涕。

"我们刚刚哭得那么大声，老师应该听到了。"

"别说老师了，在食堂的师母都听到了。"

"好丢脸。"

"刚刚我还看到有其他病房的人出来看。"

"我以后再也不来这家医院了。"

"我也是。"

两个人收拾妥当进去，杜重不知什么时候已经坐了起来。见她们俩进来，他笑笑："哭得也是吓我一跳。"

又陪了杜重一会儿，宋一媛和曹珍珠便一起出来了。禹毅在外面等她，倚在车门旁，正在打电话。曹珍珠心里一直想八卦这个男人，就问宋一媛："怎么就嫁给他了？"

"他很好。"

"他是怎么搭讪你的？"

"相亲。"

"相亲？"曹珍珠看着她，"不会吧？相亲都能遇到？"

宋一嫒有些莫名其妙。

曹珍珠眯眯眼："你对他毫无印象？"

宋一嫒一下子茅塞顿开："你之前认识他？"

"我们一起上过课啊。"曹珍珠说，"你、我、他。"她佐证了杜老头子的说法。

"他应该暗恋过你吧？"曹珍珠又说。

"怎么说呢？"宋一嫒的心跳有些快。

"嗯……就是上课的时候偷看你呀。"

"连这个你都记得？"

"嗯。"

"你怎么没跟我说？"

曹珍珠翻了一个大白眼："系里一半的男生喜欢你，我难道要一个一个说吗？"也对。

"他上课爱偷看你，被我发现好几回了。"曹珍珠叹息一声，"结果最后你们俩结婚了——想想也是挺浪漫的。"大概是更浪漫。宋一嫒心想，为了她减肥，为了她努力学习，为了她拼搏奋斗，然后突然出现，为她遮风挡雨，让她娇生惯养。

突然，曹珍珠凑近了，悄声说："刚刚你抱我的时候，我真的很明显感觉到你的胸……"

一切尽在不言中。

宋一嫒一点儿也不害羞，大大方方，光明磊落："是啊，大了两个size（尺寸）了。你没事儿也可以自己揉揉。"

曹珍珠半信半疑："自己揉有效果？"

宋一嫒摊手："难道男人的大掌有魔法？"

曹珍珠看着她，耸肩："你不就是吗？大力出奇迹。"

宋一嫒微微笑："晕车。"

曹珍珠微微笑："没开车。"

禹毅看到两个女人站在医院门口半天没动作，只好自己走过来。

他听到的头一句话是："要怎么揉啊？"这是曹珍珠问的。

他听到的第二句话是："就乱揉啊，我感觉禹毅也没啥技巧。"这是宋一媛回答的。

"然后就揉大了两个号？"

"嗯。"禹毅要疯了。

这天晚上，两个人"爱爱"。宋一媛快"到顶点"的时候，男人趴在她耳边说："揉胸是有手法的。"

宋一媛娇媚地道："嗯？"下一瞬间脑中一片烟花，如上天堂。

禹毅放开小樱桃，目光深深。

宋一媛抱着他，香汗淋漓，不知天上人间。

半晌，宋一媛笑出声来。她说呢，下午的对话禹毅应该是听到了的，但他当时看他耳尖微红、眼神游移，又知道他平常是一个不说这些的人，怕他在曹珍珠面前会不自在，就当什么都没发生，之后也没提。

原来他是在这儿等着呢。禹老师给她上了一堂社会实践课，现身教学，精彩又刺激。男人对性有着非女人能理解的自尊心和探求欲，可以使一个平时非常害羞的人变得异常主动。

宋一媛眼睛一眯，又媚又乖，声音甜腻腻的："你揉得我好舒服。"

禹毅一呆。

宋一媛看着他："还要。"

禹毅觉得鼻子热热的。

和宋一媛对战，傻大个总是输得溃不成军。

又是一轮酣战，宋一媛问了一个送命题："手法不错嘛，在哪儿练习的？"

两个人的目光对上，这个问题真的很要命。即使禹毅再"直男"，再不会说话，也知道这道题该怎么回答："你。"

"在我之前呢？"女人永远不会放过女人，"有几个？"

禹毅坦然："没有。"

"没有谈过恋爱还是没有做过？"

禹毅一顿："没有做过。"

宋一媛的眼睛眯起来："哦。"那就是谈过恋爱了，"和谁？"

禹毅抿唇，看着她："能不说吗？"

"哦。"

禹毅亲了亲她，可宋一媛还是微微抿唇，有些不高兴。

"我写信，好吗？"

宋一媛拱进他怀里："好。"

两个人又抱了半晌，宋一媛突然出声："我吃醋。"她仰起头来，眼珠子又大又亮又黑，睫毛柔软纤细，"我现在心里好酸。"你明明从初中开始就暗恋我的，怎么又和别人谈恋爱了？

禹毅亲亲她的额头："我错了。"

宋一媛闷声道："你没有错，只是我控制不了自己。"

禹毅："对不起。"

"都说了你没错了。"宋一媛说，"每个人都有过去，人长这么大，没经历过感情可能吗？不可能。即便有人真的没有，那也不是什么特别的事，就像大多数人有一样，都是顺其自然发生的。你有，是很正常的事情，我不也……"然后她突然问，"我和沈风柏见面你吃醋吗？"

"还好。"

"什么叫'还好'？"

"在意，但还能忍受。"宋一媛看着他。

禹毅把她的脑袋摁进怀里，声音响在头顶："男人都是自大、自私又领地意识很强的动物，在有其他雄性靠近自己的雌性的时候，都会蛮不讲理地驱逐。这是男人身上的兽性。但理性告诉我，你不是我的所有物，你有你的世界，你可以跳出我的领地，去和所有其他物种社交，和他们产生感情，不分男女。你可以有好的女性朋友，也可以有好的男性朋友，和他们相处的时候，只要注意安全就好。我尊重你的主体性，所以，兽性使我在意，理性使我忍受。"禹毅头一次说这么多话，和宋一媛的感情观不谋而合。

但是，宋一媛叹了口气："你虽然在说男人，其实也同样适用于女人对男人。"

"嗯。"

"道理我都懂，理论一百分，理智零分。"宋一媛说，"我做不到。"

宋一媛心里的感情观可以说是非常成熟完善了，但她自从知道自己对禹毅有了不一样的想法后，所有的观点都被推翻了。

她忍不住不在意；她忍不住不吃醋；她忍不住不窥探他的过去；她也忍不住不生气、不发脾气。喜欢一个人使她变得好俗；使她变得絮絮叨叨，总是和他讲些没有意义又很无聊的话并且乐在其中；使她变得小肚鸡肠疑神疑鬼，总是旁敲侧击地问问题；使她变得爱炫耀，总是忍不住和相关的人说他的可爱和他的好。

这些都是宋一媛之前嗤之以鼻的事，结果事实告诉她，唯亲历，不可理解。她怎么忍得住？

禹毅说："没关系，你不开心了能表现出来最好。"

"我大概都表现出来了。"宋一媛说，"我是觉得女人总爱多想，又敏感多疑，自己憋着暗自伤神还不如抖给男人看。是男人的问题，男人就改；是女人的问题，女人就好好反思。互相表达，互相坦诚，深入了解，更加懂对方，生活才舒坦。你觉得呢？"

"嗯。"

"那你要多跟我表达。"宋一媛和他脸贴着脸，"我可会想、可会说、可会作了。"

"嗯。"

宋一媛"吧唧"了他一口："最近表现不错，比以前好。"

男人亲亲她的头发，不说话。

这一晚，两个人先是激烈地"爱爱"，之后突然涉及前任气氛变得微妙，又神奇地转移到感情观的探讨上去。最后两个人严丝合缝地抱着温馨甜蜜地睡去，也算是跌宕起伏了。

第二天，宋一媛和曹珍珠约好喝下午茶。一见面宋一媛就说："有技巧的！""怎么做？"两个人凑在一起叽叽咕咕说了一通。

曹珍珠喝了一口冰西瓜汁，给身体降了降温，说："仿佛觉得我听了一场昨夜的转述。"宋一媛："没有，昨夜那么长，你才听了一个开头。"

曹珍珠微微笑："我们才和好，话题稳一点。"

宋一媛说："这是已婚妇女的生活。"

曹珍珠："别的已婚妇女大都关注做饭，只有你特别关注做爱。"

宋一嫒摊手，笑眯眯："因为我老公能干。"

"哇哦。"曹珍珠感叹，"用词还是非常形象犀利。"宋一嫒喝了一口百香果茶，接受了这个赞美。

"你最近在干吗？"宋一嫒问。

"写新的本子啊，还能干吗。你呢？"

"当家庭主妇啊。"

"家庭主妇的职业内容是：打扫，做饭，采购，除了'等做事'，你还做了什么？"

"嘻嘻。"宋一嫒扭呀扭，"这就够了。"

曹珍珠一脸冷漠："是是是，你有一个能干的老公，了不起。"

宋一嫒的第四封信

禹毅：

你昨天说的话我想了很久，你是对的，我接受。

当然，如果某一天我忍不住，对你小小地发脾气，你应该会心胸宽阔地原谅我吧？如果我任性过了头，超出了你的忍受范围，你一定要严肃地对我说："够了，宋一嫒。"然后我会哭，我哭了，你一定要过来抱我，之后我们俩就和好。

记住哦，女人当着一个男人的面哭，不是在指责这个男人，也不是在说"我们完了"，而是在示弱，在求和，在撒娇。你抱她就是了，她挣扎你也不用管，只管使劲抱住就是了。

我越来越庆幸当初心血来潮说要找个人结婚遇到的人就是你，后怕而庆幸。遇到这样一个你，越相处就越觉得好——既有男孩的可爱天真，又有男人的沉稳大气，还非常能干。

和你待在一起，总觉觉得时间好甜。怎么办，我好像也不会写信了，提笔就想写情书。

想你想了半个小时后，还想再加一句：我不仅想写情书，还想写"小黄文"。

禹毅的第四封信

Y：

首先恭喜你和你的朋友重归于好，我很高兴你很高兴。

关于昨晚的问题，我的回答是：我没谈过恋爱，但有过一个"女朋友"。大概就是，一个人心里放着某个人，知道这辈子大概都不可能和某个人在一起了，于是有另一个人主动靠过来说："既然是不可能的人，为什么不试试别人呢？感情的发生，需要相处。"于是我就试了。

可试过的结果是：不行。

如果说之前心里还留有一点儿希望，觉得心里的感情会渐渐消失，有可能和其他人结婚生子。在试过一次后，就连最后一点退路都没有了。

我不想讲这个，是因为在这个故事里，我并不是一个好人。我既没有忠于自己的内心，也没有认真对待别人的真心。我犯了错，一直感到很抱歉。

这件事写出来后，我想你就不会再在意那个"女朋友"了，会问我"某个人"是谁。如果我说现在的人就是"某个人"，这样会吓到你吗？

宋一媛看到信的时候有些吃惊。这就说了？她"吧嗒吧嗒"跑去书房找禹毅，跑到门口，禹毅正抬头看她。她一时间不知该说什么，没想到会这么快。按禹毅之前的表现来说，他应该是不想让她知道这件事的。

"怎么了？"禹毅问。

宋一媛不知道该不该在此刻和禹毅聊这个话题。禹毅反应过来，走过去："看了？"

宋一媛点点头，问："为什么？"

"什么为什么？"

"就是……"宋一媛抿唇看着他，"你可以不和我说这个的。"

她知道禹毅其实不是很想让她知道这场暗恋，或者说是不想她这么早知道。她只是问了那个"女朋友"，禹毅完全可以简单地用两句话概括他大学时谈过一次恋爱，不怎么喜欢对方，所以很快便分手了。

这样宋一媛就不会再多问，暗恋的秘密也就保住了。但他竟然突然就说了。

如果这场暗恋这么容易说出口的话，禹毅第一次见她的时候就不会表现出那个样子了。

"我说过我已经准备好了。"禹毅说。

"嗯?"

禹毅看着她:"你不是要爱我了吗?"他的目光竟像少年一样天真纯净,充满希冀。

宋一嫒内心一震,你要爱我了,我相信,我为了表示出相信的诚意,把我藏得最深的感情拿给你看。你看了,你就信了;你信了,你就会爱我了。迫不及待,热切渴望,极度傻气,现在连初中生都不这样求交往了。

"嗯,要爱你。"宋一嫒声音颤抖地问,"你是吃什么长大的?"怎么就能养成这样珍稀的性格?

禹毅丈二和尚摸不着头脑,不确定地道:"吃饭?"

宋一嫒笑,眼里含泪,嘴角带笑,嗔他:"呆子。"然后抱住他,"你好傻。"

"我不傻。"禹毅说,"是你心思太细。"

"我心思要是不细一点,谁去发现你的可爱?"宋一嫒心里酸酸胀胀的。

"我要是不傻,你也就不会去发现我的可爱了。"

宋一嫒从他怀里抬起头来:"最近很能说?"

禹毅看着她:"你不喜欢?"

"喜欢。"

禹毅闷声不响任她欺负的时候她很喜欢,禹毅学会将她的话变得有攻击力的时候她也很喜欢——那是一种久违的、对话的快感。但禹毅现在太菜了,她要保护他说话的积极性。

"说得好。"宋一嫒亲了亲他。

"我以为你会问。"禹毅突然说。

"嗯?"

"暗恋的事。"

"你想说吗?"宋一嫒看着他。

禹毅顿了顿:"可以说。"

宋一嫒想知道,但觉得还可以等一等:"我知道你很早就喜欢我就行了。"她说，"等你真的能说了，我再听。"

"好。"

中午吃完饭，禹毅难得有一天待在家里。他已经打算好了陪媳妇看韩剧，结果才看了半集，闹钟就响了，宋一媛从沙发上起来："该化妆了。"

禹毅："啊？"除了结婚当天，禹毅再也没见过宋一媛化妆。

宋一媛风风火火地上楼，又风风火火地下来，盘腿坐地上，把化妆工具一字排开——护肤，涂隔离，拍粉底，打阴影，上眼妆……禹毅看着她拿着一把小钢钳往眼皮上夹，一边夹一边扯，扯得眼皮飞起，胆战心惊地问："要出门？"

"嗯。"宋一媛回答得漫不经心，"和珍珠一起去逛街。"她又说，"晚饭不回来吃了，晚上我们还要去看电影。"

禹毅的心情有些微妙。

这个时候，他又看到她换了一支笔，毫不留情地往眼睛里戳。他别开眼，不敢看，说："小心一点。"

"嗯？"宋一媛戳啊戳，"哦哦，我会的。时间要是太晚，我会给你打电话的。"

禹毅忍了忍，没忍住，说："我是说化妆小心一点。"

宋一媛笑了。

禹毅瞧着她："为什么要化妆？"宋一媛应该不是个喜欢化妆的人。

"因为要逛街啊。"

"平时逛街也没化。"

"没意思。"

禹毅的心情更微妙了。

宋一媛化好妆，认真挑选了一条裙子，精心配了一双好看又好穿的鞋，再挎上小包包，满意地笑笑，朝禹毅抛了一个媚眼："我走啦！"她很开心也很活泼，禹毅一边开心一边无法控制地幽怨心酸——他从来没让她这么雀跃过。

"注意安全。"

"嗯。"宋一媛飞到门关，正打算出门，想到什么，跑回来，又甜又乖地说，"出门吻。"

禹毅心里微甜，两个人马上就要吻在一起。宋一媛突然停下，急忙往后撤，转头跑开："不行不行，我刚涂的口红。"

禹毅的心情十分复杂。

宋一媛和曹珍珠逛街，两个人买了许多东西，经过某家饮料店，手挽手进去点东西喝。

"两杯金橘柠檬。"

"有点饿，点一些小吃吧。"

"吃什么？"宋一媛把小吃单放在中间，两个人凑在一起。

"四喜圆、玉脂汤、杞果布丁、黑糖麻薯……"宋一媛顿了一下，曹珍珠整理袋子的手也滞了一下。

"芝士蛋糕、水果汇、仙草冰沙、椰冻……我来一个水果汇吧。你呢？"

"四喜圆。"

气氛有一瞬间的沉默。

"刚刚那条裙子……"

"渴死我了！"

两个人对视一眼，宋一媛先问："那条藕粉色欧根纱裙？"

"嗯。"

两个人都当刚刚尴尬沉默的某一瞬间不存在，曹珍珠叹息一声："好想买。"

"买。"

曹珍珠瞥她一眼："两万。"

"买。"

曹珍珠看着她，跃跃欲试："你也觉得值是吧？"

"好看。"

曹珍珠犹豫："可是稍微露了一点……没啥场合可以穿啊。"

宋一媛："你穿最好看。"

曹珍珠："是吧，是吧？我也觉得！哼，老子穿那条裙子怎么能那么好看！仙女下凡啊简直！"她越说越激动，根本等不了吃完东西再去买，掏出电话给专卖店打去电话——

"喂，你好，我是刚刚试藕粉色裙子的那个，麻烦你把那条裙子收起来，我要了，等会儿就过去付款……对对对，S 号。谢谢。"曹小仙女心满意足，宋一媛微笑。

半晌，曹珍珠稍微冷静了一点，她咬着吸管，瞅着宋一媛说："我觉得你的说话风格有些变化。"

"嗯？"宋一媛咬着吸管回瞅她，"怎么说？"

"'买''买''好看''你最好看'，简单有力，直戳人心，有一种'霸道总裁'的感觉。"曹珍珠回想了片刻前的感受，"我听了就觉得自己是个柔弱无助爱纠结的小公主，而你是沉稳可靠话不多，但令人超有安全感的英雄。英雄说的话绝对没有错，小公主要听大英雄的话，更何况英雄说我穿着最好看啊，怎么能不买！"

宋一媛像看智障一样看着她"你最近接了一个什么脑残偶像剧本子？"

曹珍珠叹了口气："生活所迫啊。"

宋一媛点头："嗯，生活迫使你只能买两万的裙子。"

曹珍珠："……"

刚刚的大英雄论简直是笑话，英雄才不会这样和仙女说话呢。

"大概不用'生活所迫'这种理由来说服自己，就无法面对自己越来越腐烂的现实吧。"

曹珍珠苦笑了一下。宋一媛顿了一下，然后喝了一口水说："人所选择的，都是他们最想要的。"

曹珍珠知道她的意思，说："原本觉得在某一领域做得越好，就越有话语权。越往上走却越清楚地看到，正因为得到了这种话语权，才更是不能写最初想写的东西。越走越远，坚定的东西也被磨得越来越圆。你清楚地看到自己是如何被磨成这个样子，提笔再去写那些坚锐的东西的时候，每写一段都是痛的，而且结局也都是往悲了去，惨烈得你简直不敢下笔。"

"如果不往上走……"宋一媛说，"往下又会是怎样一种情况呢？大概就是，最初的时候也是满身都是天真的棱角，把自己往下走自傲地认为是去最底层历练，感受贴着土的血液和心跳，立志为人间写一部巨著。可结果所有的棱角都被泥里不知道从哪个地方钻出来的手、刀、刺、毒药狠狠地触碰，青紫、败坏、阉割，痛到为了保命把所有棱角往地上狠狠地磨，磨成平凡的样子。想要再往上爬，没有手，没有脚，就滚着往上爬。

拖泥带水，全身都是脏的，想要往上爬的人都会轻易被下面的手抓回去，不甘心的人再九死一生地爬上来，也只能靠在半坡上的某个悬崖一角看着下面挣扎的手和上面歌舞升平的人影不知道去哪儿。他已经圆了，梦也圆了，想象着有棱角的样子去写梦，给梦安的棱角比底下的手还要犀利和伤人。写东西是要给人以希望的，但假的棱角没有希望。"

两个人对视一眼，都知道彼此在说什么。曹珍珠说："你应该没那么惨吧？"

宋一媛说："你也应该没那么惨？"

"还好。"曹珍珠说，"不过有磨损是肯定的，也不敢再去想崇高的理想。"

"嗯。"

曹珍珠看着她："你知道吗，一媛。"

"嗯？"

"有些东西和其他任何人讲都像笑话，也死活讲不出来……

"但是和某个人说起来，就像是吃饭、睡觉一样简单。"

宋一媛说："我知道。"

两个人吃完东西就去店里拿裙子，付款后店员送了一条项链——极细的链子，坠着一颗圆嘟嘟红润润的小水晶樱桃。材质不怎么样，但胜在款式别致小巧，很配那条裙子。

但两个人看到链子的一瞬间，想到的都不是配裙子，而是别的什么。曹珍珠摸了摸那颗红樱桃，收下了，但没有应和店员夸奖的话。店员也是很会看人表情的，发现曹珍珠兴致缺缺，笑道："曹小姐如果不喜欢这个款式，我们还有其他款式，可以换的。"

曹珍珠摇摇头："就这条吧。"

宋一媛有一瞬间喘不过气来，曹珍珠朝她笑笑："走吧。"

两个人都不再提。

晚上，宋一媛和曹珍珠看完电影，禹毅来接她回家。宋一媛买了许多东西，堆在车后座上。禹毅原本以为宋一媛今天会很开心，但上车后看她窝在副驾驶座上，一副很疲惫的样子。

"今天怎么样？"

"很开心。"禹毅看看她，宋一媛看回去，笑笑，"总的来说是很开心的。只是嗨了一天，我现在很累，很想睡觉。"

禹毅听不出真假，只能凭感受，觉得今天应该发生了什么。但宋一媛不说，他也就不问。好在宋一媛在睡觉前还是说了出来。

"今天在冷饮店点小吃的时候，有一种小吃叫'黑糖麻薯'，是往糯米里加黑糖，做成麻薯皮，包上绵软香甜的红豆沙，外面再洒一层黑糖糯米粉，软糯Q弹，很好吃。杨歆最爱吃这个了，每次都一定要点来吃。"

宋一媛不紧不慢地说："今天我们看到这个点心，都想到了她。但珍珠什么都没提。"

"杨歆还很爱吃樱桃。因为樱桃的价格有点小贵，读书的时候杨歆有时候宁愿不吃晚饭也要去摊子上买一点吃。她在网上任何一个社交平台的名字都叫'爱吃樱桃的杨桃'。今天珍珠得到一条樱桃项链，我想她也想到了，只是我们也没提。"

宋一媛拱了拱："大概是珍珠觉得两个人和好不容易，而那时气氛又不错，不太适合说这些，所以就用其他话题盖过去了。但我看她明明不想笑却笑着说另外的事，心里也不好受。"

"我也知道不提是最好的，毕竟生活中处处都有杨歆存在的痕迹，不能一遇到就提起。"沉默许久后，宋一媛不说了。

她更清楚，其实想到了不提是彼此都还没有做好说这件事的准备。她没放下，珍珠也没放下，自然两个人就没有办法镇定自若地谈论。和好不容易，两个人都不敢在和好之初就说沉重的事。另外，也未尝不是两个人六年之后再和好，都还在试探着分辨彼此身上熟悉的感觉和陌生的刻痕，还在确定是不是真的要和好如初。

破镜重圆，必然会经历这样一段磨合期。

禹毅拍拍她："你们都需要时间。"

"嗯。"宋一媛靠着他，缓慢地把玩着禹毅的大手，"我知道。迈出了第一步，就有后面的九十九步要走。"

"嗯。"宋一媛瞌睡来临，打了一个呵欠。

禹毅亲亲她："晚安。"

"晚安。"

一夜无梦。

宋一媛第二天又飞去 Y 市看杜重。

病来如山倒，杜重的腿好像彻底坏了，站不起来，只能坐轮椅。宋一媛推着他出去晒太阳。

杜重说："贵妇的生活很无聊吗？这才过两天又来医院玩。"

"您再打趣我，我就在 Y 市买一套房子。"宋一媛说，"我住下来后，就每天都过来，每天都带苦瓜汁。"

杜重笑笑。

经过护城河的时候，杜重说："我们去那儿。"老头儿指着河边某棵百年老银杏，宋一媛推他过去。

两个人静静地吹了一会儿河风。

"一媛啊，"杜重不再笑嘻嘻，面色平静祥和，"我真的老了。"

"嗯。"宋一媛在他旁边坐下来，"所以老了就要做老了的事，不要再逞能了。"

"那你呢？年轻人，不做年轻的事。"

"老师，"宋一媛笑笑，"我也不年轻了。"

"你和珍珠和好了？"

"嗯。"

"能面对过去了吗？"

"能。"风吹着她的头发，"只是需要一点时间。"

"所以还'为中华之崛起而读书'吗？"

宋一媛笑："中华本来就是崛起的。"

"中华崛不崛起不重要，重要的是这句话里的精气神。"

"这句话太豪气了，初生的小牛犊能用，我用不起。乱世能用，和平年代用不起。二十岁的时候天真地用这句话，是仗着自己多读了几本书，多了解了两三件事，就觉得这个社会太浑蛋了，如死水一潭、僵虫一只，中国文坛也是光秃秃的一片，说谁都没啥意思，没有一个人写的东西能震得人灵魂颤抖，久久回不过神来。所以觉得可能这个世界在等我，我一定能写出让人灵魂颤抖的东西。"宋一媛笑了笑，"但真的很天真啊。写东西比想象的难。即便不说写，就说我对世界的认识，都是错的。"

"怎么错了？"

"人们不再追求伟大，也远离崇高，关注的都是精致的、小众的、私己的生活。和平年代没有英雄，信息时代没有大师。"

"这些人和你有什么关系？"

"因为我也是其中一个。"宋一媛说，"和平年代里，人们都只剩下日常生活，多的没有。有小梦想，没有大理想。在这样的环境下写大理想，好像是很奇怪的事。"

"找到原因了吗？"

"隐隐约约感觉到一点。"宋一媛笑，"所以不写了。"

杜重笑："那你的小梦想呢？"

"很俗。"

"说说。"

"坐吃等死，看开一点，过风花雪月的日子。"

"隐于市。"

"没本领，说不上'隐'。经历少，想得多，就不去碰。"杜重沉默了许久，宋一媛也等了许久。

"也好。"杜重长吁一口气，"你倒是比我这个老头子要看得透。"

"我不是看得透，我是望而却步，知道自己扛不起来。"

"也不知道我能不能看到有人扛起来的那一天。"

"您等不到，我等。"宋一媛说，"总会有人等到的。"

杜重笑："也是很难遇到你这样的学生了。"

宋一媛也笑："也是很难遇到你这样的老师了。"

晚上，宋一媛枕着禹毅的手臂和他有一搭没一搭地聊天。想到曹珍珠，又想到杜重，她说："接触的人越多，就越知道遇到一个聊得来又彼此懂的朋友有多么难得。你甚至会对聊天挑剔，觉得正常的社交聊天都很无聊。"

"是我吗？"无聊的那个。宋一媛一顿，禹毅很认真地看着她。

她撇开眼，眼神游移了一下："刚开始……是有一点点啦。不过现在已经习惯了。"

禹毅很严肃："习惯了无聊吗？"曹珍珠的出现让大高个有了危机感。宋一媛含糊地"嗯"了一声，禹毅瞬间情绪恹恹。

宋一媛心里觉得好笑，爬起来亲了他一下："骗你的，傻子。"和你说说日常的话，也让我特别满足。

禹毅看她。

"不是习惯了你的无聊。"宋一媛笑着轻声说，"是习惯了你的可爱。"

禹毅抿抿唇。

"嗯？"宋一媛已经能凭表情看出禹毅是不是想说话了，"怎么了？"

"我不帅吗？"禹毅问。

"啊？"宋一媛不明所以。

"我不帅吗？"禹毅认真地问。

宋一媛摸摸他坚毅的眉骨，肯定地道："很帅啊。"

"那你为什么只夸我可爱？"禹毅看着她，"你夸我可爱我是高兴的，但总夸我可爱又感觉娘娘的。"大高个傻不愣登，"偶尔说帅是好的。"

宋一媛忍俊不禁，扑向他："你真的好可爱啊！"

禹毅伸出手去接住她，稳稳当当地抱着，不是很懂："因为什么？"

"因为刚才的话。"

禹毅回想了一下，脸色有些别扭："不能这么说吗？"

"可以。"宋一媛"吧唧"一口亲他，"光明磊落，有话直说，是帅的。"但宋一媛看禹毅的眼神，就像一个慈爱的老母亲看着自己正在学走路的小孩，真是怜爱极了。

禹毅自然感觉出来了，皱着眉说："但你还是只觉得我可爱。"身高一米九，又常年健身，身材健硕的他，怎么就让人觉得可爱了？原谅一个理科"直男"的理解能力，男人只会想到"金刚芭比"。

宋一媛叠在他身上，熊抱他："哦，我的傻儿子。"

禹毅不开心了，面色冷凝，像是在生气："我不是你儿子。"

宋一媛一呆，禹毅的耳朵尖是红的。

宋一媛问："你不是我儿子那是什么？"

禹毅不说话，看着宋一媛——要她说。

宋一媛笑眯眯地道："啧，可爱又闷骚。"

禹毅还是看着她。

宋一媛心里的小恶魔钻出来，像是没懂禹毅的样子："不是就不是吧，对不起啊，以后我不乱说话啦。"

禹毅感觉憋屈。

宋一媛从他身上滚下来："十二点啦，睡觉吧。"

委屈巴巴的禹毅只好把憋着的气放掉，把人巴拉过来，轻声道："晚安。"

宋一媛乖乖仰起头，禹毅吻了她一下。

"晚安，老公。"

禹毅一呆，宋一媛闭着眼睛笑。她不用睁眼都知道禹毅会是怎样一副故作镇定又可爱无比的样子。还说你不可爱，你不可爱谁可爱啊？

第二天，一向比宋一媛早起的禹毅是被宋一媛的闹钟给闹醒的。宋一媛往男人怀里拱啊拱，拿被子捂住耳朵。禹毅伸手过去关掉手机闹钟，一看才四点。他亲了她一口，又继续睡。

五分钟后，闹钟再次响起。宋一媛哼唧了两声，禹毅再次摁掉。宋一媛的手机没设密码，他顺势打开闹钟——看到依次排下来，4：00，4：05，4：10，4：15，4：20……前两个的提醒是：小仙女，下凡时间到啦！后面的提醒是：智障，滚起来！

禹毅笑起来，觉得宋一媛可爱极了。他的瞌睡醒了大半，吻了吻宋一媛红扑扑的脸蛋，哑声道："你的闹钟已经响了两次了。"

"嗯？"宋一媛迷迷糊糊。

"你设了四点的闹钟。"

"嗯……"她没声音了。

禹毅哑然失笑。

4：10，闹钟第三次响起。禹毅没有关，宋一媛摸到手机，眯着眼看："四点一十……"她痛苦地呻吟一声，"啊！"拱啊拱，她抱着禹毅的腰，睡眼惺忪地撒娇，"不想起……"

"这么早起来做什么？"

"看日出。"

禹毅心里一动："睡吧，以后再看。"

"不行。"宋一媛艰难地启动醒来模式。

禹毅吻她："没关系，以后再看。"

宋一媛哭唧唧："不行啊，我要是爽约，会被曹美人打死的……"

禹毅："……"

宋一媛爬起来，闭着眼往洗漱间走："要是闹钟再响，帮我关一下。"

"嗯。"

十五分钟后，宋一媛整装待发。她走到床边，亲了一下男人："对不起，昨天太累了，忘了说，又这么早把你给闹醒了。"

禹毅觉得一个小小的吻不能治愈他所受到的伤害，在宋一媛轻轻亲了一下后，往上偏了偏头。宋一媛一顿，极其自然地又给了他两个吻。男人暂时决定不去想十分钟前的自作多情。

"只有你们两个女生吗？"

"嗯。"

禹毅不放心，说："让王叔送你们去？"

宋一媛拒绝了："别担心，很安全的。这个季节，雅金山全是爬山看日出的人。"

"为什么突然想要看日出？"

"就昨天看完电影，一时兴起决定的。"

"注意安全，玩得开心。"

"知道了。"宋一媛背上包，朝他挥挥手，"我走啦！"说完便雀跃地离开了。

禹毅抱着被子坐在床上，恍惚觉得婚姻出现了危机。

宋一媛到达指定地点等曹珍珠，等了十分钟也没见人，就给她打电话："你在哪儿？"

"我正准备给你打电话。"曹珍珠身边好像有人，她的声音里满是无奈，"我在雅金山山脚那条小马路上，这里堵车了。"

"那儿也能堵？"宋一媛不可置信，"哪儿来的车堵？"

"就山脚那个温泉酒店附近啊，全是私家车，乱停乱放又乱倒车，堵成了一个圈。"

"那你就把车停在那附近吧，我过来找你。"

"好。"

挂了电话，曹珍珠焦头烂额又小心翼翼，等她终于逮到一个机会可以驶出包围圈，倒一倒，转一转，走一走；再倒一倒，转一转，走一走。很好，以曹珍珠为中心的新的堵车圈形成了。嗯，倒少了，要蹭到别人的车了，停下。新的车又从后面挤了过来，前面的车尽可能地让开，再转向，嗯……转多了，转回来一点。左边有车挤过来——

"哼！"曹珍珠十分狂躁，"你们就不能不动吗？慢一点会死吗？"一时间，急躁的喇叭声同时响起，四面楚歌。曹珍珠被围在中间，举步维艰。

喇叭声一阵比一阵尖锐，曹珍珠抿抿唇，恍若未闻，发动车子开始新一轮的突出重围——慢慢地，眼看着终于要一点一点退出来了，左下方的某辆车又片刻不离地挤了上来。

生气！

曹珍珠摇下车窗，看了看那辆白色的车，目测了一下距离，对着那人道："喂！"

没人应答。

"能退一点吗？"

没人回答。

"Hello（你好）？车号××××的朋友，您能退一点吗？让我先过去一下？"

仍旧无人应答。

曹珍珠："……"

我要决斗了。

眼看又有新的车蠢蠢欲动要抢道，曹珍珠再次看了那辆车一眼，再次目测距离——有可能会蹭到，也有可能不会蹭到，就全看自己发挥得怎么样了。曹珍珠发动车子前，对着他吼道："朋友，我等一下可能会蹭到你的车，你忍一下，修理费我全出。"

"实在对不起！但我也是被逼到绝路上了！"说着，只听"哐当"两下，她的车撞着白色的车突出重围。焦躁的喇叭声没有了，一时间万籁俱寂。

曹珍珠把车停到附近不会影响交通的地方，下了车，正打算走回去和车主商量赔偿事宜，就见两分钟前被她撞的白色车朝她这边驶来，车头有两个凹陷部位。

车窗摇下来："你好。"来人也不多废话，"麻烦交换一下名片，具体赔偿事宜等报修之后我们再联系。"

曹珍珠道歉："实在是不好意思……"

"没事。"车主大概二十七八岁，穿一身白色运动服，略显年轻，"我也有错。"

曹珍珠心想：他不是个聋子啊，那之前怎么就叫不听呢！

"名片。"对方提醒道。

"哦哦。"曹珍珠一摸包，想到今天是出来爬山的，并没有带名片，只好道，"能直接留电话吗？我今天没带名片。"

"也行。"对方有些漫不经心。

正当两个人互留电话的时候，宋一媛过来了："怎么了？"

"一言难尽。"曹珍珠无奈极了。

"还好吗？"宋一媛问曹珍珠，然后看了一眼车里的人。

"我还好，就是钱包可能不怎么好。"

"杜宇坤？"宋一媛看着车里的人。杜宇坤看到宋一媛，一愣。两个人见过两次面，一次是在警察局，一次是在宋一媛和禹毅的婚礼上。杜宇坤还是伴郎之一。

"好久不见。"杜宇坤阳光灿烂地笑，"你们认识啊？"

"嗯。"宋一媛点点头，"你们……"

"哎，既然认识，那就没啥事儿啦！"杜宇坤存了曹珍珠的电话，示意了一下，"赔偿就算了，交个朋友吧！"

宋一媛还是没明白发生了什么事，曹珍珠就把事情的经过给说了一遍。宋一媛无语地看着她："你这种操作也是……"人傻钱多啊。

曹珍珠委屈又哀怨："我叫了他许多次，可没人理我……"

杜宇坤笑："这确实也有我的错，刚刚不小心在车上睡着了。"

哦，就这两分钟都能睡着？车后座上突然冒出来一个人，红着脸对曹珍珠说："对不起……刚刚是我帮我哥开的车，我也不是很熟悉……"嗯，新手遇上了新手。

"算了算了。"曹珍珠说，"既然认识，就是朋友了。"顿了顿，她又道，"赔偿还是要的，到时候你联系我就是了。"

杜宇坤也不想在这件事上多说，"嗯"了一声就算过去，然后看着她们俩道："去看日出的？"

"嗯。"

"大禹没陪你一起来？"

"没有。"宋一媛笑，"这是闺密时间。"

杜宇坤笑嘻嘻："闺密之间加两个可爱的男孩怎么样？"

于是四个人结伴一起爬山。宋一媛和曹珍珠爬在前面，杜宇坤和他弟杜宇祺落后三四米跟着。

杜宇祺瞧了瞧前面两个大美女，又瞧了瞧明显在想什么的他哥，问："哥，不会是我想的那样吧？"

杜宇坤不耐烦地道："你想的什么？有话直说！"

杜宇祺撇撇嘴："你对撞你车的小姐姐有意思？"

杜宇坤看他一眼："没见你做几何题的时候有这么强的观察能力。"

杜宇祺笑笑，老子是没见过被撞了两个凹后还能平静地和肇事者要电话的："你不觉得她倒车的时候很有趣吗？"

杜宇坤笑："认真、严肃、镇定，又很菜。"

"不觉得。"他只觉得蠢。

"比你好。"杜宇坤毫不留情地说，"比某个菜鸟蓦地启动堵住了别人的路又很窝囊地不知道该怎么退回去好。"更窝囊的是，被叫了半天还不敢出声。

杜宇祺："……"

前面。

"那人是谁啊？"

"大概是禹毅的好朋友。"宋一媛说，"当初我们结婚的时候有三个伴郎，他是其中一个，好像还是禹毅的大学同学。"

"哦。"曹珍珠说，"人还不错。"

"怎么说？"

"刚刚可能一直是他弟在开车，堵了我的路，叫了半天没人吱声。我怪他的时候他没多说，自己一个人背了锅。车被我撞成那样，是个人都该气炸了，他倒挺平静的。"曹珍珠顿了顿，"说话做事都挺爽快的。"

"嗯。"宋一媛想到当初杜宇坤在警局的表现，"性格确实比较豪迈阳光。"

曹珍珠笑眯眯："最近在写一个这种性格的男主人公的本子，我觉得我有灵感了。"

宋一媛笑。

晚上宋一媛回到家，把今天遇到杜宇坤的事情告诉了禹毅。

禹毅听完后问："我能问一个问题吗？"

"问。"

"曹珍珠是单身吗？"

"单身啊。"宋一媛看着他，"怎么了？"

"我只是怕杜宇坤会竹篮打水一场空。"

宋一媛笑："珍珠不爱这一款。"

"嗯。"禹毅不再多说。

两个人说完这个话题没多久，禹毅就接到杜宇坤的电话——

"大禹啊！"

"单身。"

杜宇坤"嘿嘿"笑："谢了。"顿了顿又说，"我们四个好久没聚了，月初一起出来吃个饭？"

"好。"

"把嫂子带上嘛，我叫林哥和小明把女朋友也带上。"

"好。"

杜宇坤正准备再说什么，又听禹毅说："我知道，我会叫的。"

"够兄弟！"嗯，好兄弟，互相分忧解难。

自从宋一媛和曹珍珠和好后，禹毅的生活发生了翻天覆地的变化——
① 媳妇不窝在家里等他了。
② 下班看不到媳妇看电视的身影了。

③ 晚上媳妇好累，都没精力了。

④ 偶尔的送饭福利没有了。

⑤ 媳妇每天都笑眯眯，对着手机哈哈大笑。

⑥ 媳妇亲他都亲得漫不经心了。

⑦ 媳妇越来越漂亮了。

心慌，心酸。

七月初七，七夕节。七夕节前一天下班的时候，甄伟作为上传下达的核心人物，代表广大全体员工问："老板，您明天应该是有计划的吧？"

禹毅神色莫辨，正要说话。

甄伟抢先道："您肯定是有计划的。正好，您有计划，我也有计划，大家都有计划，要不明天就放假？"

禹毅幽幽地看着他。

甄伟指了指外面所有内心暗暗期待的女员工："对工科的女生温柔一点，有个男朋友不容易。"

禹毅顿了顿："那就放吧。"

甄伟笑，朝后做了一个"OK"的手势，外面办公室的人一时间欢呼起来。

下班的时候，有人对他说："老板，七夕快乐哟！"

有人问他："老板，你明天咋过？给我们一个建议？"

有人暗戳戳地打趣他："气球多买两个。"

禹毅闷声回家。

一个星期前宋一媛就约好了曹珍珠去环海骑行，昨天宋一媛还在兴致勃勃地打包行李。

回到家，他听见宋一媛的声音从花厅传来："我才一个月没怎么照料你们，怎么就蔫了吧唧成这样子了？不要因为我不来看你们就乱想啊，我还是很爱你们的呀。自己多喝水，多吸收营养，过自己的生活，好不好？我也有我的事情呀，别依赖我，OK？"

禹毅觉得每句话仿佛都在说自己。于是他走过去，说："我回来了。"

宋一媛放下喷壶，迎上来亲了亲他："我今天炖了酸萝卜老鸭汤，很好喝的，洗手吃饭。"

禹毅木着脸点头。哇，媳妇今天做了吃的，开心。

宋一媛扯扯他僵硬的脸，说："高兴就笑一笑嘛，脸色越来越冷是怎么回事？"

禹毅："我很高兴。"

"我知道。"宋一媛哭笑不得，"可你的表情完全不像这回事。"

禹毅抿抿唇。

"好啦好啦，没关系。"宋一媛推着他去洗手，"我看得出来就好。"

两个人一起吃晚餐，宋一媛问："明天工作多吗？"

禹毅一顿："和平常一样。"

"哦。"宋一媛就不问了。

吃完晚餐，禹毅和宋一媛出去走了一会儿。夏天的风，凉而轻，吹过来，有荷叶的香气。蛙声、蝉声和不知名小虫子的叫声混在一起，反而使幽静的小路更显宁静。

月朗星稀，禹毅看着宋一媛逗小孩，不自觉地想要一直看下去。宋一媛扭过头来冲他一笑。这会心一击，让禹毅心里有月色在流淌。

回到卧室，看到衣柜边打包好的小行李箱，禹毅什么也没说。两个人洗漱完毕上床，宋一媛枕着他的手臂玩手机，禹毅就看着她。

宋一媛刷了一会儿微博，看到好笑的内容就拿给禹毅看，禹毅严肃着一张脸看完："好笑。"

宋一媛"扑哧"一下："不好笑就别勉强自己。"

禹毅摇摇头："很有趣。"

宋一媛："……"

嗯，我还是玩手机吧。

又玩了一会儿，宋一媛关掉手机，抱着禹毅问："明天你几点下班？"

"六点。"

"哦。"宋一媛打了一个呵欠，"睡吗？"

禹毅关掉灯，吻她："晚安。"

宋一媛也亲了他一下："晚安。"

两个人相拥而眠。

第二天早上，禹毅六点就醒了，宋一媛睡得还很熟。男人温热的嘴唇贴到她的额头上，算不上亲吻，只是贴着。宋一媛如果要走的话，七点就要起来。禹毅便等着宋一媛醒来。

七点了，宋一媛还在呼呼大睡。等了一会儿，预想中的闹钟铃声一个也没有响。窗外隐隐透出白色的天光，小鸟都开始叫了。禹毅看着宋一媛的睡脸一直看到八点，宋一媛还是没有要醒的样子。要叫她吗？算了，反正曹珍珠会给她打电话的。

八点，媳妇还安安静静睡在他怀里，一脸满足。男人于是抱着她重新睡过去，一觉就睡到十一点左右。两个人差不多在同一时间醒来，看到对方都有点儿发愣。

"你今天不上班吗？"禹毅的眼神飘了一下。

宋一媛把眼睛眯起来："嗯？"

"今天在家里上班。"禹毅说，"文件都在家里处理。"这就是禹毅一开始打算的，员工放假，老板不放假，书房就是另一个公司。

"为什么？"

禹毅抿抿唇，无法对宋一媛撒谎，实话实说："公司放假。"

宋一媛说："所以你今天可以不用上班？"

"嗯。"

"那你昨天为什么跟我说要上班？"

"我本来就要上班啊。"只是换个地方，老板是不分上班和下班的。

宋一媛前后一想，懂了，说："骑行取消了，我们打算过几天再去。"于是她睡到现在也就解释得通了。

两个人面面相觑。

"你是不是傻？"宋一媛说，"七夕节我怎么可能跟珍珠去过。"

"但你们已经提前约好了。"

"所以你就闷声不吭？"这中间也有她的错。她原本以为这是心照不宣的事，就没特别提。而且她准备了惊喜，不想被傻大个看出端倪来，所以有意避开了这个话题。

结果——两个人都互相以为对方有事，又都觉得自己上午没什么事，就放纵地睡了一上午。啧，也是很戏剧了，不过结果还不错。宋一媛起床，问他："那下午怎么过？"

禹毅不知道，只觉得幸福来得太突然。宋一媛也不知道，因为她只准备了晚上的节目。

"先起床。"宋一媛说，"边吃饭边想。"

于是两个人难得地坐在一起吃午饭。

禹毅比平常多吃了两碗饭，总觉得宋一媛夹的菜香喷喷的，无法比拟。宋一媛还是吃得很少，小孩子巴掌大一团，细嚼慢咽，津津有味地看着禹毅吃。

吃完饭。

"想想下午做什么？"

"看电影？"

宋一媛掏出手机来给他看，"七夕当天，各大影院的座位都满了。"

"游乐园？"

"也是人挤人。"宋一媛打开朋友圈给他看。

禹毅想不出来，宋一媛也是。

最后两个人决定窝在家里看电影。三楼有放映室，光影音效比电影院还要好。两个人挤在一张巨大的懒人沙发上，自己爆了爆米花，再倒了两大杯冰镇可乐，关上灯，氛围绝妙。

宋一媛没有挑碟子，摸黑从影碟架上随便抽了一张。第一次抽到的是一部老电影，宋一媛没看过，很一般的俗套又小清新的一部爱情片，连接吻都是非常小心翼翼又很羞涩的。

宋一媛看到，仰起头"吧唧"一口吻了一下身后的男人："如果是我的话，我就这样吻他。反正是亲，为什么不亲响一点儿呢？"

"男主角会被吓住。"

宋一媛问他："你会不会被吓住？"

禹毅想了想："会。"

宋一媛跳起来又是一个吻："没关系，习惯就好了。"

习惯不了，心跳好快。禹毅又想：还是家庭电影院好，媳妇会耍流氓。

第一部片子看完，宋一媛又随手拿了一张碟放进去。当女主角出现的时候，宋一媛眯起了眼睛——嗯哼，美妙的巧合。靠着的人没什么反应，看来是没看过。如果禹毅看过，绝对不会这么平静。

随着剧情展开，宋一媛感觉到禹毅应该是猜到了什么，开始有点儿坐立难安。当男主向女主敞开那间放满了情趣用品的房间时，禹毅的胸膛起伏了一下。

宋一媛很镇定，随着镜头一一扫过那些东西。她赞叹道："哇哦！"然后又评价道，"小皮鞭好好看。"

禹毅不说话。

女主被脱光了绑在特制的铁架上，男主目光幽深地给了她一皮鞭，女主忍不住呻吟了一声。背景音乐性感又"色气"，大高个的心跳好像更快了。

"女主的身材好好。"宋一媛赞叹一声，"腰好细。"

禹毅不说话。

"男主也好帅。"宋一媛忍不住发花痴，"很性感。"

禹毅手臂上的肌肉鼓了鼓，宋一媛顺手捏了捏，问："你们两个哪个的身材好一些？"

"我。"

宋一媛偷笑，幼稚。

镜头扫过女主情不自禁咬住的嘴唇，宋一媛看得入了迷，发花痴般地道："哇，怎么能这么撩人！"

看着窝在自己怀里的人，想到宋一媛平时的某些行为，禹毅忍不住脱口而出："那是你看不到自己撩人时的样子。"

宋一媛抬头看他。

禹毅撇开眼——乱说什么！

宋一媛满含深意地说："那今天晚上就看看。"

禹毅一呆。

宋一媛问："你觉得这个怎么样？"

"什么？"

"小皮鞭、小手铐什么的。"禹毅感觉鼻血要流出来。

两个人把两部系列电影看完，宋一媛意犹未尽，禹毅神思不定。

晚上八点，宋一媛扯着禹毅的领带，把人牵回卧室，从床头摸出一副手铐来，凑到他耳边说："这半个月学了一点这个，今晚我们好好玩一玩。"

只听"吧嗒"一声，他被铐上了。

这一晚，个中美妙可排傻大个的人生第一。

傻大个被成功安抚后，宋一媛开开心心地和曹珍珠出门进行短期旅行了。出门前，宋一媛是这样对禹毅说的："什么时候伤好了，什么时候我就回来了。"也是非常别致的出门语了。她又说，"玩具是我买的，只能我动，你不许动。"这话更是蛮不讲理。

禹毅只是不放心地说道："注意安全，有事打电话。"

"嗯嗯。"小仙女走得毫不留念。

宋一媛和曹珍珠见了面，两个人一起飞往某个沿海城市。

她们对著名景点没啥兴趣，一下飞机就直奔海边。入住订好的海景房，换上可以下水的衣服后，曹珍珠看着宋一媛出来，"啧"了一声："昨晚战况挺激烈的啊？"宋一媛在更衣室已经看到自己惨不忍睹的身体了，闻言只是耸耸肩，拉开行李箱东翻翻，西翻翻，原本想翻配套的披风的，结果莫名翻出一身短袖短裤式的泳衣？

曹珍珠看到，说："挺有先见之明啊。"接着又吐槽道，"这么丑的款式，你多少年前买的？"

宋一媛不知道男人是什么时候放进来的，但她敢肯定，绝对不是昨晚。那禹毅放这一身衣服的目的也就非常明显了……宋一媛哑然失笑。

下午五点，禹毅收到宋一媛的微信。

宋一媛：泳衣好丑。

禹毅看不出来丑，只觉得躺在沙滩上晒太阳的宋一媛好美，手细腿长，肤白肌嫩，无比羡慕那把躺椅。

宋一媛穿的是他前几天暗戳戳塞进行李箱的保守泳衣。明明已经那么保守了，宋一媛穿出来还是那么好看。

媳妇离开的第五个小时，想她。

曹珍珠看着宋一媛一边晒太阳一边玩微信，长叹一声："身在曹营心在汉，我何苦要和一个不属于我的女人出来度假。"

宋一媛又和禹毅聊了几句，便关上手机："好啦好啦，我到这边了总得跟我男人说一声吧？"

两个人在海边一直玩到晚上，之前看了日出，现在又看了日落。一天的起始轮换一圈，好像就完成了每天都陪伴在一起的使命。她们还拍了照，游了泳，抓了海星，玩了沙子，感觉心满意足。她们迎着海风手挽手往酒店走，浪声哗哗，人声鼎沸，远处海平线闪着船的光，像钻石。两个人都不说话，享受着久违的妥帖舒服，但她们心里又同时有一个怅惘。

晚上，宋一媛又做梦了。

梦里她一觉睡到自然醒，曹珍珠从洗漱间出来，对床上的宋一媛和杨歆抱怨道："你们俩睡觉能不能老实一点儿？我卡在中间，一晚上醒来三次。"

宋一媛撒娇："对不起啦。"

杨歆撒娇："对不起啦。"

曹珍珠听不惯两个人矫揉造作的声音，扔了毛巾过去"起来，环海了！"

三个人，三辆自行车，杨歆骑在最前面，宋一媛骑在中间，曹珍珠骑在后面。

宋一媛对着杨歆喊："你骑那么快干吗？等等珍珠！"

杨歆头也不回地喊道："我在下一个下坡等你们！"然后就从坡顶滑下去，瞬间没了人影。

宋一媛"哼哧哼哧"骑上坡，曹珍珠跟着"哼哧哼哧"骑上坡，两个人蹬啊蹬，脚好酸，腿好痛，车骑得越来越慢，人累得气喘吁吁，可坡顶离她们好像始终有一点距离。

曹珍珠不行了，从车上滑下来："不行了，不行了，太累了，我慢慢走上去。"

宋一媛也从车上下来："不行了，不行了，我也要走。"

两个人走啊走，太阳越来越大，坡顶还是离得那么远。

宋一媛好像听到杨歆在那边坡底大声喊——

"喂——你们别磨磨唧唧的，快点下来啊！

"快一点——我不想等你们啦——

"宋一媛——曹珍珠——你们到哪儿了？"

宋一媛心急如焚，就到了，就到了，马上就到了……这个坡怎么能这么长，怎么总也爬不到终点……

两个人终于大汗淋漓地爬到坡顶，骑上车，笑道："我们来啦！"

自行车快速冲下坡，两个人叫道："杨歆——"

宋一媛往下看，没有杨歆。干干净净的马路，安安静静的海，阳光热烈，可是没有杨歆。

宋一媛惊醒过来。

天还没亮，黑黢黢的房间，外面有汽笛声和海浪声。宋一媛爬起来，上了一趟厕所，之后推开窗，趴在栏杆上看着空无一人的海湾和深不可测的大海。广阔的视野，让人心中有一种空旷的感觉。人，微不足道，脆弱得不堪一击；人，何必执着，不过几根骨头。

曹珍珠不知什么时候也醒了，走到她旁边说："现在才四点。"

"嗯。"宋一媛捋了捋头发，"做了个梦，醒了。"

曹珍珠笑："好巧，我也是。"

两个人对视一眼。

曹珍珠说："我梦到杨歆了。"

宋一媛的心跳停顿了一拍。

"我梦到我们三个在海边玩，先是捡海星，捡了三个水洼的海星，一阵海浪冲过来，全军覆没。然后我们三个开始追着海水跑，杨歆说：'我现在慢慢往海里走，你们给我拍几张超文艺的水中照，OK？'我就看着她一步一步走远，远到海平线那里，海水渐渐没过她的腰。我心慌地叫她回来，她好像都没听到，一直走啊走，我看着她被海水淹没……我大声叫你的名字，但你也不见了……"

半晌，宋一媛说："我也梦到她了。"

"梦了些什么？"

宋一媛说了自己的梦，两个人心照不宣。

曹珍珠笑笑："和好的时候我就想，算了吧，过去的事就算了吧，永远别再提，过好接下来的日子，大家都不容易。可结果我发现根本不可能。"

曹珍珠又看着她，说："和好后，我更是多次想到杨歆。不用猜，我知道你也是。"

"嗯。"

"你是不是还放不下？"

"嗯。"宋一媛看着她，眼睛里的光像远处的灯火，"怎么放下？"

"别问我。"曹珍珠说，"我也没放下。"

又沉默了一阵，宋一媛说："我好后悔当时那么冲动，一点儿也没顾及她的感受。"

曹珍珠说："但我想，即便是你顾及了，以杨歆的性格，她也会一声不吭地跑去做些什么。她太骄傲了。"

"但总会少发生一点事情。"宋一媛看着海，"在象牙塔里待久了，就觉得什么都是轻而易举的，什么都是一旦确定就不会更改的。我们以为某件事发生了后果会很严重，应该承受不来，所以事情发生了就手忙脚乱、六神无主，连心态也失衡了。但上班几年后才发现——原来的那些算什么啊，事情有无数种解决方式，何必要那么崩溃呢？"

"我也是。"曹珍珠说，"那个时候即便你无法心平气和地与她聊天，我也应该和她多说说话。让她做事情的时候可以多一个人讨论，或许结果也就会不同？"

两个人互看一眼，她们都在怪自己。

"但我也忍不住恨她。"曹珍珠说，"为什么做事情前就不问问别人呢？承认自己能力有限，寻求一下别人的帮助很难吗？她死的时候，我就在她面前。那个时候，她难道一点儿也没想到，她的离开会给我们带来怎样的伤痛吗？她为这件事死了，我和你又该怎么办呢？余生是不是将永远活在阴影之中？这些，她到底想没想过？"

宋一媛不说话。太像了，两个人真实而复杂的内心太像了。

"所以我又好怨她。"曹珍珠说，"有了怨就会有新的愧疚——人都已经死了，还怨什么呢？她放弃自己的生命难道就是为了报复我们吗？谁会这么傻。"

"她一定也处在一种无法再多想一点点的绝境里，走投无路，才……"曹珍珠苦笑一声，"但最多的是……"她叹了口气，"我好想她。"她抬起头来看宋一媛，颤声道，"一媛，我好想她。"想最最骄傲爽利的杨歆。

宋一媛闭上眼，一滴泪悄悄滑进头发里。她笑："我也是。"

　　曹珍珠的脑袋靠过来："我放不下，我会有那么多情绪，都是因为我还是无法接受她已经离开了。"

　　我也是。

　　两个人靠在一起，久久不再说话。

　　"所以只能接受吗？"像接受理想必然会被现实磨损一样；像接受许多感情会无疾而终一样；像接受自己一定存在自己讨厌的一面一样，接受杨歆已经离开了？

　　"嗯。"宋一媛回答。不是顺从，是只能忍。把它忍成生活常态，接下来，受下去。这是所有人最终要接受的。

　　"此时此刻，又觉得没那么不容易接受。"曹珍珠说，因为还有一个人可以和她说说杨歆。有关杨歆的一切，不止她一个人感觉钝痛。

　　"我也是。"宋一媛看着天上的星星。五十年后，我去陪你，给你讲这五十年的人间。

　　突然，宋一媛的手机响了一下，她摸出来看——

　　禹毅：想你。深夜四点，和我的爱情。

Chapter 8

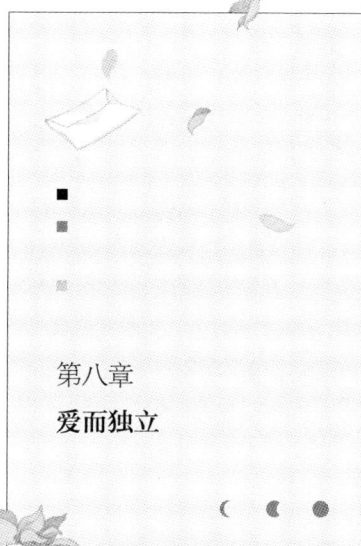

第八章

爱而独立

曹珍珠看到这条信息，笑着轻声道："挺会说啊。"

"哪有！"宋一媛心里美滋滋，嘴上却吐槽道，"你是不知道我刚和他认识的时候——啧！天天冷着一张脸，像我欠他五百万似的。"

"现在好了？"

宋一媛摇头，无奈地道："习惯了。"忍不住强烈的吐槽男人的心，她又说，"你遇到过加了你微信半个月不说话，结果遇到了又突然说继续处一处的人吗？而且他还没有好脸色，也不跟你说话，好不容易说句话能把你噎个半死，但他好像还一点儿没意识到。"

"比如？"

"我们刚确定要结婚的时候，他下一句就问'什么时候离婚'。"

"哈哈哈——哈哈哈——"刚才的怅惘和伤感突然就没有了，曹珍珠笑到飙泪，"真的？"

宋一媛撇嘴："真的。"她又说，"而且我们都已经确定要结婚了嘛，过年时互相见家长，我去他的老家，晚上肯定就要睡在一起嘛，我都默认了我们两个可以睡在一起了，结果……"

宋一媛顿了顿："他跑下去和小一辈的人玩了一晚上麻将。"想到禹毅，她笑嘻嘻又暗戳戳地说，"他特别可爱，那天早上他应该回来睡了一会儿，我没啥感觉，醒来以后他就故意躲我。我生气地问他怎么了，他特别老实地说因为他趁我睡着了偷偷摸了我的脸，所以心虚。哈哈哈——哈哈哈——"

"哈哈哈——哈哈哈——那是你们两个第一次一起睡觉？"

"嗯。"

"他就只偷偷摸了你的脸？"曹珍珠笑，"而且还很心虚？"

"嗯嗯。"宋一媛想起来心里还痒痒的，"比木头还木。"

"啧。"曹珍珠感慨，"又纯洁又老实。"

宋一媛幽幽地看了曹珍珠一眼："哪有什么纯洁的男人。"

曹珍珠期待地搓手："怎么说？"

"床上的事你想听？"

曹珍珠微笑："某人大学的时候不是说要现场直播第一次吗？"

宋一媛笑嘻嘻："某人不是说不看的吗？"

"我要看了。"

"我不直播了。"

拌了一会儿嘴，曹珍珠问："以后就这样了吗？"

"嗯？哪一方面？"

"感情，生活，未来。"

宋一媛顿了顿，说："我不知道。"

曹珍珠看着她，宋一媛回看过去："如果感情不出意外的话，就是他了。生活没什么好说的，每个人都必然过上平静而琐碎的生活。至于未来……"她笑，"我要做什么呢？珍珠，我不知道我要做什么。"

曹珍珠不说话。

"我应该是不喜欢写东西的。比起写，我更喜欢看。我有想表达的东西，但它们都是碎片，我没找到一个结构把它们撑起来。这些碎片不足以使我成为一个写东西的人。"宋一媛说，"我不想为生存写作，不想职业化。每一个职业都有规则，一旦写作成为我的职业，我就得专业化，而且必定受市场的影响。"她顿了顿，"我把它当成爱好，爱好就是我随时随地都有权利放弃，也不需要对别人负责。但除此之外，我别无长处。我只剩下这一个爱好了。"

曹珍珠看着她："你前几年是怎么过的？"

"做文案编辑。"

"觉得怎么样？"

"一般，没啥感觉，就为了生存。"

"如果你现在没有禹毅，也没有这种优渥的生活，你会怎么办？"

宋一媛想了想："也就再找一份普通的工作，混吃等死吧。"

"一辈子这样？"

"一辈子这样。"

曹珍珠严肃地看着她："宋一媛。"

宋一媛一顿。

"你的热血呢？"

宋一媛看她："你还有吗？"

曹珍珠说得缓慢而有力量："有。我们都知道现实会磨损理想，也明白有些理想此生永远都不能达到。但千千万万人还在为它努力，明知不可为而为之，又是为什么？"

"为什么？"

"接受自己的无能，甘愿做漫漫长路中的一步，让某个人去达到。你能发多大一点光，就发多大一点光。有相同目标的人一起发光，会照亮一个时代。而最亮的那个人，就成了时代之光。而他之所以能在时间长河里那么闪亮，是因为我们把目标变成了人们所承认的某种东西。

"一媛，我们都达不到。我们写的东西或许很俗，但世界上没有一篇完美的小说，也没有一篇结构、内容、情感、思想都挑不出错来的小说。俗的小说有俗的写法，俗的里面也可以有雅的东西。尽力就好了，尽力表达你想表达的东西，尽力去写。你的坏，时代会淘汰；你的好，时间会留下。它不由你。"

宋一媛想了一阵，说："我大概还是很天真。"

曹珍珠懂，说："你把你的文学梦放得太高了，高到你自己都不敢去碰它。然后发现自己够不到，又不愿意扯它下来，就想着把它永远放在高塔上，让它落满灰尘，自己就成了一个沉默的看塔人——天真、懦弱、自负，受不得一点不好。"她继续毫不留情，"毫无承担。"

宋一媛感觉心在颤抖。

"躲能躲到什么时候？"曹珍珠说，"是，禹毅给了你不需要再去面对的一切条件。但越是什么都不缺，不越是会心里空吗？你既然什么都不缺，那就当一个纯粹的文人啊。纯粹地写，纯粹地读，不为名声，不为利益，就写你心里的乾坤。"

"我做不到不为名、不为利。"宋一媛坦诚，"我会很在意我赚了多少钱，又有多少人喜欢。"

曹珍珠耸肩："谁不是呢？这就是总是在理想和现实之间挣扎的点。人性有劣，脱不了世俗，又总以为自己高尚。"

"不过，"宋一媛心里好像清明了许多，"我接受你所有的质问和劝解，我会好好想一想的。"

天边渐渐泛起鱼肚白，海面殷红金黄，有缕缕紫云。太阳从海平面一跃而出，世界一片光明。

"我们又一起看了一次日出。"

"爱你。"

"爱你。"

宋一媛掏出手机来给禹毅发消息：我也想你。

宋一媛的第五封信

禹毅：

这封信晚了许久，对不起。没有想过会和珍珠这么快和好，所以我把大部分时间放在了和珍珠和好上。失而复得，心里总是惴惴不安，希望你能理解。这次短途旅行使我确定了我和她还是深爱着彼此，也就放心了。以后陪你看韩剧。

我现在在海边某块干燥的石头上写信。珍珠在捡石头，有一群大妈在捡海菜，石头上爬着一只小螃蟹，红褐色的，好像和我平常见的不大一样。海边的风好大，太阳也好大，沙子很软。水好蓝啊，像水晶。

这次旅行，我想了什么，看到什么，总觉得落寞。想找人说，又不想说。和别人说了，又像没说。我平时也没怎么跟你说我看到了什么，在想什么。但现在，此时此刻，我好想靠着你说说话，就只是简单的"这只螃蟹少了一条腿"也好。

禹毅，这次出来，我好像越来越明白一件事。我真的好想你，好想你，好想你。

禹毅的第五封信

Y：

你离开的第一天。

赵姨熬了银耳汤，里面有红枣，想给你寄，赵姨不准。

有点睡不着，起来写信。想你。

你离开的第二天。

你追的韩剧更新到第八集了，我觉得男主角不是很帅。

今天晚上下雨了，雨声好大，我把棚关上了，你的姬秋丽肉瓣发出了小芽，很快就能长好。想你，想你。

你离开的第三天。

赵姨做了炸鸡，说是按照你给的配方做的。我吃完了。

想吃你做的。想你，想你，想你。

你离开的第四天。

想你，想你，想你，想你。

你离开的第五天。

我的伤好了。

两个人写好了信是拍照给对方看的。

宋一媛本来第二天还要去某个岛的，看了信后，她问曹珍珠："你想去××岛吗？"

曹珍珠："没啥兴趣，但聊胜于无。"

宋一媛："那我们回去？"

曹珍珠不确定："回哪儿？"

"回家啊，回Ｃ市。"

"机票都没订。"

"马上订啊。"

"东西还没收拾呢！"

"订完机票马上收拾啊。"

曹珍珠看着她："你发什么疯？"

宋一媛抿抿唇，有些扭扭捏捏："我家男人想我。"

遭遇会心一击，曹珍珠表情麻木："哦。"

"嘤。"宋一媛拿小拳拳捶她的胸口，"人家也很想他。"

自古深情留不住。唉。

这天晚上十点，禹毅听到门铃声，赵姨跑去开门。不知道发生了什么，赵姨在花厅对着禹毅喊："小毅，你能开一下门吗？我看到媛媛的花好像倒了。"禹毅便走过去开门。

门一开，宋一媛拉着行李箱靠在门边，人好像晒黑了一点点，对着他笑："我回来啦。"禹毅抿唇，直直地看着她。

宋一嫒抱住他："想你，想你，想你。"下一刻，她被男人用力抱住，仿佛要嵌进身体里去。她心里好软又好满，被这个结实的拥抱抱得心里酸酸胀胀的。之前只是好想他，现在被他抱着，却是想到不能自己。

"以后我要是再出去，你一定要陪我一起。"

"好。"

"就算我说不要你陪，你也要坚持一下。"

"好。"

"我要是再和珍珠一起出去，你第二天就要飞来找我。"

"好。"

宋一嫒仰头看他："我们分开了几天？"

"五天。"

"好像五年。"

"想不想我？"

"想。"宋一嫒亲他一下。

禹毅吻住她。

两个人小别胜新婚，自然胡来了一晚上。宋一嫒一觉睡醒，发现禹毅还在床上。大高个认真地看着她，眼珠子一动不动。宋一嫒一醒来就沐浴在这样的目光下，还没有完全清醒就忍不住勾起嘴角。就好像养了一条萌萌憨憨的大狗，无辜、怜爱、深情地注视着你，目光纯净专注，好像这样看了你一晚上，期待你突然醒来后能给一点爱抚。然后你真的一下子醒来，它的眼睛就亮起来，尾巴无法控制地立起来，摇啊摇，恨不得把尾巴摇断。

宋一嫒好像看到男人身后化出一条大尾巴，正摇得欢乐。

"回家的感觉真好。"宋一嫒蹭蹭他，"有老公可以抱。"

禹毅把她团巴团巴放在身上，脑袋抵着，大手紧着，长腿缠着，不说话。

哇，他这是在撒娇吗？宋一嫒嘴角的笑止也止不住，也是无法控制地想和他腻在一起。见禹毅这样，她主动摊成八爪鱼，熊抱住他问："今天不上班吗？"

"不上。"

"今天才周三。"

"嗯。"

"我只离开了五天。"

"嗯。"

"平时你上班我们也没见面啊。"宋一媛像个黑社会大佬抚摸小情人一样摸着禹毅的头发，嘴角勾起温柔的笑，目光悠远。

"嗯。"男人扒拉得更紧了。

"就这么想我？"

"想你。"男人竟然说了。

宋一媛心里甜滋滋的，就着嘴边最近的皮肤，禹毅的胸口，亲了一下。

禹毅亲吻她的发顶，一个、两个、三个。投我以木瓜，报之以琼琚。

宋一媛又亲了一下，禹毅也亲了一下、两下、三下。

宋一媛仰起头来，亲了一下他的下巴。

禹毅微微低头，亲头发、鬓角、额头、鼻子、脸蛋儿，发出"吧唧——吧唧——"的声音

宋一媛被亲得忍不住笑出声，声音里是浓浓的笑意："你属狗的吗？"

大高个不回答，又轻轻亲了她一下。

两个人目光相对，都不约而同地抻过脑袋，微微一侧，嘴唇便贴在了一起。禹毅咬住她的嘴唇，轻轻抿了抿。宋一媛檀口微启，四片嘴唇相贴，舌头交缠。没过多久，两个人分开，彼此的嘴唇红润湿亮，目光胶着，互相盯着对方看。没过一会儿，两人又缠缠绵绵地吻住。来来回回无数次，不激烈，腻腻歪歪的。

也不知是过了多久，客厅的大钟敲响十二点的钟声。宋一媛不可置信——她觉得自己才刚醒，也就和禹毅对视了一会儿，接了几个吻，怎么就到中午了？更要命的是，她不想起来，还想和禹毅就这样待着。

禹毅好像连钟声都没听见，细碎的吻落在宋一媛的脸上。宋一媛闭上眼睛享受着他的吻，腻歪地说："今天就在床上待一天？"

"好。"

宋一媛的嘴角又勾了起来："不吃饭吗？"

"还早。"看来他是真没听见。

宋一媛戳戳他的脸："从此君王不早朝？"

禹毅看了她一会儿，把她的脑袋摁在胸口："嗯。"

宋一媛嘴角的笑容扩大，抱着他扭啊扭："你这个坏蛋……"

"怎么了？"

"你这样会消磨掉我好多志气的。"

禹毅顿了顿："那我应该怎么做？"

"少抱我，少亲我，少用这种眼神看我。"

禹毅搂紧她："不。"

宋一媛咬他一口："我乱说的，你敢。"于是两个人又腻得不行地亲亲、抱抱、摸摸。

下午两点，两个人腻歪够了，便下楼吃饭。吃饭的时候，他们好像找到了新的腻歪方式。宋一媛说："这个好吃，你尝尝。"自己吃一口，给禹毅吃一口，好吃的自己再吃一口，不想吃的，禹毅两口吃掉。

宋一媛一顿饭多尝了两个菜，开心；禹毅吃了媳妇吃过的菜，开心。

下午两个人靠在一起看韩剧，四点左右，禹毅接到杜宇坤的电话。

"今天有时间没？出来喝酒。"

禹毅的眼睛一眨不眨："不去。"

"为什么？"

禹毅看了怀里的宋一媛一眼："没时间。"

"甄伟跟我说你今天翘班了！你没时间个屁！"

"没什么事我挂了。"

"哎哎哎！"杜宇坤连忙止住他，"出来嘛，我已经联系好了林哥和小明，他们今天都有空。"他又说，"而且他们都要带女朋友……"

禹毅懂了，在继续和媳妇单独腻歪和出去腻歪中摇摆了五秒钟，说："好。"

大丈夫，要学会长治久安，不要耽于一时享乐。

杜宇坤说："那就这么说定啦，今天晚上七点，梅枝酒吧。"

禹毅问宋一媛："晚上杜宇坤约喝酒，大林和小明两口子也去，你去吗？"

"去啊。"

禹毅回杜宇坤："好。"

等杜宇坤挂了电话，禹毅老老实实地对宋一媛说："宇坤在追曹珍珠，想让她也去。"

宋一媛："那他就给珍珠打电话啊？"

"可能是被拒绝了吧。"

宋一媛掏出电话来："那我问问。"

宋一媛拨通电话和曹珍珠讲了今晚聚会的事，曹珍珠有些奇怪："四个好兄弟及各自女人的聚会，我去干吗？当裁判吗？判定哪一方秀的恩爱更清新脱俗、别出心裁？"

"杜宇坤单身嘛，就说找个漂亮的小姐姐做朋友，凑个数。"

曹珍珠懂了，她哑然失笑了一会儿说："难怪他这几天总是给我发徐志摩的酸诗呢！"

"哈哈哈！"宋一媛笑，"看来他还是做了功课的。"

"不认真。"曹珍珠有些漫不经心，"知道我是中文系的，却不知道我最讨厌徐志摩。"

"所以去吗？"

"去啊。"曹珍珠说，"关系都通到你这儿了，就当是去认识几个朋友了。"

"晚上七点，梅枝酒吧。"

"OK."

挂了电话，宋一媛似笑非笑地看着禹毅，禹毅有些不明所以。

宋一媛叹了口气："不懂的东西就不要谈，更不要为了讨好她硬谈。这样显示出来的不是可爱和真诚，而是自暴短处。"顿了顿，她又说，"珍珠漂亮又聪明，经济独立，看起来软，实际上硬，一个男人对她有多少真心，她一相处就知道。"

"嗯，我会转告他的。"禹毅转身就把宋一媛的话用微信发给杜宇坤。

杜宇坤觉得委屈："我觉得徐志摩的诗写得挺好的啊。"

禹毅问宋一媛："徐志摩的诗写得不好吗？"

"不是不好，而是这个人。"

"什么？"

宋一媛看他一眼："让他自己去搜索。"

杜宇坤搜索了回来，在微信上向禹毅抱拳："感谢嫂子的救命之恩。"他又问，"给我一个了解她的入口？"

禹毅把手机拿给宋一媛看。

宋一媛想了想，说："叫他去看 Y 大辩论赛视频。"

禹毅回了，杜宇坤就没消息了。

宋一媛看了看禹毅，问："你看过吗？"

禹毅点头。

宋一媛又问："所有的？"

"有关你的。"

宋一媛心中一动："我还参加过全国大学生文学创作比赛呢。"

"嗯。"

"也看过吗？"

"嗯。"

"写得怎么样？"宋一媛竟有点儿紧张羞涩。

"很好。"

宋一媛笑："算了，你不懂，滤镜还重。"

禹毅看着她："写出来的东西不就是给不懂的人看，并且让他们拍手称好的吗？"

宋一媛一愣，好像最好的文学创作就是这样的。

"我如果说错了，你不要生气。"

"不生气。"宋一媛亲亲他，"我为我刚刚乱说的话道歉，对不起。"

晚上，梅枝酒吧。

八个人轮流介绍一番，宋一媛知道了周大林的女朋友叫小怡，是个护士，两个人就是在周大林前两个月去医院做骨折手术时候认识的。吴小明的女朋友是青花，青花是她的真名，因为青花妈妈特别喜欢青花，所以给她取名为青花，并且青花也出落得像青花一样素丽大方。周大林和吴小明宋一媛之前见过一次面，在她和禹毅的婚礼上。虽不算熟，但两个人都很好相处，所以也不算陌生。

八个人围了一张大桌子，四个男人互相捶胸口："四人变八人，完美。"

周大林说："明年我就和小怡结婚了。"

"恭喜恭喜。"

吴小明问青花："我们什么时候结婚？"

青花一愣。

吴小明委屈兮兮："大禹结婚了，林哥马上也结婚了，你是不是该答应我的求婚了？"

青花看着他："这么随便？"

吴小明"扑通"一声双腿跪地："别人求婚，只愿意向女人臣服一半的灵魂，但我愿意献上所有的灵魂。"

青花问："戒指呢？"

吴小明从口袋里掏出来，礼盒的边角好像都有点磨损了。

青花问："放身上多久了？"

"从遇见你的第一天起。"

小怡靠在周大林的肩膀上，挽着他，羡慕地说："你看看人家。"

周大林问："看他什么？"

"会说话。"

周大林说："和你待在一起的时候我不想说话。"

"嗯哼？"

"说话要思考，面对你，我没有思考的能力。"小怡的脸红了红，周大林霸气地搂住她，"可以吗，老婆？"

"油嘴滑舌。"

宋一媛心情复杂，禹毅身边的人怎么都这么会说情话啊？说好的近朱者赤，近墨者黑呢？说好的潜移默化呢？

曹珍珠表情麻木，果真是过来当裁判的。

学生时代的朋友再相聚，就无可避免地要说到学生时代。

杜宇坤、周大林、吴小明讲到禹毅的大学生活，都只说了一个字："忙。"

他们还说："他忙成这样我们三个还和他成了兄弟，也是真爱了。"班级聚会十有八九去不了，寝室活动三次能来一次就很好了。

他们不由得感叹："都不知道最悠闲的四年他忙得不见人是为了什么。"

宋一媛心中一酸，差点儿落下泪来。

杜宇坤："现在知道了吧？"

周大林感慨："嗯，人与人不同啊。"

吴小明喝了一口酒："大禹能吃苦，走到今天都是他应该得的。"

禹毅说："你们也帮了我不少忙。"

"兄弟之间不说这个。"

四个人碰杯。

话题一转，就转到了女人身上。

"我们原本以为最先结婚的会是我和林哥呢。"吴小明笑道，"没想到是大禹。"

"他这么闷的性子，竟然最先找到媳妇，啧。"周大林笑叹，"也算是世事无常了。"

杜宇坤看了看宋一媛和大禹，不敢相信："而且还找了嫂子这么漂亮的人。禹大毅，你老实说，是不是强抢民女？我跟你说啊，你有钱了可别搞'霸道总裁卖身契'那一套……"

"扑哧。"曹珍珠笑出声，"这都什么时代了，'契约小说'已经不流行了。"

"哦，是吗？"杜宇坤看了曹珍珠一眼，目光假装镇定地落到别处，有点别扭地笑，"我也就小学六年级的时候看过同桌的小说，对现在流行的东西不是很清楚，哈哈——"他那笨拙的样子，让宋一媛莫名觉得和傻大个有异曲同工之妙。

曹珍珠和宋一媛说悄悄话："你确定他想追我？"一晚上下来，杜宇坤不仅没找她聊天，还很少往她身上看。就连他为数不多的两三句话，都显得特别蠢。

宋一媛说："你等一下不经意地和他对视一眼，如果他下意识地瞥开了，就是真的。"

"嗯？"

"亲身经验。"宋一媛小声说，"一个男生要是喜欢你，当你突然看他的时候，他会心慌，会下意识地不敢看你。"

曹珍珠笑了。

曹珍珠守了一晚上也没等到机会，离开梅枝酒吧的时候，一个喝醉的女生不小心撞到她，杜宇坤把她拉住，两个人才四目相对。曹珍珠看他，他下意识地移开目光。是了。

禹毅和宋一媛原本要送曹珍珠回家，可曹珍珠说："不用了，我打车。"

宋一媛和她对视一眼，两个人心照不宣。宋一媛稍微提高音量说："那你一个人回去注意安全，到了报个平安。"

等禹毅二人走后，刚拜别周大林和吴小明的杜宇坤就凑到曹珍珠身边："要不我送你？"

曹珍珠瞧他一眼："顺路吗？"

"顺路。"

"我还没说我住哪儿。"

"……"

禹毅有点儿不懂宋一媛为什么不送曹珍珠，宋一媛笑笑："轮不到我送。"

两个人安静了半路，宋一媛突然问："杜宇坤这个人怎么样？"

"开朗、讲义气，很受女生喜欢。"顿了顿他又说，"大学时候有一些花心。"

"哦。"宋一媛若有所思。

"你是在担心曹珍珠吗？"

"不。"宋一媛笑，"我是怕杜宇坤要栽。"

到底栽没栽，此乃后话。

第二天一大早，七点钟左右，赵姨破天荒上来敲门。

禹毅很快醒来，宋一媛则捂住耳朵。

禹毅打开门问："怎么了？"

"宋太太和宋先生给太太带东西来了。"

宋一媛立马就醒了："我妈来了？"她坐起来说，"赵姨，麻烦您先给我妈他们准备早饭，我洗把脸就下来。"

宋一媛和禹毅很快下楼去，宋妈妈和宋爸爸正在把带来的东西拿出来。他们见宋一媛下来，说："你姑奶奶前两天七十大寿，我们回了老家一趟，收了一些老母鸡和老鸭子，还有五十个鸡蛋。我和你爸爸炖了一只鸡，感觉味道不错，就给你带过来一些。"

"嗯。"宋一媛帮着把菜摆上来，招呼他们，"先别收拾了，吃完饭我自己来。"

宋爸爸过去吃饭了，宋妈妈把东西放在流理台上，又把冷冻物放入冰箱，一边做一边说："也是个没良心的，这么久了都不回来看我们一下，嫁了人就嫁出去了？你爹和你妈还没死呢，回来看一趟很难吗？"

"妈，你过来先吃饭，吃完饭我知道收的。"

宋妈妈不听，一直到收好了才坐下来，边吃边说："鸡已经宰好了，你们俩一次吃不了那么多，所以一只鸡我是分成两份包装的，放在保鲜室里，鸡蛋则放在冷藏室。你别看鸡蛋个头小，味道可好着呢。"

吃完早饭禹毅就去上班，宋一媛送他到门外。

禹毅说："一切有我，别不开心。"

宋一媛面色平静："我没有不开心。"

禹毅看着她。

宋一媛闭上眼亲亲他："等你回来。"

进了门，宋妈妈在客厅看电视，手上拿着针和毛线。没等宋一媛开口，她就装出不经意的样子说："你这么久没回去，那是不知道啊，院里的彭小妹结了婚，才一个月就怀上了，现在都已经四五个月了。她妈妈想给没出生的小孩打一件毛衣，自己不会，就托我打。我想着早晚都得打，不如就一起打了。"她又说，"白色、嫩绿色、嫩黄色不挑男孩女孩，我就打了一件嫩黄色的。打出来怪好看的，只是我不会拍照，不然就可以拍给你看了。"

宋一媛在她旁边坐下，宋妈妈瞧着她："你和禹毅结婚有半年了吧？"

"嗯。"

"是时候想想孩子的事情了。"

"还早。"

"什么还早？"宋妈妈放下毛衣针，表示不赞同，"你今年年末就二十九了，再不生就是高龄产妇了。"

宋一媛不说话。

"早生早好，婚都结了，生孩子不是早晚的事？你早点儿生，我们还有精力带，等你三十四五岁再生，我们都六十岁了，到时候老的老、小的小都要你照顾，你多累啊？"

"妈，这是我和禹毅的事情，你让我们自己处理好不好？"

"我也就说说，生孩子肯定是你们自己的事情。"宋妈妈顿了顿，一边打毛衣一边表示委屈，"我还不是为了你好，有个孩子怎么着都要好一点。趁着现在你们俩感情还好，生个孩子，男人的心也就稳了。你别觉得他现在什么都依你就万事无忧了，早着呢，人生还有几十年呢。几十年和一个女人过，哪个男人不会腻？"

"生个孩子就不会腻了？"

"当爸爸了呀。"宋妈妈嗔她，"你不懂，男人当了爸爸，就知道自己的责任啦。"

"所以一个男人和一个女人结婚的时候，他并没有想清楚他要和这个女人过怎样的日子，负怎样的责任？"

宋妈妈瞪她一眼："你又想说什么？！说你爱情至上的那套理论？结了婚怎么还那么天真？哪种爱情会持续一辈子？日子过着过着，两个人天天吵着，哪还有什么爱情？不都变成亲情了嘛！都是将就着过日子，还说什么情情爱爱，都多大了，不知道害臊。"

宋一媛不想和妈妈说这个，便忍了下来。

宋妈妈不依不饶："我也不知道怎么就生了你这种性格的孩子，小时候爱读书，我和你爸还很开心，觉得你将来肯定是个有出息的。结果没曾想你那么爱读书，大学不选个好专业，非要学什么文学，现在还有什么文学？读书能养活你？天天读读读，总爱东想西想些不切实际的东西，还爱犯傻，想当什么作家，作家是那么好当的？你看到的就是那几个有出息的，没看到的全饿死了。好不容易结了婚，又不愿意生孩子……"

"妈，我没有不想生……"

"没有不想生那就生呀，这都结婚半年了，玩也玩够了，不该生孩子了吗？"她瞥了宋一媛一眼，"你婆婆好说话，不催你，但你自己要懂事啊。禹毅也马上快三十岁了，哪个婆婆不想抱孙子？你们现在什么都不缺，生个孩子就只是生个孩子，其他什么都不用你管，你还磨磨蹭蹭什么？不像我们那个时候……"

宋一媛心里闷得慌，站起来说："爸爸去哪儿了？"

"好像是去什么花厅了。"

"我去看看爸爸。"

宋一媛去到花厅，宋爸爸正在喂池子里的锦鲤。见她过来，笑着说："这锦鲤喂得好。"

"是赵姨喂的。"宋一媛也拿了一小盒鱼饵，没撒，伸了一根手指进去，一群锦鲤游过来啄她的手指，"我偶尔喂喂。"

"多肉是你种的吧？"

"嗯。"宋爸爸笑眯眯的，"我就知道，你一直想养多肉，只是你妈不让。"

"好看吗？"

"好看。每一株都长得胖嘟嘟的，平时花了不少时间？"

"嗯。"

父女俩沉默下来。沉默了一会儿后，宋爸爸说："我去看看你妈。"

宋一媛"嗯"了一声。

宋爸爸离开后，宋一媛给锦鲤喂鱼饵。半晌，她闭眼长长地吐出一口气。生活从来不是舒服得一点褶皱都没有，也不是天天戏剧性地波澜起伏宛如闹剧，而是如鲠在喉，吐不出来也咽不下去。

既不能吐，也不能咽。

宋一媛熬到下午，刚听到外面有汽车的声音就跑了出去。

禹毅接住一下子撞进他怀里的宋一媛，摸摸她的头发："怎么了？"

宋一媛不说话。

禹毅亲亲她的头顶："乖。"

宋一媛的眼泪就下来了。

禹毅吓了一跳，有些手足无措："怎么了？发生什么事了？"

宋一媛摇摇头："没发生什么。"

禹毅抿唇。

宋一媛擦掉突然掉下来的眼泪，看着他说："大概人有一种说不上来算什么的特性，就是也没受多大的委屈，可能只有一点点微妙的不可言说、不能理清的委屈或者难过，自己也跟自己说算了，没什么好计较的。

可结果当有一个人关注她的时候，这一点点委屈就会变得特别大，这一点点难过也变得非常大……"

"嗯。"但禹毅知道，宋一媛的一点委屈不是一点委屈，一点难过不是一点难过。但这个难过的原因涉及她的父母，禹毅也不好多说什么。

吃晚饭的时候，宋妈妈问："小毅啊，你们打算什么时候要孩子呢？"

宋一媛的眉头皱起来："妈，不是说了不说这个吗？"

宋妈妈充耳不闻，笑眯眯地看着禹毅："媛媛都二十九了，现在怀孩子是最好的，再晚一点，对媛媛和孩子的身体都不好，你们还是早一点打算吧？"

宋一媛低下头去，表情不辨。

禹毅看了宋一媛一眼，说："现在还早了一点。"

"怎么早了？"宋妈妈的眉头皱了起来。

"媛媛的身体还没调理好，她现在才九十斤，太瘦了，得多补。如果突然怀孩子，我怕她会撑不住。"顿了顿他又说，"我现在工作忙，睡眠时间不稳定，也很影响身体。"

宋妈妈还想说什么，禹毅又说："我们都很认真地在考虑生孩子，只是这种事情不能心血来潮，准备工作能多做就多做一些。既是为了孩子的健康，更是为了媛媛的身体。"

宋妈妈只好说："你们有打算是最好，但光有打算也不行啊。怀孩子这种事情不是说你准备好了它就来的，有时候准备得太多，反而怀不上。"

禹毅点头："嗯，我们知道。"

"哎，小毅，我们打算在这里多住两天，陪陪媛媛，我也给她多做点吃的，你不介意吧？"

"妈，不要说见外的话。"禹毅说，"你们想住多久就住多久。"

宋妈妈笑眯眯地"哎"了一声。

宋一媛喝了一碗鸡汤，吃了两口鸡肉和青菜就不吃了。碗才刚搁下，宋妈妈就拿起她的碗添了一碗饭说："怎么就吃这么一点儿？还养身体呢，晚饭不吃怎么行。"

宋一媛无奈："妈，我不吃晚饭的。"

宋妈妈眼睛一瞪："就是不在我眼皮子底下养成的坏毛病！既然要调理，那就好好调理，从现在开始，给我吃晚饭！"

宋一嫒的眉头皱起来："我都多大的人了，饱没饱我自己知道。"

宋妈妈毫无惧意，也跟着皱起眉头："你也知道自己多大个人了，吃个晚饭还要你妈操心！"

禹毅把宋一嫒的碗拿过来，说："慢慢来，嫒嫒脾胃虚弱，一下子吃这么多会受不了。"他把大部分饭拨进自己碗里，只给宋一嫒留了两口饭。宋妈妈也就不再说什么。

宋一嫒勉强把饭吃了，闷闷地上楼去。

宋妈妈叹了口气说："你别惯她，不吃晚饭对身体不好。"

禹毅点头："我知道。"但他总是狠不下心来。宋一嫒现在倒不是一点儿东西也不吃，她爱喝汤，所以晚饭总是炖汤。赵姨会尽量炖饱腹一点的，比如南瓜汤、冬瓜汤，炖得稀烂，宋一嫒或多或少会吃一点冬瓜和南瓜。赵姨也炖绿豆排骨汤、大豆猪脚汤，汤里或多或少也有主食。宋一嫒其实已经慢慢开始习惯晚上吃东西了。

吃完饭各自回房间，宋妈妈和宋爸爸人老了，吃完饭就犯困，洗漱完就去睡了。禹毅上楼回到房间，看到宋一嫒正拿着平板电脑在看小说。禹毅去卫生间，发现纸篓里有呕吐的痕迹，手一顿。他洗漱完出来，很严肃地对宋一嫒说："不想吃就别勉强。"

"我妈这个人，不达目的誓不罢休。我要是不吃，她得念我到明天早上。"禹毅上了床，把她搂进怀里，不说话。

宋一嫒猜他是看到什么了，说："其实也没有多难受，一下子就吐出来了。晚上突然吃米饭，噎得慌。"

两个人默默抱了一阵，宋一嫒开口说："父母亲情大概是世界上羁绊最深又最无解的感情了。"

"爱你最深的是他们，伤人最厉害的也是他们。"宋一嫒摸着被子上的刺绣，眼睛不知道在看哪里，"小的时候你不懂，觉得他们说的都是对的，环境也在反复催眠你父母是最无私、最为你好的，所以也都这样认为。当你的自我人格开始觉醒，开始怀疑某种观点的时候，他们不讲道理，用一句'我是你妈''我是你爸'就可以让你溃不成军。知道他们爱你，知道他们的爱有局限性，知道也就只剩下知道了。你举步维艰，根本改变不了。"

"改变不了就劝自己去适应和接受，却又发现接受不了。"宋一嫒闭上眼睛，"有时候不知道该怎么跟他们说，我是一个独立的人，人格独立，有选择人生过成什么样子的权利，只要问心无愧就好。但他们好像从来不把我当一个独立的人，只把我当成是他们的女儿，是他们人生的一部分，所以管束起来显得理所当然。"

禹毅不说话，只是抱着她。禹毅能理解，却又不能理解。能理解的是，他知道所谓独立的一个人是什么意思，他从小就是什么都自己做决定的人，主观性很强，父母对他的管束少。他和禹爸爸、禹妈妈之间，与其说是父子、母子，不如说是朋友。不够亲密，但绝对亲爱。所以禹毅一直都是把自己和父母剥离开来的，有关人生、事业、感情的路，也都是由自己规划并决定的。这大概就是宋一媛想要的和父母维持一定的距离，彼此关爱但独立吧。

他不能理解的是，为什么宋爸爸和宋妈妈要那么坚决地规划宋一媛的人生呢？宋一媛是知道有解决办法的，可她为什么又不用呢？禹毅也诚实地问了。

这一次，宋一媛沉默更久，说："一个向社会认输的母亲耽于生活，把她认为最好的一切塞给女儿，又逃脱不了人性的虚荣和征服欲望，强迫她的女儿必须服从。而她的女儿，思想上一套一套的，观念近乎完美理想，却敌不过情感上的三个字——不忍心。"

有自己的棱角，怕伤到他们，只能往里缩。忍是忍下来了，可还是会痛，有感觉。禹毅明白了，于是更加抱紧了她。

"这大概就是典型的，知道是一回事，而做又是另一回事吧。"宋一媛苦笑，"懦弱。"

"嗯。"禹毅说，"没关系。"

"喂喂喂——"宋一媛无奈地小声反抗，"不带这样安慰的。"

"真的没关系。"禹毅想了一阵后说，"你好像很希望生活没有一个结，顺顺的，每一个结都能解开，所以总是考虑很多事情。或许可以不用想那么多，少去注意人的细节和心理。有许多你注意到的事其实是不必要的、和你没有关系的，但你把它放进了心里。还有很多事情，不需要想前因，也没有后果，你只需要接受，接受就好了。没有关注到某些地方没有关系，没有注意到所有细节也没有关系。"

说到这里，禹毅又突然意识到，宋一媛做不到。

她如果少了这颗敏感细腻的心，那她就不是宋一媛了。她经历了杨歆的事情，再做不到不去关注身边的人。

"嗯，我也知道我这样很不好。"禹毅不再多说其他，只是说："对自己宽容一点。"

宋一媛抱住他："晚安。"

结果说完"晚安"才八点，她一时半会儿睡不着，只好又戳了戳禹毅，问："你要睡了吗？"

禹毅："你想说什么？"

宋一媛想到晚饭时禹毅的表现，笑眯眯："我怎么不知道你那么会说话？"

禹毅的耳根红了："我怕你和你妈妈吵起来。"

"所以沉着冷静，'格外总裁范儿'？"她又换了一句说，"你好像都不叫我的小名的？"

禹毅抿唇："'媛媛'这么好听的名字，叫起来多好听啊。"

宋一媛戳他的胸口，戳，戳，戳："平时不叫我，在爹妈面前倒是叫了……"

"媛媛。"

宋一媛顿住。

"这样，可以吗？"他还问她。

宋一媛闭上眼，说："再叫一遍。"

"媛媛。"

"嗯。"明明该宋一媛被他犹如唤女儿般的温柔嗓音弄得心跳加速，结果才叫了两声，贴着的胸膛里的心跳声陡然震耳欲聋，震得宋一媛都忘了刚才要说什么。两个人傻傻地抱在一起，互相听了好一阵对方的心跳声。

禹毅真的好温柔，宋一媛感觉心被胀满了。在一种飘飘然的满足之下，她脱口而出："我们要孩子吗？"说完她瞬间清醒过来，冲动了，冲动了，说出口的话不能撤回，忐忑地等待着禹毅的回答。

"还不是时候。"禹毅顿了顿说，"等你想做妈妈了，我们就一起去上上有关准妈妈、准爸爸的课，多了解一下，然后再备孕。"

宋一媛没想到禹毅的回答会是这样。

"如果我一直都没准备好呢？"

"那可能是我做得还不够好。"

这简直是会心一击。宋一媛窝在他怀里，蹭了蹭，又蹭了蹭，说："你最近好像很会说话？"

"哪一句？"

"每一句。"宋一媛说，"每一句都很动人。"

"还好。"禹毅有些害羞，"我就是这样想的。"

宋一媛笑："这句更动人。"

禹毅于是知道媳妇又要乱撩了。

"又温柔，又可爱；话不多，做许多；保护我，爱护我；长得帅，还不乱来；有钱，也不乱来；忠心耿耿，情意深深……"宋一媛轻轻咬了他一口，又舔了舔，"我觉得我可能活在小说里？"

禹毅不说话。

宋一媛又说："我怕不是在做梦吧，嫁了一个这样好的人？"

禹毅抿抿唇。

宋一媛接着说："你要不掐掐我，我看看我有没有感觉？"她握住禹毅的手，十指相扣，撒娇般地摇了摇，"嗯，掐掐我？"

禹毅没有办法，纵容道："掐哪儿？"

宋一媛抬起头来看着他，声音软软地道："当然是掐会有感觉的地方啊。"她的手指在他的手背上轻轻挠过，让禹毅的心一抖。

过了一会儿，闷骚的人握住某处捏了捏。宋一媛极其妩媚地"嗯"了一声，故作天真地道："有感觉呢。"傻大个额头上的青筋鼓起，无法控制地咽了一口口水。

每当看到禹毅隐忍又渴望的眼神，宋一媛心里都痒痒的，很想逗逗他，忍不住的那种。

"所以我不是做梦？我是真的嫁给了你？"

禹毅闭眼："我也不是。"

宋一媛一下子就听懂了，听懂并且再次会心一击。他真的越来越会说话了。

"所以我们两个都很有感觉？"宋一媛问他。

禹毅不知道为什么媳妇在这方面会这么擅长，是看的书多吗？

"说呀。"宋一媛扭了扭，手里的小白兔了动。

"嗯。"

"那我们要不要找一找做父母的感觉？"

禹毅睁开眼看她，宋一媛笑眯眯地搂住他的脖子："准父母第一步，造孩子。"

禹毅一下子把她抱到肚子上，宋一媛有一点小讶然："今天这种姿势吗？"

禹毅只是看着她。

宋一媛趴下来，两个人挨得极近，亲了一下："知道了，是第一种姿势这样。"

禹毅的胸膛起伏了一下，宋一媛撩得心满意足，心里的小坏蛋也安静下来。乖乖的宋一媛出现了，她软声道："老公，今天晚上声音小一点哟，爸妈在楼下。"

声音小不小不重要，房子隔音好才最重要。

第二天，两个人很早就起来了，禹毅吃了早饭去上班，宋一媛陪着宋妈妈。禹毅走的时候宋爸爸和宋妈妈在客厅，宋一媛也在客厅。要走的禹毅在宋一媛身边转了两三圈，始终没找到机会，只好悻悻地走去玄关。

他开了门正要走，宋一媛跑过去给他整了整领带，说："你眼睛上有毛巾屑。"

"嗯？"

"新买的毛巾掉毛。"

"哦哦。"男人胡乱抹了一下。

"没抹干净。"

禹毅又胡乱抹了一下。

"别动，我给你抹。"

禹毅乖乖低下头，宋一媛背对着宋爸爸和宋妈妈，抬起手来抚着他的眼皮，以迅雷不及掩耳之势亲了他一下："注意安全，认真工作。"

禹毅的眼睛亮晶晶："嗯。"

禹毅走后，家里又只剩下宋一媛和宋妈妈了。

两个人不谈有关宋一媛未来人生的事，倒还算和谐。宋妈妈爱看偶像剧，宋一媛就陪她一起看《恶魔小子爱上我》。她全程无力吐槽，宋妈妈却看得投入极了，一遇到剧情转折点就要和她讨论。

"男主角这样做女主角肯定要生气呀！他是不是傻？喜欢一个人像他这样表达的吗？天真。唉，年轻人，总这样……"她巴拉巴拉扯到年轻时的宋爸爸。

"女主角也是，看不出来男主角在吃醋吗？看不出来男主角喜欢她吗？很明显了呀！无亲无故的，谁会给你家一百万啊……"她巴拉巴拉扯到亲戚关系。

"唉，可恨！社会上这样的人多了去了，就见不得你好，自己过得不顺心就怪别人，别人活得好也碍他的眼，心理扭曲……"她巴拉巴拉扯到社会险恶。

宋一媛听着宋妈妈兴致勃勃地评价电视和人生，脸上不禁露出笑容。宋妈妈见她突然笑，且笑容是朝着自己，便问："干吗？"

"没什么。"宋一媛咧嘴笑，"觉得你很可爱。"

宋妈妈竟不觉得别扭，反而习以为常似的，还带着一点骄傲地说："那是，你妈妈可爱着呢。小的时候被你外婆领出去，总被人塞一兜糖。后来上了学，喜欢你妈的人那叫一个多哟……"

宋一媛见她妈又开始自恋了，忙应和道："是是是，班长喜欢你，体育委员喜欢你，我爸还和某个叔叔为了你打架……"

"可不是！"宋妈妈得意扬扬。宋一媛着眯眼笑，觉得这个时候的宋妈妈最可爱了。

宋妈妈话锋一转，又开始说宋一媛："知道怀的是女儿的时候，我那叫一个担心啊，生怕你长得像你爸。一个女孩要是长着一张国字脸……"像是觉得连想想都很可怕似的，她又是撇嘴又是摇头，"幸好你长得像我，细眉毛、大眼睛、白皮肤……"

"有些人国字脸也好看啊。"

宋妈妈瞪她："女孩长张国字脸像什么样子！"

宋一媛问："不都是人生的吗？"

"所以有的丑，有的漂亮啊。谁不希望自己的孩子漂亮！"

宋一媛无法反驳，论偷换概念，宋妈妈准是个中高手。

一上午相安无事地过去，下午，宋妈妈再次说到怀孩子的事，宋一媛只当没听见。

宋妈妈火了："一说这个你看看你自己的表情！我又不是逼你去死，至于吗！早生晚生不都是生！不说话以为就过去了？你不生孩子你想干吗！你让院子里的那些人怎么想你？背后说你生不出来，说得多难听！"

"妈——"

"我生个女儿容易吗我？结了婚还要我操心！你懂事一点儿行不行！"

"妈，我没说我不生。"宋一媛心烦意乱。

"那你倒是生啊！"宋妈妈盯着她，"你就生啊！"她又是这句。

"我会生，但不是现在。"宋一媛语气僵硬。

"你现在不生想干吗？"宋妈妈的嘴巴抿起来，薄得像刀，"还想写本书，出名了，白日梦做完了再生？"

宋一媛的心紧了一下："我想写东西怎么了？"

"你还没死心？"宋妈妈的脸色变得可怕起来，宋一媛的身子不自觉地抖了抖。

"我说你怎么这么天真啊？宋一媛你能不能实际一点儿，啊？！你都嫁人了还整天想这些有的没的。禹毅知道吗？他要是知道，一定觉得自己娶了一个疯子，神神道道，像个神经病！"她的每句话都像刀子，扎得宋一媛鲜血淋漓。妈，你怎么能说出这么伤人的话？

宋一媛咬牙，极力忍住含在嘴里的刀，一言不发地上楼去了。

宋妈妈大怒："你以为你上去了就完了？！宋一媛，我跟你说，你趁早死了这心，别搞这些有的没的！"

门"砰"的一声关上了。宋一媛靠着门，眼泪流下来。明明知道这些话说出来会多令人难过和痛心，可为什么就能毫不犹豫地说出来？

宋一媛躺在床上默默哭了一会儿，掏出手机来和曹珍珠聊微信。

宋一媛：我妈来了。

曹珍珠秒回：啊？

宋一媛：催生孩子。

曹珍珠：啊！

宋一媛：好烦。

曹珍珠：你结婚那天就应该想到会有这一天的。

宋一媛：这才半年。

曹珍珠：在你妈眼里差不多了。

宋一媛：我还不想生。

曹珍珠：那就不生啊。

宋一媛：我妈？

没过一会儿曹珍珠打了电话来："宋一媛你都多大了，你生不生孩子关你妈什么事？"

"说比做容易。"

"你妈有个身份是你妈，可除了这个身份外，她本质上是个人，人有的一切偏执和恶欲她都有，你干吗要把她的坏全都理所当然地接受了？"

"我心疼她。"

"你要是真心疼她，那就生个孩子啊。"

宋一媛反驳不了。

"你心疼个屁啊，你就是自己都没底气说出自己想要的，没勇气面对自己的弱和恶，所以才总是逃避。"

宋一媛沉默了一会儿，说："你什么时候变得这么犀利了？"

"是社会磨练了我。"宋一媛笑，"同一个社会，你变得更勇敢，而我变得更懦弱。"

"别自暴自弃啦。"曹珍珠说，"你该重新站起来了，宋一媛。"

"嗯。"

"有禹毅在呢。"

"嗯。"宋一媛把眼睛闭起来。

晚上禹毅回来时，发现客厅里只有宋爸爸和宋妈妈。赵姨在旁边给他使了一个眼色，禹毅就知道母女俩又闹矛盾了。

赵姨把饭菜从厨房端出来："吃饭吧，秦姐（宋妈妈姓秦）。"宋妈妈一言不发地坐过去，颇有点不怒自威的味道。

禹毅道："我去叫媛媛。"

宋妈妈没说什么。

禹毅正准备上楼，宋一媛已经开门下来了。她见到禹毅，说："今天怎么这么早？"

他自然是担心她。宋一媛也是一问出口就明白了，心里一暖，说："吃饭吧。"

宋一媛喝了半碗汤，又吃了一点炖得很软的腊排骨，然后便把筷子放下："我吃饱了。"宋爸爸看了宋妈妈一眼，宋妈妈吃着自己碗里的饭，并没有多说什么。

一顿饭安安静静地吃完，禹毅去书房办公，宋妈妈看电视，宋一媛则去另一间书房看书。房间里都安安静静的，只有电视机发出的声音。

过了一会儿，宋一媛模模糊糊听到宋爸爸的声音，好像在劝什么："儿孙自有儿孙福，你操那么多心干什么……别哭了，让人笑话……"

宋一媛开门出来，就见宋妈妈落寞地坐在沙发上，背驼着，眼睛、鼻子红红的，额前的头发花白，显得整张脸更加苍老疲惫。她心疼了，走过去："妈，你干吗呢？"

宋妈妈抬头看了她一眼，眼眶禁不住又是一红，却并没有说话，伸手抹掉眼泪，嘴唇嗫嚅了两下。

"妈。"

"你还知道我是你妈啊？"宋妈妈的声音哽咽。

宋一媛心里难受，走过去拍了拍她："别哭了。"

宋妈妈吸了一下鼻子，很伤心："做父母的，谁不希望自己的孩子好？"

宋一媛不说话。

"我怀你三个月的时候，你爸爸那时候混账，喝了酒非要骑摩托车，我说我怀着孩子不坐他的车，他不干，非拖着我上摩托车。我没有办法，只好坐上去。结果后来摩托车翻了，我那时候哭得啊，心里又急，生怕肚子里的孩子会掉了。我就躺在地上求菩萨，求菩萨保佑你。我那时候还跟菩萨说，只要你好好的，我少活十年都愿意……还好你皮实，我摔得手脚动不了你都没事。

"等你出生，还不到十四天就得了黄疸病，还没我手臂长的一个小女娃就被送进了蓝光箱烤，全身插满针管。我一天二十四小时盯着你，就怕你乱动。我有时候实在撑不住睡一小会儿，马上就梦到你小手乱扯，浑身是血，又马上醒过来……

"因为你进了蓝光箱，奶没人吃，我左边的乳房胀得厉害。我是第一次当妈妈，不知道挤，后来胀得多了，奶水在乳房里化了脓，痛到钻心。

医生就用竹签刺进乳房，把脓水给挤出来……"

宋一媛听不下去："妈……"声音又哑又颤抖。

"我也是第一次当妈。"宋妈妈哽咽着，"养个孩子遭了多少罪，心里有多少担心，做了多少噩梦，你们这些做子女的，不求你们全懂，只懂一半就好。我不盼你有多了不起，就想你安安稳稳、平平安安的，让我少操一点心，晚上能睡个安稳觉……"

"你总说你长大了，什么都独立了，不需要我们管，我也求求你体谅一下我们做父母的心。这是控制不了的啊，自己的孩子被别人说东说西，说得那么难听，你说哪个父母不着急、不生气？"宋妈妈吸了吸鼻子，"你都二十九岁了，早过了小女生天真的年纪，不要总想着成为什么大作家。你现实一点，踏实一点，把日子过好，好不好？"

宋一媛涩声道："妈，你为什么就是不让我写东西呢？"

"杨歆的事难道你忘了吗？"

宋一媛浑身的血一下子凝固了。

"你害死过一个人啊。"宋妈妈看着她，眼神悲痛而残忍，"你平凡一点，安安静静的，我们不能当什么事都没发生过啊！"

宋一媛如坠冰窖，冷得牙齿在颤抖："妈，杨歆不是我害死的。"

"你当时要是少说些伤人的话，在她跳楼的时候接一下电话，那个姑娘也就不会死了……"

"所以我不接电话也有错？"

宋妈妈在擦眼泪，并没有注意到宋一媛脸上的表情，只是望着沙发上的一片叶子说："你该接的呀，毕竟那是一条命。"

宋一媛眼里含着泪，却咬紧牙关不让它掉下来，红着眼眶看着宋妈妈："所以这辈子我就该背着这条命庸庸碌碌、低调无比地活，最好一辈子不提我在 Y 大上过学、学过中文、答辩的时候遇到过那些事情？"

"你该这样过。"宋妈妈说，"知道这件事的人越少越好……"

宋一媛转身就走。

"你干什么去？！"宋妈妈惊疑。

"出去散散心。"她顿了顿，站在门口，背对着她妈，颤声道："妈，我知道你养我不容易，吃了很多苦，很爱我，我也很爱你。但你的爱让我喘不过气来了。

"你控制不住要管我的生活，那不是爱我，而是你的控制欲强。你也有自私、无知的一面，有你的好，也有你的坏。我是您的女儿，在面对这些的时候，不是必须都接受的，我也有拒绝的权利，而拒绝不代表不孝。你不对，不能因为我是你的女儿，就一定要我附和着说对。

"我也有想要的东西，想去做的事情，您可以表示反对，但我采纳不采纳是我的事情，您也不要拿感情来威胁我。如果您一定要拿感情来说事，那我只能承认：我理解不了父母的爱，我对你们没有同等深的感情。和做一个懂得感恩且让你们开心的女儿相比，去做我自己喜欢的事情更能让我开心。"

"我生命的价值不是你们的附属绑定，我从一生下来就是我。那些为我好的话，我不想听，真的为我好还是假的为我好，那都不重要。我只想问你一句：你说为我好的时候，你看出来我过得那么不好了吗？"说完她就开门出去了。

一出门，宋一媛就跑了起来。路很直，又很宽，整条路上没有一辆车，也没有一个人。刚开始跑的时候她内心空旷，跑着跑着眼泪就流了出来。

十六岁，二十岁，二十四岁，她和妈妈之间的隔阂越来越深，她越来越了解自己的妈妈是怎样一个人，也越来越了解自己。她不是没有尝试沟通，只是每次都失败了。母亲从来不会把你当平等的人，自己也从来不敢把她当成除母亲以外的人来看，沟通就不行了。

都说年龄大一点就好了，就会懂了。可还是不能懂，就是不能懂。怎么懂呢？又觉得算了。上次算了，这次算了，统统算了。

可是算不了。所有你曾经以为"算了，过去了"的妥协，存着存着，就会在某一天突然爆发出来，炸出一身血。

我这一身热血，它对寻常的生活适应不了，它对寡淡的人生兴致缺缺。它不服输！它就天真！活不活？活！

"宋一媛！"她仰天大叫，"宋——一——媛——"眼泪随风浸进头发里，她大吼大叫了一阵，又在某一刻忍不住笑起来。风很凉快，月亮很乖，心跳强而有力，花草好香。笔直的公路，灯光静谧昏黄。她一直跑，一直跑，好像热血的人生没有尽头。

不知道跑了多久，宋一媛跑得气喘吁吁，汗如雨下。她累得胸口疼，腿直颤抖，但心里一片清明，更是前所未有地敞亮。她漫无目的地走了走，待心情平复得差不多了，转身就往回走。一回头，她就看到一辆白色的车远远地停着，大概有两三百米。那是她的车。开车的人是谁，不作他想。

宋一媛慢慢走回去，离车大概一百米左右的时候，她站定不走了。车里的人等了一会儿，然后开门下来，远远地看着她。

"禹毅——"她叫他，男人就开始往她这边走。她跑起来，一边跑一边叫，"禹毅！禹毅！禹毅！"心里真的好满，像有什么要溢出来了。她就像一枚炮弹，"砰"的一下射进人怀里，结结实实撞得禹毅往后退了三四步。

"喜欢你，喜欢你，喜欢你。"

"嗯。"

"好喜欢你，好喜欢你，好喜欢你。"

"嗯。"

宋一媛闭着眼，嘴角勾着，胸口重重地起伏，说话粗声粗气："我不想当家庭主妇了，我想写东西，我想发出声音，我想和更多的人对话。"

"好。"

宋一媛安心了，抬起头来眼睛亮晶晶地盯着他："我知道你不想听我说'谢谢'，所以我不说。夫妻之间最好的感恩，就是彼此之间互相信任，保持爱意。我会每天多爱你一点，多想你一会儿，多反省自己一下。我要变成更勇敢的宋一媛，更优秀的宋一媛，更爱你的宋一媛。"

"嗯，加油。"

宋一媛看着他："你不要更爱我了，就待在这种程度就好。"

"嗯。"已经到顶了。

两个人上车，宋一媛把天窗打开，风呼呼地吹进来。

宋一媛突然没头没脑地问："为什么？"

禹毅竟然知道她在问什么，为什么会这么爱我？

"你是光。"

Chapter 9

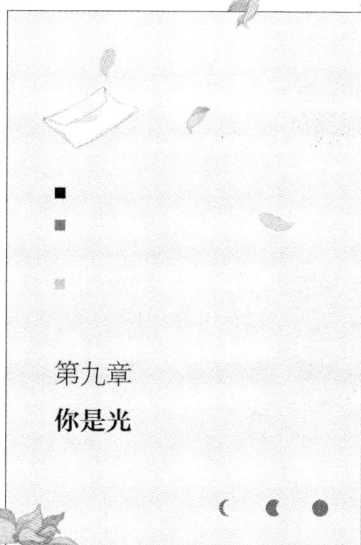

第九章
你是光

你是光，没有你，我不会想着变成现在这个样子。你长得好看，我就觉得肥肥的男生配不上你。你笑起来好看，和任何人说话都看着对方的眼睛，我就觉得要更郑重地对待别人。你那么天真可爱，我就觉得你得永远这样，剩下的都让我来……

过去，你是遥远的光，只发亮；现在，你是身旁的光，又亮又暖。我得到了太阳。这样近乎生存理想的爱，宋一媛不知道，他也不需要她知道。

两个人回到家，宋爸爸和宋妈妈已经睡了。赵姨跟他们俩说，宋妈妈呆坐了半晌就进屋了。

一夜无事。

第二天，宋妈妈很早就起来了，把鸡炖上，开小火，对赵姨说："她喜欢吃党参，我多放了两根，炖四个小时就行了。"她把围裙解下，脸色寡淡，"我和她爸爸就先回去了，你跟她说一声。"

赵姨赶紧跟着她，挽留道："秦姐，怎么说走就走呀，才来两天呢！"

宋妈妈不多说，只道："这两天麻烦你们了。"

"哪里的话！"赵姨跟着她进房间，看到宋妈妈已经收拾好了行李，是一定要走，就说，"这才几点啊？怎么着也要吃了早饭再走呀。"她又说，"禹总和媛媛都还没起呢，你姑娘要是一醒来发现自己的爹妈都走了，得多失落呀。"

宋妈妈手一顿："算了，她不想见我，我也不想见她。"她提起箱子，"省得相看两生厌。"

赵姨见他们俩真的马上就要走，没有办法，于是说："那我上去叫他们。"

"别叫了。"宋妈妈说，"有什么好叫的。两个人昨晚那么晚才回来，也不知道几点才睡，我就不打扰他们睡觉了。"她说完就走了。

赵姨既没时间跑上去叫人，也没能力留住人，只好把宋妈妈和宋爸爸送上车，再嘱咐了一声"路上注意安全"。看着远去的车，赵姨轻轻叹了口气："家家都有本难念的经啊。"

宋一媛心里记挂着宋妈妈，七点多钟就醒了，洗漱完下楼，却发现客厅没人，只有一股浓浓的鸡汤的香味从厨房飘出来，整个客厅都是香味。

赵姨听到动静走出来，说："秦姐已经走了，我留不住他们。秦姐一定要走，还不让我叫你们。"

宋一媛"嗯"了一声。

"哎，但是啊，秦姐五点钟就起来斩鸡备料，炖了一锅鸡汤，里面放了你喜欢吃的党参。"

宋一媛一出门就闻到了，于是"嗯"了一声。

"昨晚你们俩睡得晚，先补个觉再吃饭吧，到那时鸡汤也刚好。"

宋一媛便回了卧室。

禹毅才刚醒，手没摸到人，眼睛正要睁开，一个带着微微凉意的宋一媛钻进他怀里。

"妈妈走了，睡回笼觉。"

"嗯。"禹毅轻轻亲了她的发顶一下。宋一媛拱了拱，闭眼，禹毅又拍了拍她。

慢慢来。

曹珍珠知道这件事后，赞她孺子可教。宋一媛把书柜里封成一箱一箱的书翻出来，戴着耳机和曹珍珠讲电话："我现在就想一件事。"

"嗯？"

"考研。"她戴着手套打开箱子，"我要考回Y大去，从哪里跌倒，就从哪里爬起来。"

"我仔细想过了，我会尝试着自己写，尽我所能地写某一群人真正需要的精神食粮。但我也应该试着去找那个人，就像老师相信我一样，我要去相信那个人，让他写出更好的东西来。"顿了顿，她说，"我这几天常常在想中国现在为什么没有大师？"

"嗯？"

"我想到的其中一点是，因为这个社会没有大师，所以我们才常常急着把新出现的、在某一方面展现了一丁点儿才华和天赋的人贴上'××第二''小××'的标签。这个时代又是一个成名太容易、媒体发达的时代，有太多的好苗子就因为这样被突然而来的声望和名利毁掉了。这个社会不给人沉淀的时间，每个人都在揠苗助长，又怎么会有大师呢？所以我想重回校园，去发现那些有天赋的人，引导他们静下来，踏实一点，写出好的作品。"

曹珍珠感叹："在大爱、大义和大理想上，我不如你。"或许这就是杜重更喜欢宋一媛的原因吧。

"这其实不算什么大爱、大义，"宋一媛笑，"不是你叫我承认自己能力有限的吗？"

"嗯。"曹珍珠说，"承认了自己能力有限，我做的就是等，你做的却是找。"

"行了，行了。"宋一媛把箱子里的书拿出来，抹去最上面的书上的一些灰尘，"别夸我啦，考不考得上还不一定呢。"

"有老师在，还有刚考完的孟妮在，加上你根本不需要看书的文字功底，考不上倒是挺难的？"

宋一媛心里美滋滋："就喜欢你这样夸我。"

曹珍珠笑："小样儿。"

"你还记得这句话吗？"宋一媛好像在看什么。

"什么？"

"无用人，诗酒乐天真。"

"白朴的《喜春来·知己》。咋啦？"

"我刚刚翻出来上曾怜老师课的笔记，一下子就看到了这句话。"

"也算很符合你的人生追求？"

"哈哈，是的。"

"大学本科时候的笔记你现在还留着？"

"存着呢。"

曹珍珠兴致勃勃："等着啊，我过来陪你一起整理书。"

"好哇。"

于是两个人整理了一下午的书，全程叽叽喳喳，说话说得停不下来。

晚上禹毅回来，发现宋一媛比往常沉默，必须要回的话也是越简单越好。禹毅看看她，没发现有什么其他地方不对劲，心情好像也没啥异常，但话确实很少。

禹毅问："为什么不说话？"

宋一媛说话有点恹恹的："不想说话。"

"怎么了？"

"累。"

禹毅有些担心地盯着她。

宋一嫒笑了，长叹一声："唉——今天和珍珠说了太多话，说到我现在一点儿也不想说话了。"

禹毅："……"

今天曹珍珠和杜宇坤在一起了吗？没有。

晚上吃完饭，禹毅去书房工作，宋一嫒去另一个书房准备考研资料。两个人的书房正对着，最开始门都是关着的，中途宋一嫒下去泡了两杯咖啡，端了一杯给禹毅，然后两间书房的门就敞开了——

宋一嫒非常认真地查看最新的考研信息，买资料、加信息分享群、收藏牛人经验，忙得不亦乐乎。而禹毅呢？他瞥一眼，又瞥一眼，再瞥一眼。

宋一嫒在某个空隙不经意地看了那边一眼，正好遇到禹毅的一瞥。她朝他笑笑，二指比心，又送了一个"么么哒"。

禹毅面无表情地转开了视线。

宋一嫒竟然觉得面无表情的禹毅也很可爱。完了完了，我的审美是不是出现了什么问题？她自我怀疑了三秒，因为时间紧、任务重，又为了晚上能准时和禹毅一起睡觉，才暂时把这个大可爱挤出脑海。

但不知什么原因，和禹毅对视一眼后，宋一嫒变得格外关注另一间书房里的动静——

禹毅在喝水；禹毅在看合同；禹毅在打字；禹毅的眼神飘过来了。

禹毅看合同；禹毅打电话；禹毅用电脑；禹毅的眼神飘过来了。

…………

当禹毅第 N 次看过来，宋一嫒看着他，无奈地道："好好工作。"

"嗯。"禹毅面无表情，然而情况依旧。

宋一嫒没有办法，只好把两边的门都关上。禹毅抿抿唇，想过去工作。

两个人都忙到十一点。宋一嫒初步制定了考研计划，统计了自己已经有的、实用的书，又把缺的书列出清单，打算明天出去买。而禹毅忙到十一点，是因为他全程心神不宁，效率低下。

随时随地注意着的门开了，宋一媛疲惫而满足地倚在门边问："我完啦，你还有多久？"

禹毅装模作样地点点电脑，说："马上。"

"那我先去洗澡了？"

禹毅立马关电脑："走吧。"

宋一媛洗完澡变得困极了，习惯性地在睡前刷微博，才刷了两下，手机就蓦地从手上掉下来，栽在枕头缝里。她也没管，蹭了蹭被子，又裹了裹，一下子就进入梦乡。

禹毅把她打瞌睡又非要刷微博的神态全部收入眼里，觉得媳妇怎么能这么可爱。他把宋一媛掉了的手机捡起来，关机后放在旁边的某个地方，然后抱着她心满意足地睡去。

自从宋一媛决定考研后，两个人的日常相处就多了一段在书房共处的时间。碍眼的两间书房也被某个力大无穷的人变成了一间。

某一天，宋一媛照常关门，没过多久，就听到那边有一点叮叮咚咚的声音。然后突然只听"砰"的一声。

宋一媛开门看，吓了一跳。书房的门倒了，禹毅无辜地立在门口，还有点儿惊疑不定。

宋一媛哭笑不得："你干吗？"

"门坏了。"

"好好的怎么会坏？"

禹毅不说话。

宋一媛只好叫王叔请人来修，然后像母亲教训儿子似的："你想开门就开门啊，想见我就过来见我啊，人家门犯了什么错，要被你这样伤害？"

傻大个耷拉着头。

宋一媛憋不住笑，把这边的门打开，说："好了好了，可以工作了。"两个人便开始共用一个书房。

宋一媛给书房新换了一块地毯，天天坐在地上看书，专业书散开一地。禹毅的领地，自从宋一媛过来后，就只剩下电脑桌，有时候连电脑桌也不是他的。但他毫无底线地纵容，心里还美滋滋的。

两个人待在一间书房里，禹毅打字，宋一嫒看书，很静，又很安逸。两个人的嘴角都不自觉地扬着。

考研对于宋一嫒来说，难的不是专业知识，而是——英语。按曹珍珠的话来说就是："大概你一出生就把所有的语言学习技能点给了汉语言，所以英语就……"宋一嫒抱着考研单词倒在地上生无可恋。本来就不好的英语基础＋六年没接触英语＋畏难情绪＝拿着真题卷一脸蒙的宋一嫒。

宋一嫒火速报了一对一上门家教辅导，找的还是王牌特教。

特教的第一句话是："说说看，存在哪些问题？"

宋一嫒微微笑："老师，劳烦您从初中的英语语法讲起。"

特教笑眯眯："小姑娘还挺爱开玩笑的哈！基础不可能那么差吧，来来来，我们先做一张能力测试卷。"

一个小时后。

"嗯……"特教若有所思地点点头，"那我们先从最基础的主谓宾、定状补讲起吧。"

"好的。"宋一嫒低着白白细细的脖子，乖得像个小学生。

上了一下午课，送走辅导老师，宋一嫒瘫在沙发上发呆。过了大概二十分钟，禹毅回来了。

宋一嫒向他伸手："要抱。"

一回来媳妇就撒娇，可爱，想"爱爱"。

禹毅走过去抱她："今天下午怎么样？"

"学了一下午英语。"宋一嫒叹气，"全忘了，从头学起。"

"学会了就不难了。"

"嗯。"

宋一嫒从他怀里抬起头，眼神坦荡荡、亮晶晶："要亲。"

禹毅啄了她一下。

宋一嫒舔舔嘴唇："今天晚上还能多背三十个单词。"

禹毅："陪你一起背。"

宋一嫒："今天不用工作吗？"

"在公司做完了。"为了陪媳妇背单词。

　　两个人吃完饭竟真的一起背单词。六十个单词，宋一媛记了前面十个就忘了后面十个，记了中间十个又忘了前面十个。也是……唉。

　　反观禹毅，看了十分钟，全部背下来。宋一媛不信，一个一个考他。全对。

　　宋一媛踢他："你是在陪我背单词吗？你是来打击我考研的自信心的吧？"

　　禹毅很无辜。

　　宋一媛继续背，然而收效甚微。

　　禹毅见她一副苦大仇深的样子，有些犹豫道："要不加一点儿惩罚？"

　　宋一媛趴在桌上瞅他："你舍得吗？"

　　禹毅看着她抿唇，自然是舍不得的。

　　不过宋一媛好像一下子从禹毅的话里得到了某种启发。

　　她坐起来，兴致勃勃地说："不然这样吧，一个小时六十个单词，我背到了你答应我一件事，我没背到我答应你一件事。而且要求对方做的这件事必须是对方过去没有做过的，怎么样？"

　　禹毅的心重重地跳了一下，答应下来："好。"

　　宋一媛把眼睛眯起，问："你刚刚在想什么？"

　　禹毅把眼神移开。

　　嗯，傻大个的心思最近越来越活了啊。宋一媛也不再问，禹毅脑子里在想什么实在是太好猜了。

　　一个小时后，挑战结束，宋一媛潜力爆发，六十个单词全背完了。她笑眯眯地道："失望吗？"

　　禹毅摇头。

　　"那就履行赌约？"

　　"嗯。做什么？"

　　宋一媛戳他的胸口："今、天、晚、上、睡、客、厅。"

　　尽管禹毅内心有十二万分不愿意，却也只能愿赌服输："好。"

　　于是两个人一个回卧室睡觉，一个抱着被子下楼去客厅。

　　赵姨瞧他裹着被子委屈巴巴地呆坐在沙发上，忍俊不禁："惹媛媛生气啦？"

　　禹毅有些不确定是不是因为那件事，是最近才发现的吗？他摇摇头：

"没有，赌输了。"然后躺下去，闭眼睡觉。

宋一媛很快洗漱完，钻进被窝里，拱了拱——旁边空空的，没有人。她略微有点不自在，然后躺平了，闭眼睡觉。

十分钟后，两个人同时睁开眼睛。嗯，没有老公（老婆），睡不着。

一个想：人是我叫去客厅睡觉的，现在又反悔，不好。忍一晚上。

一个想：是媳妇叫我下来的，要听媳妇的话。忍一晚上。

想念热乎乎的怀抱，想念傻大个的大手，也不知道他睡没睡着。宋一媛想。

想念软乎乎的媳妇，想念香喷喷的媳妇，媳妇睡了吗？禹毅想。

两个人一前一后翻了个身。宋一媛翻到床中间，嗅到被子上属于禹毅的味道，蹭了蹭。

禹毅"吧嗒"一声掉下沙发，冷着脸爬起来，钻进被窝。

做了错事要受到惩罚，现在就开始不听她的话了，以后还得了？

是不是因为那个呢？他就……也就随便翻了翻，难道摆放有顺序的吗？

嗯，可是睡不着。宋一媛的眉头皱起来。

想媳妇，男人心不在焉。

一个小时后，宋一媛叹了口气，算了算了，明天还要早起背英语，今晚再不睡觉明天就没精神了。一个小时的惩罚应该够了，她想着就要起来叫人——

这个时候，门突然开了，宋一媛下意识地闭眼。

"媛媛？"男人声音低沉且小声。

宋一媛嘴角勾起来，赶紧把笑意压下去，假装睡熟的样子。

男人悄无声息地进来，脚步声轻到几乎听不见。他小心翼翼地掀开被子，默默地躺进来。然后他往中间挪了挪，借着小夜灯昏暗的光，看到宋一媛在熟睡，紧张感顿时消除，满足地把她抱住，又美滋滋地在她的额头上亲了亲，心里空缺的地方一下子就被填满了。

装睡的宋一媛也是。在禹毅抱住她，又照常给了一个温柔的吻后，她心里的某种惶恐和不安就消失不见了，瞌睡也很快来临。原本想打个哈欠的，后来一想到自己现在是在装睡，打哈欠不行，便生生止住了。

宋一媛睡着前迷迷糊糊想：明天就当一切都没发生。

禹毅想：明天一定要早点起来。

第二天，傻大个六点就醒了，悄悄地起床，准备下楼。

宋一媛在被禹毅放开的时候醒了，迷迷糊糊睁眼，问："回来了？"男人动作一顿，她又伸手，"昨晚都没睡好。"

禹毅左右摇摆两秒钟，又躺了回去，重新抱住宋一媛。

宋一媛满足地蹭蹭："昨晚非得想着是你抱着我睡的才睡得着，以后再也不作死了。"

禹毅把人抱得更紧："我也是。"

晚上，又到了宋一媛背单词的时候。禹毅看了单词表一眼，十分实诚地说："今天的有点难，换一部分简单的吧。"

"难就难吧，总得背的。"

两个人对视一眼，宋一媛说："我可不一定会输。"

"嗯。"

结果，宋一媛差了五个单词。

"说吧，做什么？"

男人的眼神开始飘起来。

"嗯？"禹毅抿抿唇。

宋一媛猜到了："不说那就算了。"

禹毅再次抿抿唇。

"大老爷们儿别娘，干脆点！"

禹毅盯着她，目光火热，哑声道："玩具。"

"哦。"宋一媛看着他，"想要怎样？"

"我来一次，可以吗？"

宋一媛哭兮兮："我怕疼。"

禹毅捧着她的脸，目光真挚火辣："我轻轻的。"顿了顿他又说，"你要觉得疼我们就停下。"

宋一媛勉为其难："好吧。"内心却欢呼雀跃：谁要停下！不管你怎样我都不会叫停的！

禹毅一贯面无表情、稍显冷漠的脸配上漆黑发亮的小皮鞭，真的是酷得宋一媛心潮澎湃。

特别是男人向她走过来的时候，长腿、长手，胸膛挺括，肌肉饱满，指节分明——小皮鞭"啪"地一甩，砸在旁边的柜子上，干净利落，简单有力。

宋一媛很兴奋，直直地看着他。

禹毅也是死死地盯着她，冷声问："知道错了吗？"还有小剧场！

宋一媛满不在乎地冷哼一声："没错。"

"啪！"一鞭子从她的头顶呼啸而过，打在床头。

声音震得她心头一颤，她"嗯"了一声。

禹毅慢慢地吞了一口口水，目光如狼似虎："你要是不想吃苦头，最好认个错。"

宋一媛撇开头："我没错，你浑蛋！"

"啪！"又是一鞭子。

宋一媛的目光软下来，眼睛里透着水汽，看着他："你打我身上呀。"

男人居高临下，施舍般地弯下腰，捏住她的下巴，轻笑一声："还早着呢。"

宋一媛的心跳停了一拍——下一瞬间又疯狂地跳动起来。我的妈呀！这样的禹毅好帅！

心里虽然已经为男人疯狂"打 call（加油）"，面上却还坚持做一个威武不屈的女人。她睥着他："有本事干死我？"

禹毅用鞭子缓缓划过她的脸，沿着白嫩的下巴划过脖子，又经过精致的锁骨——手下的身体禁不住一阵战栗。

"有感觉了吗，嗯？"

宋一媛的嘴唇动了动，没说话。

"身体真敏感。"

宋一媛感觉不用禹毅干她她就要那啥了。为什么会这么撩！

她动了动，发现自己动弹不得，原来已经被绑在床上了。

禹毅盯着她："想逃？"

宋一媛哼了一声。

男人凑得更近，嘴唇贴着耳朵，声音阴恻恻的："你是我的。"

宋一媛咬唇——是你的，是你的，都是你的！

这一晚，也可以排在宋一媛无上美妙夜晚之首。

宋一媛现在每天的安排就是早上很早起来背英语单词，上午玩似的看看专业书，中午午睡一会儿，下午再特训英语，晚上写一点东西，睡前一个小时再背英语单词。

日子好像过得很慢，却又很快，转眼就是重阳节了。

这一天是杜重老头子的生日，宋一媛和曹珍珠早就约着这天一起去看他。

明明昨天师母在电话里还挺欣慰地说老师这两天精神十分好，夜里人却突然就发起烧来，上吐下泻，昏迷不醒。

等宋一媛和曹珍珠兴高采烈地下了飞机，正说说笑笑时，就接到师母的电话："你们俩快来！你们老师快不行了……"宋一媛的脸色一下就变了。

曹珍珠心里一"咯噔"，心紧了起来："怎么了？"

宋一媛张了张嘴，说不出话来。

两个人打车快速赶去医院。跑上楼，医生正在和师母说话，师母两眼通红，睁着湿润的眼不知所措地看着医生，头发花白，手揪着手帕。宋一媛眼睛一酸，又赶紧止住，疾步走过去，搂着老人："师母，我们来了，老师怎么样了？"

医生说："也就是今天的事了。"

师母"哇哇"大哭。

曹珍珠抱住她，手用力到变形："您别哭，您别哭……"眼泪却随着话流了一脸。

宋一媛有些茫然地把师母交给曹珍珠，说："我进去和老师说说话。"

杜重躺在病床上，头发全白，乱糟糟的。老人气息微弱，眼睛半睁不睁的。宋一媛看到他眼睛的时候脚步一顿，死亡抓住一个人的时候是有预告的。他的眼睛会不受控制地往上翻，眼中雾蒙蒙一片，呈现一种残忍诡异的青灰色。他的整张脸也会像没有生命力一样坍塌凹陷，露出头骨的形状。

医生开始说的时候，宋一媛还不信。现在杜重和她四目相对，她才信了。她走过去，恭恭敬敬地喊："杜老师。"

杜重笑了一下，脸上出现宋一媛熟悉的某种表情。

"我在准备考研了。"

杜重看着她，重重地呼吸了两下，笑着说："上次是谁跟我说要过平凡的小日子的？"

"读研，读博，留校当老师，也挺平凡的。"

杜重静静地看着她。

"当然，当老师之余，写写东西，培养两个学生，也可以。"

"为什么，又决定这样了？"

"说服了自己无数遍，说服不了，就决定这样了。"

"好，好……"

房间里沉默下来。

半晌。

"人固有一死。"杜重说，"我留念，但我不恐惧，你别这样一副样子。"

宋一媛一滴眼泪都没流，甚至在听到这句话后还笑了笑："我怎样？"

杜重叹了口气："死对我来说就是一口气的事，你师母这几个月太辛苦了，你帮我好好照顾她，也常常来看看她，好不好？"

宋一媛点点头，然后曹珍珠和师母就进来了。

师母什么也没说，帮他擦脸、擦手、擦脚，杜重僵硬着脑袋，努力配合她。等她擦完了，又用棉签蘸了水，润湿老师干涸的嘴唇。

杜重看着她："还是应该要孩子的。"

"说什么胡话。"

"我走了……"杜重浑浊的眼里流出一行泪，"你可怎么办呀……"

师母才止住的眼泪又涌上来，她哽咽着："那你就不要走……"

曹珍珠捂住嘴，眼泪止不住地往下流，宋一媛心如刀绞。

杜重反反复复念叨："你怎么办呀，你怎么办呀……"然后他就开始咳起来。

师母吓坏了，犹如惊弓之鸟，赶紧给他顺气："你别说话，别说话！我会好，我会好……"

老人押着脖子长长地缓过一口气，又重重地呼吸了几下，才安定下来。一时间，谁也不敢和他说这个话题，他的脸色已经灰得不成样子了。

下午两点一过，学院里和杜重有交情的老教授都过来看他。夫妻二人无儿无女，一辈子在搞学术研究，住在 Y 大，大多老教授和他们既是邻居，也是好友。

乌泱泱来了一群人，有古代文学的李安民、曾怜、张统，有现当代文学的黄军、王云，有外国文学的段中伦，还有中文系主任董朝乾、上任文学院院长孟仲平，以及现任文学院院长汪博儒。

其他人出现的时候，杜重表现得还算平静，甚至还握了握董朝乾的手。

董老师说："我知道，我们都会照顾纪老师（师母）的。"

等汪博儒从后面走上前来，杜重瞪大眼睛，扯着已经说不出话的嗓子粗声大叫："滚……滚出去——"

众老师措手不及。杜重激动极了，在床上一次又一次想要坐起来，用身体撞床，瘦骨嶙峋的手伸到空中，仿佛要抓住什么："滚出去，滚出去！"

师母和宋一媛一人一边赶紧安抚他——

"老师，老师，好了，好了……"

"你别激动呀！你冷静一点儿……"

汪博儒在众人晦暗不明的眼神里退出病房。宋一媛心里很痛，咬紧牙关不让自己哭出来，红着眼睛看着激动无比的老人，颤声道："老师，好了，真的好了……"

师母已经忍不住哭了，一边哭一边说："你不要激动呀，你不要激动呀……"

杜重狠狠地捶了两下床，大口大口喘着粗气。等他好不容易平复下来，已经是只有出的气，没有进的气了。众人面色严肃凝重，都默默不语，师母在"呜呜"地哭着。

杜重艰难地张嘴："一……媛……"

"我在。"

"对……对不……"

宋一媛摇头："不是您的错，不是您的错……我知道，我知道的呀……"她再也忍不住，号啕大哭起来，"老师，不是您的错！"

"呃……呃呃！"

"老师！"

"杜老师！"

"叫医生！"

宋一媛跪在床边，紧紧握着老人的手，哭得声嘶力竭。师母给人盖上被子，哭了两声，晕倒在床边。

病房里兵荒马乱，董朝乾叫来医生，商量了后事，和护士一起把人搬上推车……

宋一媛愣愣地坐在地上，曹珍珠抱着她。禹毅奇迹般地出现在病房门口，他看着宋一媛颓败的背影，感觉心在拉扯着痛。他大步走进来，先把曹珍珠拉起来，然后蹲下去将宋一媛紧紧抱住，又把她的脑袋摁在怀里，沉声道："没事的，没事的……"

宋一媛的眼泪又无声无息地流出来。她转身抱住禹毅，嘴唇紧咬。痛，好痛，不能承受的痛。为什么要有死亡？人为什么要老？为什么不让他多活几年？

禹毅把她抱起来，让曹珍珠和她待在一起，对她说："那边需要有人，师母醒了，我过去跟着，你就待在这里，有什么事情给我打电话，好吗？"

宋一媛悲伤的眼神一下子清明起来，颤抖着声音道："我和你一起去。"

曹珍珠也抹了抹眼泪："不哭了，先做事。"

于是三个人便一起去安排后事。

宋一媛好像一下子就坚韧起来，照顾师母，联系墓地，整理遗物，通知相关的人……所有事情她都经手，所有事情都做得一丝不苟。

她三天三夜没合眼，精力仿佛用不完。师母心疼她："你睡一会儿吧，还有禹毅和珍珠呢。"

宋一媛摇摇头："我不困。"

禹毅强迫她去睡觉："剩下的我来。"

宋一媛睁着眼睛："我睡不着。"

禹毅把她的眼睛捂住，遮住了一切光："闭上眼，一会儿就睡着了。"

宋一媛眨了两下眼睛，过了两三分钟，晕倒在禹毅怀里。

禹毅抱着她去睡觉，心疼地摸着宋一媛无比憔悴疲惫的脸。所有事他都能安排人去做，但他不能这么做。

"每个人都要经历这些事情的。"禹毅轻声说，"要学会接受，媛媛。"

宋一媛梦到了杨歆。杨歆说："好久不见，宋一媛。"

宋一媛愣愣的。

她也梦到了杜重。杜重笑眯眯："来，翻到第六章，今天我们讲诗歌。"

杨歆说："老师，这一章上个星期就讲了。"

杜重惊讶："哦，是吗？"又说，"我忘了，那这节课我们来聊聊天。"他笑眯眯地，"最近生活如何？"

杨歆："也就那个样子。"她叹了口气，"做编辑好无聊，叫他们改个稿像要他们的命一样。写得好自然不必改，可写得不怎么好的地方是要反复琢磨的呀。弄得像我无法理解他们的文章一样，写成那样，还真以为自己写得很好不成？"

曹珍珠说："喂喂喂——你在一个编剧面前说这个是不是不太合适啊？瞎说叫人乱改的情况我可遇到得多了……"

两个人吵起来，杜重伸手让她们停下："好了好了，有什么好吵的。"说完他笑眯眯地看着宋一嫒："一嫒，你来说说最近过得怎么样？"

宋一嫒茫然地看着他们，说："我的老师死了……"

杜重便收起笑容，问："哪个老师？"

"我的大学老师。"

杜重叹了口气："人到了一定的年纪，必定会遇到这样的事。"

杨歆抱抱她："别难过，你的老师也不想看到你这样。"

曹珍珠也抱抱她："有我们陪着你呢。"

杜重说："生前好好相聚了，死也不是什么大不了的事。"

"嗯。"

"你要过好自己的生活，别总惦记着死去的人。"

"嗯。"杨歆说，"死的人死了，活的人要好好活，生活就是这样继续的。"

"嗯。"

宋一嫒睁开眼，醒了。禹毅守在她旁边，摸摸她的脸："没事的，都会过去的。"

杜重火化的时候宋一嫒在场，师母不忍心看，就在外面等。里面只有宋一嫒和禹毅。人被推进去，然后变成一盒骨灰出来。师母抱着黑色的盒子，眼泪早已流尽了。

他们平静地把他放进墓地。杜重的名字曾出现在书本上，出现在讲座上，出现在选课单上，甚至出现在"新闻联播"里。这还是宋一媛头一次看见他的名字出现在墓碑上。冰冷的大理石碑，小小的黑白照，肃重的隶书——先夫杜公杜重墓。

墓志铭云："我醉欲眠卿且去，明朝有意抱琴来。"这句墓志铭是杜重生前无数次交代的，现在他终于用上了。

宋一媛给师母抹眼泪，轻声说："我醉欲眠卿且去，明朝有意抱琴来。师母，不哭了。"

师母点点头："他看得那么开，倒显得我小气了。"她跟赌气似的说，"也不过两三年，我就会睡在他旁边了。"

死亡所带来的痛，从来都不是一朝能尽的。甚至有时候，在最初，我们感觉不到痛。它会反复出现在日常生活里，成为不轻易谈及的噩梦。

待一切尘埃落定，宋一媛和禹毅才回家。禹毅很担心宋一媛的状态，但宋一媛表现得一切正常，下午还照常上了英语课，晚上也背了单词。可她越是这样，禹毅就越担心。

两个人正要洗漱睡觉，宋妈妈打来电话，也不知道是从哪儿知道了杜重去世和宋一媛一直在帮着料理后事的事。电话一接通，宋妈妈就很生气地说："又不是你家死了爹妈，你跑去忙前忙后算什么事？"

"那是我的老师。"

"也就一个大学老师而已，你都大学毕业多少年了？他一没给你找工作，二没给你生活费，还害得你连保研都保不了，你这样热心肠干吗？！也没见你对我们这么上心！"

"妈！"宋一媛心里宛如针扎，"一码事归一码事！老师没有后人，就只有我们这群学生，我自愿去做这些事情，以表达自己的心意，又没影响其他人，为什么不能去做？"

"你倒是对一个外人上心，把自己的亲生父母扔在一旁不管！你这孩子的性格怎么这么怪！"

宋一媛一下子挂了电话。

宋一媛和宋妈妈最开始的矛盾，就是宋一媛上高中的时候，花了一部分时间和精力给语文老师汇总了高中三年常考的课内外古诗词。因为那个时候宋一嫒打字还不熟练，所以花在电脑上的时间就多了不少。宋妈妈知道后，前所未有地生气，说她傻，说她不花时间在自己的学习上，倒给别人做闲事。

宋一嫒不懂，说她只会读书的人是妈妈，说她多管闲事的人也是妈妈。大人到底想要她学会什么技能？又要她怎样读书呢？

宋一嫒长大后，了解到一部分宋妈妈过去的事，也就慢慢能理解她为什么会这样——年轻时的宋爸爸不争气，过世的奶奶曾经让她受尽了委屈。外婆生了九个孩子，对所有女儿都非常漠视。宋妈妈孤立无援，一个人撑起了一个家。如果她不自私一点，就不会有宋一嫒小时候的衣食无忧。她能理解，并且也心疼。但十几年的教育与逐渐形成的个人价值观让她不能同妈妈一样去对待别人。

她没有资格指责自己的母亲，却也无法接受自己如此，可宋妈妈却一直在用这种处事态度逼迫她。宋妈妈把一生的心血都花在了她身上，爱她的时候爱如心肝，恨她的时候恨如怪物。她真的好累。

这天晚上，宋一嫒不知是什么时候睡着的。禹毅见她睡了，悄悄起来，关上卧室门，去另一间房里打电话："您好，我是禹毅。"

宋妈妈突然接到禹毅的电话，有些奇怪。

"这些话，宋一嫒一辈子都不会对您说。"禹毅顿了顿，面色冷漠，眉头紧锁，"但我很想对您说。"

"什么话？"宋妈妈的眉头皱起来。

"能问一下爸爸在旁边吗？"

"在。"

"那能让他一起听吗？"

宋妈妈开了免提："你要说什么？"

"作为父母，你们残忍无情，自私又狭隘。"禹毅抿唇，"宋一嫒是一个人，不是你们的小猫、小狗，开心了就夸，生气了就骂，做的事情不合你们意了就说她不孝顺。好像你们养了她就是天大的恩情，好像她就必须爱你们，不爱就是冷血动物。她爱不爱你们，并不取决于你们是不是她的父母，而取决于你们值不值得她爱。而你们总觉得给了她生存物质就是给了她一切，一点儿也不关心她精神上的东西。不交流，只断定；不沟通，只命令，更觉得她敏感多思的精神世界是在无病呻吟。我不知道世上为什么会有你们这样的父母，从不认同她，也不以她为骄傲。夸一下她很难吗？"顿了顿，他又说，"抛开你们父母的身份，你们只是两个失败的中年人，一个毫无主见、唯唯诺诺，困于婚姻生活；一个霸道强势、自私无知、眼界狭小。妈妈，我想问一下您，为什么杨歆死了您能毫不自私、残忍地认为都是宋一媛的错，一定要给她绑上枷锁呢？为什么杜老师去世了您又大动肝火地认为宋一媛是多管闲事呢？在这两件事上，您的态度为什么是矛盾的呢？"

"我都是为了她好！"宋妈妈不敢置信，又怒火中烧，"你有什么资格对我们说这种话！"

"对不起，我知道我说这样的话极其无礼。"禹毅说，"我明天会登门道歉，但我一定要把话说完。

"让她一辈子背着杀人的罪恶感生活是为她好吗？阻止她去帮助自己敬爱的恩师是为她好吗？您自己自私自利得到今天这一切好像还过得去的生活，并没人指责您，而且好像还有许多人表示赞同，所以您就觉得自己伟大、正确、了不起吗？所以宋一媛不这样就是傻，迟早会吃亏吗？还是您自己也知道其实自己并不正确，内心恐惧着有一天宋一媛会站在正义的一方指责您并且完全脱离您的掌控，您会因此失去最大的支持，所以才总是想要控制她，不给她自由？愚昧而沾沾自喜，无知而理直气壮，作为一个被生活打败的人，您又有什么资格去指导宋一媛的人生呢？

"爸爸，更令人心寒的人是您。您是她的父亲，却又不是她的父亲。当她需要某种来自父亲的力量时，您从来没有给过她。不仅不给，您还以沉默的方式削减她身上的力量。宋一媛能健康积极地长成现在这个样子，是读书救了她，也是幸运之神眷顾她。她不仅不怨恨你们，还比其他人更爱她的父母。只是你们并不值得她爱。"

宋妈妈气得说不出话来，正要说什么，一直沉默的宋爸爸红着眼眶吼道："好了！"

禹毅说："我对你们说的这番话很极端，但唯有极端才能产生震撼。我这样做真的很不好，可我没有更好的办法了。你们是她心里最大的结，她解不开，而你们又不会主动去解，我便只能横插一刀了。明天我会登门道歉，爸、妈，晚安。"

"别给我过来！你们好，我就当没这个女儿了！"电话被挂断，禹毅站在窗前，嘴唇紧抿。

第二天，禹毅有些忧虑地看着早起背单词的宋一媛。

宋一媛淡淡地笑："很担心我吗？"禹毅只是看着她，目光深深。

宋一媛轻轻抱着他："我真的没事。"顿了顿又说，"我是很难过，这种难过无法对别人讲，但我能控制它不影响生活。杜老师对我的期望和影响，都使我有一种从未有过的力量，使我无法懦弱地沉湎于他的死，而忘了活。我要做一个令他骄傲的学生，我的人生已经过去三分之一了，而成为能让他骄傲的学生是多么难且漫长的路，我不能任性地只是哭，我要多做一点，多努力一点。我要照顾师母，我还要好好爱你，我也要做我自己。"

禹毅控制不了地亲了亲她："你好棒。"

"最棒的是你。"宋一媛说，"当我在病房里只会哭的时候，你更知道怎样去解决现实中的事，是你让我在那一瞬间明白什么叫担当。"很希望她永远是天真善良、多愁善感的宋一媛，也为她是这个坚强勇敢、努力强大的宋一媛而骄傲。

两个人在门口分别，宋一媛说："好好工作，等你回来。"

"嗯。"两个人照例给出门吻。

禹毅驱车出了门，并没往公司去，而是朝着宋一媛父母的家驶去。宋妈妈不肯开门，禹毅就在外面等。他等了一天，惹来院子里左右的邻居议论纷纷，可一向在意邻居议论的宋妈妈这次却像没看到似的。

到了禹毅下班的时间，禹毅对门里的人说："妈，我先回家了，媛媛不知道我来了你们这里。明天我再过来。"宋妈妈把折好的豆角抖了抖，打开水龙头清洗。

第二天，禹毅再次来到大院。他等了一个中午，还是没有人开门。对面的人反而和禹毅说起了话，问："你是来干什么的？"禹毅不回答，面色冷淡。

一个大院的人，你串我家，我串你家，眼睛都若有似无地朝禹毅身上瞟。这一天无果。

第三天、第四天、第五天……到第七天，宋爸爸终于打开了门。

禹毅说："对不起，我对你们说了那么多过分的话。"

宋爸爸摇了摇头。

宋妈妈正在厨房做饭，宋爸爸说："坐下，吃饭吧。"

宋妈妈把饭菜端上来，说："媛媛喜欢喝汤，今天炖了萝卜排骨汤，走的时候给她带一些回去。"

禹毅点头："好。"

三个人安安静静吃了一顿饭，吃完后三个人坐在沙发上，各自坐一边。宋妈妈直接说："我是现实，两个人过日子，接触的都是现实的事。你今天跑过来为宋一媛打抱不平，一副好像很爱她的样子，谁知道以后还是不是这样？你有钱，等宋一媛老了，多的是年轻的小姑娘投怀送抱。到那个时候，除了我们，谁还会在她身边？"顿了顿，她又说，"说不定我们还活不到那个时候。"

禹毅说："我是不会变的。"

"上下嘴皮子一碰，话当然好说了。"

禹毅说："我是不会变的。"

宋妈妈皱起眉头，宋爸爸看着他："男人年轻时候的诺言都是发自真心的，却真的也是很容易违背的。"

"我是不会变的。"禹毅顿了顿，说，"我知道做父母的都担心自己的孩子，想给她的生活一些保障，我也很愿意给。"

"但如果我给了，媛媛会生气的。"禹毅抿抿唇，"平白给她一笔资产，就好像平白为未来的某次背叛做预防一样。我如果没有这样做，她会因此感到安全，那这个安全不是我给她的，而是这笔资产给她的；如果我有这样做，以宋一媛的性格，拿在手里都嫌脏。她一开始要的是一个避难所，有吃有喝，不用面对生活，而现在她要的……"

禹毅顿了顿："您不信爱情，但我信，她也信。我们都渴望这个。"

"您想我用钱来证明爱，为了爱可以牺牲自己的部分利益，对不起，我不喜欢这样。用物质去证明精神，就好像把爱在论斤卖。"禹毅说，"她也不喜欢这样。

"如果我变心，最先察觉到的不会是您，而是我的枕边人。她心思那么细，我藏不住的。到时候她如果真的因爱生恨，要把我搞得身败名裂、人财两空，我所有的东西都放在她知道的地方，她多的是方法报复我。"

宋妈妈无话可说，沉默了半晌，像是和谁赌气，又饱含无限心酸："明明都是为了她好，可结果每个人都说是我不对。一个做母亲的，怎么可能不爱自己的骨肉？我是有做得不恰当的地方，可就是因为这些不恰当被你说得一无是处，我每天晚上一想到你说的那些话就睡不着觉……"

禹毅赶紧说："真的很对不起！我当时说的话确实很重，也很极端。您爱媛媛，没有比媛媛更明白的人了，所以媛媛从不对您说重话。我冲动地说出那些话，也不过……"要说出口了又觉得不合适，男人生生顿住了。

宋妈妈看他一眼，知道他想说什么。宋一媛不说，是因为宋一媛爱她；禹毅会说，是因为禹毅更爱宋一媛，对他们没有太多的感情。

宋妈妈也不奢望禹毅能对他们有多少真心，最好他的真心全放在宋一媛身上。这个男人也是傻，之前说的每一句话他都失了身份，也失了风度，言语刻薄而过分，宋一媛要是知道了，不一定会开心。但他莽莽撞撞像个青春期的孩子，冒着会和宋一媛产生隔阂的风险直愣愣地来了。他非常幼稚天真，也非常勇敢伟大，既让她生气，又让她安心。

禹毅说的话很难听，但事实又确实是这样的。她自私，控制欲强，有些歇斯底里，文化水平不高，有些自负，也有些自卑。她在被苛责的环境里长大，尽管她在心里为宋一媛感到无比骄傲，口头上却从来不愿意说句鼓励的话。

怎样对人说软话？她没有听到过她的母亲夸她一句"你很棒"，所以她也不会说。一个家的支撑者是她，她是脊梁，示不得弱。这些在无形之间都成了她教育宋一媛的基调。她尽心尽力地爱宋一媛，所有的心血都是为了宋一媛，所以她渴求女儿爱自己，难道错了吗？

她知道自己某些地方错了，也知道为什么自己付出那么多，收获却这么少。但她已经活了五十年了，让她在一个外人面前坦然承认自己的错误，显然是不可能的。

宋妈妈说："她的追求不切实际，我也懒得说了。我老了，管不动了，她自己选的路自己去走，走不动了可别来给我哭鼻子。"

禹毅的眼睛亮晶晶的："谢谢妈妈。"

宋妈妈轻哼了一声。

宋爸爸沉默许久，说："媛媛以后就拜托你了。"

"嗯，我会好好对她的。"

宋爸爸就不说话了。

宋妈妈把给宋一媛煲的汤打包好，又装了一箱自家小院里摘的葡萄给禹毅，说："到下班时间了。"

禹毅接过去："辛苦了。"

宋妈妈说："别跟她说是我做的。"

禹毅没有说，但宋一媛晚上一吃饭就尝出来了。饭后摆上来的水果，宋一媛一看就知道是宋妈妈种的葡萄。在闹了不愉快后，宋一媛没想到宋妈妈会这么快就给她煲汤、带水果，仿佛一种无声的求和。

宋妈妈那样倔的一个人，真是有了天大的改变。宋一媛很高兴，不由得多吃了一串葡萄。她没有多问，理所当然地认为是宋妈妈托人直接送到家里的，压根儿没想到是禹毅带回来的。

禹毅开始还忐忑了一下，可见宋一媛什么都没怀疑，才稍微放下心来。

过了几天，宋一媛从孟妮那里知道汪博儒主动辞了Y大文学院院长的职务，被教育部调到另一所学校去了，现在新的院长是原来的中文系主任董朝乾。吃晚饭的时候，宋一媛把这件事告诉了禹毅。禹毅瞅瞅她，现在他大概也能从宋一媛的语言里感知到未尽之意了。

宋一媛小口啜了一口汤，说："我们是不是很久没有写信了？"原本定好一个星期写一次的，但她和禹毅能说出口的话越来越多，难为情的情况越来越少，所以也就没有非要坐下来憋一些话写，顺其自然想写就写，没有写也就算了。

宋一媛的第六封信

禹毅：

其实现在想想，当初我在毕业论文上犯的错误真的有那么严重吗？我的解释，答辩老师真的没听吗？哪个老师愿意在大学的时候卡一个小小的本科生的论文呢？杨歆虽然冲动地去找汪博儒，但大错并没有酿成，没有哪个领导愿意把事情闹大。而当时的老师们被杨歆气得口不择言，冷静下来后，真的会因为一时的情绪而毁掉一个孩子的前程吗？

这些问题，在进入社会两三年后我就有了答案，都是否定的。

这才是真的现实。即便是 Y 大——那么注重学术研究和文人骨气，也逃脱不了更现实的学校发展和招生声望，逃脱不了各级之间的明争暗斗。

老师性子直，年轻的时候说话更是据理力争，也不爱打理同事关系，除了研究能力强，大概也没啥其他优点了。汪博儒恰恰相反，研究能力平平，却很会为人处世，漂亮话说得很漂亮。

两个人一直互相讨厌，老师讨厌汪博儒整天戴着一副假面具，这里看看，那里笑笑，心从来不放在学术上。汪博儒讨厌老师一天到晚只知道看书、写论文，像迂腐的古代学生一样，一点儿为人处世都不会，还常常让他下不来台。所以两个人都尽量避免相处，实在非得处在一起时，如无必要，绝不交流。

汪博儒对我大概也是存有敌意的。当他知道我是老师最得意的学生时，更是哪儿哪儿都看不顺眼。学校里也有势力划分，有些人是衷心佩服老师的。在投票选院长的时候，莫名有了小部分人强烈地支持老师。

牺牲一个毕业生，干掉不喜欢的竞争对手，很划算。于是这件事就大了起来，一直大到过不去。老师对这件事耿耿于怀，至死都不能放下。他一直觉得是因为他才造成了不可挽回的结果。

老师傻，我也傻，亏他还那么喜欢北岛。"高尚是高尚者的墓志铭，卑鄙是卑鄙者的通行证。"如君似吾。

有关汪博儒的事，我从来没对任何人讲过，是因为既不想做陌生人眼里的政治牺牲品，也不想把他当成一个挺重要的人。

我瞧不起他。

禹毅的第六封信

Y：

我上初一的时候，快放暑假了，在路上遇到一个女生，齐肩发，看起来很柔软，扎一个规矩的马尾，额前有细碎的绒毛。她在一家冷饮店门口买饮料。故事的开头其实并没什么特别的事发生。

严格说起来，或许那个时候我是见色起意，单纯被你的样子迷住了。我喜欢你安安静静地等在那里，表情恬静，看眼神好像在想什么。我也喜欢你甜甜地对店员说"谢谢"，眼睛里像是有光，嘴角的笑像光的河流。

怎么会有这么软、这么亮的人，照得旁边所有人黯然失色。我信一见钟情，因为一见钟情看上的，是靠直觉选出来的自己极度渴望又没有的东西。

你是我的《传奇》。

宋一媛看了信后，心里又痒又酥，把信拍在身边人的胸口上："干吗这么会写情书。"她嘴角微扬。

"因为可以想很多遍，想好了再写。"所以每句话都斟酌很久，都最好地表达出他的意思。

禹毅不是不会说情话，而是当着宋一媛的面说不出来。现在还稍微好了一点。

"所以故事从一开始就这么简单？"宋一媛有些不可置信，"你看到我买饮料，就？"

禹毅捂住她的眼睛："嗯。"

宋一媛没有动作，顺从地让他捂眼睛："后来呢？"

"遇到有男生向你表白。"这个宋一媛没法记清，因为从小学五年级开始，几乎每个星期都有人向她表白。

好在禹毅没有其他意思，就只是陈述当时的情况："你买了饮料出来，有男生向你表白，你很淡定地对他说，'谢谢。但我们现在都还很小，可能并不是那么能理解喜欢的含义，我想长大一点再谈这个。'"

宋一媛听到这句话后笑起来，禹毅自然看到了，也跟着微微一笑。两个人心照不宣——这句话是宋一媛拒绝所有人的标准答案。宋一媛说过太多次，有印象；禹毅听过许多次，忘不了。

"那个男生并没有马上走，而是说：'如果你都不能让我知道喜欢的含义，那我以后也不会知道。'"

"哇哦——"宋一媛仿佛觉得自己在听一个陌生的故事，有趣极了，"初中生都这么会说情话吗？"

"你不记得了吗？"

"不记得了。快快快，接着讲。"

"然后你就说：'大概我能让你知道的，就是喜欢这种感情会分单方面喜欢和互相喜欢吧。'

"那个男生说：'我们在一起试试看，我愿意等你喜欢上我。'你就很认真地回答他：'不会的。我不会喜欢你。'男生问为什么，你说，'因为我会喜欢的人，是被我拒绝后，当要再一次争取的时候，不会直接就说试一试，而是会问能不能追我的人。'"

前面明明还在说不清楚喜欢的含义，这里又对要在一起的人有这么清楚的定义，也是非常宋一媛了。

她那个时候大概不知道自己要什么，却很叛逆地知道自己不要什么。什么样的男生她都不喜欢，真是高傲得很。禹毅那时就想，她真是牙尖嘴利。

"你把这些话记得这么清楚？"可宋一媛的关注点却在这个上面。

"嗯。"禹毅的声音里带着一些回忆，"很特别。"

"一个自作深情的小男生和一个特别的小女生吸引了一个真心深情的小胖子。"

宋一媛说："我真的是真心感谢那个男生。"

禹毅笑，就着这个姿势，在她的嘴角轻轻一吻。

一个十二三岁的小姑娘，用非常认真淡定的表情说"我们不懂喜欢的含义"，对同样十二三岁，一瞬间情窦初开的小男生来说就是特别。特别是这个小姑娘一边说着不懂，一边又好像很懂，仿佛是在质问他为什么不懂，就问进了他的心里，尤其特别。

那是禹毅第一次想一个问题想到失眠。什么叫喜欢呢？

握着饮料的宋一媛就在他的脑海里晃啊晃——皮肤白得发光，眼睛黑得发亮，笑容也是亮的，牙齿白得闪光——于是脑海里只剩下一团白光。他好像能清楚记得她的样子，又好像记不清楚。

宋一媛说的话也反反复复在他的脑海里回响——单方面喜欢，互相喜欢。试一试，能不能追。他懂了一点点，大概就是单方面喜欢一个人的时候，不要给喜欢的人造成困扰，不要理所当然地请求给予特权或者直接情感绑架，先扔掉你的喜欢，再靠近她。

这一点点懂，在之后对宋一嫒悄无声息的关注中，变成了禹毅最多的懂。太多人说喜欢她；太多人不接受拒绝；太多人为了完成暗恋仪式，把所有的感情一股脑地倾泻给她，然后说："谢谢你听我讲完这些，没想过让你回应，只是想对自己有个交代。"

你对自己交代，又何必要打扰被暗恋的人呢？喜欢是你的，过程是你的，放下也是你的，全程都和她不相干，她却要站在那里仿佛已经预背了一口负心的锅。

由此而延展开来，让他注意到的——是这些人的喜欢，好像很短、很浅、很轻易。许多向她表白的人，表白完后都快速找到了下一个表白对象，迅速交往，迅速分手，迅速疗伤，迅速悲春伤秋，完成对青春的感悟。

当有人向男生提到宋一嫒的时候，他会说："校花呀，谁没暗恋过？我们这种，配不上，配不上。"

"我还表白过呢！可是被拒绝了，唉，当时就觉得不可能。"

所以这些人都是喜欢她什么呢？看一眼，觉得好看，就喜欢了，也就这样了，遇到了多看两眼，有她的事情传出来了就兴致勃勃地说，知道她喜欢白色就给她送白色的玩偶……多的就没有了，从不主动，从不改变，从不了解，自以为深情，似撩非撩，做着美梦。

禹毅似乎又懂了一点：喜欢是个动词，心动＋行动。禹毅是一个行动力特别强的人，他懂了什么就做什么，只是那个时候的他可能没想到，悄悄关注宋一嫒所感悟出来的感情观，会成了他定型的感情观。他就真的悄悄放着这份感情，行动了这么多年。

禹毅把手放开，宋一嫒的眼睛露出来，两个人对望。

宋一嫒说："下一次说有关感情的话题的时候，你可以试着看我的眼睛。"

宋一嫒明白，禹毅对她好像没有任何要求，说暗恋的事也要捂住她的眼睛，其实并不是真的没有要求和期待，而是他害怕，从不奢求回应。大概也是她真的做得不够，所以他不敢相信。但这些隐藏的东西她不打算说出来，她有行动，一定要让他感受到。

"嗯，好。"禹毅心有所感，大概能明白宋一嫒的意思。他是信她的，只是害羞。一个人对另一个人最大的接受，就是接受无欲的亲吻，并且由衷地高兴。宋一嫒在这方面表现得太诚实了。

两个人腻了一会儿，宋一嫒爬起来去背英语单词，禹毅则开始工作。

工作群里突然一阵热闹，禹毅漫不经心地打开，竟然是某个员工在某家酒吧边弹边唱向女员工表白的短视频。群里的姑娘一个比一个兴奋，仿佛被表白的人是自己似的。

禹毅滑动鼠标的手顿了顿，看着一排的"哇，好浪漫！""哇，祝福祝福！""可以说非常羡慕了！"若有所思。现在都流行这个吗？

禹毅私聊甄伟：你跟你女朋友唱过歌吗？

甄伟：唱过啊。看到群里的消息啦？这招俗是俗了一些，但对两情相悦的两个人来说，真是经典又甜蜜。

第二天，禹毅照常上班，宋一嫒照常看书。

突然，宋一嫒收到禹毅的微信：你有喜欢听的歌吗？

宋一嫒：没有，怎么了？

聊天框里的"对方正在输入"来来回回显示了好几次，最后慢吞吞地跳出来禹毅的消息：没什么，就是最近有很多心情，想唱歌抒发一下。

宋一嫒拿着手机笑了：我有，下午告诉你。

禹毅：好。

宋一嫒转身给曹珍珠发微信：给我推荐一首适合表白或者表达爱意的歌，急！

曹珍珠发过来一排疑问号。

宋一嫒：有没有？要甜一点儿、深情一点儿、不悲情的。

曹珍珠：你拿来干吗？

宋一嫒：表白。

曹珍珠：哇哦！向禹毅？老夫老妻了还搞这些？

宋一嫒：给禹毅的，帮我老公一把。随后她发了一张和禹毅的聊天截图过去。曹珍珠立刻回了满满一排的"哈哈哈"，问：他知道他暴露了吗？

宋一嫒：大概是没有的。

曹珍珠再次"哈哈哈"。

过了几分钟，宋一嫒收到曹珍珠的消息：《当你老了》《从前慢》《小宇》《有何不可》《想把我唱给你听》《深海》。有深情的、欢快的、怀旧的，你随便选一首。

宋一媛把每首歌都听了一遍，最后选了《当你老了》，然后立刻发给禹毅：《天使的指纹》《当你老了》，最近反反复复在听这两首，挺符合我最近的心情的。

禹毅极其平淡地回了一个字：嗯。他快速搜索，添加，播放，一气呵成。一听《当你老了》，嗯，傻大个想，就这首了，适合唱给媳妇听，真是量身定做啊。转到《天使的指纹》——慢慢地、慢慢地，男人的表情愣住，听到最后一句，心兀地停跳，又"怦怦怦"地跳快起来——

灯火阑珊

你急着要看到那个人

他也在寻找你的身影

你也让别人在等

…………

宋一媛说挺符合她的心情的。什么样的心情？兜兜转转，众里寻人，原来是你。

禹毅把歌又听了一遍，是这样吗？他心里忍不住高兴，也忍不住情绪激昂——媳妇在向他表白！媳妇在用歌向他表白！好想跑两圈！

可他又觉得有哪里不对。嗯？不是他要唱歌吗？为什么被媳妇抢先了？男人平复了一下心情，冷静下来，明白了一件更不容易冷静下来的事情——媳妇好像知道他想干吗了，他的心情一时间很复杂。

晚上，禹毅回家，宋一媛期待地跑出来问："歌听了吗？怎么样？"

禹毅不看她，假装在很认真地脱西装，说："有点忙，没来得及听。"

宋一媛心里失望了一下，不过也能理解，又笑着说："那你晚上听。"哈哈哈，还能现场看到傻大个呆住的样子，不错，不错。

"嗯。"禹毅的反应冷淡极了，"先吃饭。"

吃完饭去书房，两个人如往常一样各自待着，一个工作，一个背英语单词。

宋一媛撩人的心蠢蠢欲动，看不进去书，偷偷看了禹毅一会儿，才过了半个小时就对禹毅说："累了，休息一会儿。"

禹毅就停下来，问她："要喝咖啡吗？"

宋一媛摇摇头，笑眯眯："听一会儿歌吧，刚好可以听我最近听的。"

禹毅的心跳加快："嗯。"

"可好听了，你快听。"宋一媛趴在桌边，眼巴巴地瞅着他。

禹毅的手很痒，想摸。可最终他没摸，只是撇过头去，在音乐软件里输入歌曲的名字，然后装模作样地添加，播放。宋一媛一脸期待地看着他。禹毅抿唇，垂眼听歌。

两首歌播放完毕，禹毅听得很认真，但表情很平静。

宋一媛以为傻大个没听懂，暗示道："我觉得这首歌是我最近心情的写照。"

禹毅："嗯，好听。"

宋一媛："……"

禹毅再次点了"播放"，宋一媛耐心地等他听完，想着傻大个多听一遍应该就能明白自己的意思了吧？结果再听一遍，傻乎乎的人再次直愣愣地说："好听。"然后就关了播放器。

得得得，宋一媛认输，气鼓鼓地瞪了他一眼，趴在桌上。禹毅觉得生气的宋一媛好可爱，带着笑意问："怎么了？"

宋一媛冷哼一声："没什么。"然后又小声嘀咕，"呆死你算了……"

一转头，她就看到男人微微勾起来的嘴角，像是……宋一媛一下子反应过来，眼睛眯了起来。

两个人的眼睛对上。宋一媛懊恼地打了他一下："你变坏了！"禹毅一把将她抱起来，宋一媛尖叫一声连忙搂住他，气鼓鼓的，"你怎么能变坏呢？还开始骗我了？"男人把她放在桌上，捧住她的脸轻轻地啄了两下，眼里闪着小孩子恶作剧得逞后那种得意的光，嘴角也带着笑："对不起。"

宋一媛快气死了："一边说'对不起'还一边笑，禹大毅，是谁给你的胆子？"

男人深深地看着她："你。"

宋一媛才不中招呢，气势汹汹地瞪他："不许变坏！"

禹毅和她额头相抵："就变坏一点点好不好？"他的眼睛黑黑亮亮，可爱又灵动，像小奶狗。

宋一媛装不下去了。我的天，一个快三十岁的男人为什么学会了卖萌？偏偏她还被萌得心都快化了？宋一媛捂住他的眼睛，气哼哼："不行，一点点坏都不能有。"

禹毅拉下她的手，看着她："就坏一点点，只对你坏。"

宋一媛瞪大眼睛："还对我坏？"

禹毅抱住她："只对你坏，也只对你好。"

哇，今天傻大个是开启了情话模式吗？

宋一媛甜到傻笑，回抱住他："你好烦。"

"每次都被你撩，好不容易撩你一次还被你看破了。"傻大个也很委屈，"最后你还要撩我。"

"对不起，对不起……"宋一媛觉得好笑，"以后我绝不这样了。"

也是，要留给傻大个发挥的空间嘛。但是……

"你对我撒谎了。"宋一媛的笑渐渐淡下来，"一开始都是无关紧要的撒谎，然后就说些善意的谎言，最后就什么谎都说……"

傻大个的表情一下子紧张起来："我不会！"

宋一媛把头撇开："撒谎的人从来不觉得自己在撒谎。"然后她失落地说，"就像你，你之前又怎么会想到现在的你会骗我呢？"

禹毅心里"咯噔"一下，赶紧解释："我就是想逗逗你。"

宋一媛瞅他："为了逗逗我就可以骗我？"

"我……"禹毅顿住，"对不起。"他像一条知道自己做错了事情的大狗，可怜兮兮，"我以后再也不骗你了。"

宋一媛心里的小恶魔笑成一团，凑过去亲了他一下："傻子。"看着宋一媛笑吟吟的眼睛，男人知道自己被"报复"了，心里刚刚提起来的石头又一下子落了下去。禹毅叹了一口气，无奈又好笑地捧着她的脸亲了两下："你啊。"

哇，这满满宠溺的语气是怎么回事？宋一媛喜欢极了，仰着脸："还要亲。"

"吧唧，吧唧，吧唧！"

宋一媛笑起来，擦掉一脸的口水："我感觉自己被狗舔了。"

"汪。"

傻大个的反应速度越来越快了，宋一嫒瞅着他："我老公好像越来越调皮了？"

禹毅一下子红了脸，直直地看着她。

宋一嫒不理解："夫妻之间不都这样称呼吗？你害羞什么？"

禹毅不说话，抿抿唇，一下子又变成沉默的人。

宋一嫒凶巴巴地道："快说！不许装老实。"

"我不知道。"禹毅说。

宋一嫒看他的表情不像作假："老公啊……"

禹毅的耳朵连着脸一起红起来，宋一嫒挨着他，自然也听到他的心跳快了起来。她好像懂了什么，凑近他的耳朵说："是不是每次我叫你'老公'，你都特别有感觉？"禹毅的耳朵又红又烫。

宋一嫒又在电光石火间想到某几次两个人"恰好"一起攀上巅峰时刻，好像她都叫了"老公"。

宋一嫒瞅他："老公？老公？老公公？"

禹毅非常无奈："嫒嫒。"

宋一嫒靠着他，嘻嘻笑："我好像发现了了不得的事。"

禹毅的眼神幽深起来，说："我们试试。"

宋一嫒一副谁怕谁的表情，腿瞬间缠上他，轻轻地吐气："好啊，老公。"

禹毅浑身颤抖。

这一晚，有一条讨厌的大舌头总缠着她的舌头，让她怎么也发不出完整的音节来，她可怜兮兮地被"试"得很惨。

待一切结束，宋一嫒眼睛红红，嘴唇红红，被蹂躏得不成样子，喘着气控诉："你真的变坏了。"

禹毅爱怜地亲她："就一点点。"他是更诚实地将真实的自己表现给她看，稍微有一点点霸道，稍微有一点点调皮，稍微有一点点控制欲，稍微有一点点血性。

宋一嫒心有余悸："一点点我也受不了了。"

禹毅拱拱她："我唱歌给你听。"

宋一嫒缩进他怀里："好啊。"

沉默半晌，禹毅磁性的声音在耳边缓缓响起——

当你老了，头发白了，睡意昏沉。

当你老了，走不动了，炉火旁打盹，回忆青春。

多少人曾爱你青春欢畅的时辰，

爱慕你的美丽，假意或真心。

只有一个人还爱你，

虔诚的灵魂，

爱你苍老的脸上的皱纹……

禹毅低沉温柔的声线，使这首歌的每个字、每组词、每句话都深情动人。宋一媛满足地闭上眼。为什么就遇上他了，世界上怎么会有这么可爱温柔的人？老天啊，上辈子我是不是个苦兮兮的小尼姑，这辈子才能嫁给他？那能不能下辈子我再做一个小尼姑，下下辈子再嫁给他？

就在这一瞬间，宋一媛确定了。等禹毅唱完歌，她说："如果可以，我希望当初我们能换一种方式相遇。我是指大半年前的那一次。"当时她处于一种持续低迷、无聊寂寞的日子里，突然破罐子破摔，决定找一个还看得过去的男人过一过日子，没有爱情，只是多一个人生活而已。

这是很危险的一个决定，如果她遇到的不是禹毅，现在的生活会糟糕成什么样子？她从低迷的状态中醒悟过来，为当时的决定惊出一身冷汗。如果再让她选择，她绝对不希望当时会妥协。不管这个人是不是禹毅，她都希望两个人能换一种方式遇见。

但如果真如此了，两个人或许又并不会相爱。禹毅属于非得两个人生活在一起才会让人看到他珍稀之处的人，而宋一媛喜欢和热烈大胆的人相处。禹毅这么无聊，她是不会喜欢的。这样一想，宋一媛又出了一身冷汗。这得多少"恰好"，才能让他们俩走到今天，互相爱着，成为一对夫妻啊。

"不不不……"宋一媛赶紧摇头，又把他抱紧了，"还是应该那样见面的。"

禹毅亲亲她："那个时候我已经做好准备去见你了。"

所以不管你如何，是那个骄傲的宋一媛，是那个不骄傲的宋一媛，他都没打算再沉默。和宋一媛第一次见面，他知道自己表现得很差劲，后来几次也令人沮丧，但他没想过放手。虽然很傻，但他一定要待在她身边。

想要一个聪明细心的人的爱情，不是要和她旗鼓相当，而是一开始就要溃不成军，让她一眼望到底，望到底下全是真心。

两个人抱在一起，睡了无比踏实的一觉。

第二天一大早，赵姨敲响了他们的门。宋一媛嘤咛一声，用禹毅的大手捂住耳朵。禹毅眼睛都没睁开，也是下意识地捂紧了宋一媛的耳朵。他习惯性地亲她一下，然后下床开门。

赵姨说："老太太来了。"

禹毅有些惊讶，随后点点头："我去叫媛媛起来，您先做早饭。"

对于老人来说，什么时候来看孩子，是不需要提前通知的，想来就来了。

禹毅回到床上，摸着宋一媛的脸，不说话。

宋一媛睁开半只眼："嗯？"

"我妈来了。"

宋一媛两只眼睛瞬间瞪大。

禹毅亲亲她："起吗？"起吗？能不起吗！

宋一媛一下子坐起来，有些紧张地问："妈妈为什么来了？"

"就过来看看我们吧。"

宋一媛算了算时间，好像有两个月没有去见禹毅父母了，不禁懊恼："忘了。"也只有在这种时候，禹毅才看得见宋一媛慌张无措的样子。但他并不想她这样，将人拉过来："没关系，慢慢来。"

宋一媛丝毫没被安抚到，反而瞪着他："快起，快起，长辈来了还在床上像什么样子。"

禹毅跟着她一起进洗漱间。两个人一起洗脸刷牙，宋一媛竟然比他还要快一步，慌慌张张地跑出去随便抹了一点护肤乳，头发一扎，就开始催禹毅："快点，快点，快点……"

两个人一起下楼时，禹妈妈和禹爸爸坐在沙发上看电视。宋一媛恍惚觉得这一幕似曾相识——不久前她妈也坐在同一个位子上，也是突如其来。

禹妈妈见他们下来，主动坐到饭桌边，又给两个人盛了粥，说："马上就是中秋节了，过来看看你们。"

宋一媛说："对不起，这么久没有去看望你们。"

"哎呀，说这些干什么。"禹妈妈嗔她，"你们忙，没有空过来，那我们就过来看你们，一样的。"

"谢谢妈妈。"

"哎——"禹妈妈不高兴了，"一家人别这么客气。"

宋一媛笑笑："好的。"

四个人平平淡淡地吃完饭，禹毅要去上班了。宋一媛送他到门口，眼巴巴地看着他："好好工作。"

禹毅见她这样子，说："妈知道你要考研，不会来打扰你的。"

"妈妈好不容易来一次，肯定是要陪陪她的。"

"但是你又害怕。"禹毅一眼就看穿了她。

"我不是害怕。"宋一媛顿了顿，"我只是不习惯。"

"那你就好好看书，妈自己知道找事情做的。"

宋一媛漫不经心地应下："好了，你去上班吧。"

等禹毅走后，宋一媛看到禹妈妈正在整理料理台，走过去说："妈，我来吧。"

"你不是要考研吗？"禹妈妈连东西也不让她碰，赶她上去看书，"你去看书吧，我不用你陪。中午想吃什么，我给你们做。等会儿要果汁儿吗？我看赵姨新买了橙子，等一下榨好了给你端上去？还是你想喝一点别的什么，冰箱里有猕猴桃、百香果、草莓、葡萄……"

"妈——"宋一媛的紧张感少了许多，"您就别忙了。"

"嗯嗯，我不忙。"说着她就把东西收拾好了，"你别管我，自己去看书，你想吃什么就跟我说。"她一边说一边推着宋一媛上去。

考研的日子越来越近，宋一媛每天的任务也越来越重，她也就没有再推辞，上楼看书去了。禹妈妈一上午都没有打扰宋一媛，要吃午饭的时候才让赵姨上来叫她。

中午只有宋一媛和禹爸爸、禹妈妈三个人一起吃饭，宋一媛有些不自在。

禹妈妈问："花房里的多肉都是你种的吗？"

"嗯。"

"长得真好看。"禹妈妈笑着，"一定费了很多心思。"

"还好。"宋一嫒笑了笑，"平时都是赵姨帮着我照顾，我有时间才去看看。"她看着禹妈妈："妈要是喜欢，我今天下午就分几株出来，您带回去种。"

"好啊，好啊。"突然像想到什么，她又说，"还是算了，麻烦。"

宋一嫒看出禹妈妈心中所想，说："分株分不了多久，一会儿就好了，用不了我多少时间。"她又说，"以后要是有不懂的，就打电话来问我。"

"哎，好好好。"禹妈妈开心极了。

吃完饭，宋一嫒就戴上手套去分株了，禹妈妈跟着她一起看。

"现在先分出来，用盆土养着，带走的时候会好活些。"

禹妈妈笑眯眯地看着她："哎，好。"

宋一嫒害羞了，低下头去："要不帮您配几个多肉盆吧，放在卧室、阳台或者玄关，很好看。"

"你配的肯定是好看的。"禹妈妈说，"上次你给我和爸爸买的衣服，我们俩穿出去，其他老头子和老婆子都说好看得很，都说我们买衣服的眼光好，夸得我们都舍不得说衣服是你买的。"

"你们喜欢就好。"

两个人讨论了一会儿多肉，又说了点日常生活，氛围渐渐融洽。

下午，家庭教师来了，宋一嫒该上课了。

禹妈妈问："上一个小时会休息一会儿吧？"

"嗯。"

"我给你榨果汁喝，好不好？"

"好。"

一个小时后，禹妈妈端上来的不仅有果汁，还有饼干、点心、慕斯蛋糕……

"老师上课累了吧？吃点东西。"禹妈妈端了太多东西，宋一嫒赶紧去接。

禹妈妈笑眯眯的："我们嫒嫒劳您费心了。"

"太太言重了。"年过半百的老教师起身相迎。

"我们嫒嫒是个爱读书的孩子，不怕苦，不怕累，也学得进去，老师您只管教，有什么要求也尽管提，考研没剩多少时间了，老师您一定要好好帮助我们媛媛。"

"肯定，肯定。"老教师对这个学生感到很欣慰，"她学得很好，进步很快，保持下去一定没问题。"

禹妈妈很高兴："是吧？我们媛媛学得好吧？人好看，又聪明，爱读书……"

"妈——"宋一媛现在稍微能懂她故意夸禹毅时禹毅的心情了。禹妈妈打住，笑："来来来，老师您吃点东西休息一下。"她把鲜榨橙汁端给宋一媛，又把宋一媛爱吃的点心放到她面前："媛媛你也吃，这个是我做的。"

宋一媛拉住禹妈妈的手："我知道的，我都这么大个人了……"

"哪儿大了？"禹妈妈瞅着她，"像个小姑娘一样，叫我'妈'还害羞呢。长得也像个小姑娘，脸嫩得能掐出水来。"

"妈……"当着别人的面这样真的好吗？

"好啦，好啦，我不说啦，你快吃一点，中午吃那么少。"

宋一媛便吃了一些，其间禹妈妈和老教师聊天，真是花式夸，夸得宋一媛吃点心的速度都快了不少。

等禹妈妈走了，老教师感叹："这是你婆婆？"

"嗯。"

"对你真好。"

宋一媛笑。

老教师认真地说："不是奉承话。"

宋一媛点头："我知道。"禹妈妈是真心对她好，她感受得到。

尊重，关心，赞赏，近乎完美。

晚上禹毅回来，宋一媛几乎是飞奔投进男人的怀里，声音里也满是雀跃："回来啦！"

禹毅身心都得到满足，一下子把她抱起来转了两圈。

宋一媛高兴地笑："好了好了，快放我下来。"

两个人对望，眼睛里映出彼此小小的人，又情不自禁小小地接了一个吻。

宋一媛眼睛亮亮地看着他："想你。"

禹毅又亲她一下："我也是。"

两个人又腻乎乎地望着。

禹妈妈从他们旁边走过，宋一媛一下子想到家里还有其他人在，赶紧松开他，尴尬地咳了两声，脸有点热。我的天，在长辈面前这样黏糊……

禹毅也很少看到宋一媛脸红的样子，看她这样，心里反而更激荡，握住了她的手。宋一媛赶紧抽出来，看了看四周，禹妈妈正在流理台那边和禹爸爸说什么，在笑。于是她瞪他一眼："干什么呀？"

"想牵手。"

"在家里牵什么手？"宋一媛的脸还红着，白里透红，粉嫩嫩的，像草莓布丁，"妈他们还在呢，注意一下。"

原本很听话的禹毅可能真的变"坏"了，他直直地看着她，耍无赖："就想牵。"

宋一媛看他一眼："手有什么好牵的？"

"手软。"他非常实诚，也非常坦白。

宋一媛不想再和他拉拉扯扯了，被禹妈妈看到可真不像话："你快点进来。"

禹毅像小孩子非要吃糖一样，抿唇看着她。

宋一媛的眼睛眯起来："进不进来？"通常到了这个时候，傻大个一定会变乖，宋一媛说什么是什么。

但禹大毅今天显然不打算听话，竟然在宋一媛眯眼威胁他的时候，一把捞过她，两个人转身一跨，就出了门。门好像承受了什么重力，"吧嗒"一声关上了。

门外，男人把宋一媛抵在门上，吻住了她。为了防止宋一媛挣扎，她的两只手被抬高了合在一起再被男人的一只手按住，另一只手则温柔地捏着她的下巴。宋一媛"呜呜"了两声，男人的舌头钻进去，一边吻，一边哑声道："嘴唇也是软的。"

一吻毕。

宋一媛把气喘匀了，瞪他："胆子大了啊？"

禹大狗蹭了蹭她："嗯哼。"又撒娇。

宋一嫒不想理他："进去了。"

禹毅又把她的手握住。

宋一嫒瞪大眼睛，十分不可置信："禹大毅，你是得寸进尺吗？"

禹毅委屈："本来就可以牵的。"本来就是我媳妇的手，我可以牵。

宋一嫒无奈："没说你不可以牵，只是我们得注意一下，妈还在呢。"

"不需要。"禹毅说，"我小时候他们还当着我的面接吻呢。"

宋一嫒不管："亲热又不急于这一时半会儿，你给我乖一点。"

禹毅看着她。

宋一嫒没有办法，凑过去亲了他一下。

禹大毅满意了。

两个人开门进去，正好撞上禹妈妈端着菜出来。宋一嫒的脸爆红，赶紧钻进厨房。

禹妈妈瞪了禹毅一眼，又狠狠地打了他一下："胡闹什么！"

"疼媳妇！"

"没看到嫒嫒害羞啊？"禹妈妈教训道，"女人也是要面子的，你再胡来，我就把你关在门外。"说完又白他一眼，"都多大的人了，还皮！"

四个人再次坐在一起吃饭，气氛比早上要好了不少。禹妈妈给宋一嫒又是夹菜又是盛汤的，还心疼地说："学了一下午都没歇口气呢。"又问她，"今天要吃点饭吗？"

宋一嫒摇摇头："我喝一点汤就好。"下午她吃了一些点心，现在完全不饿。

禹妈妈瞅着她："唉，吃这么少，身体怎么撑得住啊？"

禹爸爸也说："确实吃得少了，能吃还是尽量吃一点。"

宋一嫒便添了一小团饭。

禹妈妈却又看着她说："吃不下就算了，别硬撑，一会儿胃会不舒服。养胃这种事情急不得，得慢慢来。养身体也是，好习惯也是慢慢养出来的，都急不得。"

宋一嫒听得心里暖暖的："嗯，我知道。"

禹毅看着她，桌上三个人的目光都落在她身上，是同样的关切温和。

宋一媛竟突然鼻子一酸，有种想哭的冲动。于是她赶紧低下头去，吃了一口饭。

晚上，宋一媛和禹毅躺在一起，说："你们家的家庭氛围真是理想的家庭氛围。"

禹毅摸摸她："也是你的。"

宋一媛蹭了蹭他："妈妈为什么对我这么好？"她看着禹毅，"你是不是做什么了？"

"也没做什么。"禹毅说，"妈是一个喜欢女孩多过男孩的人，一直想养一个妹妹。之前是因为计划生育没有办法，后来则是身体不允许了，她还动过领养的念头。"

"那后来怎么又没领养呢？"宋一媛问。

禹毅看她一眼："养一个妹妹是全家都得参与的事情，得每个人都满意。"

"嗯？"

"我不想养妹妹。"

"有个妹妹不好吗？"

"因为我心里已经有个'妹妹'了啊。"

宋一媛惊讶地看着他。哇哦，一语双关，小伙子不错哟。

禹毅眼睛亮亮地看着她："撩到你了吗？"

宋一媛故作平静地摇摇头，还叹了口气："想念会害羞的老公。"

禹毅的耳朵立马红起来，宋一媛嘻嘻笑。

禹毅看着她，捏捏她的脸："怎么这么坏？"

宋一媛在他怀里滚了滚。

"快说，你到底做了什么？"宋一媛可不是好糊弄的。

"就告诉她很喜欢。"

"很喜欢什么？"

"……"

"哇。"宋一媛看着他，"都敢撩我了，怎么一句'喜欢你'却不敢说？"

"喜欢你。"气息喷洒在额头上，随即落下一个吻。

"还有呢？"

"就够了。"禹毅说,"我妈和我爸是自由恋爱结的婚。"

宋一媛好奇:"给我讲讲他们的故事吧?"

"我外婆生了三个女儿,我妈是最小的一个,也是最漂亮的一个,还是最臭美的一个。听外婆讲,我妈年轻的时候吃饭,怕长胖,握着手腕吃,多吃一点点都会说'粗了'。"

宋一媛"扑哧"一笑。

"我爸小时候家里很穷,奶奶曾改嫁过。嫁给了我亲爷爷,生了两个儿子,我爸是小儿子。两兄弟长得都帅,听说是当时村里最帅的两个小伙子。我大伯听从奶奶的意见,娶了另一个村很贤惠的姑娘,就是我现在的伯娘。我爸爸没有,不想娶媒婆介绍的人,自己出去认识了我妈,两个人就看对眼了。

"但我外婆看不上我爸,觉得他太穷了,我妈嫁过去一定会吃苦。所以就把我妈锁在家里,问她:'还去不去找他?'我妈说:'要。'外婆没有办法,只好一直锁着她。"

"后来呢?"

"后来我爸就提着礼物去拜访外婆,拜访了许多次,外婆都不同意。"

"后来?后来呢?"

禹毅看着听入迷的宋一媛有些好笑——仿佛很担心他爸和他妈不能在一起似的。

"就在一起了啊。"

"啊?"猝不及防就大结局了,宋一媛有点儿蒙,"怎么在一起的?"

"外婆同意了就在一起了。"

"外婆不是不同意吗?怎么又同意了?"

"爸去了太多次,妈又非他不嫁,外婆想不同意也不行啊。"

"就在一起了?"

"嗯。"

"后来外婆承认爸爸了吗?"

"你觉得呢?"

"肯定承认了。"宋一媛很认真,"爸爸那么好。"

"我爸这些年来对我妈一如既往,顾家、贴心,把我妈照顾得无微不至，外婆现在对他很满意。"

"我就知道。"宋一媛心满意足。

"但两个人刚结婚的时候，外婆气妈妈，不愿意见他们，爸又没有钱，那时候很苦，妈为此哭过许多次。"

"但他们仍一路扶持过来，感情比寻常夫妻一定要深很多。"宋一媛说。

禹毅点点头："嗯。"

"所以妈就很能理解你？"宋一媛看着他。

"嗯。"禹毅摸着她的头发，"妈经历过一切，所以觉得很多事情不重要，某些事情才很重要。"

"要坚持当初的决定不容易，再把这种决定坚持到下一辈身上，更是伟大。"宋一媛说，"妈妈好棒。"一个在那个年代坚持自由恋爱并且没有妥协的女人好特别，难怪能培养出禹毅这样的孩子。

"我们也要像妈妈他们那样。"

禹毅摸摸她："当然。"

"但你得像爸爸一样听话。"宋一媛戳戳他，"你看爸爸多么听妈妈的话。"

禹毅看着她："我也很听话的。"

宋一媛斜眼看他："哼。"并不承认。

"所以对我妈……"禹毅突然说，"可以自在一点。"

宋一媛想了想："长辈怜爱晚辈，好像是比较容易的事情，但晚辈要真的敬爱长辈，却要难一些。我得承认在今天之前，因为每次看望他们都是匆匆去，匆匆回，说的话也很规矩客套，所以只觉得妈妈是一个不错的妈妈。但今天一天接触下来，禹太太的人格魅力已经完全征服了我，让人由衷地生出亲近之心来。"

宋一媛这么诚实，让禹毅感到意外。宋一媛嗔他一眼："这个是事实啊。"

"其实我觉得婆媳关系好神奇。"宋一媛说，"两个年轻人结婚了，组成了新的家庭，两个人都多了一对父母。不管你对对方父母是怎样的印象，如何陌生，见到了一定要叫'爸妈'——世界上羁绊最深的称呼。明明是两个陌生人，我们却要用最亲热的称呼，这有点奇怪。言辞稍微冷淡一些，都好像是对两位老人的怠慢。这是什么鬼习俗？难道不能先从'阿姨'叫起吗？互相了解，等年轻人由衷地觉得阿姨像妈妈了，再叫妈妈不可以吗？"宋一媛看着禹毅，"我不是针对我们的妈妈哦，我今天已经承认禹太太了，只是很久以前就在想这个问题。"顿了顿，她又有些不好意思，"这些问题想了其实没什么用处，答案也没有，总归都是要叫的，你会不会觉得我很无聊？"

禹毅亲了她一下："不会。正因为你会想这些，才让你叫出的每一声'妈妈'有意义，特别是当你承认她的时候。"禹毅暗戳戳地想到宋一媛很早就叫他"老公"了，是不是也算变相地承认？他心里美滋滋的。

"但我也实话实说。"宋一媛说，"我现在还没有办法把禹太太当成我母亲那样对待，以后很长一段时间可能都做不到。我只能尽力去爱她、敬她，在日常相处中尽量周到，去接受两个人会更亲密的可能。但能不能更亲密，我无法保证。"

禹毅看着她："我知道，谢谢你能这么郑重地对待他们。"真实而真诚，我也谢谢你从来不逼迫我。

"不客气，遇上他们是我的荣幸。"

"你也是我们的荣幸。"

"才不是。"宋一媛想到今天晚上吃饭的一幕，心中还是很感动，"你们怎么这么好？"

禹毅说："因为我们一家人都爱你。"

太多人说情话说"我爱你"，可带着家人说爱你的，世界上可能只有一个禹毅。

第二天，禹毅去上班，禹爸爸也约了人喝茶，家里只剩下禹妈妈和宋一媛。宋一媛看完书后就和禹妈妈聊天，禹妈妈问她有关多肉养殖的问题。

说着说着，禹妈妈惊讶地指着一株桃美人说："哇，你看，这里生了一颗好小的。"

宋一媛凑过去看，看到某株桃美人的叶柄根处，生出很小的一颗桃美人，粉嫩嫩、圆润润，带着新鲜的白霜，小巧精致极了。

"好可爱。"禹妈妈说，"像小宝宝。"

"嗯。"宋一媛一开始还没反应过来。

禹妈妈瞅瞅她，问："你们现在多久做一次？"

宋一媛蒙了："啊？"

"你和大禹呀……"禹妈妈很是镇定，"多久做一次？"

宋一媛看禹妈妈一副很镇定寻常的样子，搞不懂她为什么会问这个问题，顺口回答："天天。"

"每次都戴套吗？"

宋一媛点点头，然后福至心灵，知道禹妈妈接下来要说什么了。

禹妈妈看宋一媛的表情，知道她想到了，却并不马上进入主题，而是说："这是对的。在你们决定要孩子之前，一定要做好保护措施，不要突然就中了，会杀得你们措手不及。"

"嗯。"宋一媛点头，"我们知道。"

禹妈妈说："我要是说我不急，那肯定是假的。"她看着宋一媛，"但我也没急到要逼你们要孩子。"

"妈，这个事……"宋一媛顿了顿，"我还没准备好。"宋一媛也实话实说。不管是心理还是身体。

"嗯。"禹妈妈慈爱地笑，"我们媛媛自己现在都还是个孩子呢。"她又说，"你的身体确实有些虚弱，怀宝宝是很辛苦的事情，我希望你身体好一点，少遭一点罪。但是……"禹妈妈话锋一转，"你们应该认真地讨论一下这件事情，然后做一做准备了。"宋一媛认真听着。

"你们俩的年龄都不小了，这是事实。为了你的身体，也为了将来宝宝的身体，最近几年要孩子是最好的。"禹妈妈叹了口气，"做父母的，就想自己的孩子平平安安，安安稳稳的。"

"对不起，让你们担心了。"

"哪儿的话。"禹妈妈拉着她的手，"和我身边那些天天吵架斗嘴，当着一套背着一套，婆媳关系混乱得很的人家比起来，我可真是遇到一个非常好的媳妇了。你有自己的想法，又尊重别人，从来不说我们的不是，也不和我们急眼，耐心、温柔，还常常送礼物给我们，很贴心、细致。我是没想到大禹能娶到你，他高兴，我也高兴。"

"我也很高兴。"

禹妈妈笑笑："你要考研，有自己的事情做，这是好事情。我就是当初为了帮衬他爸，所以才没去挣自己的事业，或多或少有些遗憾。眼界局限在家长里短上，这样不是很好。因为考研，你可能也没想过这两年要孩子，考研这一年太忙太累，没打算可以，只要考上了就可以生了。"

不知道为什么，禹妈妈说的话和宋妈妈大同小异，但宋一媛就是把话听进去了。大概二者的区别在于，一个想要你服从，一个只是给你建议。

"我知道了，妈。"宋一媛说，"我会和禹毅好好谈一下这个问题的。"

"哎。"禹妈妈很高兴，"谢谢你能听进去这些话，也不嫌我对你们的生活指手画脚。"

"没有。"宋一媛看着她，"我还要谢谢您这么关心且尊重我们的生活呢。"

"生活是你们的呀，未来也是你们的。自然是你们更知道什么是自己想要的生活。我是你们的母亲，但生活都是你们自己去过。"

"嗯，谢谢妈。"宋一媛真心实意地说。

禹妈妈笑笑，突然起了另一个话题："前阵子亲家母来了？"

宋一媛一顿："嗯。"

"吵架啦？"禹妈妈看宋一媛的表情就知道。

"吵了。也是因为孩子的问题。"

"亲家母的性格是急了一点，但她是刀子嘴豆腐心，没有比她更关心你的人了。"禹妈妈说。

"我知道。"宋一媛叹了口气，"她就嘴上厉害。"

"知道就好。"禹妈妈拍拍她的手，"母女俩没有隔夜仇，打个电话，聊聊家常，别让一时的赌气变成长久的心结。"

"嗯。"

"亲家母也不容易。"禹妈妈感慨，"陪着你爸走南闯北，一天十二个小时工作，长期这样，怎么可能会是柔和的性子？但她也不是什么话都听不进去，你要是说得有道理，亲家母是会听的。只是可能她面子上拉不下来，给个台阶，你妈顺势下了，事情也就等于默认了。"

宋一媛没想到禹妈妈才见过宋妈妈两三次面，就把宋妈妈的性格摸得这么透。

　　"哎，要不看看亲家母今天有没有空吧？我们一家人就当过中秋节一起吃顿饭吧？"禹妈妈突然提议。

　　"可以。"宋一媛想着也是时候给她妈打电话了，"我先去给他们打个电话，看他们有没有时间。"

　　"嗯嗯。"

　　于是两家人约了晚上七点去外面吃饭。

　　六点的时候，宋妈妈和宋爸爸就来了。宋妈妈拿来了许多土鸡蛋、核桃、土鸡、鸽子蛋……

　　"要考就好好考。"宋妈妈说，"但也别熬夜，本来身体就不好，一熬夜把身体拖垮了怎么办？这些是我和你爸前几天去乡下收的，每天早上都要吃鸡蛋，知不知道？"

　　宋一媛鼻子一酸。

　　"我和你爸什么都不懂，读的书也不多，在这些事情上帮不了你什么。你自己想要什么，就努力去挣，踏实一点，稳一点，路别走歪了，知不知道？"

　　"嗯。"宋一媛轻声回答，"我会的。"

　　宋妈妈看她一眼，宋一媛抱住她。

　　宋妈妈怜爱地摸摸她："好啦好啦，都多大个人了还撒娇。"

　　"女儿跟妈妈撒娇不是一辈子的事吗？"

　　"去去去，有老公的人了向老公撒娇去。"

　　"不，我就要跟你撒娇。"

　　母女俩亲热了一阵，禹毅回来了，一行人便出去吃饭。

　　席间，禹妈妈和宋妈妈聊得热火朝天。

　　禹妈妈说："我看媛媛这两天读书，唉，那叫一个辛苦。"

　　宋妈妈说："这孩子从小就这样，不读到自己完全懂是不会停下的。读书的事，她从来没让我们操心。"

　　"大禹也这样。独立性非常好，肯钻，我们也不怎么管他，他自己就把事情安排得妥妥当当的。我和他爸爸觉得一个男孩沉稳肯干是好事，所以还挺注重他这方面的。没想到媛媛一个女孩也这样，真是非常难得了。"

　　"什么呀，亲家母！"宋妈妈嫌弃地看了宋一媛一眼，"她呀，除了读书肯钻，其他的都是得过且过，又懒又笨，没人照顾着，尽做蠢事。"

禹妈妈笑眯眯："没关系，没关系，我们大禹会照顾人。他们两个人在一起互补，很好。"

宋一媛不乐意，看着她妈："我怎么又懒又笨啦？"

"懒得不吃晚饭，是不是很笨？"

宋一媛无话可说。

于是两个妈妈轮番上阵给她说吃晚饭的好处和不吃的坏处，宋一媛感觉压力山大。

禹毅说："媛媛现在已经好很多了，每天都有吃一小团饭。你们放心，我会把她养好的。"

两个妈妈都笑眯眯地看着禹毅。

禹妈妈说："对媛媛好一点，别欺负她。"

宋妈妈说："她要是犯浑，你跟我说，我收拾她。"

宋一媛从宋妈妈的话里微妙地感觉到宋妈妈对禹毅和之前有所不同，狐疑地瞅了禹毅一眼。禹毅却把宋一媛的这一眼理解成其他意思，对宋妈妈说道："媛媛很乖的。"然后便乖巧地看着宋一媛，仿佛在等着夸奖。

禹爸爸和宋爸爸相视一笑，干了一杯。禹妈妈和宋妈妈互看一眼，也是一副很欣慰的样子。宋一媛闹了个大红脸，脸烧得厉害。这个傻大个。

聚会圆满结束，一行人回到家，各自洗漱睡觉。

宋一媛想到分别的时候宋妈妈说的话："去做吧，我不反对了。"心里一块巨大无比的石头不见了，浑身轻松，甚至有种要飞起来的感觉。

两个人躺在床上，照常聊天。

宋一媛重新说到孩子的问题，单刀直入："我们计划要个孩子吧。"

禹毅看着她："什么时候？"

"考上研究生就可以准备了。研一的学习压力没那么重，可以一边读书一边生孩子。"

禹毅抿抿唇："可还是会很辛苦。"

宋一媛看着他："在学生时代生孩子是最不苦的，对未来的影响也没那么大。我们现在能力足够，孩子生下来也有人带，没有你想象的那么辛苦。"又说，"如果不是那个时候生，往后就要推两年甚至是更久，年纪大了，孩子有遗传缺陷的可能性变大，风险也更大，我还是希望能生一个健健康康的孩子。"

禹毅看着她："你想生吗？"

宋一媛捧着他的脸，眼睛清澈明亮，毫不犹豫地回答："想啊。"然后她又说，"其实我想这个问题很久了。只是因为它太未知，代表的责任太重了，我有点儿害怕。但是……"

宋一媛亲他一下："我只要一想到我们共同孕育了一个孩子，他会叫我们爸爸妈妈，心里就好满。"她眼睛一眨不眨地看着他，"你给了我安全感，也给了我勇气，还给了我对未来的期待，我能想到的关于未来的一切，全都有你。我不去考虑生孩子是因为你，我考虑尽可能生一个健康的宝宝也是因为你。不知不觉，你成了我生命中最最重要的那个人。生孩子是很辛苦的事情，但我几乎现在就可以笃定，到时候更辛苦的会是你。你那么爱我，我怎么可能感受不到？你那么爱我，我睡不好你睡不好，我吃不好你吃不好，我痛你更痛——这样一个男人，所有女人都愿意为他生孩子。"

她的嘴唇落到他的鼻子上："我也愿意。"

两个人四目相对，宋一媛说："你好像什么都不缺，也好像超人一样什么都能自己解决。我都不知道我可以做什么事情来表达'我爱你'，于是我就只能仗着你爱我来为所欲为。所以如果某一天你需要我做什么了，你一定要说。"

禹毅闭上眼，爱意溢满四肢百骸，一颗心更是涨到前所未有的程度。这个时候如果宋一媛想看他的心脏，他都有可能挖出来。他如获至宝。至宝是他的了吗？是了。他真正得到了他的宝贝。

禹毅抱紧她："有。"

"什么？"

"不是某一天需要你。"禹毅亲吻她的头发，"是每天都需要你。"

每天都需要你这样满含爱意地看着我；每天都需要你的亲吻和爱抚；每天都需要你健康且充满活力的心跳声——这是我生的源泉。

Chapter 10

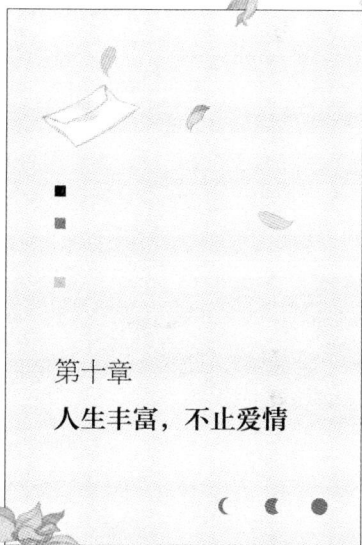

第十章

人生丰富，不止爱情

禹妈妈和禹爸爸只待了四五天就回自己家了，走的时候带了好多宋一嫒配好的多肉。

宋一嫒的英语逐渐走上正轨，曾经忘记的东西也全都捡了起来，开始复习政治。她一直以自己的记忆力为傲，政治是一门猛记猛背的学科，适应了一段时间，还算应付得来。每天读书、复习，即便心静如她，也觉得日子无聊了一点。

每天最开心的时刻，大概就是禹毅回家的时候，而这大概也是禹毅每天最开心的时刻。每天都有人期待和你见面，每天下午六点见面的时候，宋一嫒都会飞扑出来，每次都会说一句"想你"。

赵姨取笑两个人："也就是一天没见，搞得像一个月没见似的。"

两个人熟视无睹。

虽然现在说热恋期晚了一点，但两个人的状态，也只有用"热恋期"来形容才能表达了。宋一嫒从来没有过这种感觉，夸张一点说，就是每时每刻都在想一个人，看到什么都能想到一个人，和他见面后，其他所有东西都变成了背景。

时间一点一点转到六点，宋一嫒合上书，开始频频往窗外看。

六点一十，禹毅的车驶入地下车库，宋一嫒开心地跑下楼。打开门，男人正好到门口。

宋一嫒飞扑过去，仿佛一只要撞海的燕子。

禹毅一把接住她，宋一嫒声音脆脆的："想你。"

禹毅的嘴角不自觉地勾起来："我也是。"

宋一嫒抬起头来和他对望，眼珠子又黑又亮，水润润，清兮兮，嘴角带笑，满含情意。

禹毅的心"怦怦"跳快。

"今天工作顺利吗？"

"还好。"

"中午吃的什么？"

"员工食堂。"

"哇，是不是会有很多员工偷偷看你，觉得很惊讶、很好奇？"

"嗯。"

"中午睡觉了吗？"

"没有时间。"

"尽量休息一会儿。"

两个人站在门口，旁若无人地对看着。

宋一媛的眉头轻轻皱起来，声音又轻又缓："中午睡一会儿，下午才有精力做事情。别太累了。"

"嗯。"禹毅的"嗯"字拖得很长，又长又轻。

两个人不说话，就互相看着，然后同时闭眼靠近，接了一个温柔缠绵的吻。不急切，不激动，不带情欲，一个缓慢的，你吮吮我、我咬咬你，漫不经心又异常专注的吻。

一吻毕。宋一媛双眼半阖，双颊微红，嘴唇湿润，微微喘气。她靠在禹毅的肩头："怎么办，一天都在想你，都看不进去书了。"

禹毅抿唇。

宋一媛半侧着脸瞅他："你呢？"

禹毅和她对看了一下，然后把眼神移开了。

宋一媛笑："要好好工作，别这么想我。"

"嗯。"

"我也尽量不想你。"

"嗯。"

"进去吧。"

"嗯。"

"先亲一个。"禹毅亲亲她。

两个人进去。赵姨正把饭菜端出来，见他们俩又在门口腻歪，笑道："媛媛，你要不把书房搬去大禹的公司吧，一天二十四小时瞧着他。"

男人的眼睛一亮，炯炯有神地看着宋一媛。宋一媛好笑，要真是那样，她就不要考研了，禹毅也别工作了。但禹毅亮晶晶的目光取悦了她，她笑眯眯的，在赵姨转身的时候偷亲了禹毅一下。

吃饭的时候，两个人也不消停。宋一媛吃得少，禹毅吃得多。宋一媛不停地给禹毅夹菜，禹毅每样都吃得干干净净。

宋一媛原本没有胃口，瞧着禹毅吃东西的样子，又觉得好吃。禹毅便每一样都问她："这个吃吗？"宋一媛如果点头，禹毅便喂她吃，吃一小口，剩下的禹毅也不嫌弃，一口吃掉。宋一媛不知不觉比平常多吃了许多。赵姨在旁边又无奈又好笑又慈爱地看着他们俩。

两个人饭后散步当消食。当宋一媛问到今天有什么特别的事情发生时，禹毅抿了抿唇。

宋一媛静静地等着，只听禹毅说："我今天见到许清了。"

禹毅从来没跟她说过许清是谁，也就只是在某次信里提过他大学时代有过一个"女朋友"，并没说姓名。但从傻大个说话的语气和表情来看，宋一媛几乎是瞬间就把"许清＝前女友"给理解出来了，心情有些微妙。

"怎么见到的？"

"她来市场部应聘。"

"应聘上了吗？"

"不知道。"傻大个悄悄看了宋一媛一眼，"在电梯里碰见的，说了几句。"

"嗯哼？"

"就打了一个招呼。"

"嗯。"

两个人安安静静走了一段路，宋一媛抬头看了看天："今天的启明星好亮。"

"嗯。"

"月亮也很亮。"

"嗯。"

"你们大学时候怎么约会的？"

"什么？"

宋一媛看他一眼："就你和许清啊。大学时候不是男女朋友吗？总要约会吧？"

"吃饭、看电影。"

"然后呢？"

"没了。"

"你们一般都去哪儿吃饭啊？"

"忘了。"

宋一媛哼哼:"N大附近就那些餐厅,你们应该都去过了吧? 比如品秀、青园……"

"没注意。"

"那'念念'呢?"

禹毅脚步一顿。

两个人对视一眼。"念念"是N大和Y大附近最著名的情侣主题酒店。

禹毅不说话,宋一媛顿了顿:"这是你过去的事,我不介意。"

禹毅瞅她两眼。宋一媛抿抿唇:"真的,不介意。"

禹毅莫名觉得现在的宋一媛可怜兮兮的,仿佛要哭出来。

"没去过。"

"骗人。"宋一媛气鼓鼓,"吃完晚饭,看完电影,不知道多晚了,旁边就是念念……"

"没去过。"禹毅说,"我们连吻也没接过。"

宋一媛看着他:"有这样的男女朋友?"

禹毅看着她:"只谈了一个月。"

宋一媛心里稍微舒服了一点,也理性了一点,认真审视了一下自己,坦白说:"对不起。"

"什么?"禹毅不明白。

"对不起。"宋一媛看着他,"原谅我刚刚不礼貌的提问。"

"没有。"

"有的。"宋一媛认真地看着他,"对不起。"

"没关系,我不介意。"

"嗯。"宋一媛说,"但我要说'对不起'。"

禹毅说:"我对她真的没什么感情。之前做错的,也在当时尽可能地道歉弥补。突然见面,也没什么好说的。再见面也没什么特别的,只是觉得这件事要和你说一声。"

"做得好。"宋一媛亲他一下,然后眼巴巴地看着他,"所以她有机会应聘上吗?"

禹毅看着她:"如果应聘上了呢?"

"那我可能要经常去公司了。"

"你可以私底下和甄伟说一说这件事。"

宋一媛看着他:"人家凭实力应聘上了,我一个只会看小说的,有什么资格暗箱操作?"

"你介意吗?"

宋一媛正儿八经想了想,不确定地道:"还好?"看着禹毅不是很开心的样子,她又说,"介意是肯定会介意的,人性作祟,强烈的占有欲也令我不舒服。但是想一想,这些都是我自己情绪过多,许清何其无辜,你也没做错什么。我自己的理性也能让我消化掉这些坏情绪,所以如果她真的应聘上了,我会尽量把她当一个普通员工。"她看了禹毅一眼,"我不约束你,是因为我信任你。如果你做不到,和其他人产生纠葛,那就是你的事情了。每个人都要承担自己行为的后果,我承担信任你的后果,你承担做不到的后果。明白吗?"

禹毅乖乖地点头。

两个人又走了一段,宋一媛突然斗志昂扬地说:"我一定要考研成功,做一个更优秀的人!"然后她瞅着禹毅,"然后去公司宣传策划部?"

禹毅说:"去宣传部可惜了。"

宋一媛心里甜滋滋,有点儿小虚荣地问:"大 BOSS(老板),那你觉得小女子该去哪儿?"

禹毅看着她:"总裁办。"

"搞行政吗?"

"搞总裁。"

宋一媛瞪大眼睛,吃惊地瞪着男人:"粗俗!""搞"这个字太流氓了。

禹毅委屈巴巴:"那应该怎么说?"

宋一媛:"玩。"

"别光说不做。"禹毅控诉道,"你倒是来玩我呀。"

宋一媛把眼睛眯起来,大意了,大意了,禹毅早就不是吴下阿蒙了。

宋一媛故意吊儿郎当地摸摸禹毅的下巴:"小娘子别急,金榜题名时,洞房花烛夜。"

禹毅哀怨:"还有好久。"

宋一嫒一本正经："我要对小娘子负责。"

禹毅："我不要你负责。"

宋一嫒讶然："这么随便的吗？"

禹毅："嗯。"

宋一嫒哑口无言。

禹毅有些忐忑地看着她，说："我开玩笑的。"

宋一嫒瞅他两下，莫名其妙："我知道啊。"

禹毅这才放下心来。

宋一嫒见他这样，心里又柔软了一层。禹毅是一个不怎么爱说话的人，特别是在她面前的时候，更加不会表达。宋一嫒瞧出来了，自然也瞧出来他这段日子的努力。努力在她面前说更多的话，努力和她打嘴仗，努力把更真实的自己展现给她看。表面上好像撬开她的心不容易，实际上让一个沉默寡言的男人敞开心扉更困难。

好在，现在终于撬开了。

一个女人像孩子，说明她的男人好；一个男人像孩子，说明他的女人好。婚姻是不是只能有一个孩子？为什么不能两个人都像孩子呢？至少此时此刻，他们俩都幼稚得像孩子。

宋一嫒第二天心不在焉，中午的时候给禹毅发微信：吃了吗？

禹毅秒回：没有。

宋一嫒咬着嘴唇想了想，问：我过来陪你一起吃？

禹毅：好。

宋一嫒干脆利落地合上书，去也。

两个人在办公室吃完饭，禹毅很忙，筷子一搁就要起身去看方案。站起来半截后，他下意识地看了看宋一嫒。

禹毅这么忙正中宋一嫒的下怀，她非常理解地把东西收拾好，说："你忙你的，我来公司这么多次，还没好好逛过呢，我出去转转。"

禹毅把文件合上："我陪你。"

宋一嫒赶紧摆手："不用不用，我就随便逛逛。你跟着我，那些员工该多紧张啊，况且你还有工作要做。"她亲了他一下，"你认真工作，我有事会给你打电话的。"

这里是公司，没什么不安全的，禹毅也就没坚持，看着她说："我叫甄伟陪你。"

宋一媛想了想，笑眯眯地点头。

等甄伟陪着她离开办公室，宋一媛直接问："人力资源部在哪儿？"

"二楼南面。"

"市场部呢？"

"二楼北面。"宋一媛挥挥手，"你去忙你的，不用管我了，我自己随便逛逛。"

宋一媛坐电梯去了二楼。

人力资源部部长王宸是禹毅的大学学长，算初期创始人之一，参加过两个人的婚礼，自然认识宋一媛。两个人寒暄了一番，宋一媛看着时机差不多了，盘旋在心底的话题终于说出来："招人肯定很费心神吧？"

王宸笑笑："还行，昨天面试了几个，还不错。"

"哦？"宋一媛好像很感兴趣，"新人吗？我能不能看一看？都是哪几个部门的？"

"昨天就面试了市场部，留了四个。"王宸说着把资料给宋一媛看，"你可是我们老板娘，哪有能不能看这种说法？"

宋一媛笑着把资料接过来："我就是瞎好奇，不能看的你可千万别给我看。"

王宸点点头，对什么可以给宋一媛看，什么不能给她看心里清楚得很。只是几个市场部新招的实习生，无伤大雅。

宋一媛翻开昨天面试的人的资料，胡乱翻翻，看起来漫不经心又毫无章法，实际上把每个面试者的照片都扫了一遍，其中自然包括许清。

宋一媛把资料还给王宸，很惊讶："昨天你们面试了这么多人？"

王宸无奈又骄傲："没办法，好的公司大家都想进来呀！"

"留下来的四个肯定长处过人。"

"我只负责前两轮筛选，最后一轮是杨姐把关，能从她手下活着出来，那才是……"王宸比了一个大拇指，又感叹，"送过去二十个人，就留了这四个。"

宋一媛问："哪四个？"王宸翻着资料说了四个人的名字，里面没有许清。

王宸恰好翻到许清的资料，男人对美女的印象都是深刻的，看到许清的照片忍不住说："这个不错，前两轮通过了的，却没在杨姐手上活下来，真是可惜了。"

两个人又随便聊了一下，宋一媛再去其他地方转了转，然后便转回了禹毅的办公室。

禹毅见她回来，心情好像还不错。

宋一媛语调微扬："我走啦！"

"先歇一会儿。"

宋一媛摇摇头："我还要回去看书呢。"

禹毅看着她："遇见什么了这么高兴？"

"嘻嘻嘻。"宋一媛只是笑着眨眼，"不告诉你。"宋一媛虽然嘴上说要回去看书，但一点儿也没有要走的意思，接了一杯水坐在沙发上喝，惬意地翻着杂志，嘴角微扬。

没过一会儿，王宸上来跟禹毅汇报招人的情况，见到宋一媛，跟她打招呼："看来今天老板娘要坐镇啊。"

宋一媛笑："哪里的话，我就要走了。"

两个人之前聊天还算愉快，所以又聊了两句。

禹毅盯着王宸，宋一媛起身对禹毅说："那我就回去了？"

禹毅的目光转到宋一媛身上，软得像云："嗯，路上注意安全。"

"今天晚上想吃什么？"宋一媛心情明媚，"我做给你吃。"

禹毅笑："现在还不饿，等会儿告诉你。"

"好。"宋一媛对王宸礼貌地一笑，离开了办公室。

宋一媛走后，禹毅盯着王宸看。王宸举手投降，无奈地笑道："老大，我不敢。"

禹毅看他一眼："谁管你敢不敢，媛媛看不上你。"

王宸："啊？"他翻了一个白眼，那你仇视我干吗？还一点儿不掩饰？

"什么事？"禹毅不耐烦，"说完了走。"

王宸把新招人员的名单递给他："这是市场部新招的人，你不是说要看嘛。"

禹毅手一顿，并没有接，直接问："有一个叫许清的吗？"

王宸讶然，看着他有点小心翼翼地说："不是吧你？"他内心纠结得很——老板娘看起来又美又有气质，谈吐不凡，落落大方，这小子这么快就吃腻了？

禹毅以为王宸应该是大学时候听说过他和许清的事情，不想多谈，顺着"嗯"了一声。

王宸内心一群草泥马奔腾——想不到你是这样的人！他又瞅了禹毅一眼，刚刚还在为他和宋一媛说话吃醋，下一秒又这么镇定地询问出轨对象，他是不是该重新审视一下这个男人？可怕！

禹毅见他半天没说话，以为他对许清这个人没什么印象，于是拿过桌上的文件："算了，我自己看。"

王宸赶紧摊手："你的小情人没应聘上，被杨大佬给刷下来了。"顿了顿，他又说，"你要是想在公司里塞人，总得告诉我们一声吧，不然出现这样的情况，多尴尬啊……"他心里止不住想，如果禹毅真的提前说了，他……嗯——最终还是忍不住逾矩劝道："大禹，我觉得吧……你太太挺好的……"

禹毅的眼皮掀开，目光直直地看着他，嘴唇抿了抿，一脸警惕"我知道。"

"是呀！"王宸一脸真诚，"长得好看，又有气质，很会说话，感觉也很有涵养……"

禹毅有些不悦："你到底想说什么？"

王宸："是一个值得走一辈子的人，你要好好珍惜。"

禹毅眉头皱起来："我知道。"

王宸见他被戳破，一副冷脸的样子，干脆就实话实说了："这样的女人有她的婚姻智慧，大概是不能忍受自己丈夫出轨的，一旦被发现，你们俩可就完了。"他又说，"许清这个姑娘是挺好看的，但和老板娘比起来，完全不够看啊！你是大鱼大肉吃多了想吃清粥小菜吗？我跟你说，不值当！丢了西瓜捡芝麻，你可要考虑清楚。"

禹毅像看智障一样看着他。

王宸苦口婆心："你想清楚自己想要什么，你现在面对的诱惑太多了，也很容易就犯错并且好像出路很多。但有些东西失去了，可就永远也找不回来了。你真的真的要想清楚。"

禹毅无奈得很，明白王宸误会了什么："你想太多了。我和许清一点关系都没有。"

王宸点点头给他台阶下："嗯嗯，你知道就好。"他显然并没有信。

禹毅认真严肃地道："我和许清不存在你所认为的那种关系。"

王宸见他神色不似作假，确定道："真的？"

禹毅盯着他。

"那你专门问她干吗？"

禹毅沉默半晌，说："如果应聘上了，找个理由介绍她去其他公司；如果没应聘上，万事大吉。"

王宸："啊？"这是什么神转折？

禹毅并不想和他多解释，看了两眼新招的人里面并没有许清，放下心来："好了，没其他事了，我要工作了。"

"哦。"王宸丈二和尚摸不着头脑。所以两人不是情人，而是仇人？是不想见的人？大概禹毅还是一个能力与品格兼有的老板？王宸略带欣慰地回去了。

等王宸一走，禹毅立马给宋一媛发微信：许清没有应聘上。

宋一媛很快回他：嗯。看起来冷淡极了。

禹毅有些忐忑：我想吃红烧肉。

宋一媛：好。

禹毅更忐忑了，媳妇的消息怎么回得这么少？

禹毅：你在生气吗？

宋一媛：没有啊。正打算去逛超市买肉呢，惹不起你们这些有故事的人。

禹毅：什么故事？

宋一媛：多年重逢的故事。

禹毅：我们也有故事。

宋一媛才看到，又亲眼看到禹毅撤回了，不禁挑眉。

禹毅：以后不提她了，好吗？

宋一媛：好。

小性子使到这里就好啦。许清这个人，就像沈风柏一样，都属于他们的过去，否认不了，却也无关未来。

这时，微信提示声又响起——

曹珍珠：沈风柏要结婚啦，你知不知道？

宋一媛一愣。

下一秒，她就收到沈风柏的消息：我要结婚了。请柬已经送到你们家了，不来哭给你看。

还没等她回复，沈风柏的电话就紧随而来："看到微信消息了吗？"

"嗯，看到了。"

"我是没想到缘分一来，会这么快。"沈风柏声音里带着笑。

宋一媛提起来的心稍微放下来一点，也笑："恭喜，恭喜。"

"十二月五号，你敢不来。"

宋一媛"嗯"了一声："我会来。"

"到时候穿朴素一点，不要抢了我媳妇的风头，她会不高兴的。"顿了顿，他又笑，"算了，你尽管穿，我媳妇没你美算我输。"

"什么呀。"宋一媛看着车外的马路，"新娘子肯定是最美的。"

"嗯。"沈风柏好像和谁说了一些话，"就这样，我挂了。"

"拜拜。"

"拜拜。"

晚上，禹毅回家，宋一媛做了红烧肉，满满一大盘，禹毅吃得一点儿也不剩。饭后，宋一媛把沈风柏送来的请柬拿给他看。禹毅像比宋一媛还要惊讶，一看到请柬上沈风柏的名字，下意识地朝宋一媛看去。

宋一媛笑："你看我干吗？"

禹毅什么也没说，目光重新落回请柬上——沈风柏 & 沈萱。

"沈萱是谁？"禹毅对她没什么印象。

"一个普通导游，听珍珠说，两个人是旅游认识的。沈风柏报的团刚好是她带，一来二去两人就好上了。"

"你见过吗？"

"没见过。"

禹毅看着她，宋一媛好笑地捏捏这条大狗的鼻子："都说了是过去的事了，我很为他开心。"

禹毅还是一眨不眨地看着她。

宋一媛眉头皱起来，有些失落："不相信我吗？"

禹毅一把将她抱起来，抱得紧紧的："不是。"他看着她的眼睛，"我是有点不敢相信，沈风柏居然结婚了。"

"我也有一点儿。"

"但他结婚了。"禹毅的眼珠子黑亮黑亮，"我很高兴。"

"嗯？"

"你就是我的了。"

宋一媛笑："我本来就是你的。"禹毅抿唇。最大的情敌结婚了，他真是松了一口气。

十二月五号，沈风柏办了一场盛大的婚礼。

曹珍珠和孟妮一起来的，曹珍珠取笑他："是倾家荡产办的婚礼吗？"

沈风柏笑："我比你想象的有钱。"

曹珍珠笑："临时换个新娘怎么样？"

"换谁？"

曹珍珠嘟嘴卖萌，眨眨眼睛，用台湾腔说："当然是人家啦！"

沈风柏指指从远处走来的宋一媛，说："那个小仙女还差不多。"

曹珍珠笑嘻嘻："别想了，禹总不干。"

沈风柏气哼哼："扮猪吃老虎，阴险。"

宋一媛走过来："说谁呢？"

"禹毅。"

宋一媛认同地点点头："我最近真有这种感觉。"禹毅好像知道她吃他撒娇这一套，一看情况不妙就装无辜，平时也越来越放肆，越来越不好管。

沈风柏斜眼看她："狐狸尾巴藏不住了呗。"

宋一媛瞪他一眼："没那么夸张，你别乱说他的坏话。"

沈风柏摊手："他在这里我也这样说。"

"说什么？"禹毅出现在宋一媛身后，并光明正大地把宋一媛往曹珍珠的方向推了一点点，拉开了宋一媛和沈风柏的距离。

沈风柏看到他的动作，翻了一个白白眼："我也要结婚了好不好？"

禹毅看他一眼："结呗。没结之前什么事情都有可能发生。"他又说，

"刚刚要说什么？"

沈风柏瞟他一眼，凉凉地道："说你狐狸尾巴藏不住了，原形毕露。"

禹毅眼巴巴地看着宋一媛："我没有狐狸尾巴。"

宋一媛漫不经心："哦。"

禹毅可怜巴巴地看着宋一媛："我真的没有。"

"嗯哼。"宋一媛不置可否，"没有就没有呗。"

她对沈风柏说："走，看新娘子去。"

这是一个海岛，新娘子正在某个房间里设计造型。

沈风柏喜滋滋地嘟囔道："好，去看我们家萱萱。"

沈萱真的是一个大美人，温柔娴静，眼波婉转，像是从画里走出来的古典美人。

曹珍珠一看，忍不住感叹："难怪你连朋友圈也舍不得发，怕被贼惦记啊！"

宋一媛是看过沈萱的照片的，沈风柏发给她看过，照片很好看，真人更好看。比样子更动人的是她天生多情柔软的眼睛，沈风柏一进来她的眼睛就亮了，目光落在沈风柏身上，嘴角翘起来，波光潋滟。

"这是孟妮，这是曹珍珠，这是宋一媛，我们大学时是一个辩论队的，都是我的好朋友。"沈风柏笑着，"这是沈萱，我夫人。"

大家一番互相寒暄。

沈萱没有多看宋一媛，对待宋一媛和曹珍珠也没有任何不同，仿佛一点儿也不知道她和沈风柏的过去。但以宋一媛对沈风柏的了解，沈风柏既然决定和一个人结婚，就肯定会坦坦荡荡地向她交代感情史。

沈萱软软地看着沈风柏："你来了这里，外面没关系吗？"

沈风柏挑眉："来看自己的新娘子，自然理所当然。谁还能说我不成？"

"你别闹了。"

"我知道的，外面有人。"

沈萱便开心地看着他："那你看我化妆？"

"嗯。"

沈萱对宋一媛一行人很是抱歉地说："时间太紧了，不能和你们好好聊天，实在对不住。我们等一会儿再聊，我对他的大学时代可好奇了！"

曹珍珠摆摆手："没关系，我们都理解。你先梳妆。"

在梳妆室待了一会儿，曹珍珠实在看不下去两个甜甜蜜蜜的新人你依我侬，拉着宋一媛和孟妮离开，三个人去海边走了走。

曹珍珠感叹："习惯了队长那样看你，当他那样看别人的时候，总觉得别扭。"

她这话是对着宋一媛说的。宋一媛笑笑，很平静："他是那样看我的吗？"

"嗯。"曹珍珠顿了顿，"大概还要深一点？"

宋一媛说："都过去了。"

曹珍珠缓缓吐出一口气："你们各自都有了不错的归宿，挺好的。"

孟妮在一旁没有说话，宋一媛看看她。孟妮朝她笑笑，眼睛对着太阳眯起来。

婚礼上，新人宣誓，身旁的禹毅抓住了她的手。宋一媛侧头看看他，男人和她十指相扣，她笑了。

当牧师说："根据神给我的权柄，我宣布你们结为夫妇。神所配合的，人不可分开。"

台上的人接吻，台下的人也浅浅接了一个吻。宋一媛心里最后一点若有似无的小怅然也慢慢消失了，她跟着大家一起鼓掌。

另一边的曹珍珠轻轻在她耳边说："就在刚刚，我发现了一件事。"

"什么。"

"我知道我的别扭感是从哪里来的了。"

"嗯？"

曹珍珠看着她："你不觉得沈萱和你很像吗？"

宋一媛惊讶地看着她。

"那是一种感觉，骄傲、得体，柔中带刚，心思细腻，洞察人心。"

宋一媛笑："我谢谢您了。"

两个人对视一眼，话题带过，都不再提。有些事情，不要自作多情，也不要刨根问底，适当地停在某处，时间会带来生机。

晚上回到家，宋一媛拿出真题卷做，禹毅在旁边守着她。还有二十天就要考试了，宋一媛算是强行挤出一天时间去参加的婚礼，晚上回到家，自然要补上落下的看书计划。但穿着高跟鞋玩了一天，宋一媛做英语试卷的时候忍不住打起了瞌睡。

禹毅就看着她脑袋一点一点的，小鸡啄米似的。他也不拆穿她，只是很平常地问："今天不做了？早点儿睡？"

宋一媛拍拍脸，摇摇头："不行，得做完两张卷子再睡。"清醒了不到十分钟，她的头又开始一点一点的，偏偏手上的笔还不服输地扭来扭去，写下一堆鬼画符，像是要表达什么。

学生时代离禹毅已经很远了，这样的场景也已经很久远，重新看到，恍惚觉得两个人是大学时候的恋人。期末来临，男朋友守着女朋友复习，女朋友笨笨的，还贪玩，为了不挂科，苦兮兮地挣扎。禹毅靠过去，轻轻碰了宋一媛一下，宋一媛就顺理成章地靠到他怀里，几乎瞬间就睡着了。

禹毅没有动，就着这个姿势待了快二十分钟，估摸着宋一媛睡熟了，才小心翼翼地将人抱起来。哪曾想才一用力，宋一媛就醒了，眼睛瞪得溜圆："我卷子做完了吗？"

禹毅看她，发现她处于半梦半醒状态，目光无神。他好笑又心疼，柔声道："做完了。"

然而宋一媛并没有被骗到，她摇摇头，努力让自己清醒过来，看了看桌上被画得乱七八糟的卷子，说："你先睡，我做完这张卷子就睡。"禹毅一把抱起她，她瞪着他，"干吗呀，我还没做完呢！"

"明天再做。"

"明天还有明天的计划。"

禹毅不管，抱着她上楼。

宋一媛气鼓鼓，越气越清醒，感觉自己能再做三套真题卷。

禹毅把她放上床，吻了吻她的额头："乖。"

宋一媛的气立马就消失了，叹了口气："唉，我真是太宠你了。"

禹毅笑："嗯，感谢女王宠爱。"

宋一媛钻进他怀里，打了一个长长的呵欠："侍寝吧。"

禹毅躺好，把人往怀里带了带，揉了一会儿宋一媛的脖子和肩膀，轻轻落下一吻："晚安。"

宋一媛睡眼迷蒙，嘴里嘟囔："晚安。"

两个人相拥而眠。一个月亮，照着两处夫妻，照着千家万户，照着无数的夜和梦。

考研前一晚，禹毅围着宋一媛团团转。宋一媛被他逗笑，说："Y大很好考的，孟妮和沈风柏给了我许多资料，自我检测下来，肯定能考上。你别紧张啦。"

"嗯。"禹毅停下来，"你一定会考上的。"

宋一媛准备充分，也充满自信，仿佛明天只是去走个过场，并不是很在意。

吃完饭，她先是和禹毅散了一会儿步，之后又兴致颇好地"爱爱"了一次，然后早早地沉入梦乡，睡得香极了。禹毅却在她睡熟后起来检查了一遍明天要带的东西，又想了一下注意事项，万事稳妥后才重新躺回床上，直直地看着宋一媛的睡颜。

她越来越像曾经的宋一媛了，笑容多了，自信多了，洒脱、骄傲、镇定自若，游刃有余。这只受伤的小鸟终于完全养好了伤，羽翼长丰满，对重回蓝天跃跃欲试了。

他期待，也惶恐，但他十分克制。两个人结合在一起，主流观点都在说："两个人在一起，肯定要互相牺牲、互相迁就，你想原来怎样现在就怎样，那别结婚。你太自私了。"

说来也真是奇怪，我们到底把婚姻当什么了？一种献祭吗？没有牺牲和迁就的婚姻不存在吗？就单纯地两个人结合在一起，你做什么我都支持，我做什么你都赞同，即便不支持、不赞同也不去阻止他的行为，尊重他的决定。一起生活，互相爱着，但各自的人生独立，这样的婚姻难道不才是健康的婚姻？还是说非要牢牢绑定在一起纠缠不清，想分开也分开不了，这样才能让许多人觉得安全和安心？为什么要渴望那么深的病态的羁绊，以此来获得满足和安全感呢？

大概大部分人的人格都尚未完全独立，所以人格立不起来，是软的，一定要靠着另一个软趴趴的人格，才能将将就就站起来，并且两个人越活越像。

宋一媛答应和他结婚的时候，禹毅就在心里确定了：不要对她的人生指手画脚，她的路，让她自己走。他陪着她，永远在她身后，这就够了。

他们俩的人格都不够硬，他内心还是有一种渴望，渴望宋一嫒成为一个离不开他的女人，成为一个离开他就会死去的女人。但他永远不会这样去改造她。

人生丰富，她不该只有爱情。

"Good luck，my love.（祝你好运，我的爱人。）"禹毅亲吻她的额头，抱着人睡去。

宋一嫒考研非常顺利，以笔试第一名并且专业分数近乎满分的优秀成绩进入面试。面试的十位老师，每一位都认识宋一嫒，有一部分前几个月还见过，剩下的几位也对她记忆犹新。

宋一嫒看着这些熟悉的老师，一点儿也不紧张，反而有种感动。她朝他们笑笑，一一说出每个老师的名字，顿了顿，终究还是感性了一下，说："各位老师好，我是Y大2008级汉语言文学专业的宋一嫒，我回来了。"

老师们欣慰地一笑。

曾怜说："找一天你和我一起去见见那群不成器的师哥师姐，让他们羞愧一下。"

董朝乾说："也跟我去见见我那群不争气的学生。"

王云笑："我们现当代文学的学生跑去教训古代文学和文艺理论的研究生，是不是不太好呢？"

曾怜看了王云一眼，目光放在宋一嫒身上："小姑娘想好学现当代了吗？以你的功底，来古代文学更好。"杜重也是古代文学的老师，她真的没想到宋一嫒最后会报了现当代。

董朝乾说："文艺理论也行啊！"

段中伦笑笑："也可以试一试外国文学，我很好的。"

只是过来打酱油的上任文学院院长孟仲平做了个手势，让这群不像话的老师安静下来，说："你们也注意点，都是些有头有脸的人物，在面试现场抢学生，也亏你们做得出来。"遇到一个热爱文学又有天赋的学生越来越难，不抢才是傻子。书看了那么多，面子早看开了，抢好学生有啥好矜持的？

宋一嫒说："谢谢各位老师的喜欢，不过我已经决定了学现当代。"古代文学固然好，但她要走的路不是研究。各位老师只好作罢。

一群人例行公事地问了两三道题，宋一嫒都答得十分专业，有条理，文采斐然。孟仲平朝她竖起大拇指，面试自然是过了。

走出教室，孟妮等在外面，捧着一束素雅的丝石竹。见她出来，连问也不问，直接把花塞到她怀里："小师妹你好。"

宋一媛笑："师姐，以后得麻烦您罩着了。"

"没问题！"

禹毅等在更外面一点，也准备了一束花，是火红的玫瑰。

宋一媛接过花，给了他一个吻："谢谢。"

晚上有庆祝宴，宋一媛复试出来才三点，禹毅问她想去哪儿。宋一媛看看他："去看老师。"禹毅就带她去了。

宋一媛看到杜重的墓碑就哭了，禹毅离她三步远，并没有靠过去。

"老师。"宋一媛哽咽了半晌，尽量用平静的语气说，"我刚刚面试通过了，不出意外应该是第一名。我回Y大了。"墓园里只有一阵三月的风吹过。

宋一媛靠着杜重的墓碑坐下，埋头号啕大哭。她的哭声像春天夜里的雨，像夏天山谷的风，像秋天大雁的哀鸣，也像冬天枯枝落雪。禹毅心疼得很，但想到她忍了这么久，从未好好为杜重的离开哭过，便生生止住了脚步，站在一旁一动不动。

宋一媛悲痛地大哭了一会儿，渐渐转到抽噎。她一边抽抽一边说："老……老头子……英语真的特……特难……我一个搞中文的，为……为什么要学英语？啊？你能不能……能不能晚上去给董老师提提意见？"

她又说："我把神话体系都背完了，孟妮才……才告诉我Y大没有考神话的习惯……出题的黄军是不是对教神话学的钱老师有意见？考研真累……我要不是想到已经跟你说了，反悔不好……我现在可轻松了……"

"我考上了，我跟你说一声。"说完她又号啕大哭起来。

禹毅比刚刚放心了好多。还好，她没有憋坏。等宋一媛哭够了、哭累了，他才动了动脚，走到她跟前去。

宋一媛坐在地上，伸手抱住禹毅的一条小腿，像考拉一样，吸了吸鼻子。

禹毅想拉她起来，宋一媛扭了扭，不愿意，瓮声瓮气的："我现在丑着呢，不想让你看。"

"没关系，我不嫌你丑。"

宋一媛撇嘴："谁管你嫌不嫌了，这是美女的自我修养。"

禹毅也不知道是哪根弦搭错了，说："美女是不会在墓园里哭成这个样子的。"

宋一媛瞪他一眼。她的眼睛通红，不见了往日明亮闪耀的神采，肿得只剩下一条缝。

"我错了。"

"晚了。"宋一媛翻了一个红红的大白眼，对着墓碑说："老师，他欺负我。他现在就开始嫌弃我了。"

禹毅无奈："我没有。"

宋一媛冷哼了一声。

等宋一媛彻底平静下来，两个人便离开墓园去拜访师母。

尽管这半年来很忙，但宋一媛每个月都会抽出两天时间去看师母，陪她种种花、喝喝茶，讨论一点东西，随时关注她的身体健康。

师母一看到宋一媛，就问："去见你的老师啦？"宋一媛的眼睛肿成那样子，很好猜。

"嗯。"宋一媛说，"去告诉他我考上了。"

"他一定很开心。"师母笑眯眯的。

宋一媛也笑："嗯。"

两个人都知道某个人永远地离开了，但他们都好像把他当还在身边一样。即便他睡着了，好像和他说说话，他也依旧能听见。

师母在缝衣服，她拿出所有的针线说："戴个老花眼镜还能缝缝补补，穿针却不行啦。你帮我把所有的颜色都穿上。"宋一媛便挨着老人坐下。老人歪歪扭扭地缝口袋，宋一媛没有阻止。她就按着师母说的那样，把每一种颜色的线都穿上针，留了适当的长度，仔细认真地把它们缠到线筒上，又一个一个放进凹槽里。

一时间，房间里静静的。师母在缝衣服，宋一媛在穿线。禹毅就在旁边看着她。

师母在某一瞬间抬起头来，看了看不知什么时候凑在一处一起捣鼓棉线的两人，欣慰地一笑。

她放下衣服，慈爱地说："院子里种的草莓差不多熟了，我今天早上知道你们要来，摘了一些在篮子里放着，我去洗给你们吃。”

宋一嫒按住她：“我去洗，水凉。”

师母看她一眼，嗔道：“你忘了立冬的时候你让禹毅给安了全自动热水器吗？”

宋一嫒笑笑：“您就让我尽尽孝心吧。”

给草莓摘去叶子，在凉水里放点盐，再把草莓放进去泡十分钟，最后冲洗两次。宋一嫒把洗好的草莓捞出来，端到老太太面前，眨眨眼：“您可不能吃太多。”

老太太点点头，笑眯眯的：“我不吃，你们吃。”师母原本是个不爱笑的人，这半年却越来越爱笑，笑起来给宋一嫒一种熟悉的感觉。

这样没什么不好的，师母身心健康，吃得下，睡得着，用她自己的方式缅怀着某个人。老师，你看到了吗？

宋一嫒是铁定考上 Y 大了，研究生报名在九月份，现在才三月中旬，她原本以为自己又能美滋滋地刷剧、看书、睡觉睡到自然醒，然后不紧不慢地和禹大毅推进造人计划。哪曾想才休息了两天，古代文学的曾怜老师就一个电话打来——

“一嫒，你要是没什么事做，我这边有个改编《西厢记》的话剧本子，下学期要在各高校公演，你帮我做一做？”

下午睡完午觉起来，一个陌生的电话打了进来。

“喂？”

“喂，您好，宋师姐……”男生的声音清脆，带着一点怯意。

宋一嫒眉一挑：“你是？”

“我是 Y 大现任辩论队队长王晃。”

嗯？

“五月份我们和 N 大有一场友谊辩论赛……”

宋一嫒秒懂，之后哑然失笑：“是沈风柏给你我的电话号码的？”

“嗯嗯。”

“输了几次？”

“三次。”

"丢脸。"

电话那边,王晃的内心在"暴风哭泣"。

于是她又接下了训练辩论队的任务。

这边电话才挂,那边王云的电话又打了进来。

王云是杜重的生前好友,两个人师出同门,宋一媛已经选定他作为研究生导师了。

"一媛,你把白先勇读完,自己写一篇总结。下学期会有关于白先勇的讨论会。"

于是宋一媛瞬间忙碌起来,不得不准备去Y市小住。令她没想到的是,禹毅竟然给了她一串钥匙。Y大南门居秀城跃层小洋房,豪装,已经放置半年了。从宋一媛决定考研起,禹毅就购置了此处房产。

"学校附近有套房子会方便许多。"他正经又严肃又有点可怜巴巴。

宋一媛接过钥匙,笑眯眯地看着他,心里的喜欢多得快要漫出来,又有一点酸酸的,为禹毅这全然付出、无怨无悔的爱。她没想到的,他都想到了;她要做的,他都成全。全然不顾自己。

"我每个星期都会回来。"宋一媛说,"我保证。"

禹毅摇摇头:"不需要。"

"我需要。"宋一媛软绵绵地撒娇,"五天不见你是我的极限。"

禹毅看她一眼,又看她一眼,闷声说:"Y市那边是最大的分公司,公司未来几年的发展都将集中在Y市……"

禹毅还没说完,宋一媛就懂了,心里甚至开始有点痛——借口正经,完美无缺。

五天不见是宋一媛的极限。

而一天,是禹毅的极限。

宋一媛不知道哪一天她才会爱禹毅到这种地步,甚至可能一辈子也到不了。

"你这样显得我好逊。"宋一媛抱住他。

"怎么了?"禹毅有些不知所措。

"还都还不了。"宋一媛轻声说。

过了一会儿,禹毅明白了,两个人分开。他握住宋一媛的肩膀,俯身和她平视，严肃得不得了："不要你还。"他又说，"不许还。"他的眉头皱得紧紧的，"不要想这个问题。"

两个人眼里都是彼此小小的人影，宋一媛闭了闭眼："我就是说说。"这样的男人，不珍惜的女人是傻蛋。

宋一媛一到Y市就忙得团团转，和师兄师姐们一起创作话剧本子，训练辩论队，研究白先勇，晚上还要写一点东西，恨不得把时间掰成两半。

她从来没这么忙过，忙到根本没时间管理个人形象。禹毅不在身边，她没心思打扮，身边全是比她小的小姑娘和小男生，也不想争奇斗艳。大多时候，宋一媛在衣柜里翻到什么就穿什么，又嫌长发碍事，每天都是随手绾成个丸子头，穿一双舒服的小白鞋，挎一个结实的浅蓝色帆布包，来往学校的各个地方。

这样的宋一媛，完全没料到才过了一个星期，就收到四封情书、十几个微信好友申请。微信好友宋一媛都通过了，除了两个直接在验证消息里写"我喜欢你"的；四封情书宋一媛一封都没拆开，拿回来随手放在茶几上，过了两天都不知道去哪儿了。

宋一媛对曹珍珠吐槽："现在的小孩都不看女孩的手吗？那么大一枚结婚戒指，钻石也挺大颗的——而且我都多大了呀，口味这么重？"

曹珍珠微笑："想变相夸自己年轻请您直说。"

"哈哈哈——"宋一媛盘腿坐在床上，笑得不能自已，"曹小姐，我还真没有这个意思。有了我们家大可爱，我对这群小孩故作深情的招数全方位免疫好吗？"

"你家大可爱要是知道多了一群'小奶狗'情敌……"曹珍珠笑，"相信我，禹总明天就会飞过来。"

"他明天本来就要过来。"宋一媛叹了口气，"想他。"

曹珍珠："好了，话题就到这里，挂了。"

"哎呀。"宋一媛撒娇，"再多聊一会儿嘛。"

曹珍珠浑身起鸡皮疙瘩："正常说话！"

"不说了，给我的大可爱打电话去了。"

曹珍珠："啊？"

第二天，禹毅来Y市，宋一媛正在话剧社讨论剧本，给禹毅发了一个定位，又投入到讨论中。

禹毅到达话剧社时，看到的就是一群年轻人不拘小节地围坐在一起，每个人手上都拿着几页纸和笔，正热烈而专注地讨论着什么。宋一媛也在其中。禹毅第一眼就看到她。

一个面容干净、骨架细细小小、衣着极其朴素、头发随意扎着甚至有点凌乱的小姑娘，笑起来牙齿白白的，嘴唇殷红，眼珠黑黑亮亮的。在一群平均年龄比她小三四岁的人群中，显得那么引人注目。

挨着宋一媛坐的那个男生偷偷看了她三次，宋一媛斜对面的那个男生偷偷看了她一次。这让禹毅心情有些微妙。

见她正在忙，禹毅并没有给她发"已经到了"的消息，就站在外面等。

二十分钟后，宋一媛发消息：你还没到吗？

禹毅：到了，在外面。

宋一媛雀跃起来，看着手机不自觉地笑，发消息：中途休息了，我出来找你。

宋一媛作势起身正准备出去找禹毅，坐在宋一媛旁边的男生突然站到她面前，顿了顿："我有些话想对你说。"

宋一媛微笑："不好意思，可以等一下说吗？我老公来了，我想先出去见见他。"

男生僵住。什么？！

"哇，一媛，你竟然已经结婚了？"

"天哪，真是没想到！"女生们惊讶不已。

宋一媛笑："是啊，即将一年。"她又大大方方说，"他来这边了，等一下介绍你们认识。"说完她拿上帆布包就出门去。

一出去，她就像每次和禹毅下班见面一样，飞扑进男人怀里，给了一个大大的吻，目光热切："想你。"

男人抱她的力度也是满满的力量，目光紧紧地看着她："我也是。"

毕竟是在学校里，两个人狠狠地抱了一下就克制地分开了。

宋一媛问："可以把你介绍给他们吗？"

"可以。"嗯，以后应该就没有这些哭笑不得的烂桃花了吧？宋一媛无比相信中文系的女生。

因为禹毅来了，宋一嫒快速做完剩下的事情，就和禹毅飞奔回家。

一进门，宋一嫒就眼明手快地捂住男人伸过来的脸，眨眨眼："等着。"她跑到厨房，端出昨晚特意为禹毅做的杞果千层，歪头看他，"主人，您是先吃蛋糕呢，先洗澡呢，还是……先吃我呢？"

禹毅目光深深地走过去，先是拿了宋一嫒手上的蛋糕，宋一嫒眉毛一挑。下一瞬间，他单手扛起她，大踏步往楼上走。宋一嫒尖叫着笑起来。

男人踢开卧室门，把蛋糕放在床头。宋一嫒没等禹毅动作，乖乖地滚上床，躺平了，雄赳赳，气昂昂："主人，吃我吧！"

禹毅却吃了一口杞果千层。

宋一嫒瞪大眼睛看他。

"好吃。"他还故意这样说。

宋一嫒踢他一脚，禹毅抓住她的脚。宋一嫒注意到自己穿的是水洗牛仔裤，从禹毅手里抽出脚来，喘了口气："慢着。"

禹毅看着她。

"我去换一身衣服。"

禹毅翻身上床，抓住宋一嫒的手，又紧紧夹住两条腿："不用换。"

宋一嫒躲开他的吻，眉头皱得可严肃了："不行，不好看。"

禹毅目光深深："很好看。"

"我觉得不好看。"

禹毅："……"

我都这样了，媳妇却在关注自己好不好看？

宋一嫒笑："逗你的。"

禹毅咬她一下。

宋一嫒控诉："你先吃蛋糕，不吃我。"

禹毅一边吻她一边粗声说："最美味的最后吃。"

宋一嫒闭上眼，仰着脖子，紧紧搂着他，享受这熟悉又缠绵的亲吻。不一会儿，她的手不安分地摸到他的腹肌，上摸摸，下摸摸，热情又直接。

禹毅放开她，额上的青筋暴起，鼻翼扇动。宋一嫒同样情动不已，目光满含春水。男人抿唇，吃了一口蛋糕，低下头去，和宋一嫒分食。可以可以，他真是越来越娴熟了。

宋一媛推了推男人，翻身坐到他身上，拿起蛋糕，妖精似的："来个新的。"

禹毅的目光更深。

宋一媛俯下身去，凑在他耳边："小片片里看没看到过？"

禹毅不说话。

"不说不做。"

"看过。"

"知道怎么做？"禹毅看着她。

"很好。"

宋一媛一颗一颗解扣子："你来哦，老公。"

…………

男人在这方面的学习能力和模仿能力向来堪称天才。

但是经此一夜，宋一媛对禹毅的"成长档案"更加好奇了。

第二天，两人睡到自然醒。禹毅比宋一媛早醒，一醒来就感觉到怀里是暖暖软软的人，鼻息间还有宋一媛特有的体香，满足极了。他瞅了宋一媛几眼，无法控制地落下细碎轻柔的吻，从额头到眼睛，从鼻子到下巴，左脸蛋一个，右脸蛋一个，左耳朵一下，右耳朵一下。宋一媛在充满爱意的吻中醒过来，还没睁眼嘴角就翘起来，更主动仰起脸，享受他的亲吻。

两个人在床上腻乎了一阵，就起床收拾被搞得乱七八糟的卧室。禹毅拿了床单和被套丢进洗衣机，瞧见茶几上有两件宋一媛的外套，顺手拿了一起洗。他又走出来，重新走到凌乱的茶几边，收拾了一下文件。

在两本时尚杂志下面，蓦地出现四封信。禹毅的手一顿，然后把所有东西收拾好，再拿起四封信，丢进垃圾桶。

宋一媛收拾好卧室出来，本来想再收拾一下茶几的，一出来就看到茶几已经收拾好了。她亲了禹毅一下："想喝什么？"

"咖啡。"

宋一媛便去煮了两杯咖啡。

两个人坐在沙发上，宋一媛靠着他，一起静静地喝咖啡。宋一媛看到垃圾桶里的信，"哎"了一声，伸手拿出来："我还以为不见了。"她看着禹毅，哑然失笑，"你丢的？"

"嗯。"男人从宋一媛手上把信拿过来，再次丢进垃圾桶。莫名嚣张？

宋一媛撇撇嘴，躺在他的腿上，仰视他："我拆都没拆。"好像在求夸奖。

禹毅亲亲她："不收最好。"

"全部夹在书里、包里、剧本里，防不胜防。"宋一媛也很苦恼，把手伸给他看，"我可从来没摘下来过哦。是别人不信。"

禹毅说："钻石看起来这么像假的吗？"他无奈地看着她，"是你太年轻了。"

宋一媛瞪他一眼："不许提我的年龄。"

"我是在提你的美貌。"

"好啦，男人都是花言巧语的生物。"

禹毅："啊？"

宋一媛笑。

下午，宋一媛去辩论队，在路上遇到王晃。见王晃有些失魂落魄，宋一媛笑他："失恋啦？"

王晃闷闷地"嗯"了一声。

"年轻的时候恋爱，结果不是最重要的，过程才是。"

"连过程也没有。"

"现在觉得没过程，往后才知道这过程是多么长久。"宋一媛笑，"一生怀念。"

王晃直直地看着她："师姐怎么知道？"

"当然是念过啊。"

"曾经和一个人深深爱过，然后放下，又爱上了新的人？"王晃有些难过，"一辈子不是只能爱一个人吗？"

宋一媛心里软软的，思绪颇多，又觉得这样天真迷茫的男生很可爱，说："我们年轻的时候觉得爱好长，长到过不去，'爱到老'是很容易的一件事，是轻易就走到头的事。但实际上，爱没我们想象的那么长，时间却比我们想象的长。"

"如果我坚持爱呢？让它一直和时间走下去。"

"这是你的意愿，不是你的情感。"宋一媛说，"爱不是意愿，爱是本能。"爱是本能，不爱也是本能，不爱的时候坚持爱，爱的人和被爱的人都感觉得到。

"所以你接受了本能？"

"是啊，放过了自己。"

王晃不说话，宋一嫒笑眯眯的："好啦，好啦，虽然残酷，但这未尝不是一件幸福的事情。爱一个人爱到筋疲力尽，还能再爱另一个人。多么勇敢又幸运啊。"

"但我更想一辈子只爱一个人。"年轻人总是特别执拗。

"诚然，一辈子只爱一个人是奇迹般的幸运。"宋一嫒并不觉得他幼稚，反而很认真地说，"我们爱每一个人的时候都是很想一直走下去。爱第一个人的时候，想和他一生一世一双人，后来不行，又遇到第二个人，觉得这或许会是一辈子，可是又不行……爱着的时候从来没想过会有不爱的那一天，但它到来的时候，又觉得只有如此。"她顿了顿，然后说，"你现在是处在爱中，所以觉得这就是一辈子，这没什么好说的。只是你千万别钻牛角尖，为了成全这个虚无的承诺，拒绝另外的缘分靠近。爱情教会我们的重要事情之一，就是学会和天不遂人愿和解。"

王晃看着她，目光清亮而切切："我懂了，但我处在爱中。"

宋一嫒笑笑："慢慢来。"慢慢爱，慢慢不爱。

两个人快走到活动室了，王晃突然说："师姐身边有没有人一辈子只爱过一个人？"他看过来的目光，像是在期待一个信仰。

宋一嫒几乎瞬间就想到了禹毅："有。"

"谁呢？"

宋一嫒笑："我老公。"

王晃晃了一下神，原来是真的。

"如果你真的想这辈子只爱一个人，就问问自己：能不能做到克制自己想要回报的欲望。如果能，就有可能；如果不可能，那就放过自己。"这是宋一嫒从禹毅身上知道的。

王晃明白了，他做不到。他朝宋一嫒笑笑，宋一嫒回之一笑。

巧的是，随后宋一嫒训练队员，随机抽了一道题目让他们辩论，不料抽到的竟然是"一辈子应不应该多爱几个人？"

宋一嫒随机站了一个队，说："来，王晁你和我辨一次。"队员们尖叫起来，全都想看好戏。

王晁头一扬："来！"

"让你选。"

王晁也不客气："我选不应该。"

宋一嫒眉毛一挑："刚刚的开解都还给我了？"

王晁一笑："师姐，题目是应不应该，不是能不能，你刚刚跟我说的所有观点，都是让我们不应该。"

宋一嫒笑："孺子可教。"

"老师教得好。"

队员们看了一场精彩的模拟赛。结束后，宋一嫒吐出一口气："五月份保持这样的状态，准能赢。"

队员们欢天喜地。

训练完后，宋一嫒就去图书馆看书、查资料，六点回家，禹毅正好结束一个视频会议。两个人随便吃了一点东西，待在一起各自干各自的事。

宋一嫒一直在默默写的书即将完稿，给沈风柏看了，沈风柏建议："要不要先造个势？"

宋一嫒拒绝："造什么势？我又不出道。"

"看的人多一点，成名会更快一点。"

宋一嫒毫不客气："谁稀罕成名啊，我要流芳百世。"

沈风柏哑然失笑——还是那个狂妄的宋一嫒。是了，她什么时候想过获得现世虚名？她要的是百年名声，她的野心不是一般地大。

沈风柏一针见血："还差得远。"

宋一嫒回："谁一口气能吃成个大胖子？"

"你知道，有很多。"

宋一嫒叹了口气，转眼瞅见禹毅，心一动，凑过去说："要看我写的东西吗？给建议哦？"

禹毅看了三个小时，看完之后想了一阵，宋一嫒就看着他。禹毅说："生活可以是一种没有目的的适应过程，但艺术应该不这样。"

"怎么说？"

"它应该有潘多拉之盒的希望。"

宋一媛为之一震。

"在我看来，写所有的恶都不单单只是为了揭露恶。文学是改造人精神的学科，如果只有恶，那么是把人往坏了改吗？批斗、揭发、讽刺等等，都不是为了说明这个世界有多坏，而是让我们知道，我们还能更好。"

宋一媛吻了他一下："谢谢。"

禹毅有些害羞："我只是说出了我的观点，但不一定是对的。"

"嗯。"宋一媛心里有了新的结尾，"没什么对不对，总之对我很有帮助。"

因为看了太多大团圆式结局的东西，宋一媛有一点反感，又看了太多怅然结局的东西，对平淡式结尾也有点儿意兴阑珊。要不写到地狱去，要不写上天堂——她原本是这样打算的，结果听禹毅一说，反应过来自己犯了好大一个低级错误。

你在骄傲些什么呀宋一媛？她不禁严肃地反思，人们写得最多的东西，肯定是人们思想的某种集中反映啊。

人们为什么总写大团圆？写俗写烂写到如今这种地步？那是因为大团圆在现实中没那么容易啊！人们为什么总爱写轰轰烈烈的爱情？因为这样的爱情少啊！人们又为什么开始写平平淡淡才是真？那是因为人们越来越关注日常生活了。

这里面隐含了多少现实，何必为了避开大俗非要装大雅呢？又何必因为别人写烂了就不写呢？放开自己，让书自己选择。

宋一媛转头坐到电脑桌前，噼里啪啦开始打字。男人看了她一会儿，坐回自己的位子开始工作。

宋一媛写到凌晨四点，禹毅就陪到那个时候。宋一媛把小说打印出来给禹毅："我的爱人，请你第一个看。"

"无上荣幸。"

两个人吻了一下。

禹毅正准备看，宋一媛又给他合上。

禹毅不明所以，宋一媛指了指时间："睡觉。"

"我不困。"

"我困了。"宋一媛看着他，"没有你我睡不着。"

两人相拥而眠，稿子静静地放在床头。

宋一媛拿小说去送审，主编说："印十万。"

宋一媛的执行编辑激动得手发抖，有些不敢相信地确定："十……十万吗？"

出版行业正衰落是个不争的事实，原本轻易就能印十万、二十万，近年来却只敢几千、几万地印。而且出版行业是一个看中出版资历的行业，对于新作者来说，首部作品出版，一般不会有太高的印量。宋一媛之前从未出过书，这次却首印十万，简直是一场豪赌。

主编看她一眼："嗯。"

宋一媛的书在五月初悄无声息地上市了。五月安安静静地过去，执行编辑每天都在查看销售情况——销量不温不火，按这速度，恐怕要完。她愁得头皮都快抠坏了。

宋一媛反而没那么大的压力，她在禹毅的抽屉里发现一个1T的U盘，从而根本没时间也没兴趣去操心其余的事情。她蛮不讲理："我要了。"

禹毅头一次露出犹豫的神色，宋一媛微笑："要老婆，要U盘？"

"给你。"

禹毅的"成长档案"令人叹为观止。所以——宋一媛有种被欺骗的感觉，之前的不主动、羞涩、僵硬全是深藏不露吗？这个老司机的经验，简直可以去开火车了。

问他，男人说："我一见你就紧张，不敢乱来。"

宋一媛说："你现在也没对我乱来啊。"

禹毅说："对你永怀尊重。"这个男人，真是越来越会说甜言蜜语了，偏偏每句话都让人觉得是真的，就更令人心动了。

两个人没有任何后顾之忧，"爱爱"得很是频繁，真有一点不知今夕是何夕的感觉。

时间一进入六月，宋一媛的书没有任何征兆地卖脱销了。

执行编辑就只是放纵自己过了一个儿童节，三号就有人打电话跟她说："宋一媛火了。"

执行编辑："啊？"这情况让出版社措手不及，连夜加印十万。没曾想才一个星期就又脱销了，于是又加印。

宋一媛就像一匹横空出世的黑马，横冲直撞地冲进马群里，引得一群悠闲吃草的马混乱不已。她又像一颗炸弹，"咻"地被扔出去，"砰"地爆炸，炸得作家圈人仰马翻。

有著名的作家评论道："她让我们看到日常生活，虽然没有轰轰烈烈的残忍，但平静之下无时无刻不是波澜。"

还有著名评论家说："整个故事令人绝望，死气沉沉，让人透不过气来。我原本以为这本书将止步于此，结尾却神来一笔，仿佛坟墓上开出一朵花。这样的结局处理，简直是天才。"

"我不信这是一个三十岁女人写的故事，文笔老练得像一个耄耋老人。"

"就凭着这本书，这个女人的名字就能出现在文学史上。"

"我观望，我期待，我祈求她的灵气不要太快耗完，我祈求她能挨过这波势必会来的大火。"

…………

各种采访和约稿蜂拥而至，网上对这本书的讨论日益激烈，宋一媛还收到了作家协会的邀请函。一夜成名，要说心里没有起伏那是不可能的，但宋一媛知道自己写这本书的目的是什么。禹毅是见过大风大浪的人，一步一个脚印走到今天，对宋一媛现在的感受能理解，并且给了不少建议。更何况除了禹毅，多少和作家圈沾点儿边的曹珍珠和沈风柏也给了她很多警诫。

曹珍珠把网上的评论截图给她看，宋一媛看到一些捧她如神的评论，莫名羞耻，发了一个哭笑不得的表情过去："夸张了，夸张了。"

曹珍珠又发了一些捧得更高的，譬如"当代女鲁迅""现当代文学第一人""百年难遇奇才"……

宋一媛脸烧，又惶恐又心虚："捧杀？"

曹珍珠："我看了都脸红。"

宋一媛哭笑不得，奇怪，看了这些夸张的夸奖，她之前稍微膨胀起来的心瘪了下去，甚至比以往对创作更有谦卑之心。

他们不懂，所以才觉得鲁迅的高度容易达到；他们不懂，所以才轻易把她和曹雪芹放在一起比较。所以这样的赞美更像一种警醒，让她清楚地看到她要走的路还很长。

宋妈妈很高兴，也很欣慰，但向来爱炫耀的她在这件事上却低调极了。

有人问起网上大火的那个青年作家宋一媛是不是就是身边这个宋一媛时，宋妈妈只是矜持地点点头，语气也很淡定："是呀，是她。"

"哇，厉害呀，了不起！"

"谢谢。"多的她也就不再说了。

宋爸爸感受了几次，终于问出口："咱女儿做得这样好，你干吗这样？"

宋妈妈看他一眼："她是做得很好啊。"

"那你？"

"我们安静一点，就别再给她造势啦。我看那些有名的作家，哪个不是喜欢深山老林，一根笔杆子就过一生的？我是觉得吧……"宋妈妈有点害羞，"我女儿那么厉害，心里肯定有更大的理想，现在这些算什么？我得帮她稳住了。说不定她真的能名垂千古呢？"

宋爸爸一笑，宋妈妈可爱起来的时候，真是最可爱了。

六月十二号，宋一媛一大早就独自外出了。

她在墓园旁边的花店里买了三支百合，再配了一些白色菊花，用黑色的装饰纸包装好，系上一个蝴蝶结。她付了钱，捧着花经过一块一块墓碑，往上，在山腰的地方转弯，在第七块墓碑前停下来。

年轻姑娘笑着，眉眼有光，一股英气，穿着白衬衣。宋一媛弯下腰，放下花："我配的，好不好看？"

"我考研了，考上了 Y 大。最近出了一本书，反响不错。现在 Y 大辩论队的小崽子们真是弱，你要是看到他们那样打辩论赛，估计会气到暴走。"她笑了笑，"和 N 大打友谊赛都输了三次，你能想象？"

她又说："我嫁人啦，他过来。沈风柏也'嫁人'了，新娘叫沈萱。哇，是个大美人，他算是捡到宝了。珍珠，嗯，我觉得她和警察叔叔快要在一起了，她最近几天总是忍不住和我提他。你知道的，女人嘴里说得最多的那个男人，十之八九是她的爱情。"

她说完便沉默了一会儿。

"你见到老师了吗？"她蹲下身去摸了摸花，"你应该是能见到的。师母很好，吃得下也睡得着，让老师别担心。我们都很好。"沉默许久，她终于说，"杨歆，对不起。我在心里说了几千几万次，却一次也没对你说过。我想你。"

山下有汽车声传来。宋一媛侧过身去，两辆车一前一后停在山下。两辆车宋一媛都熟悉无比，前一辆是禹毅的，后一辆是曹珍珠的。就在两个人都下车后，又驶来一辆——沈风柏的。车里下来三个人——沈风柏、沈萱和孟妮。

宋一媛轻声说："大家都来看你了。"

墓碑一下子就被大朵大朵的菊花和大朵大朵的百合给围了起来。

曹珍珠笑："像花姑娘的家。"

宋一媛也笑："可不是。"

几个人跟杨歆说了许多话，说的都是些日常琐事，仿佛是在和她话家常。

六月的风是暖的，暖风里是花香。

看完杨歆，大家各自开车回家。

沈萱对沈风柏说："如果我早早地死了，有这样一群朋友惦记着我，年年都来扫墓，我也死而无憾了。"

沈风柏瞪她一眼："别胡说。"

沈萱笑了。

曹珍珠开车到服务区休息的时候，收到杜宇坤第 N 次耍无赖求交往的微信：我要是现在马上出现在你面前，我们就在一起?

曹珍珠眉一挑：好啊。

杜宇坤：我到你家门口了，开门。

曹珍珠笑，发了一个定位过去：真是不巧。

杜宇坤：你故意的。

曹珍珠：那就再给你一次机会，出现在我面前。

杜宇坤：遵命。

身后一个人突然抱住了她，曹珍珠一僵。

"我可不是要流氓哦。"杜宇坤笑起来坏坏的，"现在你是我女朋友了。"

宋一媛和禹毅回到家，两个人都有点累，躺在床上发呆。

执行编辑给她发了一条消息，说是出版社一次性加印了二十万。

宋一媛回了一条"收到"，然后滚进禹毅怀里，禹毅轻车熟路地拍她。

"吃饭吗？"男人问。

宋一媛摇摇头："没胃口。"

"红烧牛肉、羊肉汤、清蒸鳜鱼？"禹毅说了几个宋一媛爱吃的菜。

宋一媛的眉头皱起来："不吃。"她有点生气，"我就想安静地待着，不想吃饭。"

禹毅亲亲她："好，不吃。"

宋一媛转身吐了。

禹毅："……"

媳妇和他接个吻，竟然吐了？

宋一媛看着呕吐物，又是一阵反胃，急急忙忙往厕所跑，厕所里传来一阵又一阵呕吐声。

禹毅赶紧想了想昨晚有没有吃什么不干净的东西，又疑心是昨天凉的慕斯吃多了，给她拿来清理肠胃的药。

宋一媛吐完清理了一下，看到禹毅拿着药走进来。她并没接，而是在柜子里翻出两支验孕棒。

禹毅一呆。

宋一媛很快出来，两个人四目相对。

禹毅的心跳加速，一种熟悉的窒息感抓住了他，像一年多以前微微有点儿醉意的某个夜晚。

"是有……有了吗？"他的声音干涩得厉害。

宋一媛好像很平静，耸肩："如果验孕棒没过期的话。"

禹毅一把抱起她。

宋一媛开始笑，心跳和禹毅一样快，好像最最艰难的一个挑战来临了。

宋一媛没有害怕，也没有迷茫，只有一种轻盈的期待。

有禹毅在的未来，没什么好怕的。

============ 完 ============

301 ⑥

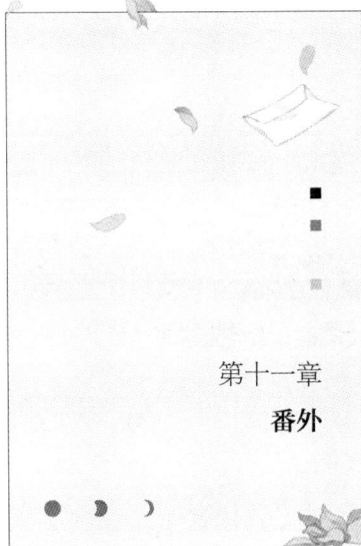

Chapter 11

第十一章

番外

大萧国有一位将军，身长九尺，魁梧雄壮，武功盖世，耍一把长枪，战场上杀人不眨眼，令敌人闻风丧胆。十年间，他平了南蛮，镇了东夷，灭了西羌，收了北狄——哦哦，没仗打了。

小皇帝战战兢兢写了一封密旨：打仗累了吧？回来休息两天？

手下哭着跪下："将军，回吧，我想媳妇了。"

禹毅将军不耐烦地皱眉，刚硬冷峻的脸看起来很是吓人。

手下绝望：哦，没戏了。

哪曾想，男人冷着脸蹦出一个字："回。"

手下一边被吓得屁滚尿流，一边激动得涕泗横流——回家生崽了！

于是班师回朝，普天同庆。小皇帝亲自到城门口迎接，百姓跪了里三层外三层，呼喊声一浪高过一浪。

隔日上朝，皇帝论功行赏，原来的正三品云麾大将军被破格提拔为正一品镇国大将军——这是大萧国历史上第一位正一品将军，也是第一位镇国大将军。

年过七十的老丞相"扑通"一声跪下，大喊："皇上三思啊！"

小皇帝气鼓鼓地道："不思了，退朝。"在老丞相爬起来打算撞柱明志之前，他又说，"来人啊，把宋丞相送回丞相府，别让他靠近任何柱子。"

宋丞相爬起来，恶狠狠地瞪着镇国大将军："穷兵黩武，大萧国的国库都被你打空了！"

禹毅将军不说话，转身就走。

宋丞相颤巍巍地跟在后面，还没说够："年轻人，懂不懂礼貌！说走就走，眼里还有没有我这个老人家！"

禹毅将军走得飞快，宋丞相跟得气喘吁吁："哎，你慢点儿！"

前面的人走得更快，出了宫门，一个大轻功，飞檐走壁，两三下就不见了。

被两个侍卫夹着追人的宋丞相："……"

气死个人！除了打仗还会干吗？还长得那么凶！

禹大将军回来一个月后，曾经的发小找他出去玩。

禹毅问："玩什么？"

发小直接拉他出门："你去了就知道了。"结果不是玩，而是去参加小姐们的游园会。

小姐们个个嫩葱粉白，脆生生的，比院子里刚冒头的草还要嫩。

禹毅和大老爷们儿相处惯了，一进园子就浑身不自在。更枉论行军打仗之人最是耳聪目明，哪个小姐在瞧他，他心里一清二楚。

发小风骚地摇着文人扇，挡脸凑近小声道："我可够意思？"见禹毅不说话，他又说，"你今年三十有二，也该娶亲了。这园中一半的小姐都属意于你，随便挑。"

话音刚落，三米开外的一个小姐就以一个夸张的姿势朝他们这边倒来，一时间惊呼声四起。

禹毅下意识地扭住人的胳膊，欲将人拉起，却忽略了手中之人不是军营里可以胸口碎大石的汉子。他拉人的力度一如既往，生生将人小姑娘的胳膊给拉折了，只听"咔嚓"一声响，吏部尚书的小女儿哭声震天。

禹毅后退一步，有点儿慌，又有点儿茫然："我没用力。"

鬼知道用没用力！

这一天，镇国大将军拉折了吏部尚书小女儿的胳膊，震倒了太傅家的大小姐，捏青了中书郎的四妹的手臂……好好一场游园会，一下子鸡飞狗跳，闹如集市。

第二天，年过七十的老丞相又"扑通"一声跪下，号道："作孽啊！"

小皇帝吓了一跳，差点儿从龙椅上蹦起来，瞪着他："爱卿何事？"

宋丞相指着禹将军，气咻咻："放浪形骸，登徒好色，枉为三军表率！男女大防，视为无物，愧对千古先贤！人面兽心，衣冠禽兽，枉负先皇圣恩！"

嗯？小皇帝目瞪口呆，怎么和探子说的不一样？

"含血喷人！"

"欲加之罪，何患无辞！"

"我顶你个大西瓜！"

禹将军一字未说，手下气得跳脚。

这一天，早朝也是鸡犬不宁。宋丞相像吃了炮仗一样，把禹毅的手下辩得安静如鸡。最后还是小皇帝认了输，跟着宋丞相同仇敌忾地把禹毅给骂了一通，骂得比宋丞相还狠；骂得朝臣全都跪下喊"皇上息怒"；骂得宋丞相都有些发怵，欲言又止。

小皇帝问："丞相，我骂得对不对？"

宋丞相不吭声，对个屁啊！说个"对"字估计禹将军就得满门抄斩。

"嗯，回皇上，也没那么严重……"

"好，退朝。"小皇帝跑得比兔子还快。

还在想措辞的宋丞相："啊？"

各路官员也是跑得飞快，一时间大殿里又只剩下禹将军和宋丞相。

宋丞相回过味来——知道中了小皇帝的计，好生气，恶狠狠地盯着禹毅，冷哼了一声。

禹将军很无奈，不知自己哪里惹到了老丞相，怎么回来后总被他针对？

两个人相对无言出了宫门，老丞相看都不看他一眼，自顾自地上轿，一颠一颠地回去了。

禹毅也朝着相同的方向，和宋丞相前后脚到达同一条街。一个朝右，进了丞相府；一个朝左，进了将军府。

唉，邻里关系不好处啊。

中午，禹毅用完饭，休息了片刻，便在院子里练起枪来。练得正兴起，他听见外面闹哄哄的，有人在喊"使不得，使不得"，又有人在喊"息怒，息怒"，还有女人的尖叫声和哭号声。一个熟悉的声音响起："胆大妄为！不自量力！我宋家的孙女岂会嫁给你这种胸无点墨的愣头青！"

两座府邸隔了一条街，宋丞相的声音还能清晰至此，丞相老当益壮啊。

"你要来娶亲，先问问我手里的尚方宝剑同不同意！

"只要我宋某人在世一天，你就别想娶她！"

禹毅停下来，喝了口凉茶，歇了歇，不想再听，进屋去了。

晚上，许是白天茶喝多了，禹将军睡不着，半夜起来转花园。转着转着就听到不知哪儿的小丫鬟凑在一起嘀嘀咕咕："那可不是，被丞相大人拿着尚方宝剑赶出去的求亲人没有两百，总也有一百了。"

"宋丞相也实在太宝贝自己的孙女了些。皇亲国戚，天潢贵胄，去求亲的哪个不是人中龙凤，偏偏宋丞相觉得谁都配不上他的孙女。"

"唉，这京城的贵族子弟被他骂了个遍，挑来挑去，如今谁也不剩，也不知道宋家那位小姐未来怎么办？"

"看来女子太优秀了也不是件好事……"

隔天晚上，禹将军就见到了被底下人称为各种"京城第一"的宋家小姐——在床上。

两个人大眼瞪小眼，禹将军捂着她的嘴，感觉这小嘴啊，比他前半辈子摸过的最软的棉花还要软。湿润、柔嫩，像一块入口即化的奶冻糕。她瞧着他，五分惊两分恐，还有三分好奇。她的眼睛比草原上的星子还要亮，比他瞧过的所有水都要清，映着他的脸，一漾一漾的，让人有点渴。

"不许出声。"

她点点头，嘴唇擦过他的掌心，无声地说了一个"好"字。热度从掌心蹿到心里，好烫，烫得大男人的心一抖。

禹毅松开手，小姑娘的嘴唇被他捂得通红，被压住的另一只手也起了青痕。

啧，怎么这么嫩？

他从她身上起来，女子穿着丝滑的水红色亵衣，薄薄一层。

禹毅闭眼吞了吞口水，大掌一捞，被子将人裹得严严实实。

他正欲走，宋家小姐出声唤道："琴儿！"

禹毅一闪，翻身上床，再次将人捂嘴捏手压在床上，眼里闪过冷光。一只软软的手轻轻地拍了拍他的胳膊，眼睛眨了眨。

"怎么了，小姐？"外间传来抚琴的询问。

禹毅放开她，宋家小姐喘了喘，声色如常："你去看看有什么东西到这个院子里来了。"

"是。"

"找人抓了。"

"是。"

然后她侧过脸看着他："禹将军在跟踪谁？"

"你认识我？"

她眯眼笑："刚认识的。"蕙心兰质，聪明绝顶，令人心惊。

禹毅正欲从床上下来，一双白到反光的手制止了他。也就是那么轻轻一抬，禹毅就像被定住了一样，眼神落到她的脸上："何事？"

"小女子姓宋名一媛，年方十六，尚未婚配。"

"嗯。"

两个人大眼瞪小眼。半晌，佳人轻叹："呆子。"

禹将军不是呆，是脑袋里绷着一根弦，绷得脑壳痛。

"禹将军今年虚岁几何？"

"三二。"

"婚配否？"

"否。"

"可有不良嗜好？"

"无。"

"小妾几人？"

"无。"

宋一媛轻轻推了一下他，男人僵硬着跨到一边。宋一媛小小地打了个呵欠，侧头看他："我一个姑娘家，和一个男人衣衫不整地待在一张床上，这清白算是毁了。你娶不娶我？"

禹毅的心跳骤停。

宋一媛见他不回答，像是知道了他的答案般点了点头，坐起来，慢条斯理地穿鞋："既然如此，我也没什么好活了。"说完她就朝一旁的墙壁撞去，那力度，像一只猛力俯冲的燕子。

禹毅满面惊骇，眼明手快地将人捞住。也不知道这么柔弱的一个人是从哪儿来的这么大力气，将他生生撞到了床上。两个人一上一下，一黑一白，一强一弱，对比分明，场面颇有些香艳。

宋一媛顺势在他硬邦邦的胸膛上戳了戳："你既不娶我，又要占我便宜，世间哪来这样的好事？"

禹毅赶紧放开她，慌忙后退，撞到床架，整张床摇了摇。

噼里啪啦，噼里啪啦，从床顶掉下来无数的书，让禹毅有些蒙。

宋一媛的表情有些怪异，耳朵红红的，瞋他一眼，有点儿凶："下去！"

禹毅滚下床，一双粉白的手放下帘子，将禹毅完全隔绝在外。

床下有一本遗落的书，禹毅捡起来看——一男一女，一上一下，赤身裸体……

禹毅呆住，感觉鼻子热热的，情不自禁地又翻了一页。

等宋一嫒把"小黄书"重新藏好，拉开帘子，就看到大萧国堂堂镇国大将军，愣愣地站在床边，手里拿着落下的一本"小黄书"，表情复杂。

宋一嫒起身，把书收回来，对他道："你走吧，琴儿差不多要回来了。"

禹将军魂不守舍地回去了。这一晚，禹将军的梦里总有一只如玉的小手在他身上摸来摸去，摸得他燥热不堪，眉头紧锁……

接下来的三个月，禹将军总有追不完的犯人，总是追到宋小姐的院子里。

宋一嫒在下边弹琴，禹毅就在树上听。大将军蹲在树干上，一蹲就是一个下午，一直蹲到腿发麻。

宋一嫒说："禹将军，不如下来喝口茶？"

从喝茶，到吃点心、陪坐，再到帮忙捉鸟、带糖人、教武功……两个人越走越近。

宋一嫒瞧着禹毅昨天从树上轻飘飘落下来的样子帅气，便叫人拿了梯子来，缠了袖子和裤腿，气喘吁吁地爬上树。正坐好，这几个月天天来的人又来了。

宋一嫒朝他招手："今天有冰镇西瓜。"

禹毅面无表情地站在树下，也不管石桌上红通通冰得沁人的西瓜，直直地盯着宋一嫒看，眉头皱了起来。

宋一嫒恍若未觉，笑眯眯的："你前几日教的轻功口诀我背熟啦。"

禹毅的眉头皱得更紧。

宋一嫒眨眨眼："我试验一下。"她一下子就从树上跃下来，周围惊呼声四起。

禹毅抱住她。

宋一嫒环着他硬似木桩的脖子，小嘴贴着他的耳朵："禹将军，你又占我便宜。"她看到男人的腮帮子隐忍地动了动。

禹毅欲将人放下，宋一嫒轻哼一声，手缠得更紧："脚软。"

禹将军的嘴唇抿成一条线，抱着人大步朝屋里走去。

宋一嫒问："你到底什么时候娶我呀？"

男人盯着她看了半晌，一言不发地走了。

翌日，媒婆颤抖着手把庚帖递给宋丞相。

宋丞相黑着脸接过来，盯着名字看了半晌："可。"

媒婆两股战战，忙不迭地点头："是不可，是不可，年龄太大，长得太凶，我也觉得不合适——啊？"两个人四目相对，媒婆赶紧低下头去，"好得很，好得很，没有比禹将军更配的了。两人郎才女貌，天作之合，禹将军真是三生修来的福分，能娶……"

"好了。"

媒婆闭嘴。

三个月之后，红妆十里，御上亲临，太后主婚。大萧国镇国大将军和丞相之孙女喜结良缘，轰动京城。

是夜，宾客散尽，房间里只剩下新婚夫妇两人。一个躺着，一个站着。躺着的人轻着红装，阖眼香寐，清肌如玉，好一幅令人垂涎的美人夜睡图。站着的人腰劲肩阔，威武挺拔，面无表情，仿佛夜来罗刹。站着的人看了躺着的人一炷香的时间，躺着的人回馈他一双不经意间露出来的玉腿，修长纤弱，瓷白滑腻，映着大红裘被，让人口干。

禹将军又盯了一炷香的时间，流鼻血了，赶紧擦掉。

美人轻轻侧身，展露出女人最为婀娜的身段，凹凸有致，曲线玲珑。男人狠狠地吸了一口气，青筋迭起，脑壳痛。这样薄的衣服，谁给她穿的？谁睡觉穿成这样？！美人无知无觉，禹将军站在床边看人到天亮。

天刚蒙蒙亮的时候，宋一媛就被饿醒了。甫一睁眼，她被床边高大的身影吓了一跳。因着刚睡醒的关系，睡眼蒙胧，声音有一些秀气："你要吓死我呀。"仿佛在撒娇。过了一会儿，她彻底清醒，看着站在床边的人，不可置信，"我穿成这样，你就看了一晚上？"

禹将军想了一晚上的问题此时终于有了答案——原来是禹夫人自己穿的。

见他不吭声，面上又是那副极其冷硬的表情，丝毫不为美色所动，宋一媛不确定地问道："你……不行？"

禹将军瞳孔一缩，狠狠地盯着她。

禹夫人毫不畏惧，轻声而坚定："有病要治。"

禹毅狠狠地吸了一口气，向前大踏一步："没有。"

宋一媛坐起来，玉足微伸，去够鞋子。可她够来够去总是够不到："没有，却不要我……"她抬起头和他四目相对，唇红齿白，眼波婉转，"那就是不喜欢我？"

禹毅不回答。

"你既然不喜欢我，又何必娶我？"美人眼睑低垂，有些伤心。禹毅的腮帮子动了动，又向前小小地走了一步，蹲下身子去给她穿鞋。美人的脚好好看，小巧玲珑，圆润精致，仿佛玉雕，落在禹毅粗糙有力的手里，更显娇嫩。他起先用了些力，现在是一点儿力也不敢用，实在是太滑了，摸得人火起。

"没有。"他说。

"喜欢我，又不要我。世间哪有这样的男人？"

禹毅瞪她一眼："不要把这些话挂在嘴边。"

宋一媛不怕他："那你什么时候要我？"她撇撇嘴，有些委屈，"等会儿就有人过来收落红帕子……"她脚一蹬，有些气，直接踩在禹将军的胸口上，"你让我怎么说？新婚之夜，本该圆房的，可两个人在一起待了一晚上，却什么事也没发生……"

"你睡着了。"

宋一媛瞪着他："就因为这样？"

禹毅握住她的另一只脚，帮她穿鞋。

"我本想着长夜漫漫，一定得酣战许多回，就想着先小睡一会儿……"

禹毅瞪着她。这说的什么话！

"谁曾想你竟是这样的人。"宋一媛越想越不可置信，"你就不知道叫醒我？"

禹将军忍无可忍，稍稍用力捏了捏她的脚："别闹了。"

宋一媛抿了一下唇，不说话了。

两个人沉默了一会儿，听到外间有动静，是丫鬟们起来了。

宋一媛说："把喜服换了吧。"禹毅起身欲走，宋一媛又拉住他，"我给你换。"

禹将军的心跳失常了两秒："不用，我自己来。"

美人儿白嫩的手已经覆在男人的胸膛上，解开了两颗扣子。她轻抬眼睑："就许你穿鞋，不许我换衣服？"

禹将军便杵着不动了。

但那双手怎么能那样软，那么柔呢？解个扣子都解得他气血翻涌，喘不过气来，身体某处更是蠢蠢欲动。最终，男人往后退了两步，声音有些低沉："可以了。"便三下五除二脱了又换上，一转眼，目眦欲裂。

宋一媛背对着他，轻纱落地，浑身赤裸，抬手拿衣服，恍若无人。

禹毅近乎窒息，脑门上青筋直跳。

这时，只听"嘎吱"一声，有人推门进来了。

"出去！"

"啊，是！"进来服侍的丫鬟连头都来不及抬，完全不知道为什么，就赶紧退了出去。

宋一媛将将把衣服披上，身后一副滚烫刚硬的身体就贴了上来，铁臂箍着细腰，呼吸又粗又重："你……"剩下的话戛然而止。

宋一媛垂下眼睑，手放在他的手上，轻声道："不喜欢你干吗嫁你？"身后的呼吸又重了几分。她转过身去，戳了他两下，"又蠢又愣。"她的手被抓住了。

禹毅目光深深，两个人对视半晌。宋一媛乖顺地闭上眼，一会儿后，一个吻落了下来。起先还只是简单的嘴唇贴嘴唇，贴了一会儿，男人把人抱紧了一些，轻轻抿住了她的唇瓣。

宋一媛的睫毛颤了颤，丁香小舌大胆地伸出去，舐了舐对方。

禹毅突然睁眼，看着近在咫尺的小脸，目光深得可怕。下一刻，他狠狠地吮住了滑溜溜的小舌，两个人唾液交融，呼吸交缠。禹毅的大掌牢牢覆在宋一媛的腰上，一寸一寸往上挪。当燥热的大掌终于握住白玉似的两团，宋一媛嘤咛一声，抬手软软地搂住他的脖子，娇喘吁吁："你……轻点儿……"

男人恨不得把她吃掉。

但宋一媛实在太嫩了，随便揉一揉、捏一捏，到处都是青青紫紫的，看起来着实吓人。禹毅忍着把人揉进身体里的冲动，轻轻地吻，从头吻到脚，从前吻到后，又舔又吮，又吸又咬，力道不自觉地又重了起来……

宋一媛被吻得全身绵软，毫无还手之力，也似乎被吻得麻木了，痛感减少，又生出一些酥麻感，便随他去了。

两人一上一下，赤身交缠，十指交扣，呻吟声从天蒙蒙亮响到晌午，完成了一场十分香艳淋漓的欢爱。事后，宋一媛靠着禹毅的胸膛沉沉睡去，禹毅瞧着她汗湿泛红的脸蛋，落下一吻，将人抱紧了。

宋一媛睡得很沉，梦里什么都没有，令人安心。渐渐地，梦里出现一只憨头憨脑的小狗，冲着她叫。她把它抱起来，小狗热情洋溢地舔她，小尾巴"呼啦呼啦"摇得欢实，全身上下都在表示对她的喜欢。她在梦里发笑，被小狗舔得发痒："好啦好啦……"

她的头一动，就醒了过来——一张刚硬俊朗的脸在她眼前放大，男人眼中柔情满溢，一下一下地亲她，简直"爱不释嘴"，还发出声音。

宋一媛的脑子混乱了半分钟，脸还是禹毅的脸，不过男人有着一头干净利落的短发，穿着藏青色休闲家居服。目之所及，是明亮温暖的粉色，蕾丝边和婴儿玩具到处都是，还有一股浓郁的奶香味。

宋一媛缓过神来——居然做了这么有趣的梦？

傻大个见她醒了，亲亲她的鼻子，又亲亲她的脸蛋，再亲亲她的嘴唇。见她神色有异，忙问："怎么？做噩梦了？"

宋一媛摇摇头，搂住他的脖子亲了两下："今天晚上告诉你。"

两个人四目相对，暗潮涌动。

宋一媛率先移开目光，亲了亲旁边呼呼大睡的孩子。

宋一媛生了一个女儿，取名禹宋双双，禹家叫她禹双双，宋家叫她宋双双，小名双双。小姑娘长得很像宋一媛，母女俩闭眼睡觉挨在一起，仿佛一大一小两个复制品。小姑娘现在两岁了。

这一晚，一向非常享受参与女儿睡前玩耍时光的禹毅，在陪女儿玩耍时频频看时间，并且在女儿晚了十分钟睡熟后，悄悄吐了一口气。

宋一媛在旁边看得好笑，也不拆穿他，两个人一前一后回了卧室。

这一晚，宋一媛给禹毅换上了当初双双小朋友满周岁拍艺术照时给傻大个挑的古装铠甲，也给自己换上了和梦里一模一样的衣服，把梦境"神还原"了。

第二天一早，宋一媛还在熟睡，禹毅起床去看女儿。禹双双也还没醒，禹毅轻轻将小姑娘抱起来，抱到卧室，放在宋一媛旁边。禹双双在梦里好像都知道旁边是妈妈，小身子扭了扭，一只小手揪住了妈妈的手指，然后咂了咂嘴。宋一媛也奇异地朝女儿靠了靠，将小姑娘半圈进怀里。

禹毅就这样目不转睛地盯着两个美人，伸过头去亲了这个又亲那个，蹲在床边把两个都圈在怀里，爱不释手，心里柔情满溢，欢喜得不知所措。他看一会儿，亲一会儿；再看一会儿，再亲一会儿……母子俩都被弄醒了。同款皱眉头，同款半睁半阖，同款眯眼看他。禹毅忍不住又亲了两下。

小姑娘嘴一撇，"呜呜"地哭起来，委屈得直往妈妈怀里钻。

宋一媛好笑地拍拍她："好啦好啦，双双不哭，爸爸爱你呢。"说完瞪他一眼，"人家在睡觉呢！"

禹毅傻笑，抓着女儿的小脚丫轻轻地吻，声音也轻轻的："爸爸抱。"

小姑娘脚一扭，毫不留情地蹬在她爸脸上，不要他抱。

禹毅不死心，把手放到女儿肉肉的身体上："爸爸抱，爸爸抱。"禹双双看了他一眼，眼角还挂着泪，抽了抽，最终还是朝爸爸张开了手。

禹毅的心都要化了，熟稔地抱起女儿，让她趴在自己肩上，忍不住亲了亲她的小肩膀。

禹双双小小一团挂在傻大个的肩上，傻大个一脸傻笑，宋一媛也忍不住笑，心里暖暖的。

身边有好多生了小千金的朋友跟宋一媛吐槽有了女儿的老公是女儿的老公，自己就成了保姆。诚然，禹毅很爱女儿，可并没有让她产生这样的想法。这个男人在这件事上，变得出乎意料地细腻和敏感。

比如，一年零六个月的双双小朋友喜欢上了吊床，每天睡觉前都要玩一个小时的吊床，爱女如痴的禹毅就找人定制了一个小吊床，蚕丝缎面，棉花填充，粉色的，又软又好看。双双小朋友喜欢极了，一躺进去就咿呀直笑。随着小吊床一起定制的，还有一个大吊床，样式、材料和小吊床一模一样，就安在小吊床旁边，美其名曰——母子床。

宋一媛惊讶极了，禹毅眼睛亮亮地看着她："试试？"

宋一媛觉得好笑："花厅里有一个呀。"

禹毅抿抿唇："这个配你好看。"颜色嫩成这样，也就只有禹毅觉得她适合了。

最后，宋一媛拗不过他，躺进去试了试。禹毅左手一个大的，右手一个小的，两边摇，两边笑。宋一媛和他对视，难得有些臊得慌——这男人怎么越瞧越傻了？

再比如，钻石皇冠、蕾丝裙子、洋娃娃……只要禹双双有的，宋一媛一定有。禹毅也不管宋一媛已经过了三十岁，早就不喜欢这些东西，一股脑地买回来，理由全是"好看""适合你"。更可怕的是，宋一媛能感觉到傻大个真是这样觉得的。

在有了女儿以后，禹毅好像打开了新世界的大门，俨然把她当成大女儿养，更是特别钟爱母女俩穿同款的衣服。宋一媛陪女儿玩的时候，傻大个就趴在一旁看，能趴一上午。等禹双双睡觉后，他还会情不自禁地说："你好可爱。"宋一媛觉得自己教育得过了一点儿——这哪还是当初那个又愣又直、沉默寡言的禹大毅啊！

男人站在床边垂眼看她，目光里的爱意快要化为实质性的东西溢出来："你睡觉也很可爱。"

两个人隔着女儿吻在一起。

啊，老天，就让我们永远这样相爱吧。